JN079681

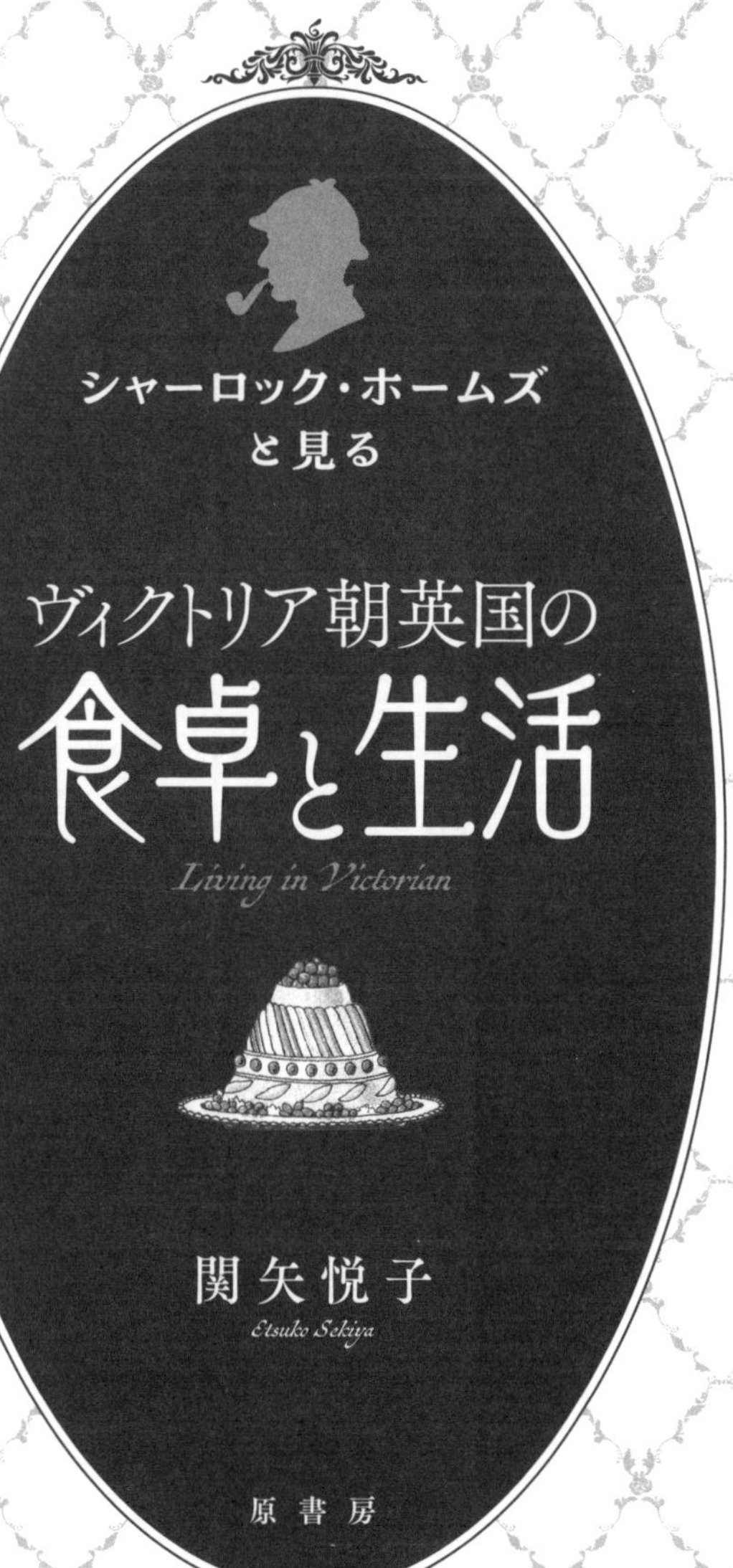

シャーロック・ホームズ
と見る

ヴィクトリア朝英国の
食卓と生活

Living in Victorian

関矢悦子

Etsuko Sekiya

原書房

シャーロック・ホームズと見る

ヴィクトリア朝英国の食卓と生活

……各位には是非御容赦頂きたく、小生の報告に御不満がありましても、
小生の怠慢をお責めにならぬようにお願い申し上げます。
たいていの場合は小生自身が自分に不満なのでありますから。

1502年12月26日付け　チェゼーナ発

ニッコロ・マキャベリ

（武田好訳）

目　次

第5章 アルコールと生活……173

第6章 ヴィクトリア朝の生活と文化……193

はじめに

本著は2009年6月から2012年9月にかけて「ホームズの世界」サイトで連載した「ホームズ物語の食卓風景」を元にして書籍用に改稿整理したものです。「食卓風景」と銘打ちつつも、テーマのなかにはより良い収入を得るために必要な「教育」や、移動手段としての「馬車」などといったテーマもあり、生活文化にも踏み入っています。

もちろん出来るだけホームズ物語の核心部分には言及しないようにしていますが、テーマによっては動機などの説明をしている箇所があります。ご留意下さい。

英国での重さの単位は1重量ポンド：約453g、1オンス：約28g、1ガロン：4586cc、1パイント：586cc、1ストーン：14重量ポンドです。

また当時の貨幣の単位は、1ポンドは20シリング、1シリングは12ペンス（単数の時はペニー）、1ペニーは4ファージングです。この他に1ギニーは21シリング、1クラウンは5シリング、1ソブリンは1ポンドです。

シャーロック・ホームズ研究家のレスリー・クリンガーによれば、1895年当時の1ポンドは2005年～2006年の64ポンドくらいになります。2005年のレートは1ポンドが190円から210円なので、64ポンドは1万2160円～1万3440円ということです。ワトスンの1日の年金は11シリング6ペンスなので、2005年のレートで計算すると7002円～7728円となります。同様に、1901年にヨーク市で労働者階級の家計の調査をしたベンジャミン・シーボーム・ラウントリーの「貧困線」の基準となっている家族持ち労働者の平均週給26シリングは、1万5808円〜1万7472円ということになります。

クリンガーの説以外には、1ポンドを2万4000円とする説（1シリング1200円、そして1ペニーが100円）もあり、これによると週給26シリングは3万1200円、ワトスンの年金は1日1万3800円になります。とはいえ、ヴィクトリア時代の人たちが必要としていた物品やサービスと、現在の私たちが必要としている物品やサービスの内容は違います。19世紀のポンドと21世紀の円というふたつの通貨の購買能力を同一基準で比較するのは、基本的には不可能のようです。あくまで参考としてみていくことにします。

また、「教育」をテーマにしている事件にも記していますが、英国は現在でも階級社会です。たとえばロックグループのメンバーの紹介をする番組の中でもリードギターはワーキング・クラス出身、ベースはミドル・クラスが多く住む街の出身というような説明がされています。ミドル・クラスを中産階級、ワーキング・クラスを労働者階級と訳されていることが多いですが、参考文献によってはミドル・クラス、ワーキング・クラス、使用人のいる家庭、使用人のいない家庭などの名称をつかっている本があります。それで本著ではこれら分類の名称を統一せずに事件ごとに参考にしている著作にしたがった名称を使っています。

なお、ホームズ物語の題名と引用文は、『新訳シャーロック・ホームズ全集』（日暮雅通訳、光文社文庫）によります。

第1章 食材と生活用品

LINCOLN'S INN FIELDS
WATERLOO BRIDGE
HUNGERFORD
SUSPENSION BRIDGE
TRAFALGAR
COCKSPUR ST
WHITEHALL
PARLIAMENT ST
WESTMINSTER
BRIDGE
HOUSES OF PARLIAMENT

ハムエッグのレシピと水ギセル

…………四つの署名

「シャーロック・ホームズは、暖炉のマントルピースの隅にある瓶を取り、なめらかなモロッコ革のケースから皮下注射器」を出し、「七パーセントのコカイン溶液」を1日に3度も注射をしている、という衝撃的なシーンからはじまる《四つの署名》事件は、1888年頃に起きたとされています。

最初の《緋色の研究》事件発生が1881年なので、ホームズとワトスンが同居を開始してから7年ほど経つ間に、ベイカー街221Bのふたりの居間に炭酸水製造器(ガソジーン)(14頁参照)が加わったようです。《緋色の研究》事件ではホームズがグレグスン警部へ、「ウィスキーの水割りでもどうです?」と勧めていますが、《四つの署名》事件では「ウィスキーのソーダ割りはいかがですか」とワトスンはジョーンズ警部に勧めているからです。また、ワトスンが昼食に高価なボーヌ・ワインを飲んでいたり、ホームズが夕食としてジョーンズ警部に「カキに、雷鳥がひとつがい、ちょっと逸品の白ワイン」を勧めたりと、ふたりの財政状態はかなり好転しています。

『新ビートン夫人の料理術』によると、ひとつがいの値段は3シリング6ペンスから5シリングなので、1日11シリング6ペンスのワトスンの年金と比べるとかなり高価です。それと、この時に前菜として食されたらしいカキですが、ホームズが活躍していた頃のカキの法的な流通シーズンは8月から4月とされていました。カキについては43頁で詳しく説明をしますが、ジョーンズ警部との夕食でカキが出てきたことで、「(モースタン嬢宛の手紙の消印が)7月7日」という本文の記述が正しいかどうかの判断材料のひとつとなります。

次に、ベイカー街での朝食は3回出てきます。1回目はライシアム劇場前で待ち合わせをしてサディアス・ショルトー宅で話を聞き、そのあとノーウッドのポンデシェリ荘からテムズ川までクレオソートの臭いを追った犬のトービーと歩いて徹夜をした時の朝食。2回目はホームズが捜査のために作った浮浪児の一団であるベイカー街イレギュラーズからの連絡を待っているホームズとワトスンに出された朝食。3回目には待ちきれなくて自ら探索に行ったホームズからの連絡を待つワトスンが描かれています。この中の徹夜明けの朝食には、コーヒーとハムエッグが用意されています。ハムエッグは《海軍条約文書》事件にも出てきますが、レシピもいろいろあって、『シャーロック・ホームズとお食事を　ベイカー街クックブック』には、マッシュルームとウェンズレーデール・チーズ入りの「ハムエッグ　ウェンズレーデール風」が紹介されています。ウェンズレーデールとは、ホームズ研究家であるベアリング＝グールドによるとホームズの生家があった地名で、ヨークシャー州にあるそうです。

ハムエッグといえば卵料理のよこに薄切りハムを添えるイメージですが、「ハムエッグ　ウェンズレーデール風」と同じく『新ビートン夫人の料理術』掲載レシピも少し違っていました。材料は2人前で「卵2個、カットしたハム大さじ山盛り2、バターが1オンス、ミルク大さじ1、塩、胡椒」です。シチューパンにバターを入れてハムを炒め、ここにミルクを入れて泡だてた卵を入れ、固まるまでかき混ぜてできあがりです。「ハムエッグ　ウェンズレーデール風」では、炒めた細切りハムはできあがったスクランブルエッグの周りに盛りつけをするので、素朴な「ビートン夫人風」のレシピとでは見た目も違います。

この「ハムエッグ　ビートン夫人風」の1人前の材料費は4ペンスです。材料費からみると、1900年頃の卵は1個が約1ペニーなので、ゆで卵だけの朝食が出た《緋色の研究》事件当時とは違い、《四つの署名》事件では朝食も豪華になっています。

図版1　『ハロッズ1895年版カタログ』掲載。

食の範囲からは外れますが、ホームズとワトスンそしてモースタン嬢の前で「わたしは煙草を一服させていただきます。香りのきつい東洋の煙草です。少々いらだっているので、神経を鎮めるのには水ギセルがいちばんなんですよ」と言ってサディアス・ショルトーは水ギセルをふかしました。『ホームズ大百科事典』によれば「水ギセル」

は「東洋の大型パイプ。一定量の水が入っている密閉容器の最上部に火皿がついている。短い管が火皿から水の中に通っている。長い柔軟な喫煙用の管が容器の側面にさしこまれている。これによって煙は水の中を通り、冷却され、有害成分がいくらか取り除かれる」と説明されていて、形や大きさはいろいろあるようですが、値段は4シリング6ペンスから10シリング6ペンス（図版1）で、サイズは判りませんがサイズのイメージは図版2で判るかと思います。でもサディアス・ショルトーの水ギセルは「敷き物に置かれた大きな水ギセル」とワトスンは書いているので、ハロッズのカタログでは購入できない高級品だったのでしょう。

ガソジーン（炭酸水製造器）……………ボヘミアの醜聞（スキャンダル）

《ボヘミアの醜聞》事件は『ストランド・マガジン』に連載された1作目、そしてホームズ物語としては3作目です。この事件の前に発表された《四つの署名》事件でのホームズの女性観は「恋愛なんて、感情的なものだよ。すべて感情的なものは、ぼくがなによりも大切にしている冷静な理性とは、相いれない」でした。

　ところが、《ボヘミアの醜聞》事件冒頭は「シャーロック・ホームズにとって、彼女はつねに『あの女性（ひと）』である」で始まり、「あの女性（ひと）」とは「ホームズにも、ただひとりだけ感情をかきたてられる女性がいたのであり、それが、世間には正体不明の怪しい女として記憶に残る」アイリーン・アドラーでした。このホームズの持っている感情は「恋愛感情に似た気持ちではない」とワトスンは言っています。しかし、この点は、ちょっとワトスンの観察不足では、と思うようなことが《ボスコム谷の謎》事件にあるので、後述します。

　肝心の「食卓風景」ですが、ホームズの突然の食事の求めに対して下宿の女主人は「コールド・ビーフとビール」を用意しています。「コールド・ビーフとビール」がどのようなイメージなのかは128頁に図版を載せてあります。

図版２『ストランド・マガジン』1892年７月号掲載。

図版３『ホームズ大百科事典』掲載。

幸せ太りをしたワトスンが古巣のベイカー街を訪れた時に、ホームズはワトスンを素早く観察しながら、「部屋の隅にある酒の台やガソジーン（炭酸水製造器）」を指で示しています。これは《金縁の鼻眼鏡》事件で嵐の夜に訪ねてきたホプキンズ警部に「ワトスン先生が、こんな晩には効果てきめんのホットレモンを処方してくださるさ」と言っているように――このホットレモンにはたっぷりのブランデーかウィスキーが処方されていたと思います――ワトスンに対してお得意のアルコール類の処方で自分好みのソーダ割りを飲んで下さい、という無言の勧めでしょう。

このガソジーンの説明ですが、『ホームズ大百科事典』によれば「家庭用に少量の炭酸水をつくる装置」、そして「一般に、上下につながった二つのガラス球からできている。下の球には水が、上の球には炭酸水をつくるための化学薬品が入っていて、ガラス管でつながった構造」という説明がされています（図版3）。

また、オックスフォード版『シャーロック・ホームズの冒険』の注には「『セルツォジン』またはフランスの『ガゾジン』とも知られている、初期のソーダ・サイフォンである。丈夫なガラス製の、ふたつの丸い玉が太いガラス管で上下につながっていて、全体が金網で覆われている」とあります。これらの記述から「セルツォジン」と「ガソジーン」は同じものであり、ジェレミー・ブレット主演のグラナダ・テレビ版ホームズ・シリーズのベイカー街221Bの部屋にも置かれていた図版4が「ガソジーン」だとされていました。

図版4　グラナダ・テレビ版ホームズ・シリーズで使用された炭酸水製造器。2004年1月4日シャーロック・ホームズ・メモラビリアで著者が撮影。

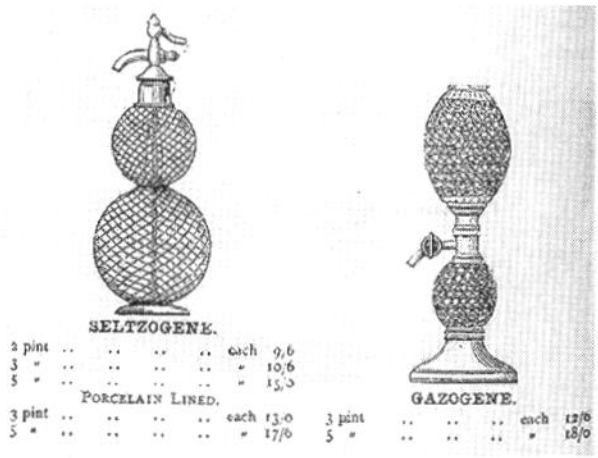

図版5『ハロッズ1895年版カタログ』掲載。

ところが『ハロッズの1895年版カタログ』（図版5）をみると、形が違うのです。「セルツォジン」は『ホームズ大百科事典』やテレビドラマの小道具と同じですが、「ガソジーン」の方は炭酸水の出て来る注ぎ口が丸い玉の間にあるのです。「ソーダ・サイフォン」のサイトでも「ガソジーン」と「セルツォジン」は「ハロッズの1895年版カタログ」と同じように区別をしています。

ハロッズのカタログ以外にも『新ビートン夫人の料理術』の広告には「セルツォジン」という名前で広告（図版6）が載っていました。

英国風の「セルツォジン」ではなくフランス風の「ガソジーン」がベイカー街の居間にあったのは、ホームズの祖母がフランス人だったせいでしょうか。参考までにこの網目状のものは器具が爆発した時に周囲にガラスが飛び散らないように防御していたものです。しかし、現実には「これらの装置には爆発するくせがありました。それで、私は父の家の1室をよくおぼえています。そこの壁紙は、このような爆発で、ガラスの細かい破片が食いこんで、宝石をちりばめたようでした。装置全体は、金網につつまれていて、爆発しても、破片をひとまとめにとらえて、飛び散らないようにしたつもりでしたが、ひどく小さくて、とても恐ろしいガラスの流散弾の破片は、網の目も、また、そこから数フィートとはなれていないところにあるものを何でも簡単につきぬけてしまいました」(『シャーロック・ホウムズ読本』)

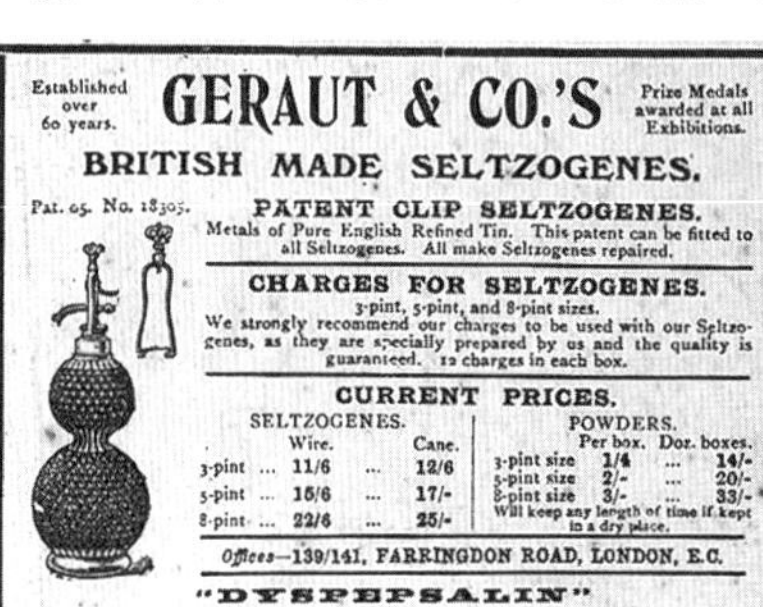

図版6　『新ビートン夫人の料理術』に掲載の広告。

燻製ニシン(キッパーとブローター)

……赤毛組合

1890年4月27日の新聞『モーニング・クロニクル』に載った「赤毛組合員募集」の広告に応募した質屋のジェイベズ・ウィルスン氏は、「大英百科事典の筆写」という簡単な仕事を1日4時間労働、週給4ポンドで「赤毛組合が解散した。1890年10月9日」の張り紙が出るまで続けました。株式仲買店員パイクロフトの週給は3ポンドですから、週給4ポンドは高額なアルバイト代金といえます。

ウィルスン氏は経営している質屋について、「このごろは商売が思わしくなく、食べてゆくのがやっとというありさまです。以前は店員をふたり雇う余裕があったのですが、いまじゃひとりです」そして家族については「かんたんな台所仕事や掃除をしてくれる、十四になる女の子がおりますが、家にいるのはそれが全部です。わたしは家内に先立たれまして、家族というものがおらんのです」と言っています。

「十四になる女の子」、とはメイド・オブ・オール・ワーク（雑役メイド）のことで都市部の小さな家に多く、19世紀末の英国における家事使用人のうちの大多数を占めていました。

　ウィルスン夫人が健在でしたら、年若いメイドに料理などを教えながら家政の切り盛りをしていくので、食事の内容も良かったでしょうが、14歳のメイド初心者がひとりで作る食事は本当に簡単なもの、そして質屋の経営も思わしくないようなので、食材の質もベイカー街のハドスン夫人の作るものとはかなりの違いがあったと思います。

　では、この年若いメイドでも作れそうな簡単で経済的な朝食とはどのようなものだったのか。『ロンドン・マガジン』１９００年１月号の特集記事『貧乏生活の過ごし方』によると、定食屋はイースト・エンド（注１）にありましたが、ここは１週間を半クラウン（30ペンス）で暮らす人たちがいるような地区でした。彼らが利用していた定食屋で提供されていた朝食は3種類で値段は各１ペニー、「燻製ニシン定食」という感じです。

　定食屋のメニュー図版をみると判るように、燻製ニシンには2種類あって「内臓を取り除き、塩

図版７キッパー

ブローター

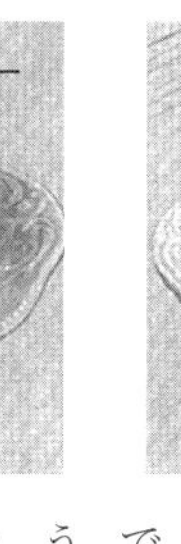

をまぶして燻製にしたもの」を「キッパー」、そして「開きにしないで丸ごと塩水に漬けてから燻製にしたもの」は「ブローター」と呼ばれています（図版7）。

　『新ビートン夫人の料理術』にはキッパーの値段が1匹1ペニー半から2ペンスと載っていますが、メニューのAからCは全部で1ペニーという値段の朝食です。しかし、両方のキッパーの厚みがまったく違います。高いものには高いだけの理由がありました。それとブローターの値段は2匹で1ペニー半と格安です。同じ燻製でも値段が違うのは、ロンドンのハイソサエティな地区であるウェスト・エンドにある魚屋ではブローターは売らない、はっきり言ってしまえばブローターは上流階級では好まれなかったようです。

　幅広い階層で食べられていたキッパーの調理方法ですが、固めのものはお湯にひたして柔らかくしたあとにさっと焼くだけなので、14歳のメイドにもできそうです。図版8の「燻製ニシン定食」の内容をみると、英国式朝食の定番と思っていた卵はメニューにはありません。なにせ卵は1個で1ペニーもするので、イースト・エンドでの朝定

食には無理のようです。また、飲み物ですが、味はともかく紅茶とコーヒーが用意されていました。定食の値段がすべて1ペニーと格安なのは、下級品の材料を大量に仕入れて原価を抑えたからでしょう。（注2）

でも、いくら経営状態が悪いといっても、ウィルスン氏宅ではたまにはゆで卵（お好みの固さは無理でしょうが）くらいは出たでしょう。14歳のメイドがひとりで用意ができて、かつ「がっしりとした体格」のウィルスン氏を満足させる朝食は、パン（トーストは難しいかもしれません）とバター、そして好みでジャムかマーマレード。主菜は燻製ニシンかベーコン、又はゆで卵。飲み物は砂糖をたっぷりと入れた紅茶ではなかったでしょうか。これなら14歳のメイドにも用意できそうです。

ホームズ物語の原作にはキッパーもブローターも登場しませんが、グラナダ・テレビシリーズ「まだらの紐」の中でハドスン夫人が朝食に「キッパー」を出していました。

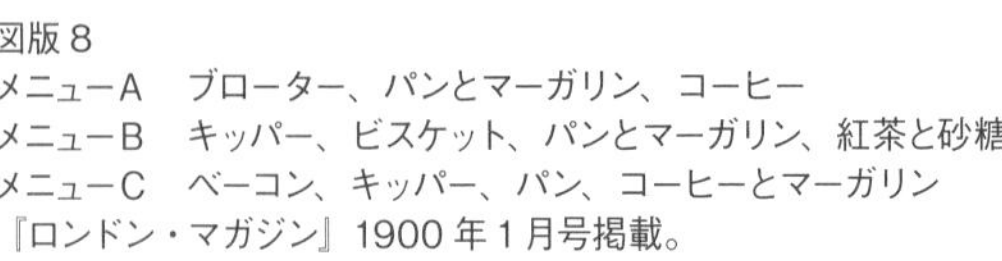

図版８
メニューA　ブローター、パンとマーガリン、コーヒー
メニューB　キッパー、ビスケット、パンとマーガリン、紅茶と砂糖
メニューC　ベーコン、キッパー、パン、コーヒーとマーガリン
『ロンドン・マガジン』1900年１月号掲載。

（注1）『ホームズ大百科事典』によるとイースト・エンドは「ロンドンの法学院の東側に当たる地区で、シティと埠頭地区を取り囲んでいる」地区です。貧しい人が多く住んでいて、悪の温床となっていたようです。

ホームズが活躍していた頃のイースト・エンドは《ブラック・ピーター》事件でホームズは「カナリヤ調教師ウィルスン」を逮捕してイースト・エンドにある悪の巣をひとつ取り除いています。また、《瀕死の探偵》事件ではイースト・エンドで水夫から熱病に感染した、と言ってカルヴァートン・スミスをベイカー街におびき出すことに成功しています。

（注2）コナン・ドイルが若い頃の体験を元にして書いた自伝的小説の『スターク・マンローからの手紙』

に個人で食事を用意すると1日最低でも6ペンスかかることが記されています。その食材と金額は「お茶と砂糖とミルク（スイス製）で1ペニー」、「パンがひとつで2ペンス3ファージング（バターは我慢）」夕食には次の4品を順番に食べる。「ガスで調理した3分の1ポンドほどのベーコンが2ペンス半」「サヴィロイ（香辛料入りのソーセージ）を2本で2ペンス」「フライド・フィッシュを2切れで2ペンス」「シカゴ製のコンビーフ缶を4分の1で2ペンス」です。大量仕入れと調理ができない独身男性では、いくら節約してもこのくらいはかかるようです。またこの頃は「野菜の料理は手におえなかった」、そしてこの食事内容を続けたのに壊血病にならなかったのが不思議だ、と64歳頃に発表した自伝『わが思い出と冒険』に書いてありました。

ガチョウ購入の積立金とレシピ、切り分け方

………青いガーネット

ベンジャミン・シーボーム・ラウントリーの『貧乏研究』(注1)によると、1901年以前にはヨーク市の多くのパブで「クリスマス・クラブ」または「ガチョウ・クラブ」という催しをしていたそうです。これは富くじの一種で、引いたくじの番号でいろいろな賞品を貰えるものでしたが、この少し投機的で人気のあった催しは警察から禁止されました。しかし、その後パブによっては毎週いくらかのお金を客が積み立てをして、その積立金とパブからの差し入れとで、常連客を対象にした懇親会的飲み放題のピクニックを主催していたことなどから、パブと常連客の間には現在の私たちが思う以上の結びつきがあったことが判ります。《青いガーネット》事件に登場するヘンリー・ベイカー氏の行き付けの大英図書館近くのパブ、アルファ・インの店主ウィンディゲイトも常連客へのサービスでしょうか、ある年（1888年頃）、週に数ペンスの積み立てをすると、クリスマスにガチョウを1羽受け取れるガチョウ・クラブを作りました。

このガチョウ・クラブに参加したヘンリー・ベイカー氏がいつごろから、何ペンスを積み立てていたのかを計算してみようと思います。ガチョウの代金はコヴェント・ガーデンの卸屋ブレッキンリッジの帳簿によると、「ガチョウ24羽、代金7シリング6ペンス」をミセス・オークショットに支払い、アルファ・インの店主ウィンディゲイト

から「12シリング」受け取っています。『新ビートン夫人の料理術』によるとガチョウ1羽の値段は「6シリングから10シリング」だそうです。ヘンリー・ベイカー氏が落としたのは「まるまる太ったガチョウ」なので、普通の市場に出まわっているものより高かったのでしょう。となると、1羽12シリングつまり144ペンスを何回に分けるかです。ヘンリー・ベイカー氏が毎週支払える額を週に5ペンスで計算すると約29週、6月の第1週から掛け始めるとクリスマスには「まるまる太ったガチョウ」代金の12シリングが貯まり、ベイカー夫人へのクリスマスプレゼントにできることになります。積立金ですが、週に5ペンスを1度に支払うのではなく、落とした帽子から推測できるほどの飲酒癖があるベイカー氏ですから、毎日パブに行って1ペニーずつ支払っていたのかも知れません。

思いがけなくまるまると太ったガチョウが台所に飛び込んできたピータースンの妻、そしてクリスマスから2日遅れですが夫からプレゼントとしてガチョウを受け取ったベイカー夫人はどのようなレシピで調理をしたのでしょう。図版9で判るように、当時の市販のガチョウは羽も首もすべてそのままの状態なので、羽をむしりお湯で残った羽を綺麗に取り除いたあとに、頭と首そして足と羽を切り取る作業があります。そのあと内臓を取り出し(内臓はパイを作るためにとっておく)、詰め物はお好みでセージ、みじんに切ったリンゴや玉ねぎ、詰め物用のひき肉を入れて紐、串などでガチョウの形を整える、と焼くまでの下ごしらえに時間が必要のようです。オーブンで1時間半から2時間半焼くのですが、焼いている最中に時々ガチョウから出てきた脂を全体にかけます。もし焦げ目が付かないようだったら小麦粉をかける方法もあるようです。できあがったらアップルソースと肉汁をそえて食卓に出すのですが、不思議なことにどの料理本にもガチョウに「塩をする」という言葉がないのです。だからできあがりは塩っけなし、いくらアップルソース――「アップルソースの材料はリンゴ、砂糖、バターそして少々の水」――があっても全然塩気がないと美味しくないような気がします。食べる時に各自が好みによって塩を振りかけるのかも知れませんが。

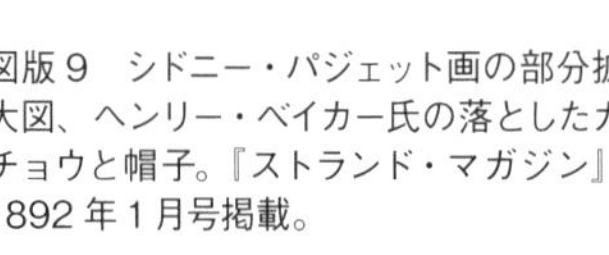

図版9　シドニー・パジェット画の部分拡大図、ヘンリー・ベイカー氏の落としたガチョウと帽子。『ストランド・マガジン』1892年1月号掲載。

次は食卓での「ガチョウの丸焼き」の切り分け

方です。

肉の切り分けはご主人の仕事になりますが、手でガチョウの足をグイッと引っ張るようなことはしません。図版10のようなガチョウの丸焼きを、首の方を向こう側におき、胸肉を長くスライスにするように切りますが、最初にAにナイフを入れてBまで切り足を外します。同じく反対側も足を外します。若いガチョウだったら簡単に骨が外れるそうです。最後にCの首の付け根のところを横にナイフを入れて、ここから詰め物を取り出し、それぞれのお皿にお肉と詰め物を盛りつけしたあとに、アップルソースをかけてできあがりです。ガチョウを焼く時にジャガイモを一緒に焼いて、付け合わせにすることも多いようです。

（注1）ベンジャミン・シーボーム・ラウントリーが資産を投じてヨーク市に住む労働者階級の家庭に対して個別生活調査をしたのが、『貧乏研究』です。調査は1899年〜1901年、当時のヨーク市の人口は約7万5000人、戸数約1万5000戸です（調査人数は4万6754人、1万1560戸）。詳しくは272頁で紹介しています。

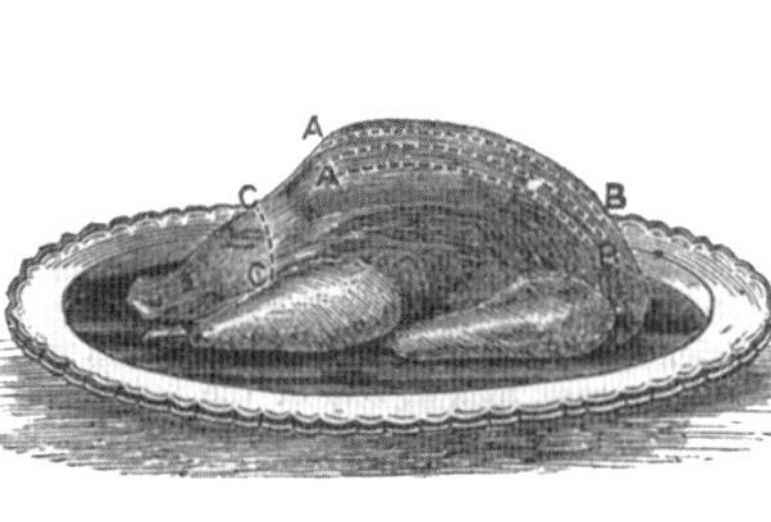

図版10　ガチョウの切り分け方　『カッセルの料理辞典1880年版』掲載。

ゲーム（猟の獲物）とフォアグラのパイ

……独身の貴族

18世紀の文豪、サミュエル・ジョンソン博士は「ロンドンに倦いた人間は人生に倦いた人間だ。何しろロンドンには人生が与えうる一切のものがある」と言っています。19世紀のロンドンについては、夏目漱石の『彼岸過迄』の中で主人公の敬太郎が高校の教科書としてスティーブンソンの『新亜刺比亜物語』を読まされた時に、教師へ「十九世紀の倫敦に実際こんな事があったんでしょうか」と質問をすると、教師が「十九世紀どころか今でもあるでしょう。倫敦という所は実際不思議な都です」と答えています。これは漱石自身がロンドン留学で感じたことを言ったのでしょう。

《独身の貴族》事件も没落しかけている貴族の花婿、父親が金鉱で得た持参金たっぷりのアメリカ女性の花嫁、結婚披露宴会場には花婿の元恋人が現れ、披露宴の途中で花嫁が失踪、とロンドンらしい背景と新興国アメリカの豊かな財政、そして新郎新婦の過去の出来事が交錯している内容です。こうした出来事を締めくくるのが、ホームズの用意したアラビアン・ナイト的に出現したご馳走です。

「やけに大きい平たい箱を持って料理屋の使いがやってきたのだ。連れてきた少年に手伝わせて箱を開けると、驚きだった。下宿の粗末なマホガニーのテーブルに、やけに贅沢な冷肉の夜食料理が、あれよあれよという間にならんだのだ。ヤマシギがひとつがい、キジが一羽、フォアグラのパイが一皿、それにクモの巣だらけの年代もののワインが何本か。ふたりの使いは豪華な料理を並べ終えると、代金はもう支払いずみで、ここへ届けるよう言いつかったとだけ説明して、アラビアン・ナイトの魔神のようにたちまち姿を消した」と、あります。

デリバリー、日本風でいうと仕出し屋のお店から配達されたご馳走も、「不思議な都の倫敦」ではアラジンの魔法のランプから出て来る魔神が用意したものとワトスンには見えたようです。

さて花嫁の行方は簡単にホームズが見つけ出したので事件自体は数時間で解決しましたが、この魔神が運んできたようなご馳走のひとつ「フォアグラのパイ」の料理名に少々問題があり、50年近くシャーロッキアンの関心の種となっています。原文の「a pate de foie gras pie（フォアグラ・パテ・パイ）」の何が問題なのかというと、「パテ」とはフランス語で「肉や野菜をパイや器に入れて焼いたもの」を言います。つまり英語の「パイ」とフランス語の「パテ」は同じ調理方法なのです。しかし、フランス語の「パテ」はペースト状にした肉（特にレバー）による料理のこともいうのです。『新ビートン夫人の料理術』によると、一瓶の「フォアグラのペースト（pate of foie gras）」の値段が2シリング6ペンスと載っているので、ワトスンが書いている「フォアグラのパイ」とは「フォアグラで作ったペーストの入っているパイ」という意味に間違いはないようです。

『カッセルの料理辞典 １８８０年』の「pate of foie gras（フォアグラのパテ）」の項目には、フォアグラはフランスのストラスブールの名産で美食家に非常に尊ばれ、そして作り方としてガチョウを動けないようにして強制的に餌を与え、短い期間で太らせて肝臓を肥大させる。また、ストラスブール産は非常に高価なので地元産の太ったガチョウの肝臓でも「イミテーション・フォアグラ・ペースト」が作れる、と詳しいレシピが載っています。この地元産レバーを使用したペーストで作るパイのレシピは、「パイ底に薄いハム、ベーコン、脂肪を敷き詰める。その上にスパイス入りのひき肉を半分、次に用意した4分の3のトリュフの薄切り、次にレバーペースト、そしてスパイス入りひき肉の残り、4分の1のトリュフはひき肉やレバーペーストの間にいれる」そして「ベーコンとハムをのせパイ皮で覆って模様をつけます。最後に溶き卵でパイ皮の全体を塗り付けて2時間ほどオーブンで焼いてできあがり」

1880年代のストラスブール産のフォアグラの値段は判りませんが、現在の通販でみるとフランス産の生フォアグラは1キロ1万5000円、トリュフの値段は最高級品だと100グラム4万2000円もします。『シャーロック・ホームズとお食事を ベイカー街クックブック』によれば、1973年のアメリカでのフォアグラとトリュフの値段は「フォアグラは1重量ポンドが約125ドル、トリュフは1重量ポンドで110ドル以上」です。この世界三大珍味のふたつを使った最高級品のパイがホームズの用意した「フォアグラのパイ（a pate de foie gras pie）」なのです。それにしてもホームズが出かけて1時間ほどでご馳走は届いているので、ロンドンには最高級のパイや野鳥料理を常時用意しているデリバリーの店があったことがわかります。魔法のランプがなくてもロンドンは素晴らしいご馳走がいつでも現れる不思議の都だったのです。

次に「ヤマシギがひとつがい」と「キジが1羽」です。ヤマシギ（woodcock）は《青いガーネット》

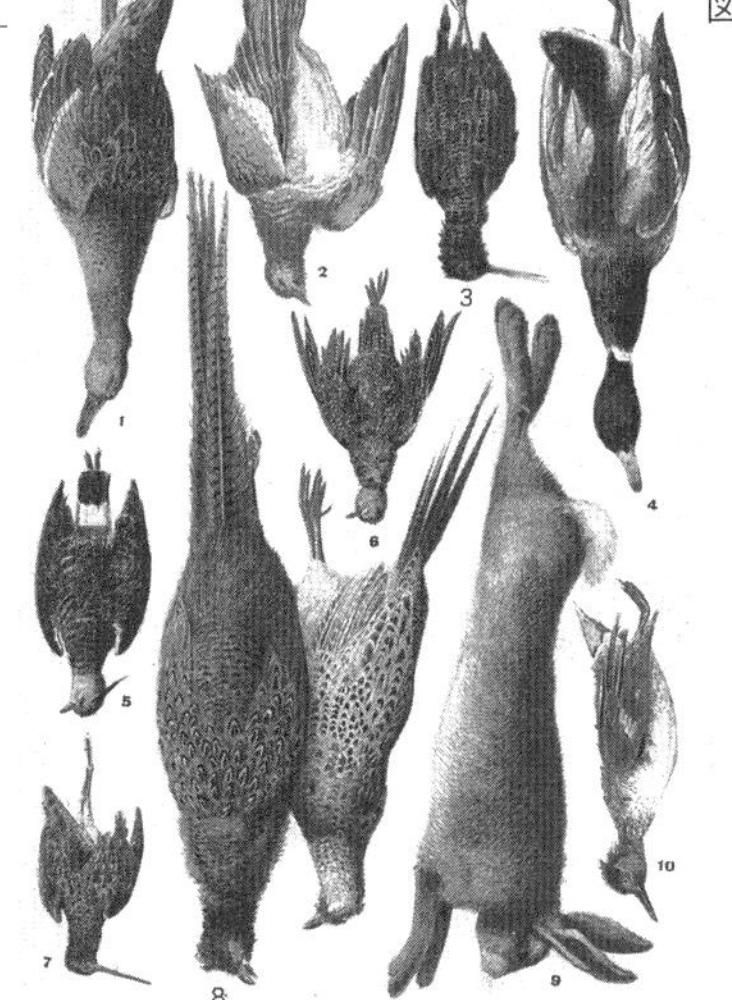

図版11 『新ビートン夫人の料理術』掲載。

事件では12月27日にハドスン夫人も夕食に用意していました。この「ヤマシギとキジ」ですが、これらは鶏やガチョウそして七面鳥などの「家禽」と区別されて「ゲーム（猟の獲物）」と言われています。図版11は色々なゲームのイラストです。

ゲームの数え方ですが、大部分のゲームは雌雄2羽で数え、値段も雌雄2羽で何シリング何ペンスとされるのが慣習でした。《アビィ屋敷》事件の冒頭でホームズが寝ているワトスンを起こす時に、**"The game is afoot !"**（注1）と言っていますが、この時の**"game"**はもちろん図版11のような獲物のことで「（狩りの）獲物が飛出したぞ！（さあ、追いかけろ）」の意味になります。値段ですがヤマシギは2羽で3シリングから5シリング6ペンス。キジは1羽だと3シリングから5シリングしました。これは材料費ですから、ハドスン夫人の作ったローストとは違い、フォアグラのパイと合うような調理をされていて値段もかなり高かったと思います。ワトスンが自分の1日の年金11シリング6ペンスと比較すると、アラビア・ナイトに出て来る魔神のご馳走みたい、と思うのも判ります。

図版12　ドールハウス用「ヤマシギがひとつがい、キジが１羽、フォアグラのパイが１皿、それにクモの巣だらけの年代もののワイン」制作と撮影は著者。

図版12は「ヤマシギがひとつがい（注2）、キジが一羽、フォアグラのパイが一皿、それにクモの巣だらけの年代もののワインが何本」というご馳走を実際には用意できないので、ドールハウス用に作ったものです。

それにしても、ワトスンが驚くようなご馳走とワインを用意して、初対面のカップルと楽しい会話の時間を過ごせるホームズは自分が思っているほど社交嫌いではないように思えます。

（注1）この台詞はシェイクスピアの『ヘンリー4世』『ヘンリー5世』に出てくる台詞として有名です。ロバート・ダウニー・ジュニア主演の映画『シャーロック・ホームズ』では墓地から去るシーンでホームズが"The game is afoot"と言うと、ホームズとワトスンのふたりはシェイクスピアの『ヘンリー5世』の"The game is afoot"に続く台詞

Follow your spirit, and upon this charge
Cry 'God for Harry, England, and Saint George!'

を、唱和します。小田島雄志訳によると、

さあ、獲物が飛び出した、はやる心についていけ、
突撃しながら叫ぶのだ、「神よ、ハリーに味方したまえ、
守護聖人セント・ジョージよ、イギリスを守りたまえ！

ハリーとはヘンリー5世の愛称です。ヘンリー5世がフランスの大軍に立ち向かう前にイングランド軍と自分を鼓舞するために言って、突撃して行くシーンの台詞なのです。

シャーロッキアンを喜ばす目撃者の仮病と、"The game is afoot" だけではなく、その後の台詞から「黒魔術」ではなく人為的な国家転覆事件に立ち向かうホームズとワトスンが描かれている素晴らしいシーンと言えます。

（注2）「ヤマシギがひとつがい」の原文は"a couple of brace of cold woodcock"なので、ホームズが注文したヤマシギは「4羽」だった可能性があるようです。

「マトンのカレー料理」と英国カレー料理の歴史
…………名馬シルヴァー・ブレイズ

料理家の辰巳芳子さんが提唱している料理の中に「展開料理」というものがあります。これはひとつの料理を作ったあと、その料理を他の違った料理に創り上げるものです。もちろん、残り物の処理ではなく多めに作った料理を使う、というものですが英国には古くから「展開料理」の見本となるものがありました。それは日曜日のディナーのメインとなるロースト・ビーフです。このロースト・ビーフについては

日曜あつあつロースト・ビーフ
月曜日には冷えきって
火曜になったらコマ切れだ
水曜残りは挽きつぶし
木曜カレーで匂い消し
金曜日にはスープの出汁
それでも肉が残ったら土曜で
とうとうカテッジ・パイ　（玉村豊男訳）

という古歌があるように、大きな牛肉の塊を焼く「ロースト・ビーフ」は辰巳芳子さんも脱帽の展開ぶりです。ホームズが好んで利用していたレストランのシンプソンズはロースト・ビーフで有名ですが、現在ではその他にロースト・マトン（左側のカバーの中）も用意されているのが判りまし

た（図版13）。また、127頁で紹介している「家計23」の献立表にもローストマトン（注1）が載っているように、英国では、ロースト・ビーフほどではないですがロースト・マトンも好まれています。

さて、《名馬シルヴァー・ブレイズ》事件のテーマのひとつは事件当日の月曜日の夕食に登場した、「(アヘン入り）マトンのカレー料理"curried mutton"」です。

調教厩舎のあるキングズ・パイランドでは羊を飼育しているので、調教師のストレイカー宅では日曜日のディナーのメイン料理は「ロースト・マトン」であることも多いでしょう。ストレイカー夫妻、メイドそして若者3人の計6人が食事をする家庭なので、古歌のように何日もローストした肉が残ることはなかったと思うので、必ずローストした残りの肉がある月曜日に、夫のストレイカーはアヘンの味を隠すために「マトンのカレー料理」をリクエストしたのでしょう。理由は生の羊肉からカレー料理を作れ、

図版13　ロンドンのシンプソンズのロースト・ビーフ、著者撮影。

というよりはロースト・マトンの残りをカレー料理にするようにリクエストするほうが自然だからです。『ビートン夫人の家政読本』に載っている「マトンのカレー料理（冷肉の調理法）」には、材料に「冷肉の残り物」とあります。夫が月曜日の夕食にマトンのカレー料理をリクエストしても、妻は不自然さを感じなかった理由はそういうことです。浮気をしているストレイカーは、妻には疑われないように何ごとにも細心の注意を払っていたことが、月曜日のカレー料理に表れています。《名馬シルヴァー・ブレイズ》事件のホームズの名言をもじれば、

「あの夜の夕食に出たマトンのカレー料理に注意すべきです」

「アヘンが入っていたからですか？」

「いいえ、月曜日にマトンのカレー料理が出たことです」のような食卓風景的名言になります。

この「マトンのカレー料理」ですが、私たちが普段食べているカレーとはずいぶん違います。図版14と15のように水分が少なくカレーソースで肉類をからめた感じなのです。

『ビートン夫人の家政読本』に載っている「マト

ンのカレー料理」の材料と作り方は、

材料：冷肉の残り物のマトン、玉ねぎ2個、バター0・25ポンド、カレーパウダーと小麦粉を各デザートスプーン1、塩、スープ1パイント
作り方：スライスした玉ねぎをバターで炒め茶色になったら小さく切ったマトンを入れる。この中にスープをいれてカレーパウダー、小麦粉そして塩を入れてできあがり。

調理時間の30分にはライスを茹でる時間も入っているので、マトンのカレー料理自体の調理時間はかなり短いです。

又、カレー料理のつけ合わせとしてボイルしたライスが好まれていましたが、「マトンカレー」と訳すると私たちの受け取るイメージが、図版14や15とは違ってしまうので「マトンのカレー料理」とするのが良いと思います。

ところでインドのスパイシーな料理が英国に伝わったあと、どのような経緯を経てストレイカー宅の夕食に登場した「マトンのカレー料理」に変化したのか、18世紀と19世紀に刊行された料理本

図版14・15『新ビートン夫人の料理術』掲載。

にあたりました。

昔のカレーのイメージは、『カレーライスと日本人』によると「多量の胡椒で調理されている。したがって（それは辛く）、わが国の人々でそれをあえて食べようとする人はいないであろう」と1514年頃に刊行された『東方諸国記』に載っているそうです。

このスパイシーな料理を英国にある材料で作ろうとしたのは18世紀のことで、英国でのカレー料理最古のレシピが載っているのは1747年に刊行されたハンナ・グルーシー著『質素な簡単料理術（The Art of Cookery Made Plain and Easy）』で驚異的な——といっても当時の発行数は第1版の予約申込者は約250人——版数を重ねたそうです。著者のハンナ・グルーシー（1708年〜1770年）は北部とイースト・アングリアに屋敷を持つ地方ジェントリーの出身です。19世紀の料理家ビートン夫人が都市生活をしているミドル・クラスのカリスマ料理家だとしたら、ハンナ・グルーシーは食卓から贅沢なフランス料理を排除して、経済的な家計経営を提唱した料理家だったようです。と言っても、同著に載っている節約スー

プ・ストックのひとつをつくるための費用は、当時の女性コックの1週間の賃金の半分ほどかかっているので、対象読者は家計の支出に用心はするけれど、貧しいとは言えない階級の人たちだったようです。

　さて、そのレシピですが、復刻版の『質素な簡単料理術』をみるとカレーの綴りは"currey"そしてターメリックが"Turmerick"となっています。また、単語関係でシャーロッキアンにとって興味深いのは「S」の字が「f」のように見えることです。ホームズが《バスカヴィル家の犬》事件の中でモーティマー医師が持ってきた古文書について「S」の字が長くなったり、短くなったりしていることで書かれた年代が判る、と言っています。古文書が書かれたのは1742年、そして最古のカレー料理のレシピが載っている『質素な簡単料理術』が刊行されたのが1747年なので、同じような字体で書かれていたのでしょう。

　最古のカレーレシピの材料は以下の通りです。

インド風カレーの作り方
（To make a currey the Indian way）

材料
小さめのチキン2羽、大きめの玉ねぎ3個、水1クォート、バター2オンス、ターメリック1オンス、生姜　大さじ1、挽き胡椒　大さじ1、塩少々、2個のレモン汁、0・25パイントのクリーム

　これを見て判るように、辛みスパイスは「胡椒と生姜」だけでカイエンペッパー（唐辛子）は使っていません。ターメリックは主に黄色にする色付け用のスパイスですが、1オンスも入れるとさすがに独特の匂いが強すぎます。それと「インド風」なのに「香り」関係のスパイスが使われていません。クリームやレモン汁をいれるのは、『東方諸国記』や『東方案内記』に載っている「酸味がある、果実で煮込んでいる」に関係していると思います。ハンナ・グルーシーはインドに行ったことのある人に聞いてみたのではないでしょうか。質問された人は「辛くて酸味がありクリームのような果実の実を入れて煮込み、スープの色は黄色い」などと答えたのかもしれません。と言って、当時の英国に胡椒・ターメリック以外のスパイス

がなかったわけではありません。たとえば同著に掲載されている「西インド風海亀の料理法」ではカイエンペッパー、白胡椒、メース（ナツメグの皮で作る）、クローヴ、タイムなどのスパイスを使うと書かれています。

生姜と胡椒、そしてターメリックのスパイスと2個分のレモン汁で作られた英国最古のカレーレシピの味を想像すると、「辛くて酸っぱい、そして毒々しい黄色でターメリックの独特の匂いが強い」チキン料理が思い浮かびます。1805年に刊行された改訂版にはこの「インド風カレー料理」は削除されているので、試しに作った人たちには人気のないレシピだったような気がします。

このように、最初のカレー料理はスパイスなどの分量からみると実用的レシピとはいえませんが、1788年刊行のリチャード・ブリッグズ著『イングランドの料理術』には、「カレーパウダー」が辛くなかったらカイエンペッパーを入れて辛みをつける、というアドバイスつきの「チキン・カレー」のレシピがありました。そしてこれ以降の、1791年刊行のミセス・フレーザー著『料理の方法』には「インド風カレー（チキン）」、1825年版のウィリアム・キッチナー博士著『コックの託宣』には「カレー（チキン、ウサギ肉）」、1847年版のエリザベス・ランデル著『家庭料理術新体系』には「すぐれたインド風カレー（肉）」、1860年初版のアレックス・ソワイエ著『ソワイエの1シリング料理術』には「肉カレー」のように「生の食材」と「カレーパウダー」を使ったレシピが載っていました。

しかし、『ビートン夫人の家政読本』では、マトン以外でもローストして残ったチキン（注2）やビーフの冷肉（というより多めに調理して残す）を使って、カレー料理に展開させる方法を提案しています。

インドの珍しい料理として紹介されてから約120年後、カレー料理はビートン夫人の生活信条のモットーである「倹約・質素」によって、英国の家庭料理として生まれ変わりました。そして、日曜日には大きな肉の塊を焼く伝統的な家庭料理の展開料理のひとつとなったカレー料理に、あろうことか愛人の洋服代を捻出する目的のため「アヘン」が入れられたのです。

（注1）ロースト・マトンの翌日のディナーの原文は"Cold mutton, potatoes, salad, curry, rice pudding, stewed fruit."です。買い物記録を見ても"Curry"がどのようなものか判らないのが残念です。

（注2）《海軍条約文書》事件の中で、ハドスン夫人は朝食に「チキンのカレー料理」を出しています。これについて「マトンのカレー料理」にはアヘンが隠されていたが、「チキンのカレー料理」にも何かが隠されている可能性はないのか、と思いました。それで、「ハドスン夫人が朝食にカレー料理を出した理由は何かあるのか？ そしてスコットランド人に比喩されたのは何故か？」に関連することを文献で調べ、日本シャーロック・ホームズ・クラブの軽井沢セミナー（1992年8月）において『カレー料理はふたつ』の題で発表をしたあと、機関誌の『ホームズの世界15号』（1992年）に、同じ題名で掲載をしました。発表と掲載をした『カレー料理はふたつ』の内容は「英国の朝食とその歴史、スコットランド人、スコットランドの歴史と風土、カレー料理の歴史」という項目で、それぞれを詳しく説明して結論を出しています。

　結論までは参考資料を使って調べたものを元にした研究論文的なものです。しかし、ヴィクトリア時代の生活史関連の本や小説を読んでも、朝食にカレー料理はでてきません。でも、発表にはなんらかの結論が必要だと思い、調理済みで残っていたチキンをスコットランド女性のように倹約家のハドスン夫人は、病み上がりのフェルプスと久しぶりに訪れたワトスンが泊まった翌日はベアリング＝グールドによると8月1日の木曜日（原作には「7月」そして「5月23日が10週間前」という記述だけで具体的な年月日、曜日の記載なし）なので、ロースト・ビーフを食べ尽くす歌の「木曜カレーで匂い消し」に合わせて、朝食にふたりへの特別なご馳走としてロースト・ビーフではなく「チキン」を「カレー料理」として出したのであろう、と考えつきました。

図版16《海軍条約文書》事件の便利屋タンギー宅の台所、シドニー・パジェット画。『ストランド・マガジン』1893年10月掲載。

　そして、最後は「どうしてチキン・カレーが上手い具合に3人分もできたのだろうか？ じつは前の日がチキンの特売日だったのだ。そこでハドスン夫人はチキンをたくさん買い、夏なので腐敗しないように焼いておいたのである。『マトンのカレー料理』にはアヘンが、そして『チキンのカレー料理』には肉の特売日が隠されていたのである」です。

　もちろん、これも落語のオチ的記述です。宿泊前日の水曜日に「肉の特売日」があった、という文献はどこにもありません。『カレー料理はふたつ』は文献をきちんと調べた研究に、高名なシャーロッキアンであるベアリング＝グールドの説と、「肉の特売日」というパロディ的結論を加えた創作なのです。そのために本著の本文には載せていません。

　また、『シャーロック・ホームズ大事典』には『カレー料理はふたつ』から「肉の特売日」という創作的記述を除いて要約をした『カレー料理』を載せてありますが、小林司・東山あかね著『シャーロッキアンは眠れない』等では「オチの箇所を含んだ内容」を何度か紹介して頂いています。このご紹介によって「ヴィクトリア時代の生活史」という研究の方向性に自信を持つことができたことが、この著作に繋がっているのでおふたりには大変感謝しております。

料理用ストーブ（オーブン）……ボール箱

石毛直道氏の言葉を借りると「食は文化を映ず鏡である。（中略）基本的な人間の活動である食のあり方をみることによって」ホームズ物語を理解することができる。食に関連する事柄から、ホームズの世界を「読み解こう」とするのが、本書の目的でもあります。

その「食」を作る「オーブン」についての調査をしてみました。ワトスンは《ボール箱》事件が起こった日は、「八月の焼けつくような暑さの日のことだった。ベイカー街の部屋はまるでオーブンさながらで、道路をへだてたむかいの黄色いレンガに照り返す日差しが、目に痛いほどであった」と書いています。そして「軍医としてインドにいたことがあるため、寒さより暑さのほうがしのぎやすく、気温が九十度（摂氏三十二・二度）あったところで

（右）図版17　『ロンドン・マガジン』1904年３月号掲載。
（左）図版18　ドールハウス用の料理ストーブ。オーブンに入っているのは「ヤマシギ」、鍋のなかは「チキンのカレー料理」、フライパンの中は「ハムエッグ」、制作と撮影は著者。

いっこうに苦にならない」と続けています。しかし、摂氏２００度近いオーブンの前で料理をしているハドスン夫人の苦労に比べると、室温が32・2度くらいで「オーブンさながら」は少し大げさすぎるようです。

さて『貧乏研究』などに載っている献立表などによると、当時の主な調理法には、

ボイル（boil）……食品を沸騰している液体の中で茹でる。

グリル（grill）……食品を熱源に直接さらして焼く。

ロースト（roast）……食品をオーブンのなかで加熱する。ベーク（bake）ともいう。

シチュウ（stew）……食品を沸点近くの温度の液体の中に入れ、ゆっくり煮る。

フライ（fry）……食品を油脂で加熱すること。

ポーチ（poach）……食品を沸騰直前の液体の中で加熱する。

スチーム（steam）……食品を蒸気で加熱する。


などがありました。この中で当時の日本に馴染

みがなかったのがオーブン料理です。ロースト・ビーフが日常的に作られていた英国では、料理用ストーブにオーブンが標準装備となっていました。この料理用ストーブが、ホームズ物語の中で描かれているのは、《海軍条約文書》事件に登場する便利屋タンギー宅の台所（図版16）です。テーブルとミセス・タンギーの姿に隠れて料理用ストーブの全体が見られないのが残念ですが、基本的には図版17や図版18のような形をしていました。図版17の調理をしている子供の様子から貧しい暮らしの家でも、オーブンがついている料理用ストーブはあったのが判ります。図版19は台所全体です。ベイカー街221Bのハドスン夫人の台所は鍋・食器などがたくさんあり、図版19より立派だと思いますが、基本的にはこんな感じだったのでしょう。

これらは石炭を燃やす料理ストーブですが、1895年頃になると図版20のような料理用オイルストーブも登場します。値段は少々高いですが、「ホームズは下宿代の支払いにけちけちしたところを見せなかった。わたしがいっしょに住んだ何年かのあいだに彼が支払った金額は、きっとあの家がそっくり買いとれるほどだったに違いにない」と《瀕死の探偵》事件でワトスンが書いているので、費用面では問題ありません。ただ長年石炭の火力に慣れているハドスン夫人がオイルの火力を気に入るかどうか、また石炭のように余熱で部屋を暖めるという効果がないので、ベイカー街の台所に料理用オイルストーブがふさわしいかどうかは判りませんが。

当時は図版21のようなオイルを使う暖房器具も流行っていました。これも、ホームズとワトスンがくつろぐのは「石炭がパチパチと燃える暖炉の前」が似合い、「オイルストーブがボウボウと燃えている横」では似合いません。それに居間の暖房をオイルストーブにすると葉巻をしまう石炭入れがなくなり、「習慣の人」であるホームズは困ってしまうでしょう。

（右）図版19 『労働者階級のための簡単料理術』掲載。（中）図版20と（左）21 『ハロッズのカタログ1895年版』掲載。

タンタラス（酒瓶台）……ブラック・ピーター

ブラック・ピーターことピーター・ケアリ船長が殺された現場に残されていたアルコール飲料について、ホームズが「(ラム酒以外の)他の酒は？」と聞くと「ありました。衣類箱の上に酒瓶台（タンタラス）があってブランデーとウィスキーが入っていました」（注1）とホプキンズ警部は答えています。部屋にブランデーもウィスキーもあるのにラム酒を飲んでいたということで、ケアリ船長を訪れた人物が船乗りである、とホームズは推測して犯人を割り出す手がかりにしています。

辞書によればタンタラス（tantalus）は「父ゼウスの秘密を漏らした罪で地獄の池の中につながれ、のどがかわいて水を飲もうとすると口もとの水が退き、飢えて食おうとすると口先にたれている果物が逃げるという苦しみにあったフリジアの王（ギリシア神話）」。使用人の歴史や役割などの詳しいことが書かれているパメラ・ホーンの『ヴィクトリアン・サーヴァント――階下の世界』では、「鍵のかかる仕掛けのついたタンタラススタンド〔酒注ぎ飾り瓶台。通例３つ組みの酒瓶台で外から見えるが鍵がないと瓶が取れない〕のような、使用人たちのアルコール消費を抑制するための簡単な装置を採用する家庭もあった。この装置は、ジョン・ベチェマン卿〔１９０８年～84年、英国の詩人でヴィクトリア時代の建造物保存運動でも知られる。１９７２年～84年、桂冠詩人〕の祖父によって発明されたもので、使用人たちが好き勝手に酒を飲めないように工夫されていた」と紹介されています。また、『ホームズ大百科事典』では「酒ビン台（タンタラス）：カットガラスのデカンタが3本入る台、自由に取り出せそうに見えるが、ストッパーの役割をしている横棒を上げないと、取り出すことはできない」とあります。

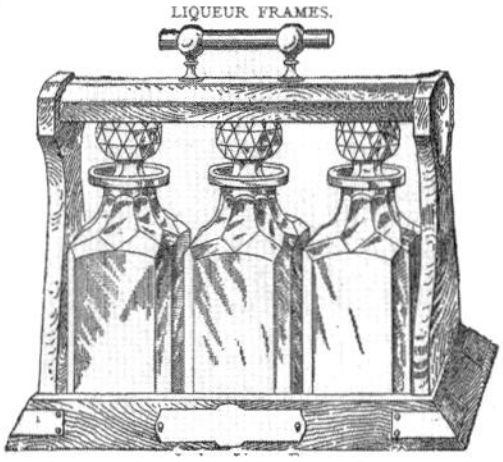

このタンタラスは『ハロッズの１８９５年版カタログ』には「リキュール・フレーム」という名称で載っていたので、いくつか紹介します。

図版22の材質はオーク材で、イラストのプレーンのガラス瓶ではボトル２本で24シリング、３本だと29シリング６ペンスですが、ホブネイルカット（切り子ガラス）の瓶が３本だと45シリング６

LIQUEUR FRAMES.

図版22

ペンス、ホブネイルカットの瓶3本とフレームそしてブラーマ・ロックがつくと63シリングです。

ブラック・ピーター事件の担当警部であるホプキンズは、ホームズにピーター・ケアリ船長の小屋にあったのは「テーブルの上にラム酒の瓶と使われたあとのあるグラスふたつ」、そしてタンタラスについては「両方とも中身がいっぱいでまったく手をつけられていませんでした」と言っています。このことからケアリ船長の部屋にあったのは2瓶タイプのタンタラスのようです。

しかし、いくら取り外しが簡単にできないタンタラスにブランデーとウィスキーを入れていても、ケアリ船長本人が飲んでいたのはラム酒ですから、酒瓶から飲み放題だったのです。飲んでは妻子に暴力をふるうケアリ船長の自室にタンタラスがあるのは奇妙ですが、これは素面のときは船長であったという自負から、飲むのは高級なウィスキーかブランデーだと思っているので、飲みたくなっても簡単に飲めないように鍵をかけていたのでしょう。しかし飲酒モードになった時に飲みたくなるのは長年馴染んでいたラム酒でした。タンタラスはケアリ船長のお守りのようなもので、

LIQUEUR FRAMES.

図版24　図版23

こころの奥底では飲酒癖の悪さを判っていたけれど、飲酒をやめることのできない弱さを感じます。

この他に《ボヘミアの醜聞》事件に出てくるホームズの部屋にあった「酒の台（spirit case）」もタンタラスと言われています。しかし、文中のなかでホームズはワトスンに対して「部屋の隅にある酒の台やガソジーンを指で示した」と言っているだけで鍵をあけている様子もありません。部屋にいるときは横棒を外すか鍵を側に置いておく、そして外出する時には鍵をかけてこの鍵を持って出ていくのは、なんだかみみっちすぎてホームズらしくありません。ホームズの部屋にあったのは図版23のような横棒のないタイプのフレームだったのではと思います。このフレームの値段は半分がホブネイルカットの瓶だと67シリング6ペンス、そして全面がホブネイルカットだと80シリングもする高価なものでした。高いものには切りがないようで、ガラスコップやカードを収納できるキャビネット付きの図版24だとワトスンの年金約10日分の126シリングもしました。

（注1）原文は"Yes, there was a tantalus containing brandy and whisky on the sea-chest."

グリーンピース

……………三人の学生

「グリーンピース」を調べてみると、3つの注釈本（注1）すべてにホームズがワトスンに言った「下宿のおかみさんが、七時半にグリーンピースがどうのこうのと言ってたんじゃなかったか」（注2）に注がついていて、『ヘンリー5世』の第2幕第3場でサー・ジョン・フォールスタッフの臨終の様子を伝える「『緑の野原がどうのこうの（注3）』と申しておりました」というクィックリー夫人の言葉を踏まえたものであろう、と書かれています。

これだけを読むと意味が判りませんが、「緑の野原がどうのこうの」の前の台詞から紹介すると、小田島雄志訳では「あの人（臨終間際のフォールスタッフ）の鼻はペン先のようにとんがって、緑の野原がどうのこうのとうわ言のように言うだけですもの（注4）」となっています。この「ペンの先のような鼻」つまりホームズとワトスンの問題になっている「ペンシル（鉛筆）の芯」にひっかけて「緑の野原がどうのこうの」ではなく「グリーンピースがどうのこうのと」とホームズは言ったと注釈者は説明しているようです。

最後まで書かれていないとシェイクスピアに精通していない読者には難しい注釈だということがわかります（注5）。

図版25『新ビートン夫人の料理術』掲載。

このグリーンピースですが、私たちのイメージはシューマイの上にのっているような小さな緑の豆——完熟前のエンドウ豆——を想像しますが、ホームズが活躍していた頃から少しさかのぼって1825年版のキッチナー博士の料理本『コックの託宣』には、ヤング・グリーンピースは野菜の中でも特に美味しいものである、と書かれています。次に『ビートン夫人の家政読本』には「ヤングピースは10分から15分、品種改良された大粒は18分から24分、オールドピースは30分」と、茹で時間が載っていました。

『新ビートン夫人の料理術』に掲載されているグリーンピースはとても粒が大きいのが図版25で判ります（豆の大きさが判るように同じ器に盛られ

ている茹でジャガイモの写真も載せてあります）。

このように20世紀初めまではグリーンピースの完熟前のものはヤング・グリーンピースと呼ばれていました。つまりホームズとワトスンの下宿先で用意されていたグリーンピースはシューマイのトッピングに使われているような小さな未熟なグリーンピースではなく、完熟したグリーンピースだったのでしょう。

『ベアリング＝グールド版全集』にはシェイクスピアの解説以外に「この言葉（グリーンピース）にはさらに年代学的な重要性がある。イギリスでは6月が旬なのである」と書かれています。ここでは続いてホームズが外套を着ている、3人の学生のひとりであるギルクリストが手袋をしていたことから、発生月は4月以前の可能性を示唆している。しかし、グリーンピースについては「園芸家によれば、温室ものが少しなら3月でも手に入る」という説が紹介されていて、温室栽培のグリーンピースを下宿先のおかみさんが用意したのでは、と推測をしています。

しかし、おかみさんが用意したグリーンピースが現在の完熟前のグリーンピースではなく、乾燥豆や缶詰もある完熟のグリーンピースだった可能性があるので「高価な温室栽培のグリーンピースを下宿で出すだろうか」などという疑問は消え、事件の発生月を3〜5月にしても特に問題はないようです。

1747年初版のハンナ・グルーシー著『質素な簡単料理術』に書かれているグリーンピース（この豆も完熟豆）の茹で時間も、『ビートン夫人の家政読本』レシピと同じく30分です。完熟でも30分は茹で過ぎでしょう。しかし、『イギリスはおいしい』の第1章「塩はふるふる野菜は茹でる」にもグタグタになるまで茹でられた野菜の話が載っているので、英国におけるグタグタになるまで柔らかく茹でる野菜の調理法の歴史は、長く由緒正しいようです。

さて、ホームズとワトスンの下宿先のおかみさんは「7時半にグリーンピースがどうのこうの」と言っていましたが、この「どうのこうの」は「茹でるのに時間がかかるグリーンピースで温かい夕食を用意しますので、かならず7時半にはテーブルについてください」と言ったのではないでしょうか。当時の英国では温かいというだけで立派なごちそうと思われていました。張り切ってグリーンピース料理を7時半に間に合うように作った下宿のおかみさん、夕食時間と作るものを予告するくらいですから「グリーンピースのクリーム和え」のような温め直しができない料理を作ったのでしょう。

ところがホームズとワトスンが戻ったのは9時過ぎなのでふたりが見たのは、冷めきったグリーンピース料理がのっているテーブルと、冷たい表情の下宿のおかみさんだったと思います。

（注1）『ベアリング＝グールド版全集』、『オックスフォード版全集』そして『クリンガー注釈のホームズ全集』

（注2）原文は "the landlady babbled of green peas at seven-thirty"

（注3）原文は "he " babbled of green fields "

（注4）原文は "for his nose was as sharp as a pen, and he " babbled of green fields"

（注5）シェイクスピアからの引用については《独身の貴族》の（注1）にも書いています。

ホームズがコーヒーを入れた器具とカットレット

……金縁の鼻眼鏡

１８９４年11月のある嵐が荒れ狂う夜、スタンリー・ホプキンズ警部がベイカー街２２１Bを訪れました。すでに、ハドスン夫人もメイドも寝てしまった時刻なので、ワトスンがドアを開けて招き入れ、ワトスン処方の身体が温まる「ホットレモン」がホプキンズに振る舞われます。これまで、ホームズとワトスンの居間にはオレンジ、炭酸水を作るガソジーン、ウィスキーやブランデーが入っている酒瓶台が常備されているのは判っていましたが、この他にレモン、お湯を沸かす小さなやかん（鍋）もあったようです。ワトスン特製の「ホットレモン」のレシピは書かれていませんが、砂糖（ハチミツ）をお湯で溶いてレモン汁を入れ、ここにたっぷりとブランデーを入れた飲み物だと思います。飲み終えた時のホプキンズ警部はさぞ身体が温まったことでしょう。

さて、ホプキンズ警部は事件の詳しい話をしたあと、暖炉の前のソファで休んだようです。翌朝は「出かける前に、アルコールランプでいれたコーヒーをごちそうするよ」とホームズが言いますが、この時のコーヒーはどのような器具で入れたものか書かれていないので推理してみることにします。

17世紀、コーヒーが英国でデビューした頃はトルコ方式の「煮出す方法」が取られていました。これは「やかん又は鍋にお湯を沸かし、ここにコーヒーの粉を入れる。次にコーヒーかすが沈殿するまで置いておく」というものです。どんなコーヒーができるのか不思議だったので試してみたのですが、コーヒーかすが少しカップに入るほかは、特に問題もなく飲むことができました。ただ、コーヒーかすが沈殿するのに時間がかかるので急ぎの時には間に合わないようです。

この方法は1861年発行の『労働者階級のための簡単料理術』にも載っていましたが、フランスでは1710年に、挽いたコーヒーを布袋に入れお湯をかけて浸出させる方式がとられていました。そして、19世紀前半になると「コーヒー沸かし」器具の創意工夫が盛んにおこなわれ、独創的なものが次々と作られていきました。『ハロッズの1895年版カタログ』には「金属のメッシュで作られた二重フィルターを使うドリップ式」コーヒー・ポット（図版26）や、陶器のドリップ式コーヒーポット、煮出す方式のトルコ式コーヒー沸かし器などが載っています。

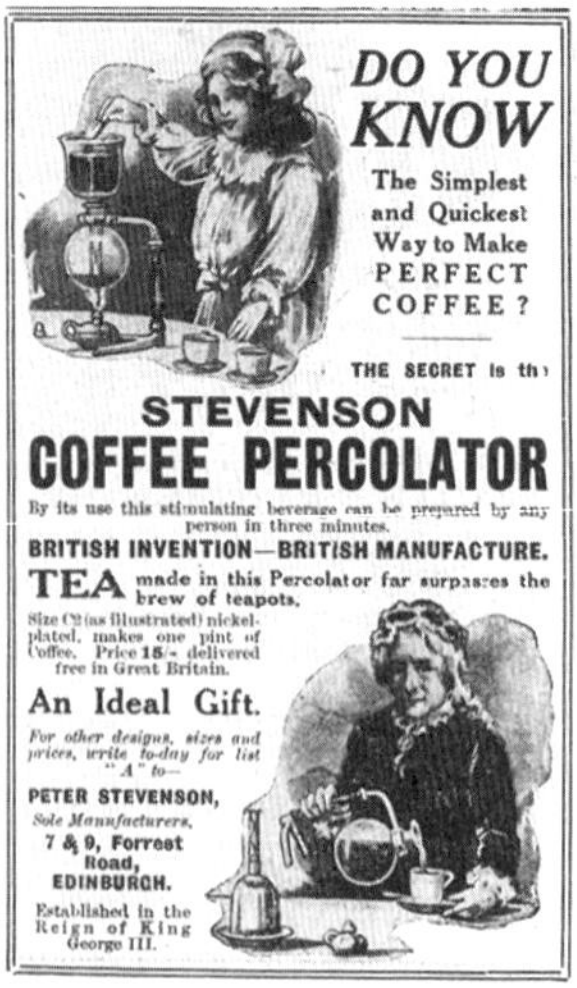

ハロッズのカタログには載っていませんが、煮出す方法の進化したものと言える、ガラス製のパーコレーターも試作されていたようです。図版27は『ストランド・マガジン』1916年2月号掲載の広告ですが、フランスでは1841年頃には同形式のものが特許申請されています（注1）。ホプキンズにごちそうしたコーヒーを作った器具は《金縁の鼻眼鏡》事件の半年前の1894年4月に、失踪から戻ってきた時のホームズの荷物に入っていたフランス土産で、「サイフォン」と呼ばれている図版27のような器具だったかも知れません。

図版27 『ストランド・マガジン』1916年2月号掲載の広告。

図版26 『ハロッズの1895年版カタログ』掲載。

もうひとつ考えられるのは《海軍条約文書》事件に登場する「アルコールランプで入れるコーヒー」です。図版28のパジェットのイラストは、外務省で残業をする職員のためのコーヒーをいれるために、アルコールランプでお湯を沸かしているシーンです。コーヒーを頼まれた便利屋のタンギーは居眠りをしていなかったら、図版26のようなドリップ式でコーヒーを入れていたことでしょう。これをみると、ホームズもアルコールランプでお湯を沸かして、ドリップ式でコーヒーを入れた可能性がでてきました。

どちらも「アルコールランプ」を使うので、ホームズがホプキンズ警部にごちそうしたコーヒーはドリップ式かパーコレーター式か悩むところです。しかし、ベイカー街221Bの居間にはガスが引かれていたことが《海軍条約文書》事件に書かれています。わざわざホームズが「出かける前にアルコールランプ（my spirit lamp）で入れたコーヒーをごちそうするよ」と言うくらいですから、フランスから持ち帰った図版27のようなガラス製のパーコレーターの初期の製品と、これにセットされていたアルコールランプを使った可能性があると、強く思うようになりました。

図版28　シドニー・パジェット画の部分拡大図。《海軍条約文書》『ストランド・マガジン』1893年10月号掲載。

次に《金縁の鼻眼鏡》事件のメインディッシュと言えるカットレット（cutlet）の調理にかかりましょう。

捜査を始めたホームズは家の構造、敷物などから、まだ犯人は家の中にいるのではという推理を確かめるために、家政婦のマーカー夫人にコーラム教授の食事についてそれとなく問いかけました。朝食については「けさの先生は、それはたくさんお召し上がりでした。あんなにたっぷり召し上がったのは初めてじゃないかしら」そして「昼食には大きいカットレットをとご注文なんですよ（注2）」という重要なことを聞き出すことができたのです。

この「カットレット」、すなわち日本でいう「カツレツ」とは「肉の切り身に小麦粉、溶き卵、パン粉をつけて揚げたもの」（広辞苑）とありますが、このカツレツは明治時代に生まれた「日本食」でコーラム教授が注文した「カットレット」とは違います。

私たちが思っている「カツレツ」のレシピは明治40（1907）年刊の『家庭応用洋食五百種』

に載っている、「良き牛肉を選び薄く切りて四寸四方ほどの大きさに切り、ただちに食塩と胡椒をほどよく振りかけなおメリケン粉をまぶして鶏卵を破ってよくかきまわしておき、その中に浸しさらに取り出してパン粉をまぶしフライ鍋にヘットを入れ烈火にかけヘットの沸騰するを待ちその中に投じ、二三回ほど裏返してきつね色になるまであげる」というものです。

フランス語の「コートレート」と英語の「カットレット」が明治の洋食屋に伝わり、これがいつの間にか「カツレツ」になった。「カツレツ」になった時点で「肉の炒め焼き」ではなく、たっぷりの油で天ぷら式に揚げる「日本の洋食」に生まれ変わったと思われる、という説明が『にっぽん洋食物語』に載っていました。

19世紀の英国の料理本をみると、日本風の「カツレツ」ではなく『西洋料理通』で紹介されているような「ソテー」でした。「羊のカットレットを一切れ」とか、「プレーンの方法は骨付き切り身肉（カットレット）を焼く」、そして「肉の小片、薄切り肉」という説明があったので「カットレット」には肉そのものを示す言葉でもあることが判りました。でも、レシピに載っているのは私たちがイメージする「肉の小片、薄切り肉」ではなく、厚みが4分の3インチ（約1・9センチ）もある肉のことです。図版29から英国におけるカットレットのイメージが判るかと思います。日本人から見るとかなり分厚い肉に見えますが、キロ単位で買った肉をまるごとオーブンで焼く習慣のある英国人にとって、カットレットは「肉の小片、薄切り肉」にすぎない、ということでしょう。

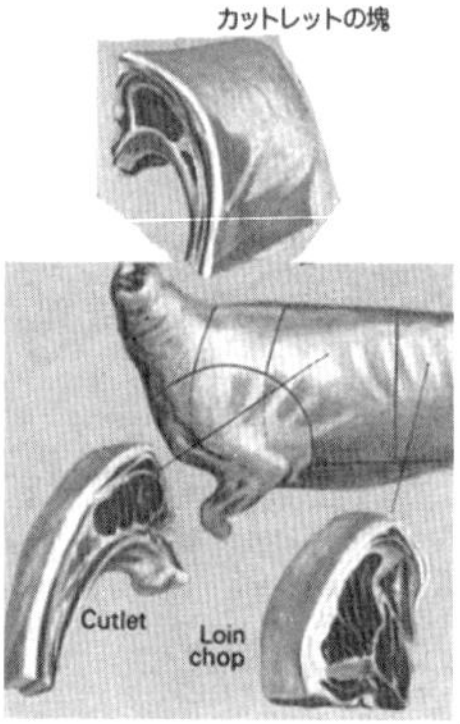

図版29 『ビートン夫人の料理術』1971年版掲載の部分拡大図。

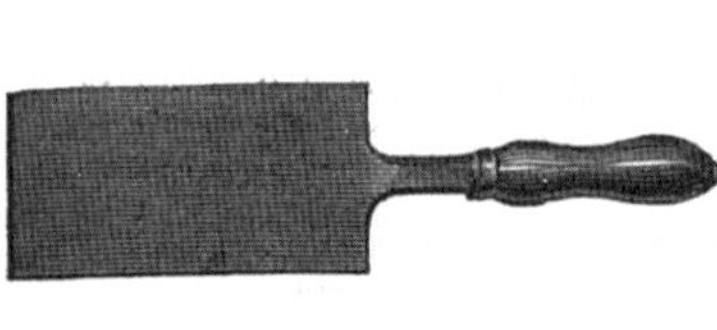

図版30 『カッセルの料理辞典』 1880年版掲載。

つまり、コーラム教授は具体的な料理名を言ったのではなく、ある程度ボリュームのある肉のカットレットの大きいのを昼食に出して欲しい、と家政婦のマーカー夫人に言ったことになります。

では、マーカー夫人はカットレットをどのように調理したのでしょう。この時のホームズたちの昼食も「昼食の世話をしてくれたスーザンが、尋ねもしないのに自分から話してくれたことのほうが、ホームズにははるかに興味あるらしかった」と書いてあり、事件現場となったコーラム宅が用意したようです。

当時の料理本を見るとカットレット（肉の切り身）を買うのではなく、かたまり肉で購入したものを4分の3インチにカットして図版30のカットレット・バットでたたいて形を整えています。つまりカットレットの厚さを調整すれば、食べる人数が増えても融通がきくようです。

マーカー夫人もかたまり肉、当時の料理本から推測すると、マトンか豚または子牛の2～3ポンドのかたまり肉を、厚さ4分の3インチほどのカットレット（切り身）にして、カットレット・バットでたたいて形を整え、「大きい」のをという指示にしたがい、厚めに切ったか、又は2切れか3切れでコーラム教授用に「スライスしたセロリをいれて2時間ほど煮込む」病弱者用のカットレットを作り、残りの肉はパン粉にハーブを混ぜるイタリア風カットレット（注3）にしてホームズたちの昼食にしたのではないでしょうか。

（注1）19世紀におけるコーヒー器具の特許申請についてはVacuum Coffee Potsサイトhttp://baharris.org/coffee/を参照しました。

図版31『新ビートン夫人の料理術』掲載の各種カットレット料理。

（注2）原文は"He's ordered a good dish of cutlets for his lunch."

（注3）マーカー夫人が作ったカットレットを知るために「ホームズの世界」サイトで連載していた時は、サイト上に当時のカットレットのレシピ表を載せましたが、本著では紙面の都合で割愛しました。ホームズたちが食べたのはプレーン・カットレットの可能性が高いですが、捜査をする探偵に張り切ってご馳走をつくったのではと推測したイタリア風カットレットの材料は「バター、卵黄1個、パセリのみじん切り大さじ1、エシャロット茶さじ1、レモンの皮1個分、ナツメグ、小麦粉、半パイントの肉汁か水、ハービー・ソース茶さじ2、醤油茶さじ1、タラゴンビネガー茶さじ2、ポートワイン大さじ1」、作り方は「肉を切って余分な脂肪をとって成形。これに、よくかき混ぜた卵をつけ、『パン粉、パセリ、エシャロット、レモン皮、ナツメグ』を混ぜたものをまぶして、バターで茶色になるまで焼く。焼き上がったら肉を取り出し、ここに材料に書かれている肉汁以下を入れ、水気が多かったら小麦粉を入れてソースを作り肉にかける。マッシュルームの季節の時はつけ合わせにする」です。

ディナーとサパーの違い、カキについて

……悪魔の足

1897年3月15日（月曜日）、コーンウォール半島の最西端にある小さな村に住むトリジェニス3兄妹（男ふたり、女ひとり）は、牧師館に間借り生活をしている兄弟のモーティマー・トリジェニスと自宅で夕食を共にしたあと、トランプ遊びをしました。

この夕食についてモーティマー・トリジェニスは「あそこで夕食（サパー）を食べ終えると（I supped there）、兄のジョージが食後にホイストをやろうと言いだしました」と語っています。

私たちが3食を表現するときは、朝食、昼食、夕食と言いますが、《唇のねじれた男》事件でも説明しているように、ヴィクトリア時代の料理本や『貧乏研究』を見ると、1日の中でボリュームがあり内容が充実している食事を「ディナー」と言っています。つまり、昼食、夕食のどちらかをディナー（正餐）として献立をたてることになるので、各家庭によって、

ブレックファスト（朝食）―ランチ（昼食）―ディナー（夕食）

ブレックファスト（朝食）―ディナー（昼食）―サパー（夕食）

となります。これは、外に働きに出ている一家の主が昼食に家で食事をするかどうかで、ディナーを何時にするかを決めていたからでしょう。

19世紀末頃のロンドンでは昼食にディナーを取る家庭は少なくなり、職場と住宅との距離が近いヨーク市のような地方都市ではお昼に家族揃っての「ディナー」をとっていました。トレダニック・ウォーサに住んでいるトリジェニス3兄妹は経営していたスズ鉱の採掘事業を売り払って悠々自適の生活をしているので、日常生活では「ブレックファスト（朝食）、ディナー（昼食）、サパー（夕食）」という食事をしていたようです。

表Aは『貧乏研究』掲載の家計21（使用人のいる家庭）のディナー（昼食）とサパー（夕食）の1週間の献立表ですが、これを見るとディナー

(昼食)とサパー(夕食)の内容の違いが判ります(１２７頁の表Kも参照)。お金の分配問題が解決していたらサパーになんか呼ばずにディナーに招待していたでしょうから、兄弟間のわだかまりはなくなり、兄弟が仲良く付き合っていたというのは、モーティマー・トリジェニスの嘘であることが「あそこで夕食(サパー)を食べ終えると(I supped there)」という言葉で判ります。

献立表から、トリジェニス家の内紛は収まっていなかったことは推測できますが、『貧乏研究』掲載の「使用人のいる家庭」の献立全体が質素なので、あまり季節感を感じるものが見当たりません。それで現在でも冬の味覚として珍重されていて、《四つの署名》事件ではホームズがワトスンとジョーンズ警部にご馳走をした「カキ(oyster)」を17世紀~19世紀の日記・ルポルタージュ・料理本などの記述から紹介してみたいと思います。

百科事典によると、カキ(oyster)は軟体動物門二枚貝綱に属するそうです。そして大きく分けると卵生種と胎生種の2種類があり、どちらの種類にも食用になるもの、ならないものがあります。

図版32『ビートン夫人の家政読本』掲載のカキのイラスト。

一般に卵生種は夏に卵巣・精巣が大きくなり、食用には適さなくなりますが、同じ卵生種でもイワガキは夏が旬とされています。そして、英国を含むヨーロッパ沿岸では胎生種の貝殻の輪郭が丸く平たいヨーロッパヒラガキが養殖されていました(図版32)。

このカキを好んでいたのはサミュエル・ピープスで、家令として仕えていたモンタギューの殿様(初代サンドイッチ伯)のカキについての蘊蓄を少し皮肉った記述で日記に記しています。カキ好きのピープスの１６６０年の記述をみると３月２回、4月4回、5月1回、6月1回、7月1回、10月2回、11月6回、12月1回の計18回ですが、１６６１年には9月に1回、１６６２年には８月に１回食べていました。

ただし、詳しく記述をみると6月と7月は生ではなくカキのピクルス(pickled oysters)を食べていて、季節感が判る記述としては１６６０年10月4日、１６６１年9月4日に「今年初めてのカキを食べる」とありました。17世紀中頃は1年中カキが食べられていましたが、盛夏には生食は避けていたようです。

次に、ヘンリー・メイヒューによる1849年頃の調査では「4個1ペニーのカキは貧しい人たちに人気のあった食べ物だった。ビリングズゲイトおよびハンガーフォードの小型漁船から仕入れたもので、テムズ街やバラ市場でよく売られていた」とあります。掲載されているイラストの子供の服装からかなり暑い時期にも露天商の売る生カキを食べていたようです。

チャールズ・ディケンズの『ピクウィック・クラブ』（1836年〜1837年発表）の登場人物のサム・ウェラーが、「貧乏とかきがいつもいっしょにいるように見えるのは（中略）ちょっとおもしろいこってすな」、そして「貧乏地区になればなるほど、かきの要求が多くなるらしいということです。そこをごらんなさい。五、六軒に一軒はかきを売る店があります」（北川悌二訳）と言っていること、そしてメイヒューの調査から「カキは貧困階級の食べ物」というイメージです。しかし、チャールズ・ディケンズ夫人がマリラ・クラッターバックのペンネームで書いたとされている1851年刊（注1）『ディナーに何を食べるべきか？』をみると、カキ料理は174種類の献立の中の37の献立に登場しているので、裕福な階級でも「カキ」は人気のあった食材だったことが判ります。また献立は、食事をする人数と、月、季節によって30種類に分類されています。そして、カキのレシピとしてはフライド・オイスター、オイスター・ソース（注2）、オイスター・パテ、オイスター・カレー、コールド・オイスターなどが載っていました。

この中でコールド・オイスター（生カキ）が載っている献立は［冬の期間］だけですが、オイスター・カレーは［冬の期間］のほかに［3月から8月］、オイスター・ソースは［夏の期間］と［冬の期間］、そしてフライド・オイスターは［1月から12月］の献立にあるので、裕福な階級では美味しくて安全な冬に生カキを食べていること、そして火を通すフライド・オイスターなどは1年中食べられていたことが判ります。

このように貧困階級から裕福な階級まで幅広く好まれていたカキですが、1850年代に壊滅的な減少があったそうです。寄生虫かウィルスによるものだったのでしょうか。この減少のためにカキの値段は上がり、カキのシーズンは8月から4

月と表記されるようになっていました。『ビートン夫人の家政読本』の月別献立表をみると8月には「茹でた鳥とカキ」がありましたが、5月、6月、7月には火を通したカキを使った料理の記述もないところを見ると、10年前のディケンズ夫人の頃とは社会的な習慣が変化したようです。

では、ホームズが活躍していた19世紀後半のカキ事情はどうかというと、1880年版の『カッセルの料理辞典』によると「法的にカキの出荷は8月4日から5月の初めまで」（注3）である、このことは『R』のつく月が旬であるという古い格言が正しいことを示している」とも書かれていました。そして値段も1ダースが1シリング6ペンス〜3シリングと、20年前の『ビートン夫人の家政読本』の時代から3倍〜6倍の高値となっていて、完全に貧困階級には手のでない食材となっていたのです。

ここで、問題となるのが《四つの署名》事件の発生月です。前述していますが、オーロラ号追跡の前にホームズがワトスンとジョーンズ警部にご馳走をした中に「カキ」があります。この記述の前にモースタン嬢に来た手紙の消印が7月7日（注4）、手紙の指示通りにライシアム劇場に出かけた時の様子をワトスンは「9月のたそがれ時のこととて、まだ7時前だというのに気のめいりそうな天気だ」と書いているのです。

この7月と9月の異なる記述ですが、その他の本文を見ると7月、9月どちらも当てはまるものがあります。しかし、「カキ」、おそらく「生カキ」を用意していることから事件発生は7月ではなく、カキの出荷が始まっている「9月」に《四つの事件》は発生したと確定して良いと思います。

それでも気になることが残ります。それは「生カキは当たる」つまり食中毒をおこす可能性のある食品です。これからオーロラ号を追跡して犯人を捕まえようとしている3人がカキに当たってしまったら、とても追跡なんかできないことになったはずです。「ハウスキーパーとして有能」と自負しているホームズも家政学の知識は少し不足だな、と思いました。《緋色の研究》事件でワトスンが書いている「シャーロック・ホームズの知識と能力」の表に「家政学の知識は一応あるが、実践において少々こころもとない」とでも追記するのはどうでしょう。

	ディナー(昼食)	サパー(夕食)
日曜日	ロースト・ビーフ(約2.4キロ)、ヨークシャー・プディング、ジャガ芋、アーティチョーク、アップル・プディング	コールド・ビーフ、ピクルス、白と茶のパン、バター、ルバーブ・パイ、ルバーブ煮、クリーム・チーズ、セロリ、ビスケット
月曜日	コールド・ビーフ、ジャガ芋、アーティチョーク、アップル・プディング	外出
火曜日	細切れビーフ、ジャガ芋、セロリ煮、糖蜜タルト	オートミール、ティケーキ、ミルク
水曜日	マトン、ジャガ芋、ルバーブ・タルト	オートミール、ティケーキ、ミルク
木曜日	コールド・マトン、ジャガ芋、カブ、糖蜜タルト	外出
金曜日	ハッシュド・マトン、ジャガ芋、挽き割りライスのプディング、パイナップル煮	オートミール、ティケーキ、ミルク
土曜日	シチュード・ステーキ、ジャガ芋、糖蜜、スエット・プディング	魚、バス・プディング、ルバーブ煮、クリーム・チーズ、セロリ、ソーダ水、ミルク、ビスケット、パン、バター

表A 「使用人のいる家庭」の献立表（大人３人）1901年２月23日～３月１日

（注１）「ディナーに何を食べるべきか？（What Shall We Have for Dinner?）」の初版は１８５１年ですが、参考にしたのはインターネットに掲載されている１８５２年版です。

（注２）茹でた魚やローストした肉にかける2種類の「オイスター・ソース」のレシピを紹介します。材料は3ダースのカキ。作り方：貝殻からエキスをこぼさないように慎重に貝殻を開けて身を取り出します。これをできるだけ重ならないようにシチュー鍋に並べて火にかけ、カキから出たエキスを濾します。カキに含まれている塩分があるので塩は入れません。ここまではどちらのレシピも同じです。

ビートン夫人風はこのカキのエキスと自家製のミルクバター（バターがたっぷりのゆるめなホワイトソース）を合わせたもの。そして１７７６年版『質素な簡単料理術』にはカキのエキスにすりおろしたホースラディッシュとレモンの皮を入れるレシピが載っていました。どちらのレシピもカキの風味がする美味しいソースだと思います。

（注３）『ホイッティカー年鑑１９００年版』に、１８７７年に制定された「漁業法（カキ・蟹・ロブスターに関する）」の規定によると、深海カキの禁漁期は6月15日～8月4日、その他のカキの禁漁期は5月14日～8月4日。

（注４）新訳全集の『四つの署名』では「消印はロンドン南西局、日付は9月7日」と訳されていますが、原文は"Post-mark, London, S. W. Date, July 7."と書かれています。

第2章 英国食糧事情

LINCOLN'S INN FIELDS
WATERLOO BRIDGE
HUNGERFORD
SUSPENSION BRIDGE
WESTMINSTER
BRIDGE
HOUSES OF PARLIAMENT
WHITEHALL
TRAFALGAR

農産物への投資の値下がり理由

…………まだらの紐

《まだらの紐》事件は1882年4月初めに起きた事件です。依頼人のヘレン・ストーナー嬢は32歳、双子の姉のジュリアが亡くなったのは2年前の30歳の時でした。姉妹の母ストーナー少将の未亡人はふたりが2歳の時にロイロット博士と再婚をして、持っていた財産をすべて再婚相手のロイロット博士に譲りましたが、その財産とは「年に1000ポンド以上の収入」があったものです。年に1000ポンドの収入はミドル・クラスとしてもかなりの上位に位置する金額です。

ホームズがストーナー嬢の母親の遺言書を調べると内容は、「遺言状に関わる投資物件の、現在の評価額を知らなければならない。死亡当時の彼女の年収は一一〇〇ポンド近くあったが、いまは農産物の価格が下落したため、七五〇ポンド足らずになってしまった。ふたりの娘は、結婚したらそれぞれ年に二五〇ポンドずつもらう権利がある。つまり娘がひとり結婚しただけでもあの男には相当な痛手だが、ふたりとも結婚してしまったら、それこそわずかな収入しか残らないわけだ」。ロンドンにいながらホームズは娘の結婚の邪魔をしたいロイロット博士の動機を見つけたのです。

ホームズの調べてきたことからストーナー少将の未亡人の財産は「農産物への投資」からの配当（利子）を受け取るもので、元金には手を付けられないものだったことが判ります。

どうして遺産を遺した人が「農産物への投資」をしていたのでしょう。ストーナー少将未亡人の財産が夫の遺産または持参金として親から貰ったものなのか判りませんが、ストーナー嬢の年を考えると30年程前（1850年頃）に投資されたものだと思います。では「農産物への投資」をした1850年頃から、事件が発生した1882年の間の農業に何が起きたのか少し歴史を振り返ってみます。

英国では農業者保護のために穀物の輸出入を制限していた「穀物法」が1846年に廃止されました。この撤廃で小麦の輸入高は急激に増加しても、価格は低下しないどころか穀物法が施行されていた時よりずっと安定したのです。理由としては当時人口が急速に増加して消費量も急激に増え出し、階級や地域によっては格差がありましたが、かつて見られなかったような巨大な農産物市場が国内にできたことです。１８５０年頃においては「農産物への投資」は魅力的な投資だったのは間違いないようです。ところが１８７０年代になると7年間が不作で、１８７９年にいたっては寒冷のために19世紀最低の収穫だったそうです。国内だけで農産物をまかなう時代だったら、穀物の値段が上がるので投資家にとって問題はないのですが、穀物法が撤廃されているので安い海外産の小麦などが大量に輸入されて値段は上がらず、おまけに生産高が寒冷のために減少、このために投資家の受け取る利子は下がってしまったのです。

　姉のジュリア・ストーナーが謎の死をとげたのは《まだらの紐》事件発生の2年前の１８８０年です。前年の大凶作で利子が一段と落ち込みロイロット博士は家計破綻の危機を感じて行動に出たのでしょう。ジュリアにとって１８８０年は、愛情運は良いけれど財政と健康運は「大凶」だったのです。

図版33　シドニー・パジェット画。『ストランド・マガジン』1892年2月号掲載。左からロイロット博士、ホームズ、ワトスン。

　輸出先のアメリカ合衆国をみてみると１８６５年に南北戦争が終わったあと戦争前より小麦生産高が3倍近く増え、英国などからの資本で鉄道網が完成、そのために英国では輸入が増え価格が暴落しました。下落率の比較は１８７０年前後と１８９１年前後になりますが、家畜飼料になる大麦、オート麦、トウモロコシなどの価格下落率は37〜44パーセント、小麦の価格下落率は70パーセントにもなってしまったのです。

《まだらの紐》事件の起きた１８８２年のロイロット家が受け取った利子の下落率は32パーセントとかなりの値下がり率ですが、頭の良いロイロット博士には近い将来格段の農産物の下落が予想できたのだと思います。投資物件が「小麦」だったら当初の１１００ポンドの年収が事件発生年の１８８２年では７５０ポンド、9年後の１８９１年になると３３０ポンドまで落ち込むことになります。もし元金を自由にできるのでしたら、農産物への投資から撤退してもっと将来性のあるものへの投資をしたことでしょう。ロイロット博士が１８７４年に妻が鉄道事故で亡くしてから、ロンドンでの開業をあきらめ故郷のストーク・モーランの屋敷に移って以後、「おそろしく人が変わってしまった」理由は、妻の死と不作続きで収入が減少し始めたことが原因のように思えます。

高利回りの「農産物への投資」と「元金を減らさないように」という思いやりから考えられたであろう「二代前の遺言」が、寒冷のための１００年に1度の不作とボディブローのような効き目が出てきた穀物法撤廃により動機が生まれ、殺人と殺人未遂事件となったのが《まだらの紐》事件のようです。

《花婿の正体》事件の依頼人メアリ・サザーランド嬢は伯父からニュージーランド公債を遺産として貰っていますが、彼女も自由にできるのは利子だけでした。ストーナー少将の未亡人の財産が「農産物への投資」ではなく、サザーランド嬢の伯父が遺したような公債だったらこのような事件は起きなかったことでしょう。いつの世もハイリスク・ハイリターンのようです。

さて、「穀物法」廃止によって、消費者である労働者たちはどのような影響を受けたのかを調べてみました。

ヴィクトリア時代の社会史のテーマのひとつに19世紀の間に労働者階級の生活が豊かになったのか、それとも厳しくなったのかという問題があるようです。19世紀の工業労働者は農業従事者と違って、身体で稼いだ賃金だけが生きるすべてでした。そのため家計簿の数字だけで生活状態が把握できます。

そこでヴィクトリア時代初期、１８４０年頃の食品の支出と末期の１９０１年の食品の支出について、同じ食品のカロリーを計算してみることにしました。

比較する家庭の最初は　J・バーネット『豊かさと貧困』掲載の「１８４０年頃のロンドンの典型的な半熟練労働者（semi-skilled）５人家族」です。semi-skilledなので仮にSS氏としました。収入は週15シリング、一週間の総支出は次の通りです。

パン　４（重量）ポンドのパンが5個で3シリ

ング6ペンス半

肉　1（重量）ポンドが5ペンスの肉を5（重量）ポンドで2シリング1ペニー

ポーター（ビール）1パイントが2ペンスを7パイントで1シリング2ペンス

ジャガイモ　40ポンド（約18キログラム）1シリング4ペンス

紅茶と砂糖

紅茶3オンス（約85グラム）

砂糖1（重量）ポンド（約453グラム）

合計の支払額1シリング6ペンス

バター　1ポンド（重量ポンド）9ペンス

石鹸とロウソクが各半ポンドで合計支払額は6・5ペンス

家賃　2シリング6ペンス（この金額では1部屋、良くても2部屋）

石炭0・5ハンドレッドウェイト（約25・4キログラム）9・5ペンス

教育費　4ペンス

雑費　5・5ペンス

SS氏宅の支出額は15シリングです。貧しい家庭ですが、教育費（おそらく初等教育の授業料代金）に4ペンスの支出があるので、両親に向上心があり社会問題に興味を持っているために、家計の公開を承諾したのでしょう。ただ、1901年のヨーク市の労働者と違って保険には入っていません。

次は比較する家庭、『貧乏研究』に掲載されている馭者のD氏宅の食品購入記録です。D氏宅は週給20シリングで家族構成は夫・妻・子供（五歳の息子と二歳の娘）です。

小麦粉　1・5ストーン（約9・5キログラム）2シリング

砂糖　4ポンド（約1・8キログラム）7ペンス

茶　0・25ポンド（約113グラム）4ペンス半

コーヒー　0・25ポンド（約113グラム）3ペンス

バター　1ポンド（約453グラム）1シリング

ベーコン　3・5ポンド（約1・5キログラム）

1シリング5ペンス
ラード　0・5ポンド（約227グラム）2ペンス半
卵　6個で6ペンス
ジャガイモ　0・5ストーン（約3・1キログラム）5ペンス
豚肉　3ポンド（1・3キログラム）1シリング7ペンス半
イチジク　1ポンド（453グラム）5ペンス
米　0・5ポンド（約227グラム）1ペンス
牛乳　1ペンス
キャベツと玉ねぎ　3ペンス
キッパー（燻製ニシン）　2ペンス
コンデンス・ミルク2缶　5ペンス

他にイースト、ベーキングパウダー、スターチ（澱粉）、ソーダ（重曹）を購入していて、これらの食品の合計は10シリング1ペニー半になりました。

馭者D氏宅の週給は貧困線以下ですが、D氏のわずかな時間外手当と妻の手間賃があり、また妻の暮らし向きを良くしようとする努力があるためか、摂取カロリーについては0・5パーセントの不足で済んでいます。

１８４０年のＳＳ氏宅と１９０１年のＤ氏宅の共通の食品について比較表にしました。

SS氏宅		
パン	4ポンドのパンが5個 (9.06キログラム)	24000キロカロリー
ジャガ芋	約18キログラム	13090キロカロリー
バター	約453グラム	3294キロカロリー
茶と砂糖	茶約85グラム 砂糖約453グラム	(茶は0カロリー) 1725キロカロリー
肉	約2.2キログラム	3911キロカロリー
	小計	46020キロカロリー
D氏宅		
小麦粉	約9.52キログラム	34618キロカロリー
ジャガ芋	約3.17キログラム	2305キロカロリー
バター	約453グラム	3294キロカロリー
茶と砂糖	茶約113グラム　4.5ペンス 砂糖約1.81キログラム　7ペンス	(茶は0カロリー) 6895キロカロリー
肉	ベーコン約1.58キログラム 豚肉1.3キログラム	6320キロカロリー 2311キロカロリー
	小計	55743キロカロリー

この表をもとに計算すると、

1840年　SS氏宅
1ペニーで416キロカロリー
1901年　D氏宅
1ペニーで626キロカロリー

60年間で1・5倍の購入が可能になっています。《白面の兵士》事件で紹介している「海外からの食料供給なしでどれだけ持つか?」掲載の図版40によると、自給率の高いジャガイモは、1840年には1ペニーで818キロカロリー購入できましたが、1901年になると461キロカロリーしか購入できません。しかし自給率が低いパン(小麦粉)の場合は1840年には1ペニーで571キロカロリーですが、1901年になると1442キロカロリーも購入できるようになっていました。

ロイロット博士には破滅的な結果をもたらした「穀物法」廃止は、労働者階級にとってはラッキーであったことが再確認できたようです。

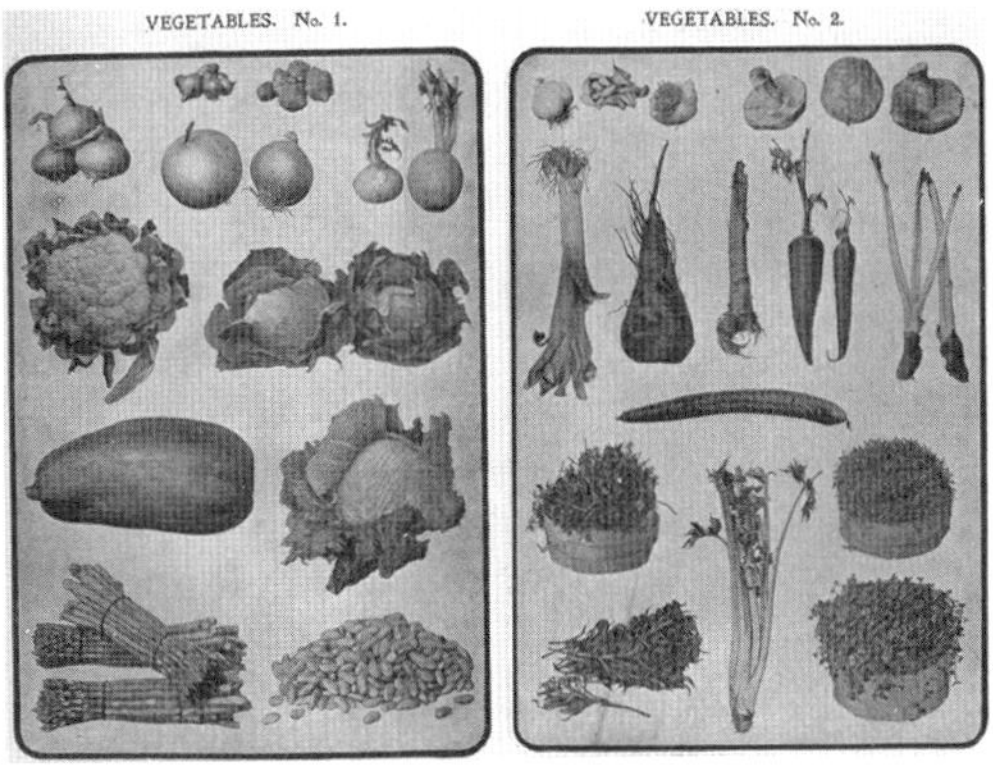

図版34　『新ビートン夫人の料理術』掲載。

階級間における野菜摂取量の違い

……緑柱石の宝冠

《緑柱石の宝冠》事件に登場する銀行頭取ホールダー宅には、美人メイドのルーシー・パーの恋人である八百屋のフランシス・プロスパーが来ていました。夜はこっそりと恋人に会いにきていましたが、昼間は勝手口からどのような野菜を届けていたのでしょうか。

図版34は『新ビートン夫人の料理術』に載っていたものですが、同著の「野菜の旬と値段一覧表」をみると図版の野菜の他に、アーティチョーク、ビート、芽キャベツ、レタス、トマト、グリーンピース、ホウレンソウそしてルバーブなどが食べられていました。八百屋のプロスパーはホールダー宅にもこのような野菜を配達していたのでしょう。

ホームズ物語に具体的な野菜の名前が出てくるのは、ホームズが《四つの署名》事件の中で、事件現場に残されている煙草の灰の種類についての説明をしている「専門家が見たらキャベツとジャガイモほども違いがあるもの」、そして《三人の学生》事件での「下宿のおかみさんが、七時半にグリーンピースがどうのこうの」と言っているくらいです。実際にはどのような野菜がどのくらい各家庭で購入されていたのでしょう。

ヴィクトリア時代の英国ではジャガイモは野菜の中に含まれていて、『新ビートン夫人の料理術』の「野菜の旬と値段一覧表」にもジャガイモが載っています。ジャガイモは生物学的には野菜の一種ですが、現在の日本では栄養学的に普通イモ類に分けられています。「健康のために野菜を350グラム食べよう！」と言うときにはイモ類は含まれず、イモ類と野菜は別項目になっているので、表Bでは野菜とジャガイモを分けてあります。

また家計1から家計14までは貧困線以下または貧困線ギリギリの家庭の「クラス1」、家計15から家計18は生活が安定している賃金労働者の家庭「クラス2」、家計19から家計24は比較対照として調査された使用人のいる家庭「クラス3」です。

図版34の「ソレル、タラゴン、クレス」などのスプラウトは現在の日本でも人気がありますが、20世紀初めのヨーク市でも家計19「5重量ポンドで1シリング0・5ペンス」と家計20「2重量ポンドで4ペンス」と、少々値段は高いですが、食べられていたようです。スプラウトは「芽キャベツ」であった可能性もあります。

これら24家庭の献立表を見ると、野菜を食べるのはディナー（昼食）の時が主で、家計1から家計14までの貧困線以下の家庭ではジャガイモを含めて野菜は朝食に登場していません。また、使用人のいる「クラス3」の家庭でも朝食には野菜は登場していません。朝食に野菜が出ているのは「クラス2」の家計15の木曜日と日曜日の朝食に「マッシュルーム」、家計16の日曜日の朝食にある「コールド・トマト」だけです。24家庭の1週間（計168回）の朝食の中で野菜が登場するのは3回だけなので、ヨーク市の家庭では朝食に野菜を食べる習慣はなかった、と言っても良さそうです。

それとジャガイモはどの家庭でも1日に1回は食べられていたことが判りました。私たちのように「主食と副食」というはっきりとした概念はないようですが、毎食どの家庭でも必ずといって良い程ジャガイモかパンが食卓に登場しています。貧困線以下または貧困線ギリギリの家庭である「クラス1」の買い物記録帖と献立表を見ると、現在の私たちの感覚では全体的に野菜は不足しているように思えます。しかし、どの家庭でもジャガイモが頻繁に食べられているので、知らず知らずのうちにジャガイモで野菜不足を補っていたようです。また、著者のラウントリーは言及していませんが、貧しい「家計1」の1月における購入野菜ゼロに対して、豊かな「家計19」の1月の購入野菜は「キャベツ、スプラウト、玉ねぎ、ニンジン、トマト缶、エンドウ豆」と種類も多く、野菜の購入量にもはっきりと階級の差が出ていることが判りました。

　次に、この各家庭で食べられている具体的な野菜料理ですが、献立表を見てみると「ルバーブ・パイ、ルバーブ煮、セロリ煮、茹でたセロリ」などくらいしかなく、あとは「玉ねぎ、スプラウト、カリフラワー」などと野菜の名が載っているだけです。《二人の学生》事件でも説明をしていますが、林望著『イギリスはおいしい』によると「どの野菜も、延々と呆れるほど長い時間をかけて茹でる」と説明されています。また、『新ビートン夫人の料理術』の「茹でセロリ」のレシピをみると「茹で時間30分」となっていました。1861年に刊行された『ビートン夫人の家政読本』でも「野菜は長時間ひたすら茹でる」が基本なので、長時間野菜を茹でるのは英国の伝統的料理法のようです。経済的に豊かな家庭では野菜の購入が多いのが判りましたが、長時間茹でる料理方法では野菜のビタミンCは壊れてしまうので、どの家庭においてもビタミンCの摂取量は同じかも知れません。

　表B「各家庭の野菜の1週間の購入量」と買い物記録帖に載っている肉の購入量を合わせて見ると、貧しい家庭では「ジャガイモとパン」がメインになり、裕福な家庭になると肉類がメインになって野菜・果物も豊富に食卓に登場して「ジャガイモとパン」は食事のごく一部になるという違いが判ります。

表B　各家庭の野菜の１週間の購入量

	週給	家族数	調査年月	野菜	ジャガイモ
クラス1					
家計1	17シリング6ペンス	夫婦、11歳、9歳、7歳、4歳、2歳	1899年6月	玉ねぎ:1ペニー、レタス:1ペニー	0.5ストーン:2ペンス
同上	同上	同上	1900年1月	購入なし、メニューにも載っていない	0.5ストーン:3ペンス
同上	同上	同上	1900年8月	キャベツ:2ペンス	0.5ストーン:3ペンス半
家計2	22シリング	夫婦、2歳～8歳の子供3人	1900年10月	家計簿には載ってないがメニューにカリフラワー、ビート、ピクルスが記されている(家庭菜園を作っている)	1ストーン:6ペンス
家計3	15シリング	未亡人、生後14カ月～7歳の子供5人	1899年7月	玉ねぎ0.5ポンド:半ペニー、キャベツ:1ペニー、ひきわりグリーンピース0.5ポンド:1ペニー	0.75ストーン:8ペンス半
家計4	15シリング	夫婦、4歳以下の子供3人	1900年4月	購入なし、メニューにも載っていない	0.5ストーン:3ペンス半
家計5	20シリング	夫婦、22歳(リュウマチ)、13歳、8歳	1900年6月	グリーン(葉野菜):2ペンス、ルバーブ:2ペンス、レタス:1ペニー、ラディッシュ:1ペニー、玉ねぎ:1ペニー半	1ストーン:8ペンス
家計6	11シリング9ペンス	母(63歳)、娘(20歳)	1901年3月	購入なし、メニューにも載っていない	0.5ストーン:5ペンス
家計7	20シリング	夫婦、5歳、2歳	1901年2月	キャベツ1個:2ペンス、玉ねぎ1ポンド:1ペニー	0.5ストーン:5ペンス
家計8	25シリング	夫婦、8歳、6歳、2歳6カ月	1901年2月	玉ねぎ1ポンド:1ペニー半	購入なし(メニューには載っている)
家計9	18シリング	夫婦、10カ月	1901年4月	購入なし、メニューにも載っていない	0.5ストーン:3ペンス半ペンス
家計10	25シリング	夫婦、12歳、8歳、5歳、	1901年6月	キャベツ:1.5ペンス、玉ねぎ1ポンド:1ペニー	1ストーン:9ペンス(新ジャガ含む)
家計11	24シリング	夫婦、8歳	1901年6月	グリーンピース1ポンド:2ペンス、玉ねぎ:1ペニー、ラディッシュ:1ペニー、キャベツ:1ペニー (2回購入)	0.25ストーン:6ペンス 0.5ストーン:4ペンス
家計12	21シリング	夫婦、生後10カ月～6歳までの4人	1901年6月	グリーンピース:2ペンス半、玉ねぎ3.5ポンド:3ペンス、春玉ねぎ:2ペンス	新ジャガ3.5ポンド:5ペンス、古ジャガ0.5ストーン:3ペンス、ジャガイモ3.5ポンド:4ペンス半
家計13	22シリング	夫婦、3歳と新生児	1901年6月	購入なし、メニューにも載っていない	3ポンド:3ペンス、2ポンド:2ペンス半、2ポンド:2ペンス
家計14	19シリング	夫婦、生後8週間～6歳までの3人	1901年6月	玉ねぎ:1ペニー、レタス:1ペニー半、キャベツ:1ペニー。日曜日の昼食にキャベツとルバーブ・パイがあるが原著の注にルバーブとキャベツを貰う、と記入あり。この家庭のキャベツの購入は次の水曜日。	0.5ストーン:4ペンス
クラス2					
家計15	38シリング	夫婦、4歳～16歳までの6人	1898年9月	マッシュルーム1ポンド:5ペンス、野菜:8ペンス、野菜:2ペンス、セージ:1ペニー、玉ねぎ:1ペニー、マッシュルーム:2ペンス半	3.5ストーン:1シリング5ペンス半
家計16	27シリング	夫婦、子供2人	1899年10月	玉ねぎ1ポンド:1ペニー、トマト1ポンド:6ペンス	1ストーン:6ペンス
家計17	35シリング	夫婦、14歳、13歳と新生児	1900年5月	野菜1シリング(新ジャガイモ、玉ねぎ、トマトなど詳細不明)	野菜は一括で記入のため代金不明、メニューには載っている
家計18	44シリング7.5ペンスと下宿代	夫婦、12歳、10歳、下宿人(3週間)	1901年6月	ルバーブ・キャベツ:3ペンス、生姜0.25ポンド:3ペンス、レタス・ミント・玉ねぎ:3ペンス、トマト0.25ポンド:3ペンス	新ジャガ0.5ストーン:9ペンス、新ジャガ3.5ポンド:6ペンス
クラス3					
家計19	使用人のいる家庭	大人5人、子供2人	1901年1月	キャベツ5個:5ペンス、スプラウト5ポンド:1シリング0.5ペンス、玉ねぎ1ポンド:2ペンス、ニンジン:1ペニー、トマト1缶:5ペンス、グリーンピース1ポンド:1ペニー	1.75ストーン:1シリング2ペンス
家計20	使用人のいる家庭	大人6人	1901年3月	カブ2ポンド:1ペニー、ニンジン4ポンド:2ペンス、玉ねぎ2.5ポンド:2.5ペンス、セロリ3.5ポンド:9ペンス、キャベツ1ポンド12オンス:1ペニー半	14ポンド:9ペンス
家計21	使用人のいる家庭	大人3人	1901年3月	ニンジン他:1ペニー、野菜:3ペンス、ルバーブ1ポンド:4ペンス、(メニューにアーティチョーク、セロリ、カブあり)	1ストーン:9ペンス
家計22	使用人のいる家庭	大人5人、子供3人	1901年5月	カリフラワー1個:4ペンス、カブ半ポンド:1ペニー、ルバーブ6ポンド:1シリング、ニンジン3ポンド:6ペンス、グリーン:2ペンス、パセリ:1ファージリング	1.5ストーン:1シリング1ペニー半
家計23	使用人のいる家庭	大人6人、子供3人	1901年6月	カリフラワー:3ペンス、トマト2ポンド:1シリング4ペンス、レタス:10ペンス	2ストーン:1シリング6ペンス
家計24	使用人のいる家庭	大人3人、子供3人	1901年5月	カリフラワー:4ペンス、ルバーブ:4ペンス、アスパラ:6ペンス、レタス:2ペンス	1ストーン:8ペンス

飲料水

……スリー・クォーターの失踪

《スリー・クォーターの失踪》事件で失踪したケンブリッジ大学ラグビーチームの要の選手であるゴドフリー・ストーントンについて、「手紙を読んで椅子に倒れ込んだ」けど「水を飲んでしっかり気をとりなおしたゴドフリーは、ホールに下りていった」というホテルのボーイの目撃談をキャプテンのオーヴァートンはホームズに語っています。

　このように19世紀のロンドンでも、現在の私たちの周りにも当たり前のようにある水ですが、地球の誕生後5億年ほど経ったころ地球内部から出てきたガスが大気を作り、この大気に含まれていた水蒸気が冷却されて一度にできたという説があります。こうして普段は気に留めない水も、ホームズ物語を調べてみると色々なシーンに出てきます。

図版35　『ストランド・マガジン』1914年4月号掲載。

　物語の中で一番ドラマチックな使われ方をされている「飲料水」は《背中の曲がった男》事件でしょう。セポイの大反乱の時、1万人の反乱軍に囲まれたヘンリー・ウッド伍長が所属する連隊と民間人の集団は、包囲されてから2週めに水が尽きます。そのために囲みをやぶって援軍に知らせる役目を志願したヘンリー・ウッド伍長を、バークリ軍曹は裏切り、敵方に売ってしまったのです。《バスカヴィル家の犬》事件ではホームズが隠れ住んでいた岩屋に食料、毛布の他にバケツ半分の水があるというワトスンの細かな記述があります。《四つの署名》事件で犯行現場となったノーウッドのポンデシェリ荘に天水桶があり、雨水が溜められるようになっていました。この水は掃除などに使って水の節約をしていたのでしょう。また、雨水を溜めるのはお屋敷だけではなく、図版35のような普通の家庭でも実施していたようです。

　飲料水に話を戻しましょう。ホームズの時代にはもちろんペットボトルはなく、台所は居間から遠いところにあります。では、住宅内ではどのようにして水を飲んでいたのでしょう。この疑問の答えを得るために、ホームズ物語に出てくる、水を飲む、飲み水が用意されている場面を調べてみることにしました。載っていたのは次のとおりです。

《四つの署名》事件　サディアス・ショルトーの家の居間
（ワトスンがメアリ嬢に）サイドテーブルの上のベネチアン・グラスの水さし（carafe）からコップにそっと水をついで渡すと

《四つの署名》事件　セシル・フォレスター夫人宅の応接間
宝箱を持ってモースタン嬢を訪問した時に冒険を話すと毒矢のシーンで「いまにも気を失う」状態になったのでワトスンは「水をつごうとした」

《技師の親指》事件　ワトスン宅の診察室
（ハザリー氏の状態をみて）「笑っちゃいけない!　気を静めるのです!」わたしは叫ぶと、水さし（carafe）の水を注いで飲ませた。

《ライゲイトの大地主》事件　カニンガム宅の寝室
「ベッドの近くに小さな四角いテーブルが置いてあって、その上にはオレンジを盛った皿と水さし（carafe）が載せてあった」ものをホームズはわざとにテーブルをひっくり返したので「ガラスが粉みじんに砕け、果物は部屋じゅうに転がってしまった」

《金縁の鼻眼鏡》事件　コーラム教授の書斎
「メイドがガラスの水さし（carafe）から額にちょっと振りかけると、目が一瞬開きました」

このように、飲料水が必要になるたびにメイドなどに持ってこさせるのではなく、常時「水さし」（図版36）に水をいれて各部屋に置かれていたわけです。

よほどの田舎でないかぎり水さしに入っている飲料水が運ばれるのは水道管ですが、ロンドンに水道が登場したのは13世紀で、タイヴァーンの泉水から鉛管を使ってシティまで導水されていました。総延長は5・6キロ、1日あたりの給水量は不明ですが、井戸との併用でなんとかまかなえていたようです。15世紀になると、人口が増えるに従って泉水と井戸では不足してきたので、テムズ川から水をくみ上げるようになり、4000人の「水運び屋」が活躍していたそうです。この後ますます増える人口に対応するために、ロンドン橋水道会社は1581年にロンドン橋の北側のアーチに水車をとりつけ、テムズ川から1日40万リットルの水をくみ上げるようになりました。これ以外には1609年にロンドンの北30キロにあるハートフォードシャーの良質な泉水から導水する計画がありました。しかし「水運び屋」の失業を懸念したロンドン市の協力が得られないため資金不足で工事が難航します。そこで発案者はジェームズ1世に直接訴え、費用の半分を国王が負担するという特許状を獲得して、1618年6月、ニュー・リヴァー水道会社が発足しました。

図版36　『ハロッズのカタログ1895年版』掲載。「カラフェ(carafe)」はeで、a、b、c、dは「ジャグ(jug)」

　サミュエル・ピープスは1663年9月2日付けの日記に「この町の水の供給は、世界中のどの町にも劣らない、水をシティに運ぶのに、シティにかかった費用は、最初から最後まで、30万ポンド以上だった」と記しています。当初は「水運び屋」の失業問題から資金を出すことに難色を示していた行政も、水不足解消のために巨額の資金を出すようになっていたことが判ります。また、1663年8月6日に従姉妹の家での洗礼式のお祝いの席で水を飲んだ記述がありますが、味についての不満は書かれていませんでした。水を飲んだ理由は禁酒（正確に言えば禁ワイン）をしているのに、出されていたビールの味が悪く飲めないので、水を頼んだものです。

　時代はかなり飛びますが、19世紀になるとロンドンへの給水問題は1852年に「首都水道法」が成立してテムズ川からの取水はロンドン橋から30キロさかのぼった上流にかぎること、また濾過することなどが義務づけられました。と言っても水道会社は民間なので、法律はできてもすぐには実施されなかったようです。そこへ、１８５７年と１８５８年の夏に2年続けてテムズ川に大悪臭がたちこめ、川岸にある国会議事堂まで被害が及ぶようになりました。この時のテムズ川の様子が風刺雑誌の『パンチ』誌に載りました。それが図版37です。死に神の格好をしたサイレント・ハイウェイ・マン（サイレント・ハイウェイはテムズ川の別名で、ハイウェイ・マンは追いはぎの別名）が「生命より（上下水道設備に投資する）金が惜しいのか」と問いかけています。

あまりにもこの風刺イラストが有名なので、ホームズの活躍していた時代もテムズ川が汚れているという印象がありますが、この大悪臭騒動のあと、上下水道の整備が急ピッチで進みました。１８９１年には常時給水できる給水栓は53パーセントでしたが、19世紀末になると95パーセントになっていました。下水道整備も進み正確な年は判りませんが、ベイカー街は水洗トイレになりました。ロンドンの上下水道関連会社が行政によって

THE "SILENT HIGHWAY"-MAN.
"Your MONEY or your LIFE!"

図版 37 『パンチ』1858 年 7 月 10 日号掲載。

買収され完全に一元化されたのは１９０４年のことですが、ホームズとワトスンがベイカー街に住み始めた１８８１年頃にはかなり改善された水が給水栓から出るようになっていたのです。

それでは屋外で水が飲みたくなった場合はどうしたのでしょう。

《海軍条約文書》事件でホームズはお茶を自分のフラスコ（図版38）に入れて見張りをする時の飲み物としています。このフラスコはウィスキーかブランデーを入れて持って行ったのでしょうが、ベイカー街を出る時は見張りをする予定はなかったので、ホームズの先見の明には驚きです。それとも、郊外に出る時はいつもポケットにアルコール入りフラスコを入れていたのでしょうか？

この他に水が重要な役割を果たしているのは、《株式仲買店員》事件で首をつって自殺をはかったピナーを蘇生させるために使ったものです。ワトスンは「男の襟もとをゆるめて顔に冷水を振りかけ、自然な呼吸がつづくようになるまで、両腕を上下に動かし」ています。この処置は現在でも通じるそうなので、とっさにこの処置ができるワトスンは医師としてかなり優秀だったということ

でしょう。

この優秀な医師であるワトスンに対して「ごく限られた経験とそこそこの資格しかない一介の開業医にすぎない」という暴言を投げつけた事件が《瀕死の探偵》事件です。あとで謝っていますが、こんな酷いことを言われて気分を害しても「精神状態が悪いから」と思うようにして、ホームズの希望をかなえるために行動するワトスンの友情には感激します。この事件では、ホームズの寝室で水を欲しがるホームズに「水を飲ませてやることにしよう。ほら、こぼすんじゃない」と言って加害者のカルヴァートン・スミスは飲ませているので、寝室には水さしとコップが用意されていたのでしょう。この水さしの水が減ってないので、ハドスン夫人は「（ホームズが）もう、三日食べ物も飲み物も口になさってないんです」とワトスンに告げに行ったのでしょう。またホームズ自身もワトスンに「うまく役を演じるいちばんの方法は、役になりきることでね」「この三日間というもの、ぼくは飲まず食わずだった。きみ（スミス）がさっき飲ませてくれた一杯の水が、じつに三日ぶりに口にしたものだった」と言っています。

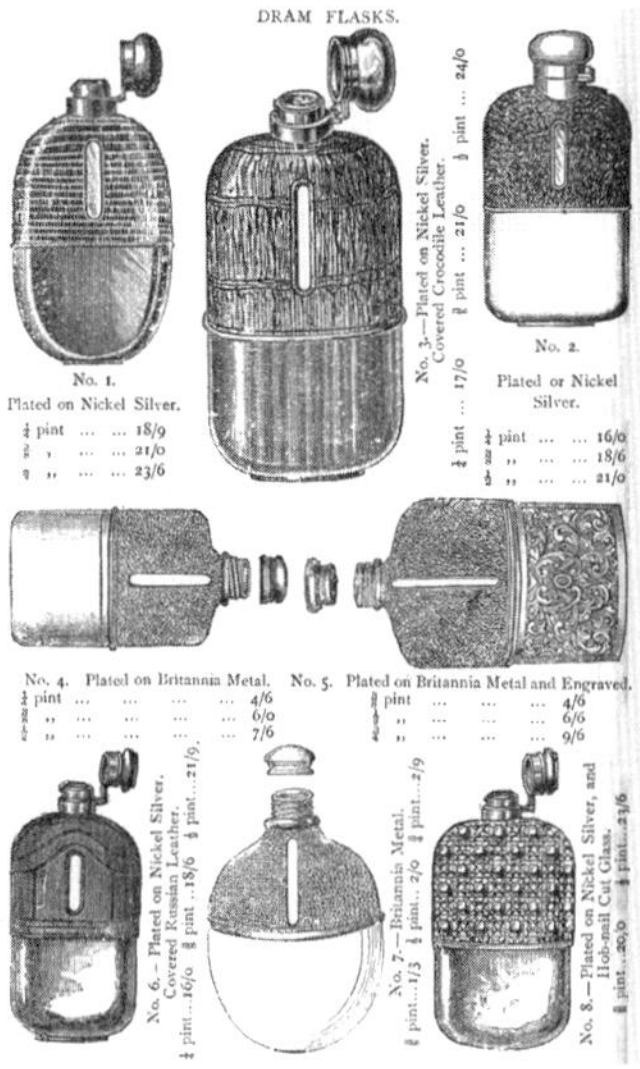

図版38　『ハロッズのカタログ1895年版』掲載。

果たして3日間も水を飲まないで大丈夫なのでしょうか？　ハドスン夫人に「飲まず食わず」を信じさせるための状況を作り上げ、ワトスンに病気だということを連絡してもらえば良いはずです。水まで我慢する必要はありませんでした。私はホームズが大きめのフラスコに水を入れて隠し持っていたと考えています。ホームズとワトスンが美味しいものを食べるためにシンプソンズに行ったあと、ベッドを整えるために掛け布団をめくったハドスン夫人が見たものは数個のからのフラスコ、だったかもしれません。

病人への食事と看護

……瀕死の探偵

《瀕死の探偵》事件でのホームズは自分が重体であるとハドスン夫人に思い込んでもらい、ワトスンに連絡することを目的として3日間飲まず食わずという、かなり荒っぽい行動に出ています。そして事件が解決するといきなりシンプソンズに行って「うまいものを食べて栄養」をつける、名物の「ロースト・ビーフ」を食べようとしています。行く前にクラレット（ワイン）とビスケットで胃腸を整えているのはワトスンの忠告ではと思います。ホームズは仮病だったので病人食は食べませんでしたが、ホームズ物語には病人食を必要としていた人たちも登場しています。

腸熱（enteric fever）
　ワトスン（インドで）
糖尿病（diabetes）
　ジョン・ターナー
脳炎（brain-fever）
　アリス・ルーカッスル、セアラ・クッシング、レイチェル・ハウエルズ、バークリ夫人、パーシー・フェルプス
外傷
　ルーカッスル、エルシー・キュービット、プレスベリー教授、ロンダー夫人
その他
　ショルトー大佐、コーラム教授、ミセス・ゴドフリー・ストーントン、レディ・ビアトリス

普通の病人食は栄養価が高いものですが、《ボスコム谷の謎》事件には現在ではカロリー制限の必要な糖尿病患者のジョン・ターナーがいます。「多飲、多尿、蜜尿」などの症状のある病気、現在の糖尿病については古代エジプトのパピルス、古代インド、古代中国の医学書にもかかれていますが、ヨーロッパでも古くから「ディアベテス」の名前で知られていました。「ディアベテス」とはサイフォンを通すように水が止めどもなく流れる、つまり多尿を意味しています。そして尿の甘さを英字文献に最初に書いたのはチャールズ2世の侍医であったトーマス・ウィリスです。ウィリ

スは「この病気で苦しんでいる人々は、飲んだり、どんなに流動食を食べても、その量以上に尿をする（注1）。加うるに、常に不断の渇きといわゆる消耗熱とに悩まされている」と書いていま す。そして尿が「まるで蜜や砂糖をしみこませたように驚くほど甘い」ということで、蜂蜜の甘さを意味するラテン語の形容詞が名前に付け加えられ「ディアベテス・メリトス（ほとばしる甘い尿）」という病名になったそうです。

ウィリスは「糖尿病の原因は非常に深くかくされているし、その起源ははなはだ深淵であるので、治ったと主張することはこの病気では極めて難しいことのように思われる」と、的確な、患者に取っては残念な考察を残しています。

18世紀になると、尿の甘さはブドウ糖で、糖尿病患者の血液も甘いことが判り、1797年に英国の軍医（後に軍医総監になった）ジョン・ロロが実際に治療して観察した結果、「植物性の食物を食べさせると尿の甘味がふえ、動物性の食物を食べると甘味が減る」ということで植物性の食物を禁じ、動物性の食物を食べる高タンパク低炭水化物の食事療法（注2）を提唱しました。この食事療法は治療方法のなかった当時のヨーロッパ中に広まり、19世紀になると高脂肪低炭水化物療法（注3）、「糖尿が出ない状態にすれば糖尿病は良くなる」ということで断食というか飢餓療法（注4）も登場します。しかし、『1911年版ブリタニカ』によると、糖尿病患者の50パーセント以上が昏睡死、25パーセントが肺結核、肺炎そして残りの人は脳出血、壊疽、失明等々になる、という悲観的記述になっています。20世紀初頭の糖尿病患者にとって17世紀のウィリスの「治ったと主張することはこの病気では極めて難しいことのように思われる」と同じ状態だったのです。

図版39　右側が糖尿病患者のジョン・ターナー《ボスコム谷の謎》、シドニー・パジェット画『ストランド・マガジン』1891年10月号掲載。

《ボスコム谷の謎》事件は1880年代に発生しています。歩き方の描写をみるとジョン・ターナーの下肢には合併症が起きているようです（図版39）。娘のアリスはロンドンから来たワトスンに糖尿病についての相談をしたことでしょう。常に医学雑誌を読んでいるワトスンは当時の最新の知識をアリスに教え、アリスはワトスンの指示通りに父の看護をしたでしょうが、薬はなく食事療法も色々な説がありジョン・ターナーの療法は判りません。しかし、余命いくばくもないと宣告されていたジョン・ターナーですが、治療方法はなくとも適切な看護を娘のアリスから受け、ストレス源だったチャールズ・マッカーシーがいなくなったので、7カ月も生きることができたのでしょう。

このように治療法のなかった糖尿病ですが、1921年インスリンが発見され、翌1922年には患者への注射がされるようになり、様々な療法によって普通に生活ができるようになりました。

次に、ワトスンのかかった腸熱（enteric fever）ですが、これは腸チフス（typhoid fever）のことで、「全身倦怠・悪寒とともに発熱し、小腸に潰瘍性病巣を生じ、頭痛・食欲不振・脾腫・発疹・下痢・腸出血・脳症などの症状」（広辞苑）を起します。

《緋色の研究》によるとワトスンはカンダハルで連隊と合流した後、マイワンドの戦い（1880年7月27日）で負傷し、ペシャワール（当時は英領インド）の本隊病院で傷の治療を受けていた時に腸チフスにかかりました。ナイチンゲールの『インド駐在陸軍の衛生』（1863年刊行）に載っているイラストや報告書を読むと病棟やトイレの状態はひどく、病人食も給与の低い調理人（現地人かポルトガル人）によって屋根のない小屋、時には地べたで調理がなされていたそうです。ここでは「病人食とよばれうるもの、病院がそのために存在する病人の食欲をそそるものや、消化力に負担をかけないようなものは、まったく調理されていない」とナイチンゲールは述べています。

3番目の病気はホームズ物語で最多の脳炎（brain-fever）です。オックスフォード版全集の注釈者リチャード・ランセリン・グリーンはこの病気について「小説家が使う仕掛けである。この具体的な病名を挙げられてない病気は、登場人物を物語の展開に都合のよい期間、譫妄状態に陥らせたり、意識不明の状態にしておくことができるのである。それでいて何の後遺症も残さない」と少し意地悪な説明をしています。しかし、精神科医でもある訳者の小林司は「brain-fever は百年ほど前に実際に使われた病名であって、現在の精神病分類で言えば『心因反応』であり、熱はでない」

と反論を書いています(注5)。「心因反応」とは「困難な状況に反応して精神的な混乱状態になる」そうなので、ホームズ物語に出てくるアリス・ルーカッスル、セアラ・クッシング、レイチェル・ハウェルズ、バークリ夫人、パーシー・フェルプスが脳炎になった可能性を否定はできません。

4番目は外傷です。外傷と言ってもワトスンのように肩や足だと消化器官には影響はないので普通食で良いのですが、エルシー・キュービットは「弾丸が前頭部を撃ち抜いているので、意識が戻るにはかなりの時間がかかる」という状態になりました。意識が戻らないうちは食事をさせるのは無理でしょうが、意識が戻ってからの看護が良かったのでしょう、その後、完全に回復して亡き夫の地所で慈善活動をしています。次にルーカッスル氏は「犬に喉もとをかまれ」ましたが、ワトスンの応急処置が良かったのか一命はとりとめました。しかし「寝たきりになり、妻の献身的な看護のおかげでかろうじて生き長らえている状態」だそうです。

ナイチンゲールの『看護覚え書き』によると、看護とは「新鮮な空気、陽光、暖かさ、清潔さ、静けさを適切に保ち、食事を適切に選択し管理すること」だそうです。そしてこの中の「食事を適切に選択し管理すること」についてはたくさんの項目にわけて詳しい説明がされています。たとえば衰弱が激しく固形物を取るのが不可能な患者には、「牛肉スープ、葡萄酒にといた葛粉、エッグ・ノッグ(注6)などを、毎時間ごとにスプーンいっぱいずつ与えるようにすると、栄養上の必要も満たされるし、回復時期に固形食品を食べても、消耗しきって摂取できないという事態もまねかないですむだろう」。また「3時間ごとに患者に茶わん1杯の食物を与えるよう指示を受けたが、患者の胃がそれを受けつけないような場合には、毎時間ごとに大さじ1杯ずつ与えてみるとよい、それもだめなら、15分おきに茶さじ1杯ずつ与えてみることである」と詳しい説明をしています。また「細かなことでありながら重要なことについての配慮と工夫が足りないがために、患者の生命が失われる例は病院看護に比べて、家庭看護の場合が多いようである」と指摘をしています。

娘のアリスにとっては悪い父親であったルーカッスル氏ですが、妻にとっては愛情深い良き夫であったのでしょう。ルーカッスル夫人は家庭教師のハンター嬢が鏡の破片で外を見ていることに気がつくほど観察力の鋭い人です。ナイチンゲールが看護婦に求めている観察力は十分にあり、夫への愛情も持っているので、身体の状態に合わせた看護をし、犬に喉を噛まれて寝たきり状態でも生き長らえることができたと思います。同じように喉を噛まれたプレスベリー教授は、どのような看護を誰にしてもらったのか、後日談が語られていないので気になるところです。

（注１）多尿であっても「それ以上に尿をする」は当時の観察結果で、現在の知識とは違います

（注２）（注３）高タンパク低炭水化物などの食事療法ですが、現在でも治療法としてあるようです。問題は「量」だと思います。脂肪を多く取りすぎると動脈硬化になることはまだ判っていませんでした。

（注４）この飢餓療法ですが、今となっては栄養失調で亡くなったのか、糖尿病の合併症で亡くなったのか判らないと書かれていました。と言って飢餓療法をしなくても、遅かれ早かれ「死」は待ち受けていたのです。

（注５）『コナン・ドイル書簡集』によるとコナン・ドイルは１９０５年５月20日のロンドン王立医学・外科学会の１００周年記念晩餐会で小説家が使う病気をテーマにしたスピーチをしています。この中で「脳炎」については「また、脳炎という摩訶不思議な病気もあります。このきわめて便利な熱病がなかったら、われわれ小説家はいったいどうしたらいいのでしょう？　女主人公を看病する場合も、何カ月間も錯乱状態に陥った主人公が、悔い改め、別人のようになって我に返る場合も、脳炎以上に便利な病気はありません。これらの点について小説家たちは、専門的な批判は何とぞご勘弁願いたい、とただひたすら懇願するしかありません」と言っています。

（注６）牛肉スープ、エッグ・ノッグ：ナイチンゲール著『看護婦の訓練と病人の看護』（１８８２年）に「看護婦は薄いかゆ、葛湯、卵酒、飲み物、美味しい牛肉スープなど、病人食の調理法を心得ていなければいけない」という記述がありました。ビートン夫人の料理本によるとビーフティーと言われていた牛肉スープはかなり濃いスープです。エッグ・ノッグの作り方は《空き家の冒険》事件に書いてあります。

アヘンと乳幼児の死亡率

……サセックスの吸血鬼

１８４５年に発表されたベンジャミン・ディズレーリの小説『シビル――二つの国民』に書かれている、ミドル・クラス以上とワーキング・クラ

スの人々を比較した「二つの国民。その間には何の往来も共感もない、彼らは、あたかも寒帯と熱帯に住むかのごとく、また全然別の遊星人であるかごとく、おたがいの習慣、思想、感情を理解しない。それぞれに別個のしきたりがあって、同じ法律で統治されていないのだ。この富める者と貧しき者」（角山榮訳）はとても有名な文章ですが、こうした階級間の対立はヴィクトリア時代だけでなく、2011年8月の英国での暴動を見ると、現在でも英国という国を表しているようです。

さて、《サセックスの吸血鬼》に登場するファーガスン氏は「富める者」なので、子供が生まれると「乳母」を雇っています（注1）。この乳母は母乳を与える乳母ではなく赤ちゃんのおしめを取り替えたり、細々とした世話をする保母的な使用人です。

もうひとつの国民である「貧しき者」はというと、『貧乏研究』の中にヨーク市で週17シリング（ワトスンの年金は1日に11シリング6ペンス）の夫の収入（注2）で暮らしていた女性の思い出が語られています。その内容は「出産のときは、1週間だけ付き添いを雇うが、そのために5シリングの支払いとその食費の支払いを負担せねばならない。そこで、子供ができたらしいと思うと、彼女は、すぐさま、半端な小銭を5シリングに達するまで一生懸命に集めはじめる。したがって、付添婦に対する支払いは、なんとかできる。だが、子供が乳児である間じゅう、彼女はおもに、パンとお茶しか摂ることができない。これでは彼女のなん人かの子供のうち、1年以内に早死にしてしまうものがあったとしても、なんの不思議はないわけである」と、ラウントリーは書いています。ラウントリーがこの女性から聞き取り調査をしたのはヴィクトリア時代も終わる1901年頃です。

では、ヴィクトリア時代初期はというと、1845年に刊行されたエンゲルスの『イギリスにおける労働者階級の状態』によれば「消化の悪い労働者の食物は、小さな子供には、まったくむかない。しかし、労働者には、自分の子供にもっと適当な食い物をあたえるための資力も時間もない。そのうえ子供に火酒（ジン）または阿片さえもあたえる習慣が、非常にひろまって」います。また、『資本論』には「（幼児の）高い死亡率の原因は、特に母親の家庭外就業、それに起因する子供の放任と虐待、ことに不適切な食物、食物の不足、阿片剤をのませることなどであり、そのうえに、自分の子供に対する母親の不自然な疎隔。その結果としてわざと食物をあてがわなかったり有毒物を与えたりすることが加わる」と、かなり細かに原因を書いています。

『イギリス歴史統計』をみると19世紀を通して「出生児１０００人あたりの1歳未満乳児死亡率」にはほとんど変化はなく、すべての年代において高い数値だったことから（注3）、ヴィクトリア時代初期と終わり頃の子供の状態を調べたエンゲルスとラウントリーの記述が似ているのも理解できます。

村上健次著『近代イギリスの社会と文化』第9章「イギリス・アヘン小史」には「（統計局の統計を元にした折れ線グラフから）１８６０年代のアヘンによる幼児死亡率の異常な高さが知られるであろう」と書かれています。しかし、この折れ線グラフは「人口１００万人当たりの死亡率」の数値なので具体的な数字は判りません。全体の１８６０年代における「アヘンによる事故死と自殺者」の死亡者数の年平均１２４人から推測すると、新生児と幼児の死亡数は年平均で４５０人前後のようです。この数字から表Cの死亡原因の上位に「アヘンで死亡」がないのが判りました。

また、同著には「この数値はアヘンの慢性中毒で別の病因で死んだ者の数は含んでいないから、実際の数値はこれより高いと考えねばならない」とありました。

『イギリスにおける労働者階級の状態』によれば、子供たちを静かにさせておくために「（ゴドフリーの強壮剤などの）麻酔剤を使用することは（工場で長時間働かざるをえない母親が）この不名誉な制度によって助勢される一方であって、実際、工場地方ではその普及程度が高い。マンチェスター地方の高級戸籍登録官であるジョーンズ博士は、この慣習こそ痙攣による死亡が頻発する主要な原因と考えている」とあります。戸籍登録官になぜ死因が判るかというと、１８３７年から施行された「出生、婚姻、死亡にかんする登録法」により、死亡登録を役所に出さなければいけなくなりました。この時に「死亡者の名前、日時、性別、年齢、死亡原因、届け人の署名、戸籍登録官の署名」が必要になったのです。この中の「死亡原因」は医師法が成立するまでは、資格医師の診断書があると絶対的な信頼を与え、無資格医師の診断書の時は「医師の診断なし」と登記簿に註記したそうです。

では、医師にかからず死亡した大多数の労働者の子供の死亡原因の決定は、ある登録官によると、「親に症状をたずね、さらにいくつかの質問をだし、それへの答え、答える様子などから死亡原因」を確認するという一般的な常識に頼った死因確定だったのです。

もちろん現代と違って死亡届を出しにきた親は「ゴドフリーの強壮剤」などのアヘン入りシロップが乳幼児に害を与えるとは思っておらず、亡くなる前の症状だけ、「痙攣をしたあとに死んだ」又は「生まれてから元気がなくミルクも飲まなくなった」とでも戸籍登録官に説明をしたのでしょう。

このような死亡登録の手続きから表Cには「アヘンによる死亡」原因が上位にないけれど、「痙攣・ひきつけ」そして「発育不全・衰弱」の項目にアヘン摂取により死亡した乳幼児が含まれていると考えられます。

表C 幼児の死因別死亡者数（1860年イングランドとウェールズ）

「19世紀中葉イギリスの労働者生活と生命保険」（横山寿一『立命館経済学』29巻所収）掲載の表を元にして作成。（総数と各原因の数字の合計は一致しない。括弧内の数値は総数にしめる数値）

死因	1歳未満（死亡総数100,984人）死亡者数(%)	1歳～5歳（死亡総数65,800人）死亡者数(%)
痙攣・ひきつけ	20,796(20.6)	3,973
発育不全・衰弱	18,994(18.8)	2,949
肺炎	9,871(9.7)	7,844(11.9)
早産死	7,642(7.5)	
気管支炎	6,884(6.8)	4,696(7.1)
下痢	5,067(5.0)	1,846
百日ぜき	3,580	4,625(7.0)
脳水腫	2,650	3,964
衰弱性腸間膜	2,007	2,749
歯	1,962	1,913
はしか	1,734	7,049(10.7)
パン・ミルク不足	992	10
肺結核	935	1,761
猩紅熱	682	5,577(8.5)
クルップ偽腹性喉頭炎	615	3,185

「痙攣と衰弱による死亡」ですが、戸数約１５０００のヨーク市の１８９８年の5歳未満の死因表にも痙攣（歯出期のもの、食餌不適当によるもの）88人（15・9パーセント）と、衰弱（出産、栄養不良によるもの）79人（14・3パーセント）が、下痢・赤痢１１５人（20・1パーセント）についで多いのが気になります。英国全体の統計にはありませんが、ヨーク市の場合は各階級の比較のために作成した興味深い資料がありました。

ヨーク市における１８９８年の乳幼児の死亡率（『貧乏研究』より）

地区（または階級別）	1歳未満死亡率（１０００分比）
労働者階級の極貧地区	２４７
労働者階級の中級地区	１８４
労働者階級の最上地区	１７３
使用人のいる家庭	94
ヨーク市全体	１７６

※英国全体《イングランドとウェールズ》の死亡率は１０００分比で１６０。

以上の統計から、ヨーク市における「乳幼児の死亡率」について「労働者階級の極貧地区の乳幼児は4人が生まれたらそのうちのひとりは1歳を迎えられないで死亡するが、ある教区では3人うまれるとひとり死亡という地区もある」とラウントリーは書いています。この死亡率は19世紀の終わりになっても根本的な改善はされていないことが証明されているようです。

また、ラウントリーが強く指摘しているのは、「使用人のいる家庭」と比べると「労働者階級の最上地区」での死亡率の高いことです。この階級は「住宅の状況は、比較的良好であることをかんがえると、この現象は、幼児の食餌や育児法に関する無知と、幼児がその大部分を過ごす部屋が狭くて換気が悪いというようなことが原因するとおもわれる」、そして「労働者階級の最上級の間においてさえ、健康問題については、なお多くの、啓蒙が必要であることが痛感される」と書いています。

マルクスやエンゲルスは乳児の母親が外で長時間働いているので「乳児の面倒をみることができない」ことを強調しています。しかし、19世紀末のヨーク市においては、夫が働いている労働者の階級では、妻は家で家事と育児に専念している専業主婦が大多数でした。また、最上級の労働者の家庭では夏の数日間はヨーク市以外にバカンスに出かけるほど生活にゆとりがありました。それなのに、どうして「労働者階級の最上地区」の1歳未満の幼児の死亡率が高いのでしょう。

1840年代に「アヘン入りゴドフリーの強壮剤」は販売されないようになりましたが、1868年に薬事法が制定され、アヘンは規制の緩い第2種扱いとなりました。理由はアヘンが民衆の自己医療の中で不可欠だったためです。19世紀を通して色々な種類のアヘン入り薬に人気があり（というより、労働者階級は医師にかかることができないので薬剤師に相談して薬を買っていた）、「1908年にアヘン入り特許薬の販売が禁止」されるまで、ヨーク市の労働者の貧困層から最上地区の家庭でも乳幼児に使用していたからなのではと考えられます。

乳幼児の死亡率が低下したのはアヘン入り特許薬が禁止され、基礎学校が無料化と義務化された1891年に学校に入った女子が家政についての勉強、その後この女子たちが結婚、出産をするようになった20世紀になってからです。

（注1）『ビートン夫人の家政読本』には乳母がアヘン（入りシロップ）を与えていないかを注意するようにとあります。乳母・子守りの出身階級はアヘン入りシロップを乳幼児に与えても大丈夫だと思っているので、子供を寝かせるために与える可能性はありました。

（注2）19世紀末のチャールズ・ブースのロンドンの調査、またシーボルト・ラウントリーのヨーク市での調査によると、全体の3割がこのような貧困層でした。大まかな数字でいうと、ミドル・クラス以上は3割、余裕のあるワーキング・クラスが4割、どのように倹約して質素に生活しても満足に食べていけない貧困層が3割です。

（注3）サイトにアップしたときは「イギリスにおける1歳未満の子供の死亡率と死亡数年表（1838年～1978年）」表を作成して載せましたが、紙面の都合で割愛しました。

19世紀末における英国の食糧事情

……白面の兵士

《白面の兵士》事件は南アフリカでの戦いの最中の出来事に原因があります。この他の事件でも《緋色の研究》事件ではワトスンが第2次アフガン戦争で負傷、《四つの署名》事件のジョナサン・スモールと《曲がった男》事件ではヘンリー・ウッドの所属している部隊と家族がインドでの大反乱に巻き込まれています。戦いではありませんが、《空き家の冒険》事件では被害者のロナルド・アデア卿はオーストラリア植民地の総督の息子、《バスカヴィル家の犬》事件では相続人となったヘンリー卿はカナダで農業に従事していました。

このように世界各地に植民地を持っていた英国は「太陽の沈まない国」と言われていました。また、貿易も盛んでたくさんの物資が英国に入ってくるようになり、その結果『ロンドン・マガジン』に『海外からの食料供給なしでどれだけ持つか？』という論説が掲載されるほど、食料自給率が低下してしまいます。この論説から当時の英国の食料事情を探ってみたいと思います。

『海外からの食料供給なしでどれだけ持つか？』
J・F・ウィリアムズ（王立地理学協会々員）
新関彩子訳『ロンドン・マガジン』1899年11月号掲載　（ポンドは重量ポンド）

朝食、ディナー、そしてティー・タイムが規則正しく繰り返されることは、大多数の英国人にとっては他の何よりも重要なことである。クリスマスの食事に関してはことさら大きな関心事のようだが、問題は我々が食料の需要を満たせないということだ。つまり、我々グレート・ブリテンに住む人間は食料の大部分を海外からの輸入に頼っているのだ。この論説は国産の食糧だけでどのくらいもちこたえられるのかを示すものである。

イングランドの人口の5分の3以上は都市部で生活をしており、その数は年々増え続けている。前世紀（18世紀）の終わり頃までは、イングランドは本質的に農業国であった。そして当時まだ密度の低かった人口に対し豊富な食糧が生産されていた。しかし、植民地領土とそれに伴う急速な巨大商船隊の増加により、国内・海外貿易と製造産業が活性化され、農業地帯は次々に都市化されていった。工場や大商店、小売店で得られる高収入が地方の人々を都市に呼び込み、都市化傾向は日々進んでいった。

ロンドンだけでもイングランドの総人口のほぼ6分の1が住んでおり、イングランドの10の都市は各々20万人を超す人口をかかえている。合わせるとイングランドとウェールズ全体の人口の4分の1以上の人々が都市部に暮らしていることになる。この小さな国に、人口10万人以上の町は約30、人口5万人以上だとその倍もあるのだ。

スコットランドでは3分の1弱が都市部に生活している。人口が5万人を越える町はツィードの北に7つのみであり、そのうちグラスゴーは75万人、エディンバラは30万人である。アイルランドでは20万人を越えるのはダブリンの35万人、ベルファストの27万5000人のふたつだけで、10万人に達するものもコークのみである。食料供給の問題が何よりも重要で、他の問題をも小さくみせてしまう傾向は、イングランドとウェールズで特に強く、スコットランドとアイルランドではやや程度が低い。一般的に、都市の人々は製造業や配達業によって生計をたてている。一方で地方の人々は、遥かに多い都市居住者のための食糧生産が主な生計となっている。

イングランドは世界でも上位の「耕作された」国である。全体の3分の2の土地が作物や牧草に覆われている。ウェールズでは、全体の5分の3が耕作に適した土地であり、スコットランドでは約4分の1、アイルランドでは約3分の2である。そうした土地のうち、スコットランドでは2分の1弱が、アイルランドでは6分の1ほどが実際に耕されている。イングランドでは耕作できる土地の3分の1が実際に利用されている。しかし、大麦やオート麦、ジャガイモその他根菜作物が栽培されているエーカー数が30年前（人口が700万人ほど少なかったころ）とほとんど同じである一方で、小麦の作付面積は400万エーカーから半分の200万エーカーへと落ち込んでいる。こうして、グレート・ブリテン全体の農作物はこの人口密度の高い国の需要をカバーするには全く不十分なものとなり、結果海外からの食料供給に頼らざるを得なくなったのである。

海外から安い食料が入って来たから英国の農業が衰退したのか、ウィリアムズが言うように農業が衰退したから海外からの食料供給が増加して自給率が下がったのかは、難しい判断ですが、TPP問題で意見がわれている今の日本にとっても興味深い歴史だと思います。

また、ロンドンの一極集中化についてはジャーナリストのウィリアム・コベットは1821年12月4日付の日記に、無秩序そして急激な膨張をしつづけるロンドンのことを「おできの親玉」と表現しています。そして、1880年にアフガン戦争から帰還したワトスンは《緋色の研究》事件のなかで「大英帝国でありとあらゆる無為徒食のやからが押し流されてゆく先、あの巨大な汚水溜めのようなロンドン」という感想です。

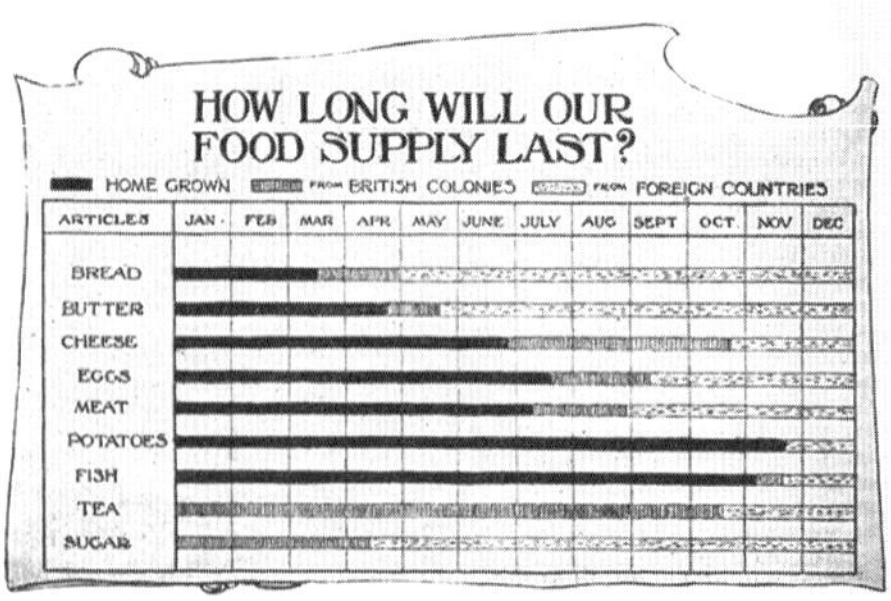

HOW LONG WILL OUR FOOD SUPPLY LAST?
HOME GROWN / FROM BRITISH COLONIES / FROM FOREIGN COUNTRIES
ARTICLES: BREAD, BUTTER, CHEESE, EGGS, MEAT, POTATOES, FISH, TEA, SUGAR
JAN. FEB MAR APR MAY JUNE JULY AUG SEPT OCT NOV DEC

図版40

このあともウィリアムズは詳しい解説を続けますが、長くなるので少し要約してあります。

この国に住む4000万人が生活するのに必要とされる飲食料の量と「タイムリミット」の目安をみてみよう。図版40は、我々が主要な飲食においていかに植民地や諸外国産に依存しているかを示している。そしてそれは、敵の艦隊によって穀物輸送船が積み荷をおろせないようなことが万一あった場合に、たとえそれが短期間であったとしても、わが国の何百万という労働者がどれだけ被害を受けるかを容易に予想させる。

大雑把に言って、国産の小麦だけだと我々は約2カ月半生活できる。もっともその間絶え間なく入手できるものと想定した場合だが。アメリカとカナダから輸入された食料によって我々はあと5カ月間に相当する主食物を得られる。植民地とインドから手に入る小麦と小麦粉は、たったの1カ月半もつだけの量である。図版40のトップは小麦、つまりパンがもっとも主要なものとしてあげられている。これはたいてい4

ポンドか2ポンドの小麦パンの形が主である。この4ポンドの小麦パンの一塊を比較基準にすると、4000万人の国民は1年にこれを約38億7500万個必要とし、ひとり分だと年に96個、1日あたりでは約1ポンド食べる。国内の農家が作る小麦は4ポンドの小麦パン8億個分に過ぎず、残り30億7500万個については植民地や外国に頼らざるを得ない状況である。

アメリカの広大な小麦畑は我々に4ポンドのパン15億個分の小麦を供給している。さらに莫大な量の小麦がカナダの肥沃な土地から収穫されうるのだが、現在カナダが我々に供給するのは余剰農産物の1億5000万個のみである。

ロシアは4億8000万個分、インドは2億6600万個分、アルゼンチンは1億2000万個分でオーストラリアからは600万個分である（オーストラリアはクイーンズランドだけでも小麦作に適した土地が5000万エーカーもある）。この他の国々から5億5300万個分に相当する小麦と穀物を手に入れている。この点から見ると、ロシアとの戦争がもたらすダメージもかなりのものだが、アメリカとの対立によって生じる惨事はさらに深刻で、他の国々によって、不足をすぐに埋め合わせるのは全く不可能である。

図版41

英国民はパンだけを食べているのではない。ドライブレッド、すなわちバターやジャム無しのパンは、この国では貧困と同義語なのである。バター（最近ではマーガリン）は、パンとは切っても切れないものであり、バター付きパンはどの階級にとっても共通の、なじみ深い食べ物なのである。その証拠に我々は1年に約3億1700万ポンドものバターを海外の酪農家から輸入している。うち2分の1は科学的に訓練されたデンマークの酪農家から、4200万ポンドを植民地から、さらにオランダ産の1億500万ポンドのマーガリンを輸入している。国産バターはこれに比べてたったの2億1300万ポンドなのだ。こうした現状が、外国や植民地の酪農家に年に6000万

（金額）ポンドの収入を与える結果を生んでいる。本来ならせめてその半量でも、わが国の農家の、すっかり厚みのなくなった財布に入るべきなのだが。

続いて「パン・バター」と同じように「肉、卵、ジャガイモ、チーズ等」を輸入している国・植民地、そしてこれらのタイムリミットについて述べていますが、ここでは解説に書かれている国内産で用意できる食品の量と図版41の「ひとりあたりの年間消費量」を表Dにしてみました。ウィリアムズは最後に「図版41でひとりが1年に消費する量を、表Dの数字は自国産の食料だけで必要量をどれだけ満たされるのかを示しているので、図版41と表Dを図版40に加えてより明確な『タイムミリット』を算出できるだろう。これらは、自国産の食料の『タイムミリット』を延ばす為の正しい管理と努力の必要性を示している。使われてない土地や働き手、資本の有効利用によって危険なまでに輸入に依存したわが国の食料問題はずいぶんと良くなるはずである」と書いていています。

このような小麦を含む安価な農産物が海外から

表D　主な食材のひとりあたりの年間消費量(表示のない数字は重量ポンド)

	必要とする量	国内産
パン	397	82
バター	17	5
チーズ	13	6
卵	92個	31個
肉	106	62
ジャガイモ	280	250
魚	51	45
茶	6	ゼロ
砂糖	90	ゼロ
牛乳	16ガロン	16ガロン
コーヒー	3杯分	ゼロ
ココア	2杯分	ゼロ
ビール	38ガロン	37.75ガロン
米	12	不明

ながれ込むようになったのは《まだらの紐》事件でテーマにした「穀物法」の廃止に深く関係しているはずです。また、このあと第1次世界大戦時にドイツ潜水艦による海上封鎖で英国は前例のない食料の配給制度を実施しましたが、J・F・ウィリアムズは自分の心配が現実のものとなったことにどのような感想を持ったのか知りたいものです。

ビスマルク体制と第1次世界大戦の配給

……最後の挨拶

ホームズ物語における「戦争」の記述をみると、最初に発表された《緋色の研究》事件ではワトスンが負傷した第2次アフガン戦争、《四つの署名》事件には事件の発端となった「宝箱」の強奪事件が起きたセポイの反乱、《ボール箱》事件に出てくるゴードン将軍が戦死したスーダンでの戦い、《白面の兵士》でのボーア戦争などがありますが、どの戦争をみてもヨーロッパ大陸での戦いではありません。

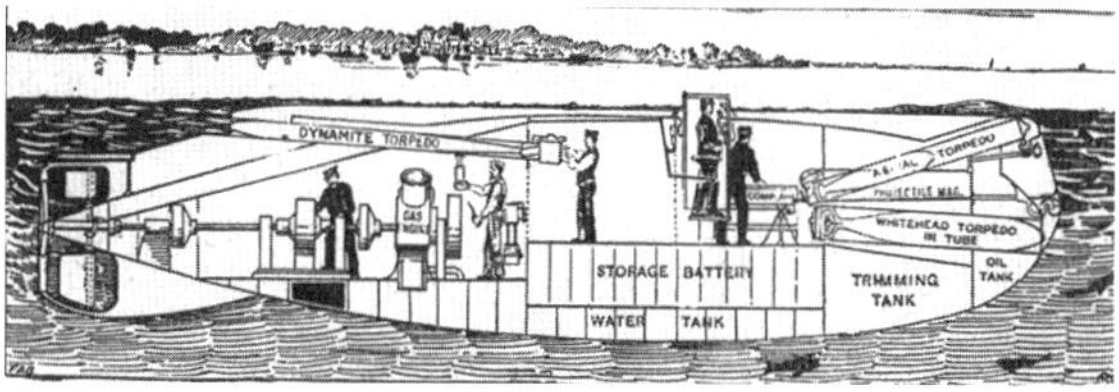

図版42　ホランド型潜水艦の内部スケッチ『ロンドン・マガジン』1904年4月号掲載。

19世紀最後のヨーロッパでの大きな戦いだった普仏戦争（1870年〜1871年）で勝利したプロイセンは、1871年にドイツ統一を果たし、宰相ビスマルクは「いまやドイツは飽和した国である。今後は、たとえ戦争して勝ったとしても、なんら本質的に利益を得ることがないだろう」と言うのが口癖だったそうです。

統一前にはドイツを救うものは「議政壇上における長広舌や多数決ではなく、ただ鉄と血によってのみ解決される」と言って軍備拡張をした、ビスマルクが平和主義者、人道主義に方向転換したのではなく、統一を果たしたとはいえ不安定な寄木細工的国家であること、そして経済を発展させるためには戦争の余裕がなかったためでした。

普仏戦争後のビスマルクの外交政策は、敵対国のフランスを国際的に孤立させ封じ込めるものでした。その手法は「五つの毬を同時に手玉にとる」ごとく各国を巧妙に調整そして妥協させて、複雑な保障体制をヨーロッパに作り上げたのです。あまりにも複雑すぎるので説明を省きますが、ヨーロッパは同盟、協定、特殊了解によって「フランス」だけが疎外された勢力図となったのでした。

結果的には普仏戦争のあと第一次世界大戦が勃発する1914年までの44年間はヨーロッパ大陸での大戦争はなく、表面的には平和な時代でした。巧妙に作り上げられたビスマルク体制による平和な時代があったから、シャーロック・ホームズが活躍できたとも言えます。

そのビスマルクも、若き皇帝ヴィルヘルム2世が即位すると1890年に罷免されます。このあと、ドイツはロシアとの経済的関係を悪化させていくのですが、行き場を失ったロシア公債を引き受けたフランスがロシアに接近して1894年には露仏同盟が締結されました。この同盟はドイツ・オーストリア・イタリア三国同盟を仮想敵国にしたものですが、三国同盟と親密な関係を持っていた英国も敵視されていると考えられていました。

図版43　アメリカ海軍のホランド型潜水艦部分拡大図。『ロンドン・マガジン』1904年4月号掲載。

ところが、1895年末頃から南ア問題で英国と対立していたトランスヴァール大統領にドイツ皇帝が、「英国軍撃退の祝電（注1）」を打って英国との関係が悪化、ヨーロッパは三国同盟、露仏同盟そして英国という3つの勢力がにらみ合う時代になります。この3つの勢力についてはホームズ物語にも登場します。ドイツ皇帝と思われる人物が出した過激な内容の書簡が紛失した《第二のしみ》事件です。また、1908年に発表された《ブルース・パーティントン型設計書》事件（事件発生は1895年）では、国家機密である潜水艦の設計図が盗まれています。この時のスパイのオーバーシュタインの連絡先がパリのルーブル・ホテルとなっているので、オーバーシュタインはフランスのスパイだったのでしょう。

史実を調べると、その当時、英国には潜水艦の建造予定はありませんでした。最初に建造されたのは1903年アメリカから輸入したホランド型潜水艦（図版42と43）の設計図を元にして作られたものです。コナン・ドイルは1914年7月号の『ストランド・マガジン』に掲載した『危険！』という小説で、ドイツ潜水艦の跳梁の可能性があるという警告をしています。ところが、1914年になっても英国のフィッツジェラルド提督は「私は、文明国家が、非武装で戦力を持たない商船を、（潜水艦で）攻撃するということは、ありえないと考えている」と発言しています（注2）。

しかし、ドイツでは1898年に制定・施行されていた「艦隊法」によって建造された潜水艦（Uボート）が、第一次世界大戦の開戦時には12隻も実戦に配備されていました。マイクロフト・ホームズが《ブルース・パーティントン型設計書》事件で「ブルース・パーティントン型潜水艦の行動半径のうちでは、敵艦の軍事行動はもはや無力だと考えてもらいたい」という言葉が、「Uボート」にもあてはまり、「Uボート」の攻撃によって英国では国外からの物資の補給が難しくなり、カナダからの小麦を運ぶ船の保険料が急騰、開戦1年足らずで小麦価格は2倍以上となりました。

《最後の挨拶》事件が起きたのは、英国がドイツに宣戦布告をする前夜の1914年8月2日（注3）、そして『ストランド・マガジン』に掲載されたのは戦争中の1917年9月号です。

1914年のクリスマスには終わるだろう、と思われていた戦いが1916年の「ヴェルダンの戦い」「ソンムの戦い」などで、英仏軍及びドイツ軍の戦死者が約56万人という国家の総力戦となってしまったのです。

西部戦線では膠着状態、海上では1915年に中断されたドイツ軍の無制限潜水艦作戦が1917年に再開され、英国での食料不足、高騰が問題となり1917年12月から食料の配給が開始されます。

最初に配給となったのは砂糖です。すべての国民に週半ポンド（約225グラム）が定額での配給となりました。こんなに大量の砂糖をどうするのだろう、と日本人なら不思議に思いますが、当時の英国は世界一の砂糖消費国で、『イギリス歴史統計』を見ると開戦の前年1913年のひとり当たりの砂糖の消費量は83・22ポンド（約37・8キログラム）、週あたりにすると約1・6ポンド（約724グラム）も砂糖を消費していたのです。1日の摂取カロリーにすると246キロカロリーです。参考までに現在の日本における砂糖の年間消費量はひとり約18キログラムで、週にすると約350グラムです。こんなにたくさんの砂糖を購入していない、と思われる方が多いでしょうが、缶飲料やお菓子類などの形で砂糖を消費しているのです。30グラムも砂糖の入っている缶飲料があるので、ダイエットを心がけている方は要注意です。

話を戻すと、砂糖の年代別消費量の推移を『イギリス歴史統計』で詳しく見ると配給が始まる前から砂糖不足が始まっていて、配給制度によって平等に砂糖を購入できるようになったことは判りますが、週半ポンドの配給では戦争前の半分以下です。砂糖大好き英国人にとってさぞかし辛かったことでしょう。

	BRITAIN	GERMANY	AUSTRIA
BREAD	NOT RATIONED	3 lbs 13¼ ozs.	2 lbs 2 ozs.
MEAT	16 ozs.	7 ozs.	4·6 ozs.
FISH	NOT RATIONED	·87 oz.	NOT OBTAINABLE
MILK	NOT RATIONED	1½ PINTS	·58 PINT
EGGS	NOT RATIONED	·25 EGG	NOT OBTAINABLE
BUTTER	4 ozs.	1·05 ozs. (!)	1 oz.
SUGAR	8 ozs.	8 ozs.	3½ ozs.
CEREALS	NOT RATIONED	2·19 ozs.	1·4 ozs.
CHEESE	NOT RATIONED	1·09 ozs.	¾ oz.
JAM	NOT RATIONED	3½ ozs.	2·4 ozs.
SYRUP	NOT RATIONED	·87 oz.	·58 oz.
FRUIT	NOT RATIONED	NOT OBTAINABLE	11·7 ozs.
TEA	NOT RATIONED	SUBSTITUTE 1·75 ozs.	SUBSTITUTE 1·1 ozs.
COFFEE	NOT RATIONED	SUBSTITUTE 2·19 ozs.	SUBSTITUTE 1·4 ozs.
COCOA	NOT RATIONED	NOT OBTAINABLE	NOT OBTAINABLE
POTATOES	NOT RATIONED	6 lbs.	7 lbs.
VEGETABLES	NOT RATIONED	5 to 10 lbs.	2 lbs 12 ozs.

図版44　英国と敵国(ドイツとオーストリア)の食料配給比較表(1週間分)。『イラストレッド・ロンドン・ニュース』1918年3月9日号掲載。

次に砂糖以外に配給になったのはバターと肉類です。バターは大人と子供の区別なくひとり週に4オンス（1オンスは約28グラム）でしたが、肉類の配給は少し複雑でした。肉類（牛、豚、羊、鳥類とすべての加工品を含む）の配給は1枚で5ペンスのクーポンが大人ひとりに3枚です。クーポン1枚で購入できる量は次の通り。

牛肉・豚肉・羊肉など
　骨なし2・5オンス、骨あり3・5オンス
ベーコン&ハム
　骨なし3オンス、骨あり4オンス
ソーセージ
　1級品6オンス、2級品8オンス
ウサギ
　肉のみ7・5オンス、皮・骨付き10オンス
野鳥類
　骨付き9オンス
家禽類

調理済み6オンス

値段はとても安くて貧困層でも購入ができるこのクーポンですが、1枚で購入できる量は少量

表E　大人ひとりの1週間分配給リスト　（図版44を数値にしたもの）

	英国	ドイツ	オーストリア
パン	制限なし	3ポンド13.25オンス	2ポンド2オンス
肉類	16オンス	7オンス	4.6オンス
ミルク	制限なし	1.5パイント	0.58パイント
バター	4オンス	1.05オンス	1オンス
シリアル	制限なし	2.19オンス	1.4オンス
魚	制限なし	0.87オンス	入手不可能
卵	制限なし	0.25個	入手不可能
砂糖	8オンス	8オンス	3.5オンス
チーズ	制限なし	1.09オンス	0.75オンス
シロップ	制限なし	0.87オンス	0.58オンス
果物	制限なし	入手不可能	11.7オンス
紅茶	制限なし	(代用品)1.75オンス	(代用品)1.1オンス
ココア	制限なし	入手不可能	入手不可能
コーヒー	制限なし	(代用品)2.19オンス	(代用品)1.4オンス
ジャガ芋	制限なし	6ポンド	7ポンド
野菜	制限なし	5〜10ポンド	2ポンド12オンス

だったので、1週間に3枚では、肉類大好き英国人にとっては非常に物足りなかったことでしょう。しかし、戦争前に比べると格段に量は少なくとも、配給開始前のような長い行列をしなくても購入できることから、この配給制度は混乱もなく国民に受け入れられたそうです。

図版44は英国と敵国の配給を比較したものです。英国の配給は戦争が始まってから3年後と遅かったのですが、ドイツとオーストリアでは開戦後すぐに配給制度が実地されていたので、開戦準備は英国より進んでいたのでしょう。この図版44を判りやすい数値にしたのが表Eです。

《最後の挨拶》事件でホームズはワトスンに「東の風（注4）が吹いてきたんだよ、英国にはまだ一度も吹いたことのないような風が。冷たい、厳しい風になるだろうな」と言っています。「商務省の卸売物価指数」を見ると戦争が終わっても生活がすぐには楽にならず、物価は上がっているのが判ります。1900年を100とすると1920年の「石炭、金属は419・2」、「穀物は354・8」そして「砂糖・茶・煙草は401・6」という値上がりなので、戦争が終わっ

ても吹きつづけた「東の風」のために、１９０３年頃に引退したホームズの貯金生活は厳しくなったのでは、と心配になりました。

（注１）ドイツ皇帝の出した祝電は「貴殿領土に侵入した武装隊に対抗し、友邦（ドイツ）の援助をまたずに独力で貴国の独立を守り、平和の回復に成功したことをこころから慶賀する」です。ドイツの他にフランス、ロシアでもボーア人への同情が高まっていました。しかし、ボーア戦争直前に、ドイツは英国との間にアフリカ分割の妥協をとげていました。国際政治の摩訶不思議なところです。

（注２）長沼弘毅著『シャーロック・ホームズ秘聞』の79頁に記載。

（注３）１９１４年、日本は日英同盟に基づいてドイツに戦線布告しドイツの租借地であった青島を占領しました。この時に捕虜となったドイツ兵が収容された坂東俘虜収容所でドイツ兵による劇「シャーロック・ホームズ」が演じられています。

（注４）「冬来りなば　春遠からじ」で有名なシェリーの『西風に寄せる歌』の題名で判るように、英国では春風は西から、冬の冷たい風は東（ヨーロッパ大陸）の方から吹いてきます。

第3章

お茶の時間

LINCOLN'S INN FIELDS
WATERLOO BRIDGE
HUNGERFORD
SUSPENSION BRIDGE
TRAFALGAR
WHITEHALL
WESTMINSTER
BRIDGE
HOUSES OF PARLIAMENT

「ブラック・コーヒー」とコーヒーの歴史

……………マスグレイヴ家の儀式書

私自身、ブラック・コーヒーが好きになったためでしょうか、《マスグレイヴ家の儀式書》事件でホームズに相談をしにきたレジナルド・マスグレイヴが、「ぼくは夕食後にブラック・コーヒーを飲んだため、どうしても眠れなくなってしまった」と言っているのがとても不思議でした。コーヒーに砂糖やミルクを入れても入れなくてもカフェインの効き目は変わらないからです。

原文を調べてみるとレジナルド・マスグレイヴは夕食後に「a cup of strong cafe noir（ストロングなカフェ・ノワール）」を飲んで眠れなくなっていました。『カッセルの料理辞典　1880年版』によるとカフェ・ノワールはデザートのあとに小さなカップで出されるフランス風なストロングつまり濃いコーヒーである、という説明でした。また、『新ビートン夫人の料理術』では「"black coffee"を見よ」となっていて、ブラック・コーヒーの項目には非常にストロングなコーヒーである、とありました。両著で違うのは『カッセルの料理辞典』では砂糖を入れて甘くする、また『新ビートン夫人の料理術』には砂糖は入れない、となっていることです。砂糖を入れる入れないは個人の好みでしょうが、レジナルド・マスグレイヴが飲んだコーヒーは、カフェ・ノワールをよりストロングに入れたコーヒーでした。私が飲んでいるブラック・コーヒーと、レジナルド・マスグレイヴが飲んだブラック・コーヒーは違っていたのが判りました。これでは眠れるはずもなく、読みかけの小説を読もうとして起きた、と言っていることが納得できます。

ホームズとワトスンがベイカー街221Bの下宿での夕食後にコーヒーを飲んでいるシーンはありませんが、《緑柱石の宝冠》事件に登場する銀行頭取のホールダー宅では夕食後に別室でコーヒーを飲んでいます（図版45）。また《バスカヴィル家の犬》事件では、バスカヴィルの屋敷の夕食後に図書室にいるワトスンに、執事のバリモアが

図版45《緑柱石の宝冠》シドニー・パジェット画『ストランド・マガジン』1892年5月号掲載。

コーヒーを持ってきているのですが（図版46）、どちらもイラストを見ると小さなカップを持っているのでカフェ・ノワール（ブラック・コーヒー）にみえます。またバリモアが持っているお盆に砂糖入れとミルク入れがあるので、好みでミルクも入れていたのが判ります。

　このコーヒーを飲んでいるシーンをみると、上流階級では自宅で家族だけのディナーでも、女性はカクテルドレス、男性はホワイトタイの正装で食事をしていたのが判ります。食事の時のドレスコードですが、《バスカヴィル家の犬》事件の時にホームズが湿原で着ていたツィードの服装のカラーは清潔だったようです。しかし、ディナーにはふさわしくない服装なので、ワトスンとヘンリー卿で「ふたりしてホームズに必要なものをそろえた」のが図版47のスタイルです。この服装に着替えてようやく3人で遅ればせの夕食をとることができたのです。

　コーヒーの話題に戻すと、コーヒーの発見伝説にはふたつあります。ひとつはエチオピアに住んでいた山羊飼いのカルディ少年が、ある時山羊たちがコーヒーの実を食べて陽気に「踊る」のをみて、彼もその実を食べると「山羊と一緒に飛び跳ねはじめ」たというもの、もうひとつはイスラム僧のシマーク・オマールが、イエメンの山で赤い木の実を食べている鳥を見て、その実を食べると疲れが癒され気分が爽快になった、というものです。そして、このふたつの伝説も色々なバリエーションがあり、コーヒーを発見したのは誰なのかは判りませんが、イスラム圏であることは間違いないようです。当初は実と葉を熱い湯に浸したり、煮出したりして飲んでいたようですが、10世紀頃になると生豆を砕いて煮出したもの（苦みもなくレモン色をしていた）を飲み始め、その後同じくイスラム圏で「誰かが豆を煎り、それを挽いて浸出液」を作るようになり、それがヨーロッパに伝わったようです。

　英国での初紹介は1626年に発行されたフランシス・ベイコンの『森の森』という本に載っていて、「トルコではコファ（coffa）というものを飲んでいる。これはやはり同名の豆を材料にして作ったもので、すすのような黒い色をし、強い香

図版46（右）と図版47（左）　シドニー・パジェット画《バスカヴィル家の犬》部分拡大図、『ストランド・マガジン』1902年1月号と3月号掲載。

りがするのだが、あまりよい香りとはいえない。この豆を粉にし、水に入れて煮沸して飲むのだが、コファ・ハウス（coffa-house）という、わが国でいえばタバーン（酒場）のような場所で人々は飲んでいる。この飲みものは頭と心を休め、消化を助けるのである」

　また、イングランドで初めてコーヒーを飲んだ人物はナサニエル・コノビスという司祭で１６３７年であった、と伝えられていますが、これは少々怪しい情報のようです。しかし、イングランドでコーヒー・ハウスがオープンしたのは１６５０年で、場所はオックスフォード市東部の聖ペテロ教区であるということは定説になっています。また、オープンさせた人物はジェイコブというユダヤ人で、自分が仕えていたトルコ人が大事にしていたコーヒーの実を持ってきて客に提供したようです。

　オックスフォード市でオープンしてから2年後には、ロンドンでもコーヒー・ハウスが登場していますが、ロンドンで初めてのコーヒー・ハウスと言われているのは、パスカ・ロゼが店主として「セント・マイケル小路」にオープンした店と言われています。

　春山行夫の『西洋広告文化史』によるとロゼはオープンした１６５２年に広告ビラをだしているのですが、その見出しは、

コーヒー飲料の効能。
パスカ・ロゼにより
イギリスにおいて最初に調整され、
一般に売られている。

となっているので、ロゼはオックスフォード市にオープンしたジェイコブのコーヒー・ハウスのことは知らなかったようです。広告ビラには、その当時ごく少数の人が飲んでいたコーヒーについて、一般の人にどのようなものであるかを理解してもらうために、原料、入れ方、薬効などが書かれています。そのために、広告ビラはコーヒー史上の珍しい資料となっています。参考までにこの広告ビラに書かれている原料、入れ方、薬効などを『西洋広告文化史』から抜き書きをしてみます。

　コーヒーの入れ方については「混じりけのない、無害な材料にて調整。かまどで乾燥させ、挽

いて粉にし、清水で煮出した飲み物。約半パイントを服用。調整後1時間以内に服用のこと。服用後1時間は食事をとらぬこと、またできるだけ熱いうちに服用のこと」と書かれています。砂糖やミルクを入れないコーヒーがロゼの店では提供されていたようです。次に効能ですが、「胃の入り口をとざしてそのなかの熱を強化するので、消化を助けるのにきわめてよく、精神を活気づけるので、こころを愉快にする。また目の痛みをやわらげるので、頭をその上にもってゆき、湯気に当たるようにするとよい」そして、「頭痛や咳、体力消耗、むくみ、痛風、壊血病、憂鬱病を治し、流産をふせぐ」とコーヒーの薬効をかなり大げさに宣伝しています。また、ロゼはこれだけではなく、「眠気を予防し、不寝番などをする場合に最適。したがって、眠らずにいたい時以外、夕食後は服用せぬこと。服用後は三〜四時間効き目が持続」とコーヒーを飲んだ後の実際的な体調も紹介しています。

　この広告ビラが発行されてから約230年後に、レジナルド・マスグレイヴは夕食後に飛び切り濃いコーヒーを飲んだために眠れなくなり、その結果先祖が隠していた宝物を見つけることができたので、ロゼが宣伝しているより素晴らしい効能がコーヒーにあったようです。

「茶の効能」についての歴史と実例

……背中の曲がった男

『西洋広告文化史』によると1657年〜1660年頃、シティのロンバード街とコーンヒル街に挟まれたエクスチェンジ小路にあったギャラウェイ・コーヒー・ハウスが「茶（注1）の宣伝ビラ（横30センチ、縦38センチ）」を出しています。

　これには「老年にいたるまで完全な健康を保たせる、万能な飲み物だと証明されている」という大見出しが書かれていて、具体的な適応症は「精力増進、頭痛、不眠、胆石、倦怠、胃弱、食欲不振、健忘症、壊血病、肺炎、下痢、風邪」と、今なら誇大広告で告発されそうな薬効が載っていました。ギャラウェイの宣伝ビラはポルトガルの司祭たちの茶礼賛の受け売りを載せているようですが、ロンドンの薬剤師・医者はこの「茶」を薬品リストに取り入れていたのは当時の日記から判ります。この日記の作者は、海軍の立て直しから日常の細々としたことまでを書き残したサミュエル・ピープスで、1667年6月28日「妻がお茶を作った。薬屋のペリング氏が、寒さをふせぎ、鼻汁のでるのを止めるのに役立つと教えたからである」と記しています。

このように一般には「薬用」として紹介され飲まれていた「茶」ですが、同時に茶の愛好家であったチャールズ2世（在位1660年〜1685年）の王妃キャサリンの宮廷サロンから、薬用ではなくファッショナブルな「嗜好飲料」として上流社会に広まったとされています（注2）。

19世紀になるとチャールズ・ディケンズの自伝的小説『デイヴィッド・コッパーフィールド』の中で、出産間近のデイヴィッドの母の具合が悪くなり伯母ミス・ベッチーに「なんだか身体じゅうがぶるぶる震えて（中略）きっと死ぬんじゃないかしら」と言ったところ、「とんでもない！」とミス・ベッチーは答え「さ、お茶をお上がり」と勧めるのです。

伯母の勧めにデイヴィッドの母は「あら、そんなもの効くものですか」と叫びましたがミス・ベッチーは「効くともさ、勿論」と答えたのです（中野好夫訳を参照）。

このことについては出口保夫の『英国紅茶の話』のなかで、「伯母のベッチーは、母親をしっかりさせるために、紅茶を差し出したのだった。むろん彼女はその医薬的効果を信じていた人なのである。伯母は母親よりも一世代昔の人間だから。十八世紀までの人がほとんど紅茶の薬用効果を信じていたように、彼女もそんな旧世代の人だったかもしれない」、そして「これに対して若い女性であるデイヴィッドの母親はそんな効果について懐疑的である。つまり紅茶を飲むことが日常化されてしまっていたし、もうそういう医薬的効果なんぞは、風化してしまっていたことであろう」と推測しています。

日常的な飲み物となっていた「茶」の医薬的な効果は19世紀の初めには風化してしまったようですが、『《一杯のよいお茶》はイギリス人が試練の瞬間に（中略）何か厄介なことにはまりこんでどうしていいかわからない時や、何かの強い感動のために心も凍るような思いがする時に、何よりも先に、求め、ほしがり、待つところのものである」と、フランス人のトニ・マイエールは『イギリス人の生活』（1959年刊行）の中に書いています。医薬的効果はなくとも「不安を抑え、精神的な安定」を「茶」が与えるとしたら、伯母のベッチーが出産間近で不安がっている姪にお茶を勧めたのは効果的だったはずです。

さて、《背中の曲がった男》事件ではロイヤル・マロウズ連隊の第1大隊指揮官バークリ大佐が亡くなった夜、妻のナンシーは帰宅するとモーニング・ルームに入り、メイドに「珍しいことにお茶」を頼みました。ナンシーは30年前に戦死したと思っていた恋人ヘンリー・ウッドが生きていたこと、そしてヘンリーが現在の夫であるバークリ大佐の裏切りで敵方に売られていたことを知り、夫への恨み、嫌悪感で心が凍ってしまい、どうして良いのか判らなくなったのでしょう。それで『イギリス人の生活』のように茶を求めます。これがホームズいわく「(帰宅した夫人は) 急いでお茶を飲みたがった。動揺した女性がよくやることだね」ということです。このように英国女性にとって「茶」は単なる嗜好飲料ではなかったことが、ミス・ベッチーやナンシー夫人の行動でわかります。ミス・ベッチーの勧めでお茶を飲んだデイヴィッドの母は翌日無事出産していますが、ナンシー夫人がお茶を飲んだあとに夫のバークリ大佐と会ったとしたらどうでしょう。私なら夫をなじりたおしますが、ナンシー夫人もお茶の最中に部屋に入ってきたら熱いお茶を夫にぶちまけたかも知れません。

《独身の貴族》事件に登場するハティ・ドーランの言葉を借りると「どんなひとがあらわれようと、ヘンリー・ウッドに捧げたこの胸の中には、誰も入り込むことはできないと、わたしの思いはいつも変わりませんでした。でもジェームズ・バークリと結婚したからには妻としてのつとめは果たす覚悟でした。意志の力で、愛情はどうすることもできなくても、行動は支配できます。できる限り良き妻になろうと三十年間努力をしてきましたが、亡くなったと思っていたヘンリーの気の毒な姿をみて、私の心は壊れてしまったのです。とてもお茶の力では私の気持ちを和らげてくれそうもありませんでした」

　誰も幸せにならなかった悲しい恋物語が終わった頃、ドアの外側ではナンシー夫人が頼んだお茶を持ってきたメイドがバークリ大佐夫妻の異変を感じて同僚を呼び、モーニング・ルームのドアを開けようとしていました（図版48）。

　ドアを開けようとしているのは御者です。このイラストによって当時の軍人宅の御者の服装が判ります。左がメイドのジェイン・スチュアート、中央がコックです。ふたりの服装をみると同じ家事使用人でも、持ち場が違うとキャップや服装が違うのが判ります。

（注1）1702年の東インド会社の買い付け注文は「緑茶6分の5、紅茶6分の1」と緑茶に人気があったのでギャラウェイ・コーヒー・ハウスで販売されていた「茶」も緑茶の可能性があるので紅茶ではなく「茶」と表記しました。
（注2）茶そして茶につきものの砂糖の歴史は長くなるので《ライオンのたてがみ》事件のテーマにしています。

図版48　シドニー・パジェット画『ストランド・マガジン』1893年7月号掲載。

優雅な「寝覚めの茶」

……入院患者

「早朝の寝覚めに飲む紅茶を、アーリー・モーニング・ティーという。おそらく、1日のうちで、もっとも貴族的な気分にひたれるのは早朝のベッドで、お盆にのせられたティー・セットから、おもむろにカップにポットのお茶をつぎながら、まだ顔を洗わないまま、『タイムズ』とか『デイリー・テレグラフ』のような新聞を片手にひろげ、熱い紅茶を喫するときであろう」と『英国紅茶の話』には著者の羨望のような説明が載っていました。

　このベッドで寝覚めの紅茶を飲むことは、ホームズが活躍していたヴィクトリア時代にはさほど難しくなく、《入院患者》事件で「あの人（ブレッシントン）は毎朝早くメイドにお茶を運ばせるんですが、けさ七時頃メイドが入って行くと」と、出資者兼入院患者の様子を依頼人のトレヴェリアン医師はホームズに語っています。ブレッシントンは朝早くベッドで紅茶を飲む習慣があったのです。裏切られた仲間たちが刑務所の冷たく固いベッドでブレッシントンへの復讐を誓っていた頃、ご本人は優雅な寝覚めの1杯のお茶を飲んでいたのです。

図版49は可動式ベッドテーブルの広告ですが、このようなテーブルがなければ掛け布団の上に直接お盆を置いていました。イラストの満ち足りた女性の顔がアーリー・モーニング・ティーの優雅さを物語っています。このクラスであれば住み込みのメイドがいるので、貴族でなくてもアーリー・モーニング・ティーを楽しむことができました。しかし、妻やメイドが起きるよりも早くに自己啓発の勉強をするため紅茶を飲んで頭をすっきりさせたい、と考える男性のために、1908年アーノルド・ベネットのこんな文章があります。

「奥さんでも、メイドでもよいから、夜のうちに命じておくのだ、適当な所にお盆を置いておくようにと。お盆の上には2枚のビスケット、ティーカップに受け皿、マッチとアルコール・ランプを置いてもらう。アルコール・ランプの上に長い柄のあるシチュー鍋をかけ、ただしそのふたは裏返しにしておいてもらい、その上に少量のお茶の葉を入れたティーポットをのせておいてもらえばいい。そうすれば、あとはあなたがマッチをするわけだ。3分もすればお湯が沸き、あなたはそれをティーポット（すでに温まっている）に注ぐ。そしてさらに3分を経てばお茶がはいる。それを飲みながら、1日を始められるわけだ」

The "ADAPTA" Bed-Table
A MODERN COMFORT.
Can be instantly raised, lowered, or inclined. It extends over bed, couch, or chair without touching it, and is the ideal Table for reading or taking meals in bed with ease and comfort. By pressing a button the top can be adjusted to various inclinations. It cannot overbalance. Comprises Bed-Table, Reading Stand, Writing Table, Bed Rest, Card Table, etc. British made.
(Patented)

図版49　『ストランド・マガジン』1916年2月号掲載広告。

現在だと小型の電気湯沸かしケトルがあるので簡単にお湯を沸かせますが、石炭を使う料理用ストーブで調理をしていた時代、そして家事能力が必要とされていない時代の男性には、このくらい詳しく説明をしないと、「ふだんと違う時間に1杯のお茶」を飲むのは大変だったようです。

ブレッシントンも楽しんでいたアーリー・モーニング・ティー、ベッドの中で飲む寝覚めのお茶は、18世紀初頭の上流社会の人たちが起き抜けにベッドの中でチョコレート（《プライアリ・スクール》事件を参照）を飲んでいた習慣がルーツのようです。好まれていたチョコレートは現在のような溶けやすい粉末ココアではなかったので、完璧な作り方は難しく、熱湯さえあれば簡単に入れることのできるお茶が寝覚めの1杯になって喜んだのは、用意をしていた使用人たちでは、と思います。

グラナダ・テレビシリーズの「入院患者」では、お茶を運んでいたメイドは部屋の中には入らず、ブレッシントンの部屋の外にお盆をおいていました。メイドではなく執事（バトラー）がいる家庭ではベッドまでお盆を持っていくようですが、その時にご主人のベッドに奥方でない女性がいるときはひとり分のお茶、そしてご主人にふたり分用意するように言われたらふたり分用意するとか……。本当でしょうか。

朝早いシーンのある《入院患者》事件、そして《まだらの紐》事件、《アビィ屋敷》事件などを読むと、ホームズとワトスンはベイカー街の下宿ではアーリー・モーニング・ティーを飲んでいません。しかし、ホームズはサセックスで引退生活をしていた時に起きた《ライオンのたてがみ》事件のなかで、「朝のお茶を飲んで、いざ浜へ出かけようとしたところ」へ邪魔が入った、と言っています。

「朝のお茶」の原文は"early cup of tea"なので、朝食のお茶ではなく寝覚めの1杯のお茶のことでしょう。現役時代は不規則な時間に食事をしていたホームズも、引退したあとはアーリー・モーニング・ティーをゆっくりと味わっていたようです。

「アフタヌーン・ティー」のお茶請け

……………ギリシャ語通訳

「一日の生活の中でもっともうれしい瞬間の一つは、午後の散歩から少し疲れて帰り、（中略）お茶のくるのを待つあの瞬間である。が一番くつろいだ気持ちになるのは、おそらくお茶を飲んでいる間であろう。（中略）お茶のポットが運ばれてくると同時に、書斎にぷうんと漂うあのほんのりとした、しかも滲み通るような芳香のなんと甘美なことか。最初の一杯はいかに大きな慰めを覚え、次ぎの一杯はいかにしみじみとした味わいを覚えることか。（中略）午後のお茶の饗宴（と呼んでもさしつかえなかろう）を設けたことほど、イギリス人の家庭生活に対するすぐれた素質をはっきりしめしているものはなかろう。どんないやしい家庭の中にあっても、お茶の時間だけはなにか神聖なものをもっているのである」と、ギッシングは『ヘンリー・ライクロフトの私記』で語っています。

ホームズとワトスンも《ギリシャ語通訳》事件の中で「夏の午後、お茶を飲んだあとでとりとめない話」をしているので、事件のないときは「午後のお茶の饗宴」、アフタヌーン・ティーを楽しんでいたようです。このお茶の時に「いまは六時だから、この気持ちのいい夕方の散歩に出たいっていうんなら、変わったクラブと変わった人間の両方をきみに紹介しよう」と、ホームズはワトスンを誘って兄のマイクロフトがいる「ディオゲネス・クラブ」に行きました。ここで通訳のメラス氏を紹介されたことが、《ギリシャ語通訳》事件の発端となったのです。

「アフタヌーン・ティー」とは『イギリス紅茶事典』によると「午後4~5時くらいの間に軽食を取りながら飲むお茶をいう。上流や中流階級では5時頃が伝統であったが、一般では4時頃になるのが最近の傾向ともいえる。個人差はあるものの、日本のおやつは3時というのが通例だが、イギリスの場合は4時半といってもよさそうだ」。日本の昼休みは12時からですが、イギリスの昼休みは1時からなので、おやつの時間も少し違います。ホームズとワトスンも4時半頃からのんびりと6時頃までお茶を楽しんでいたのでしょう。また、お茶請けについては「紅茶と一緒に出される食べものはサンドイッチ、スコーン、手作りのケーキ、ビスケットなどが通例」そして「肉料理は出さないのが原則」(『イギリス紅茶事典』)です。図版50の写真のような「スコーン、ケーキ、サンドイッチ」が盛られている3段のケーキスタンドがイメージ通りです。こうしたケーキスタンドですがホームズの時代にあったのかどうかは不明で、1901年の雑誌に載っていた図版51のように、ティー・ルームでのお茶のシーンでも、ケーキやペイストリーと思われるスイーツ類は大皿に無造作に盛られています。

図版50（右）　ボヘミア国王も泊まったランガム・ホテルのアフタヌーン・セット。撮影筆者。
図版51（左）　『ウィンザー・マガジン』1901年8月号掲載の部分拡大イラスト。

では、19世紀末頃の家庭でのお茶請けには何が好まれていたのでしょうか？　具体的な献立が載っている『貧乏研究』から24家族の1週間分のティー・タイムに登場する献立をまとめてみました。

「クラス1」（貧困線以下または貧困線ギリギリの家庭）14家庭の16週分で111回（記載なしが1日ある）のティー・タイムに出てくる食品。

茶106回、ココア5回（茶も出ている）、飲み物なし5回、パン103回、トースト4回、パンなし4回、バター86回、ドリッピング13回、ジャム7回、ディップ1回、糖蜜1回、干し葡萄入りケーキ8回、ティー・ケーキ4回、ケーキ4回、ショートケーキ3回、スウィート・ケーキ2回、チーズ・ケーキ2回、パイ2回、ホットケーキ2回、カスタード2回、ペイストリー1回、ライス・ケーキ1回、玉ねぎ5回、レタス5回、キッパーとブローター（燻製ニシン）1回、肉5回、ベーコン2回、ハム2回、ベーコン2回、ビーフ・スティック1回、塩漬け豚肉1回、卵3回、チーズ2回、スープ1回（貰い物）、干し葡萄1回、クレソン1回。

「クラス2」（生活が安定している賃金労働者の家庭）4家庭の各1週間分28回のティー・タイムに出てくる食品

茶28回、ミルク2回（茶も出ている）、パン27回、褐色パン1回、トースト1回、ラズベリー・サンドイッチ1回、バター25回、ケーキ12回、ペイストリー11回、ティー・ケーキ4回、チーズ・ケーキ2回、スコーン1回、チーズ2回、ゆで卵2回、卵1回、酢サバ1回、ソーセージ1回、ルバーブ煮1回、カスタード1回、サーモン・サラダ1回、サーディン缶1回、サケ缶1回、ランチョン・タン缶1回。

「クラス3」（使用人のいる家庭）6家庭の各1週間分41回（1回は外出）のティー・タイムに出てくる食品

茶40回、ミルク6回（茶も出ている）、パン37回、褐色と白パン4回、トースト9回、ホット・トースト1回、ビン詰め肉のサンドイッチ1回、バター41回、ジャム13回、マーマレード12回、ケーキ25回、ティー・ケーキ14回、フルーツ・ケーキ3回、チーズ・ケーキ4回、ペイストリー2回、ビスケット2回、シード・ケーキ1回、タルト1回、クイーン・ケーキ1回、クランペット1回、バウンズ1回、フレーム・フード4回、クリーム4回、卵2回、スクランブルエッグ1回、チーズ1回、ステーキ1回、ビン詰めエビ1回

以上がティー・タイムに登場する献立ですが、1日に1回必ずあるので、《唇のねじれた男》事件でも説明しているように、「ティー」はおやつというより食事のひとつとして考えたほうがいいようです。

内容をみると貧困家庭である「クラス1」から使用人のいる裕福な家庭である「クラス3」すべてのティーの献立の基本は、「茶そしてパンとバター」です。

図版52　『ロンドン・マガジン』1900年1月号掲載。

「クラス1」の献立表にみえるドリッピングとは肉を焼いている時に滴り落ちる脂のことです。これは普通に売られており、バターの代わりにパンやマッシュしたカブなどにつけて食べます。また、ケーキ類の材料として各クラスで使われていました。なかでも「クラス1」における下位の家庭では、1重量ポンドで10ペンスのバターより、1重量ポンドで5ペンスのドリッピングの方が購入されることが多かったようです。その他にティー・ケーキ、クランペットそしてペイストリーがお茶の時間を彩っています。レシピは表Fにまとめてあります。

もっとも厳しい経済状態の家庭の献立表に、「キッパーとブローター、パン、茶」があります。キッパーは開き、そしてブローターは丸ごとの燻製ニシンで、《赤毛組合》事件で紹介しているように、どちらも朝食に登場するイメージの強いものです。しかし、『ロンドン・マガジン』1900年1月号の特集記事『貧乏生活の過ごし方』を見ると、イースト・エンドにあるワンペニー定食屋の「ティー」のセットメニューは（図版52）「ブローター、ビスケット、チーズ、茶と砂糖」

です。

　また「クラス2」にはソーセージがありますが、これも同じく定食屋のティー・メニュー（図版53）にあります。「クラス3」にはスクランブルエッグがあるので、ティー・タイムに朝食と同じ献立をとるのは珍しくないのかも知れません。といって、「イングランドでおいしい食事を食べたければ朝食を3回取れば良い（サマセット・モーム）」というわけではないでしょう。

　貧困クラスだけではないですが、献立表にパン、バターの他に「玉ねぎ、クレソン、レタス、肉、サーディン缶、チーズ、サケ缶、ビン詰めエビ、ランチョン・タン缶」と単品で書かれているものがあります。どう食べられていたのかヒントになる話として、佐藤雅子『季節のうた』から紹介しましょう。日露戦争（1904年〜1905年）前夜に武官として英国に駐在していた海軍将校だった父親の思い出話です。

「長く英国に駐在しておりました私の父は、毎日決まった時間になりますと（別ページに4時と書いてある）、パン切り台の上に大きなパンをのせて、その切り口にバターを塗り、それから、ゆっくりとパンにパン切りナイフをあて、心もち刃を外に向けて薄く切りおろし、これに、そのときどきのありあわせの材料をはさんで、お茶の時間を楽しんでいたのを思い出します。英国から帰ってきた義弟もやはり同じようなことをしておりました」

　この話を読むと、献立表にアフタヌーン・ティーの定番メニューとされているサンドイッチが、2箇所にしかないのが納得できます。つまり台所でサンドイッチを用意するのではなく、パン、バターそして具となるものをテーブルに用意して、食べる人たちそれぞれがパンを切ってあるものを挟んで食べていた、と考えられます。もちろん、サンドイッチにしないで、パンと用意された具材を別々に食べていた可能性も否定できません。

『メアリー・ポピンズ』のなかでジェーンとマイケルが、メアリー・ポピンズのおじのウィッグ氏を訪ねたときの空中でのアフタヌーン・ティーの席で、ウィッグ氏が「本来ならバターつきパン（bread-and-butter）から始めるところだが、本日は私の誕生日でもあるので、マナーに反するのを承知で、ケーキからいこうではないか」（三谷

図版53　『ロンドン・マガジン』1900年1月号掲載。

康之訳)、と言っていることや、冒頭で紹介したヘンリー・ライクロフト宅のお茶の時間に出てくるのは「こうばしいトースト(fragrant toast)」なので、日常的なティー・タイムには、サンドイッチより「バターつきパン」だった可能性が強いと思います。

そしてこのサンドイッチと同じように興味深いのは、現在のお茶請けのもうひとつの定番メニューであるスコーンが1回しか出てこないことです。『ビートン夫人の家政読本』『新ビートン夫人の料理術』にはスコーンのレシピは載っていませんでした。『カッセルの料理辞典1880年版』に載っているスコーンの材料は「大麦の粉、水、塩」だけです。1回しか献立表に載っていない理由が、ヨーク市の主婦たちにお茶請けとしてスコーンは定着していなかった、それともスコットランドのお菓子であるスコーンが、現在のようなレシピでイングランド中に広

表F　19世紀の料理本に掲載されているレシピ

カスタード custard	材料は「半パイントのミルク、卵2個」、1891年2月号の『ストランド・マガジン』の広告にも載っていて現在でも売られているインスタントの「バード印のカスタードパウダー」などがあるがヨーク市の主婦たちは手作りをしている。
クランペット crumpet	イースト醗酵のミニホットケーキ、バターをひいた鉄板(フライパン)で焼く。両面をあぶってバターをつけて食べる。材料「ミルク、小麦粉、バター、イースト、レシピ本によって卵やマッシュポテトを入れるものもある」生地はかなり柔らかい。
ケーキ cake	ベーキング・パウダー(BP)を使用。プレーンケーキの材料は「小麦粉1ポンド、BPをティースプーン1.5、ドリッピング4オンス、モイスト・シュガーを紅茶カップ1、卵3、ミルクをモーニングカップ1」
ショート・ケーキ short cake	材料は「小麦粉、バター、砂糖」で少し厚みのあるビスケット風のもの、かむとサクサクする。日本で言うショート・ケーキとは違う。
スコーン scone	「カッセルの料理辞典1880年版」による材料は「大麦粉、水、塩」だけで大麦粉に水と塩を入れて良くかき混ぜて、1/4インチの厚さの丸形にして厚いフライパンなどで4分間焼く、焼き上がったらバターを塗って食す。また、少し贅沢なスコーンにしたい時は「水の代わりに1パイントのミルクとバターを1オンス」を使う、とも記されている。スコーンとは別にソーダ・スコーンのレシピが載っていて、材料は「バターかラードが5オンス、1/4パイントの温かいミルクか水、10オンスの小麦粉そして塩・炭酸ソーダ」そして焼き時間は15分から20分でコストは6ペンス。
ティー・ケーキ tea cake	ケーキの種類の名称、紅茶味ではない。イースト醗酵、オーブンで焼く。材料「小麦粉2ポンド、塩ティースプーン1/2、バターまたはラード4オンス、卵1個、イースト半オンス、温めたミルク」
バン(バウンズ) bun	イースト醗酵の甘みのある小型丸パン。材料「小麦粉2ポンド、モイスト・シュガー(甘みの強い精製前の砂糖)6オンス、イースト1オンス、ミルク半パイント、半ポンドのバター、温めたミルク1パイント」
ペイストリー pastry	パイやタルト類で中身やトッピングにより多種あり。基本材料は「小麦粉1ポンド、塩ティースプーン1、ソフトラード又はドリッピング1/4ポンド、ベーキング・パウダーをティースプーン2」

まったのは20世紀になってからなのか、謎は残ります。

アフタヌーン・ティーには「肉料理は出さないのが原則」と言われていますが、肉、塩漬け肉、牛の煮付け、ステーキなども登場しています。お茶請けとして珍しいのはフレーム・フード（frame food）。これは商品名で、パウダー状のようなもので離乳食、病人食として売られていました。シリアルのようにミルクをかけて食べられていたのでしょう。『ストランド・マガジン』の1891年2月号に広告、それと1904年2月号の『ストランド・マガジン』の特集記事『良い広告について』にフレーム・フードのポスター（図版54）が載っているので、当時の有名な食品のようです。

図版54　1904年2月号『ストランド・マガジン』掲載。

家庭での「茶とコーヒー」の比率とミルクティー

……………海軍条約文書

コーヒーとお茶はともに17世紀に英国に紹介された舶来の飲み物です。

起きぬけに一杯のお茶
それが一日のはじまり。
それから十一時半に
一杯のお茶があれば
天にも昇る心地
昼飯にもお茶
お茶の時間にもお茶。
そして寝しなにも
一杯のお茶があれば
もう何もいうことはない。
（『イギリス人――その生活と国民性』より）

という古歌で判るように、先に流行ったコーヒーを抑えてお茶が英国民に広く深く飲まれるようになりました。この古歌を紹介している『イギリス人――その生活と国民性』の著者アントニー・グリンは1922年、准男爵ダヴズン家の2代目として生まれているので、《バスカヴィル家の犬》事件に出てくる若き当主ヘンリー・バスカヴィルと同じ階級ということになります。この本には朝食の時に紅茶とコーヒーを飲む階級の区分けについて幾つか紹介されていますが、線の引き方が難しく入り組んでいるようです。それでも軍隊の階級における区分けについて、「ブリテン陸軍の将校は朝食にコーヒーしか飲まず、したがってお茶は出ない。一方将校以外の階級ではお茶を飲み、コーヒーを飲まない。これは誰でも知っている当たり前のことで、配給もちゃんとそれに合わせてあり、兵たん部（作戦部隊の後方で食料などの補給、修理などを行う）でも了解ずみだ。第二次大戦中、私がアメリカのある歩兵師団に配属されて戦闘に参加していた時のこと、将校と兵の別なく、全員がコーヒーを飲んでいるのを見てびっくりしたのを覚えている。ブリテン軍の兵卒ならコーヒーなど決して飲まないだろうし、また飲みたいと思わないだろう」と、述べています。

《背中の曲がった男》事件の中で、兵卒から指揮官まで上り詰めたバークリ大佐夫妻が、「将校の世界に入っていったときには、交際の面で少々やっかいなことがあった」とホームズは言っていますが、これは英国では将校と兵卒になる出身階級が分かれているからです。

このように出身階級の違いで朝の飲み物も変わってくるわけですが、《海軍条約文書》事件では、ベイカー街221Bの下宿でハドスン夫人が用意した朝食にいつものコーヒーの他にお茶が用意されています。ホームズとワトスンだけの朝食ではコーヒーを飲んでいるので、これは泊まり客のパーシー・フェルプスのために用意されたものでしょう。フェルプスはもちろん上流社会（使用人のいる家庭）に属しているので、朝食にお茶とコーヒーを飲む階級の線引きは難しいことになります。

そこで階級別による「コーヒーとお茶」の線引きができるのかを具体的に調べてみました。

表Gは『貧乏研究』に載っている毎日の献立表を元に集計した「クラス別朝食の飲み物」です。これを見ると「ブリテン軍兵たん部」ほどはっきりとは線引きはできませんが、「使用人のいる家庭」の朝食にはコーヒーが出る回数は多いと言えます。しかし、茶とコーヒーの比較では茶の方が好まれているようで、はっきりとした階級別の線引きはできませんでした。

次に茶とコーヒーの購入量、そして購入したもので何杯の茶とコーヒーが飲めるのか調べてみました（表H）。

するとどの階級も1日に平均3杯、お湯を足すと倍の6杯くらい飲んでいるようです。また茶とコーヒーの比率は大まかな計算ですが、茶10杯に対してコーヒー1杯となりました。

図版55は『ロンドン・マガジン』1899年11月号の『外国からの食料供給なしでどのくらい持つか』という論説に載っていた「1年間でひとりが消費する食料」のイメージ画像の部分拡大図です。このイラストをみると英国人はひとり当たり1年間に「ココアを2杯、コーヒーは3杯」、そして茶は6ポンドと茶葉の重さになっています。6ポンドの茶葉で計算をしてみると、ひとり当たり1年間に「907〜1360杯の茶」を飲んでいることになります。1日にすると「2・5杯〜

図版 55 『ロンドン・マガジン』1899 年 11 月号掲載部分イラスト。『外国からの食料供給なしでどのくらい持つか』は《白面の兵士》事件のテーマです。

3・7杯」となるので、前述の計算と近いのが判りましたが、コーヒーとの比較では「茶300杯〜453杯に対してコーヒー1杯」と、かなり差が開いています。

『貧乏研究』の場合は調査数が少ないので、たまたまコーヒー好きの家庭が多かった、という可能性もあるでしょう。コーヒーの調査結果にはかなりの差がありますが、どちらにしてもこのふたつの資料から英国人がコーヒーより茶のほうを格段に好んでいて、1900年頃には1日に平均3杯は飲んでいた、ということは判りました。

現在の英国風紅茶と言えばミルクティーです。1680年にサブリエール夫人が紅茶にはじめてミルクを使用して以後、しだいにミルクティーは英国では正統な飲み方となったといわれています。「朝食の飲み物と購入した飲み物」リスト表（注1）をみると、ミルクが献立表に載っているのは5家庭だけですが、買物帖をみるとミルクの購入をしていない家庭の方が少数派のようです。朝食以外の食事メニューにもミルクがほとんど載っていないので、茶やコーヒー・ココアにミルクを入れて飲んでいた可能性はとても高いと思います。

表G　クラス別朝食の飲み物と購入した飲み物

	茶	茶とコーヒー	コーヒー	ココア	ココアとコーヒー	記載なし
クラス1（計112日）貧困家庭	98日（87.5%）	0日	6日（5%）	1日（1.25%）	6日（5%）	1日（1.25%）
クラス2（計28日）生活の安定している労働者階級	25日（89.2%）	0日	2日（7.1%）	1日（3.7%）	0日	0日
クラス3（42日）使用人のいる家庭	21日　(50%)	14日（33.3%）	6日（14%）	0日	0日	1日（2.7%）

表H　各クラスの茶とコーヒーの購入量とカップ数

	人数	茶購入量合計	1人分2グラムとして何杯になるか	1人分3グラムとして何杯になるか	コーヒーの購入量合計	1人分10グラムとして何杯になるか
クラス1 貧困家庭	大人30人子供31人子供（乳幼児）16人	78オンス（2211g）	1106杯	737カップ	20オンス（567g）	57杯
クラス2 生活の安定している労働者階級	大人6人子供9人子供（乳幼児）1人	24オンス（680グラム）	340杯	227杯	記載なし	
クラス3 使用人のいる家庭	大人22子供11人	78オンス（2211g）	1106杯	737杯	56オンス（1420g）	142杯

ヨーク市は約7万5800人と人口がさほど多くない地方都市なので、近郊の酪農家から市街地に毎日ミルクの配達がスムーズに行われていました。

では、当時の人口が658万人の大都市ロンドンではどのように「新鮮なミルク」が供給されていたのでしょうか。ホームズ物語から大都市ロンドンへのミルク供給事情を推測しようと思います。

「ミルクから鱒が出てくる」というソローの引用、ヘビの餌用のミルクなどを除けば、ミルクが出てくるのは以下の4つの事件です。

《緋色の研究》事件では、レストレード警部は被害者の同行者スタンガスンがユーストン駅近くのリトル・ジョージ街にあるホテルに宿泊していることを突き止め、ここでスタンガスンの死体を見つけました。この殺人の加害者と思われる人物について、「犯人らしき男を見かけた者がいます。牛乳配達の少年なんですが、搾乳場に行く途中、ホテル裏の厩（うまや）からの小道を歩いていますと（後略）」という目撃談をホームズに伝えています。《青いガーネット》事件ではブリクストン通りでたくさんの「ガチョウ」を飼っていた記述もありますが、ガチョウと違って牛は大きいので、大規模な酪農家がユーストン駅近くで牛を飼っていたとは思われません。飼っていたとしても数頭だと思うので、大都市ロンドンのミルク需要にそれほど貢献してはいなかったでしょう。

　となると、ロンドンの「ミルク」はどこから来たのでしょう。それは《恐怖の谷》事件の朝食の席で、暗号を解いていたホームズとワトスンのもとに来たマクドナルド警部が、「けさ早くに牛乳列車（ミルク・トレイン）で届いた走り書きの報告をもとに話していた」にヒントがありそうです。この牛乳列車（ミルク・トレイン）とは牛乳を運ぶための早朝の列車で、乗客も乗ることができました。

　本格的かつ画期的な公共鉄道が開通したのは１８３０年のリヴァプールとマンチェスター間ですが、早くも１８４４年にミルクはマンチェスターへ輸送されるようになり、まもなくロンドンにも鉄道を利用してミルクが届

図版56　シドニー・パジェット画《海軍条約文書》の一部拡大イラスト、『ストランド・マガジン』1893年11月号掲載。

くようになります。その後、１８６８年に保冷車が採用され新鮮で冷たいミルクがロンドンにも届くようになり、ミルク卸売り業者たちも駅に巨大な冷蔵庫を作って新鮮なミルクの供給に努力をしていました。ただ、殺菌された瓶に入れたミルクを毎朝玄関先に届けるシステムは１９３０年以降のことなので、《ヴェールの下宿人》事件の中で依頼人の代理人メリロー夫人が、「あの人が上の階の窓から顔をのぞかせたのを牛乳配達が見かけて、ブリキ缶を取り落とし、前庭を牛乳の海にしてしまったことがあります」とホームズに伝えているように、配達人は「ミルクを入れた大きなブリキ缶を持って」各家庭をまわり、小売りまたは定期購入者に届けていたのでしょう。

　鉄道によるミルク運送、配達人による個別宅配のシステムがあったので、《プライアリ・スクール》事件でベイカー街２２１Ｂを訪れた時に疲れから失神したハクスタブル博士の、「いささか過労ぎみでして。かたじけないが、牛乳とビスケットなりをいただけるなら、もちなおすでしょう」という要望に応えることができ、博士は「牛乳とビスケットをたいらげた」あとに事件の経緯を落

ち着いてホームズに話すことができたのです。

ミルクの値段ですが、１９００年ころのヨーク市の場合は１パイントで１ペニー～１ペニー半です。１８７８年頃の大都市では１パイントが２ペンス半と少し高いですが、１９０９年刊行の『新ビートン夫人の料理術』に載っている各レシピのコストから判断すると、１パイントで１ペニー半～２ペンス弱になり、大都市でのミルク価格も地方都市であるヨーク市の価格とさほど変りはないようです。

図版56は《海軍条約文書》事件のベイカー街の朝食シーンですが、ホームズとワトスンの間にハドスン夫人が持ってきた「お茶とコーヒーのポット」があります。でも、ミルク入れが見当たりません。これから持って来るのか、何時もはコーヒーなのでハドスン夫人がミルクを用意するのを忘れたのか、それともフェルプスがアンチミルクティー派だったのか、あれこれと想像させられる食卓風景です。

（注１）サイトに掲載したリスト表は誌面の都合で割愛しました。

図版57　W・シヴェルブシュ著　『楽園・味覚・理性――嗜好品の歴史』より。

チョコレート（飲み物）とココアの歴史

……プライアリ・スクール

コーヒーや茶と同じく17世紀に紹介された飲み物、それはチョコレート（飲み物）」です（注１）。

図版57は新しくヨーロッパに入ってきたホット・ドリンクであるコーヒー・茶・チョコレート（飲み物）の生産地が判るように、トルコ人（アラビア人）、中国人、アステカ人が描かれ、各ドリンクを作るのに必要なポットなどが描かれています。もっともチョコレート（飲み物）をつくるチョコレート・ポットと撹拌棒はアステカの人たちは使用しておらず、ヨーロッパ人が考えだした道具です。

同じ時期に中近東・中国・アメリカ大陸からヨーロッパに広まった3種類のホット・ドリンクですが、

ルイ14世時代（1638年〜1715年）のベルサイユ宮殿で出される馴染まない味に不満を覚え、「茶は、干し草と堆肥の味がするし、コーヒーは煤と干しイチジクの味だし、チョコレートは甘すぎて閉口する」（注2）と手紙に書いた公爵夫人がいました。また、スペイン人が初めてアステカでチョコレート（飲み物）を見た時に「人類よりは豚にふさわしい飲み物のように思える」と書いていますが、持参のワインなどがなくなりだした頃に飲むと感想は変化していて、「味はやや苦みがあり、滋養があって元気が出るが、酔うことはない」と、美味しいとは言っていませんが、まんざらでもなさそうな記述をしています。

16世紀にアステカからスペインに渡って人気の出たチョコレートも、16世紀の英国人にとっては未知の存在だったようで、1597年に海賊、英国側からいうと私掠認可状（注3）を持った英国船がスペイン船を拿捕した時に、船1隻分のカカオ豆を焼いてしまったそうです。見慣れない種子に興味はなかったのでしょうが、実にもったいないことです。

その後、チョコレートは飲み物として英国に紹介されましたが、その年代についての確かな文献はなく、通説では1652年と言われているそうです。『西洋広告文化史』によると文献的に確かなのは、『パブリック・アドヴァイザー』（広告専門の週刊紙）の第4号（1657年6月16日／22日号）に掲載された世界最初の広告です（注4）。「ビショップ・ゲイト街のクイーンズ・ヘッド小路のフランス人の店で、チョコレートと呼ぶ西インドのすぐれた飲み物が売られている。諸氏は妥当な値段で飲み物になったもの、またはその原料を手に入れることができる」という内容でした。

さて、17世紀中頃といえば《背中の曲がった男》事件の「茶の効能」の時も登場したサミュエル・ピープスの日記ですが、チョコレートについても記述がありました。オランダに亡命していたチャールズ2世と一緒に帰国した10日後の1660年6月19日の日記の最後に「今日家に帰ってみると、多量のチョコレート（chocolate）がわたし宛においてあったが、だれからのものかわからない」と記しています。

この後の日記を読んでも誰が贈ったのか、多量のチョコレートをどのようにしたのかは書かれていませんが、送り主はピープスに袖の下として贈ったものでしょう。なにせ、王政復古の幕開けが始まったばかりなので、王様を迎えに行った随員のひとりであるピープスに贈り物をしようとした人たちは多かったと思います。

また、このチョコレートは飲料状態ではなく、チョコレート（飲み物）の素でしょう。このチョコレートの素の作り方ですが「平たい石の上で、炒ったカカオ豆を砂糖とともにすり潰し、ペースト状」にしたものにシナモン、バニラ、クローヴなどの香辛料を加えてできあがりです。このペースト状の香辛料入りチョコレートがピープスの留守宅に届けられたのだと思います。

このあと、ピープスの日記（注5）に出てくるチョコレート（飲み物）は、

1661年4月24日

朝、目を覚ましてみると昨夜の酒のために、頭はひどく痛い。たいそう後悔している。起床して、クリード氏（注6）と外出し、朝の一杯をやる。わたしの胃を落ちつかせるために、彼はチョコレート(chocolate)を飲ませてくれた。

1662年10月17日

3人でクリードの部屋にゆき、そこにかなりの間いて、チョコレート(chocolate)を飲んだ。

1663年1月6日

十二夜。起床、クリード氏はわれわれの朝の一杯のために、チョコレート（chocolate）を鍋に一杯作って持ってきてくれた。

1664年2月26日

水路ウェストミンスターのクリード氏の部屋へ。チョコレート（chocolate）を少し飲み。

1664年5月3日

起床。身支度をし、約束通りブランド氏の家へ出かけ、そこで美味しいチョコレート（chocollatte）で朝の一杯をやる。

1664年11月24日

昼ごろペット弁務官といっしょに外出、彼といっしょにコーヒー・ハウスへいって、チョコレート(jocolatte)を飲む。たいそう美味しかった。

と、6回登場していました。

1661年4月24日のピープスは二日酔いの薬

のように飲んでいますが、当時のヨーロッパ大陸及び英国でチョコレートの効能として信じられていたのは、「媚薬としての作用がある」ということでした。

時代をホームズとワトスンが活躍していた頃に戻しますが、図版58は1895年のハロッズのカタログに載っていたチョコレート・ポットと撹拌棒です。ポットの蓋にある穴に差し込んだ撹拌棒を上下させてチョコレート（ペースト）とお湯（卵と牛乳を入れることもあり）を混ぜ合わせてチョコレート（飲み物）が完成です。このポットと撹拌棒の形はチョコレートがヨーロッパに伝わった頃にはすでに完成されていました。ただ、撹拌棒による混ぜ方にはコツがあって難しかったようです。トラファルガー海戦（1805年）前後の時代をえがいたコナン・ドイル著『ロドニー・ストーン』の中で、ロドニー・ストーンの伯父で社交界の花形であるチャールズ・トリージリス卿が、チョコレート（飲み物）を作ることの上手な従者アンブローズが失踪してしまったので、美味しい朝の目覚めのチョコレート（飲み物）が飲めないと嘆いています。

チャールズ・トリージリス卿のように、美味しいチョコレート（飲み物）が飲めないという人の嘆きも、1828年にオランダのクンクラート・ヨハンネス・ファン・ハウテン（バン・ホーテン）が脂肪分のごく少ない粉末チョコレートの製法の特許をとって、現在の「ココア」の販売を始めてからなくなりました。ファン・ハウテンが考案したココアは、カカオ粉末とお湯が混ざりやすく手軽な飲み物にチョコレート（飲み物）を進化させたのです。それでも、チョコレート・ポットと撹拌棒が売られていたのは、ココアもこのポットで良く撹拌すると美味しく感じられたのでしょう。またココアが登場したことで、手軽さ以外に17世紀〜18世紀に信じられていた「媚薬としての作用がある」説も消滅してしまいました。

図版59のようなココアの栄養が大人だけではなく育ち盛りの子供にも良い、というココア会社の宣伝が功を奏したのか、ヴィクトリア時代の母親は子供に飲ませるようになったのです。

図版59『ストランド・マガジン』1902年10月号掲載の広告。

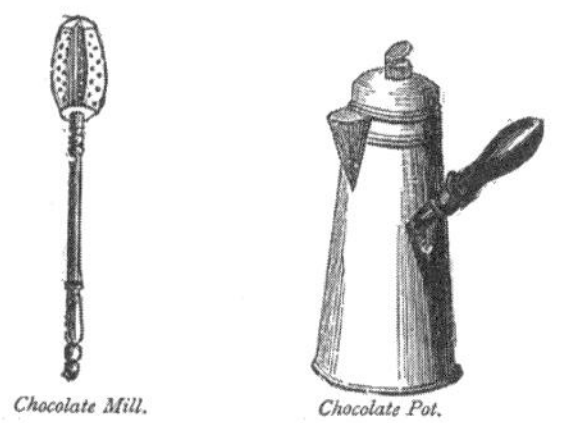

図版58『ハロッズの1895年版カタログ』に掲載。

滋養のあるココアを子供に飲ませる、という風習があったのでホームズとワトスンが宿泊した私立予備小学校であるプライアリ・スクールでは、生徒だけではなく教師そして客人であるホームズとワトスンにも、目覚めの一杯にココアが用意されていたのでしょう。それで、ワトスンを起こしたホームズは「さあ、ワトスン、隣の部屋でココア（cocoa）がまっている」と言ったのでした。

（注１）飲み物の材料であるペースト状チョコレートも飲み物も「チョコレート」というので、この項目では「チョコレート（飲み物）」「チョコレート（ペースト）」と書いています。

（注２）この手紙からフランスでも茶とコーヒーには砂糖が使用されていないこと、また後述の作り方でも判るようにチョコレート（飲み物）には砂糖が入っていたことが判ります。

（注３）私掠認可状：戦争状態にある一国の政府からその敵国の船を攻撃しその船や積み荷を奪っても良いという許可状。

（注４）英国では１７５２年に、ユリウス暦に代わってグレゴリオ暦が採用されるまで、公式の場合、両者の日付を併記することになっていたそうです。

（注５）日本語訳は『サミュエル・ピープスの日記』国文社刊行 臼田昭訳によります。臼田訳ではココアとなっている箇所がありますが、原文は"chocolate"なのでチョコレートになおしてあります。また、チョコレートの綴りが違うのがありますが、これも原文のままです。

（注６）ジョン・クリード：サミュエル・ピープスが頼っていた初代サンドイッチ伯、エドワード・モンターギュの家令兼役人。ピープスの記述から判るのはクリード氏がかなりチョコレート（飲み物）を好きだったことです。

ドイツの砂糖王 ……三破風館（はふ）

《三破風館》事件の冒頭は、巨漢の黒人男性がベイカー街２２１Ｂの居間に殴り込みをかけるシーンで始まりますが、冒頭でのいささか黒人蔑視とも言えるホームズの発言に眉をひそめる読者も多いようです。

　この派手な登場シーンと派手な服装でホームズとワトスンを驚かせた黒人男性のスティーヴ・ディクシーは英国生まれかも知れませんが、先祖たちはどこから来たのでしょう。英国の奴隷はアフリカから新大陸の植民地に連れていかれ、農園などで働かされていたので、本土では目にすることはあまりありません。

15世紀から19世紀にかけて、ヨーロッパ人によって（注1）１０００万人以上のアフリカ黒人が奴隷として新大陸に連れていかれたとされています。なかでも英国による「三角貿易」（図版60）の犠牲者が多いようです。

連れていかれたアフリカ人は主に英国系の砂糖の大農場で働かされたのですが、川北稔著『砂糖の世界史』によれば「砂糖商人の多くは、イギリスに住み着いて、イギリスの上流階級、いわゆるジェントルマン階級の人間として、暮らすようにさえなりました。産業革命がまずイギリスに起こったのも、奴隷や砂糖の商人たちの富の力によるのだ、と主張する意見もあるくらいです」とあります。このような非人道的な行為がなぜ問題にならなかったのか不思議ですが、英国に住み着いた砂糖商人たちはジョージ3世（在位１７６０年〜１８２０年）が驚くような贅沢な生活をしていただけではなく、一時期は自分たちの仲間の国会議員を40人以上も抱え、政治の世界で大きな発言力を持っていたので、「奴隷交易」が問題にされなかったようです。

図版60　「三角貿易」のイメージ地図。『砂糖の世界史』掲載地図を参考にして著者が作成。

このような歴史から、ベイカー街の居間に殴り込みをかけて来たスティーヴ・ディクシーは、アフリカから直接英国に来たのではなく、新大陸から所有者の砂糖商人たちと英国本土に来たのか、自由を求めて英国に逃げて来た奴隷の末裔のように思われます。

このようにアフリカ人を犠牲として英国植民地での「砂糖きび」による砂糖の大増産が行われましたが、19世紀終わり頃から英国のライバルとなったドイツでは、18世紀中頃から人口が爆発的に増加し、これによる食料需要の高まりから重農主義になりました。植民地を持たないドイツが輸入に頼っていた砂糖も、寒冷地作物である「砂糖だいこん（甜菜）」を使って砂糖含有量の増大と糖分搾出の研究を行い、１８０２年に砂糖精製工場を建設したのです。この時期はちょうどナポレオン戦争によって海外からの砂糖の輸入が途絶えたので、国産の甜菜糖への需要が高まり１８１３年頃には２００近い工場が設立されたそうです。

しかし、ナポレオン戦争が終わったあとは、カリブ海域の西インド諸島からの砂糖きび糖が大量に押し寄せ甜菜糖の価格が暴落、ドイツでは政府が甜菜糖産業を見捨ててしまいました。それでも甜菜糖産業者は諦めなかったようで、１８３０年代以降も着実に生産は増えていきました。

この結果、ドイツは１８６０年代末には砂糖の輸入国から輸出国に転換したのです。砂糖の大増産時代に事業を行い巨万の富を得たのが「つれない美女」のイザドラ・クラインの亡き夫、「ドイツ人の砂糖王（German sugar king）」と言われた老クラインです。

《三破風館》事件は人気のない作品ですが（注2）、「世界商品」として世界をかえた「砂糖」からみると、砂糖きびから砂糖を作らされたアフリカ系黒人奴隷の末裔と、甜菜糖によって巨万の富を得たドイツ男性の未亡人が、世界で砂糖の消費が一番（図版61）である英国のメイドを仲介人として結びついた事件なのがとても興味深いです。

（注１）英国の法律で奴隷売買が禁止されたのは１８０７年、実際に英国植民地における奴隷制度が廃止されたのは１８３４年～１８３８年の間です。といって、無償で奴隷たちが解放されたわけではなく奴隷制度廃止の補償金として国庫から奴隷ひとり当たり平均37ポンド、合計で２０００万ポンドが植民地の大農場主たちに与えられました。ちなみに１８３０年頃の国家予算は５０００万ポンドです。

（注２）《三破風館》事件は人気のない作品で、１９５４年のＢＳＩ（最初のシャーロッキアンの団体）のホームズ生誕記念夕食会で行われた短編のみの人気投票で《三破風館》は最下位。１９９４年に行われたＪＳＨＣ会員による60編すべての人気投票でも一票しか入りませんでした。

図版 61　『ストランド・マガジン』1906 年 5 月号掲載。子供たちの持っているシュガーローフ（砂糖の塊）で各国の 1905 年のひとり当たりの消費量を表しています。消費量 1 位は英国で以下は、米国、スイス、フランス、ドイツ、オーストリア、ロシア等。

「茶と砂糖」の歴史……ライオンのたてがみ

《ライオンのたてがみ》事件は「茶（注1）と砂糖の歴史」がテーマです。紀元前３２７年にアレクサンドロスのインド遠征によってヨーロッパ人が「甘い葦（あし）」から取れる「蜜（注2）」の存在を知ってから、１９０７年7月末のある日、シャーロック・ホームズが「朝のお茶（early cup of tea）」を飲むまでの歴史を見ていこうと思います。

英国では切っても切れない関係の茶と砂糖ですが、生活にとけこんだ時期にはタイムラグがあります。最初に伝わったのは砂糖で、イスラム勢力が西方に進出しながら地中海沿岸で砂糖きびの栽培と砂糖の生産を広めていきました。この地中海沿岸で作られた砂糖が英国に入ってきているはずですが、砂糖の存在が英国で最初に確認（注3）できる史料は13世紀のものです。輸送機関の乏しい時代には基本的な食料は地元で生産・消費されますが、贅沢品は特権階級の求めに応じて遠距離を移動していくと言われています。

それにしても、イングランド王ヘンリー3世が1226年に「もし一度に大量の砂糖が手に入るのものなら大市で、できれば3ポンド（約1・3キログラム）ほど入手して欲しい」とウィンチェスター市長に要請しているのを読むと、砂糖はとてつもなく贅沢品だったことが判ります。ヘンリー3世がこの3ポンドの砂糖をどのように使用していたのか具体的なことは判りませんが、当時は「香料と薬品」として認識されていたので、ナツメグ、胡椒などの香辛料と似たような利用だったかもしれません。その後、ヘンリー3世は1243年になると「ロッシュ糖（注4）」を300ポンド（約130キログラム）も発注しています。この大量の砂糖の発注理由はどこにも載っていませんが、何かの祝宴用に「細工もの（注5）」が用意されたのでしょうか。貴重な砂糖で作る「細工もの」は型に流し込んで作るほか、マジパン（注6）などを使って作られていました。

このような食べることのできる「細工もの」はテーブルを華やかにするだけではなく、富と権力を示すディスプレイとして人気がありました。最初は王だけが用意できた砂糖を使った「細工もの」も、16世紀頃になると大商人までが宴会で「細工もの」を用意できるようになります。これらの細工ものは料理とは別に出席者に配られていたのですが、中には家族にお土産として持ち帰った人も多かったでしょう。砂糖は「甘くて美味しい」という認識が、上層階級の人たちだけではなく下層階級を含めたすべての人たちが持つことができたのは、砂糖で作られた「細工もの」が細かく砕かれたくさんの人びとの口に入ったからでは、と考えています。

晩年のエリザベス女王に謁見したドイツ人が女

王の歯が砂糖のとりすぎで黒ずんでいると書き残しているように、王侯貴族だけが地中海産の砂糖を使えた時代を、三段跳びでいうと「ホップ」時代となりますが、次のステップはスペイン、ポルトガルが切り開いていった「大航海時代」以後、マデイラ島などの大西洋上の島々やアフリカから連れてきた奴隷を使った西インド諸島での砂糖きび増産時代です。「砂糖のステップ」時代の初期は「茶のホップ」時代に重なりますが、だいたい１６２０年頃から19世紀初頭までとかなり長い期間になります。

ポルトガルが独占していた砂糖生産も、１６２０年代に英国人が西インド諸島のバルバドス島で成功したプランテーションにより生産高が格段と増えてきました。それでも、１６６２年にポルトガル王女キャサリンがチャールズ2世のもとに嫁いできたとき、当時の貿易先進国であったポルトガルの王女の持参金は「北アフリカのタンジールとインドのボンベイ」そして船のバラスト（船底に積む重し）かわりに積んできた「砂糖」でした。この砂糖に英国人は大喜びをしましたが、運んで来た砂糖の量では約束していた持参金には不足だったので、長いことポルトガルとの争いの種になっていたことがサミュエル・ピープスの日記を読むと判ります。

17世紀の激動期に詳細な日記をつけていたサミュエル・ピープスですが、最後に海軍大臣クラスになるので「イギリスの富豪」と紹介している本があります。しかし、日記を書いていた（１６６０年～１６６９年）最初の頃は家賃の支払いのために役所の金を一時流用するほど家計が火の車状態でした。このようにあまり豊かではないピープスだったから贅沢品である「砂糖」、そして珍しい舶来の飲み物である「茶」についても日記に載せていたのでしょう。ピープスの日記には砂糖（sugar）は17回、茶（tee と tea）の記述は3回あります（注7）。砂糖の使用例を詳しくみると、砂糖入りワインかビール、またはワインやビールに砂糖を入れて飲んでいる記述が多いです。他には妻が自宅でマルメロのマーマレードの作り方を習っていますが、教えてくれたピープスの同僚の妻にお礼として砂糖の小箱を贈っています。また、便宜をはかった謝礼として出入りの業者から砂糖入り小箱を贈られていますし、食料品店で購入した砂糖を父親にプレゼントとして送ってもいます。また、1663年10月12日、便秘で苦しんでいたピープスはホリヤー氏（かかりつけの外科医）の指示で作った「一パイントの強いエールに砂糖四オンスとバター二オンス」という浣腸液を使用してすっきりとしています。

砂糖が薬として使われていたことは『甘さと権力　砂糖が語る近代史』に詳しいですが、当時の貧しい食料事情を考えると病人が砂糖入りの薬を飲むということは、現代で言えば高カロリーの点滴と同じような効き目があったのは間違いないでしょう。当時の処方箋には栄養補給的使用以外に眼病の薬として「砂糖、真珠、金箔を細かく粉にしたものを眼に吹き込む」というのも紹介されています。

ほかの砂糖の記述で興味深いのは、1666年に発生したロンドン大火の最中に焼け跡の後始末をしていた人たちが、避難させるために運ばれていた途中に壊れ放置されていた「上等の砂糖樽」から、砂糖を手に山盛り持っていってはビールの中に入れ、それを飲んでいた、と記されていることです。このことで17世紀中頃には「砂糖」の美味しさは下層階級の誰もが知っていたのが判ります。

茶について有名なのは1660年9月25日付けの日記です。海軍省の役所で「サー・R・フォードの話は大変理屈が立っていて、経験も豊かだった。そののち彼は『茶』（中国の飲み物で、わたしはまだ飲んだことがない）を一杯持ってこさせ、そして帰っていった」となっています。これによると飲んだのは熱弁を振るったサー・R・フォードのようです。この頃のピープスの家計は上向きにはなっていますが、まだまだ余裕のある生活とは言えないので、舶来品の高価な茶（tee）をピープス自身が飲んだとは私には思えません。

「茶と砂糖」といえば「砂糖入りの紅茶」をイメージします。しかし、ビール・ワインなどの飲み物に入れていたことはピープスの日記から判りますが、茶に入れて飲んだ時期がはっきりと判っていません。17世紀の同じ頃に英国に伝わった「茶、コーヒー、チョコレート（飲み物）」のどれもが、もともと飲まれていた地域ではストレートで飲まれていました。それが現在では個人個人の好みもありますが、カロリー制限のある人以外はこの3

種類の飲み物に「砂糖」を入れるのが習慣となっています。この疑問への答えを考えるヒントとなる出来事がピープスの日記にありました。

1664年3月30日の朝7時に海軍会計官のサー・G・カーテレットの家にゆくと、「令夫人が朝の一杯をだしてくれた——ワインを何種類か。しかしわたしはコーヒー以外何も飲まなかった。このコーヒーは上手に入れてあって、少し砂糖が入っていた」という記述です。この頃は「朝食」をとる習慣はなく朝からアルコール飲料だけを飲んでいたようで、ピープスも日記にたびたび居酒屋で「朝の一杯」を飲んだと記しています。ピープスの上司とも言えるサー・G・カーテレットの妻は当時の習慣として朝早い来客に「朝の一杯」としてワインを用意しましたが、その他にノンアルコール飲料で高価なコーヒーに、高価な砂糖を入れて来客に出したのです。文献的にいうと砂糖入りモーニング・コーヒーを最初に用意したのはサー・G・カーテレットの妻で、飲んだのはサミュエル・ピープスになるのかも知れません。

このような出来事から舶来の品で苦みのあるホットドリンクの「茶やコーヒー」に高価な「砂糖」を入れることを考えついたのは特定の人物ではなく、もともとビールやワインに砂糖を入れる習慣があった英国では砂糖を買える階層の人たちが、それぞれ自然発生的に砂糖を入れだしたということではないでしょうか。

17世紀にはピープスの日記でも常に砂糖を入れていたかどうか判明しないホットドリンクですが、1715年になると砂糖を入れるのは当たり前のことになっているようで、フレデリック・スレア著『貴婦人たちに捧げる砂糖擁護論』には「『ブレック=ファーストとも呼ばれる朝食』をパン、バター、ミルク、水のほか、コーヒーや茶、ココアに砂糖を入れたもので構成すれば、驚くほど立派になる」と書いてあります。その他にも同時代のジョン・オルドミクソンによると、「(砂糖は)商業に役立つばかりではなく、医師や薬剤師もそれなしでやってゆけないものである。というのはほとんど三百種近い薬品が砂糖からつくられているからである」と述べています。

18世紀の初め頃は貴婦人へ砂糖入りコーヒー、茶、ココアが勧められていますが、18世紀の終わり頃になると地方の一般庶民も砂糖入り茶を飲んでいることが文献に載っています。ただ、貧しい人たちが入れていた砂糖の量はかすかに甘味を感じるくらいだったと、当時の生産量から推測できます。お茶も色がついているくらいの薄さだったでしょう。それでも贅沢品である「砂糖入り紅茶」を貧しい人たちが飲むことへの批判が、いわゆる有識者たちのあいだにあったようです。

　ここまでが「茶と砂糖」の三段跳びでいう「ホップ・ステップ」の時期でした。ここから英国民の国民的飲料となった「砂糖入り紅茶」が安価に飲めるようになるための「ジャンプ」の時代です。砂糖が少し早く大増産時代がはじまりました。ヨーロッパ大陸で寒冷地作物の「砂糖だいこん（甜菜）」からも砂糖が作られ始めた時代です。

　全世界で生産された砂糖を数字的にいうと表Ｉの数字になります。この表によるとホームズがロンドンで活躍していた頃と同じ時期の１８８０年～１９００年の間は砂糖、とくにヨーロッパ産である甜菜糖の生産量が格段に増え価格も下がった時期だったのです。

　次は茶の増産についてです。１８４０年には茶の代金としてアヘンを売った銀で支払おうとした貿易摩擦がもとで、英国と中国の間にアヘン戦争が起きるほど中国茶には人気があり、中国産の茶を英国まで運ぶために快速帆船が喜望峰まわりの航路で速さを競ったほどです。１８６９年のスエズ運河開通で快速帆船での運送は衰退しましたが、そのあとも中国茶が英国の茶の需要をほとんどまかなっていました。中国茶にかげりが出てきたのは１８３８年にインドのアッサム地方で発見された中国茶とは違う品種の「アッサム茶」が栽培され始めた頃からです。インド（アッサム）茶の生産はアヘン戦争が勃発した１８４０年には１万２０００（重量）ポンドとごくわずかな量でした。しかし１８６６年に英国で消費された茶の総量１億２２６万５０００ポンドの中でインド茶は４６０万ポンド（４・５パーセント）と割合で言えば少ないですが、生産量の増産は際立っています。

　この後もインドとセイロンでの茶の栽培は順調に増え１８８９年になると英国に輸入された茶（再輸出分も含む）の生産地別数量は、インド茶９４５０万（重量）ポンド、中国茶９２５０万（重量）ポンド、セイロン茶２８００万（重量）ポン

表I　世界の砂糖きびと甜菜糖の生産量（『1911年版ブリタニカ』掲載）

年	砂糖きび糖	甜菜糖	合計	甜菜糖の割合	50.8kg当たりの価格
1840年	1,100,000	50,000	1,150,000	4.35%	48シリング
1880年	1,911,000	1,748,000	3,659,000	45.13%	20シリング4ペンス
1900年	2,850,000	5,950,000	8,800,000	67.61%	11シリング6ペンス

（単位：トン）

ドと中国茶は全体の半分を割ったのです。ホームズが初めて手がけた事件と知られている《グロリア・スコット号》事件の中で１８７3年頃にホームズの学友ヴィクター・トレヴァはインドのテライに行き茶の栽培を始め、１８８5年頃には成功している、とホームズは語っていますが、このヴィクターの成功は歴史的事実に符合するのが判ります。

世紀末近くになるとインドとセイロンでの茶の栽培は加速的に増え、１９００年に英国で消費された茶の総量のうち、インド茶が51パーセント、セイロン茶は31パーセントです。アヘン戦争から60年たつと英国で消費される茶は、中国茶からインド・セイロンで栽培されるようになったアッサム茶に代わったのです。

このように茶と砂糖を作る新しい品種の登場で生産地が代わり、全体的な生産の量が増えたのが「ジャンプ」の時代なのです。最後にこの大増産が個人の消費にどのような変化を与えたのか具体的にわかるのが、茶と砂糖のひとり当たりの年間消費量です。

１８００年
茶　１・48ポンド
砂糖15・32ポンド
１８４０年
茶　１・22ポンド
砂糖15・20ポンド
１８６０年
茶　２・67ポンド
砂糖34・14ポンド
１８８０年
茶　４・57ポンド
砂糖60・28ポンド
１９００年
茶　６・07ポンド
砂糖85・53ポンド

この統計で「甜菜糖とアッサム茶」の増産の影響が消費量にもはっきりとでているのがわかりました。茶の値段は品質によって値段が違うので単純に比較はできませんが、購入量は１８４０年の半熟練労働者の家庭より１９０１年のヨーク市在住の御者の家庭の方が多いですし、値段もかなり安くなっています。

　1907年、《ライオンのたてがみ》事件の中でサセックスの丘陵地に引退していたシャーロック・ホームズは7月末のある日、「朝のお茶」を飲んだあと出かけようとしていました。このお茶とおそらく入れていた砂糖には、ホームズの持っているティーカップからあふれるほどの歴史があるのです。

（注1）茶：現代ではteaは紅茶と訳されていますが、茶が英国に伝わった頃から「緑茶」に人気があり、19世紀の快速帆船の競争は緑茶の新茶を英国に運ぶためのものでした。しかし、いわゆる紅茶、当時はボヒー（ボヘア）茶も飲まれていました。参考資料の記述の多くがどちらの種類か判らないので「茶」と書いていますが、「砂糖入り紅茶」という言葉も使っている箇所があります。

（注2）蜜：砂糖が知られる前に甘味料として使われていたのは蜂蜜だけでした。

（注3）『甘さと権力　砂糖が語る近代史』によると735年に亡くなった聖者ベーダが残した香辛料の中に「砂糖」があったそうですが、一般的には13世紀の記述が「初め」とされています。

（注4）ロッシュ糖：この頃の砂糖はシチリア糖、バーバリ糖などと生産地の名前で呼ばれていました。

（注5）細工もの：現代においては「ウェディング・ケーキ」という形で風習が残っています。枢機卿ウルジー（1475年〜1530年）の叙任記念祝宴に用意された「細工もの」の詳しい記述によると「実物どおりの比率で縮小された教会や尖塔があり、まるで画家がキャンバスや壁に描いたもののようである。動物あり、小鳥あり、家禽などいろいろあり、人間もまた、じつに生き生きと皿のうえに作られている」等々、実際に見たくなる描写です。

（注6）マジパン：アーモンドの粉と砂糖を混ぜたもので、これを使って食べることのできる装飾ものを作ります。現在でも製菓材料として使われています。

（注7）ピープスは1660年1月から1669年5月まで日記を書いていました。しかし邦訳されているのは（2011年12月現在）1660年から1668年の9年間で1669年の日記は未邦訳です。それとネットで公開されている原文も2011年12月現在で1660年1月から1668年11月までなので、最後の1年間にある「砂糖と茶」の調査はできていません。
　また、本項目を書くために作成してサイトにアップしていた「茶と砂糖の歴史年表」は割愛しています。

第4章 シャーロック・ホームズと英国料理

ベイカー街２２１Ｂの下宿代と朝食の内容

……緋色の研究

１８８０年７月27日、アフガニスタンのマイワンドで負傷したワトスンは治療中に腸熱にかかり、数ヶ月間インドで療養したあと英国に戻ってきました。ポーツマス港の桟橋に上陸した時には衰弱しきった身体になっていましたが、英国には身寄りもいないので吸い寄せられるようにして大都市ロンドンで暮らし始めました。最初に宿泊したのはロンドンの中心地を通っているストランド街のプライベート・ホテルですが、これは「紹介者や知人以外泊めない、一種の素人下宿」（新訳全集『緋色の研究』の訳者注）です。食事代、宿泊代などの経費がどのくらい必要だったのかワトスンは書いていませんが、１９００年から１９０２年の間英国に留学していた夏目漱石の場合は、ロンドンで最初に泊まった宿が１日６円でした（漱石の最初の宿は今でいう「Ｂ＆Ｂ」のような朝食付き民宿だった可能性があるのに６円〈12シリング〉もかかるのは高すぎます。２３２頁参照）。漱石の留学費は生活費および学費として年１８００円、英国通貨にすると１日あたり約10シリングと、あまり余裕はなかったので、２週間でこの宿を出て下宿生活に入りました。ワトスンも１日11シリング６ペンスの年金で「分不相応に散財」する生活の不安定さをすぐに感じています。それで生活を安定させるために、シャーロック・ホームズとベイカー街２２１Ｂの下宿で共同生活をするようになったのです。

ホームズとワトスンがベイカー街に引っ越しをした日付は書かれていませんが、ふたりが初めて手がけた《緋色の研究》事件が３月４日に起きているので、前年の終わり頃か、この年の初めにはベイカー街での共同生活が始まったと思われます。

１８９０年頃に「ロンドン市民の生活と労働」を調査したチャールズ・ブースが作成した住人の所得などによる分布地図をみると、ベイカー街は「使用人がひとりいるミドル・クラス」が住むエリアに分類されています。ホームズが「せっかくいい部屋を見つけたのに、ひとりで住むのには家賃が高すぎる」とこぼすくらい部屋代が高い理由が、ここからも判ります。

　では、ベイカー街の下宿代はどのくらいだったのか、漱石の下宿代を参考にしてみると、1901年2月15日の日記に「最初の下宿は週二ポンド（40シリング）、高すぎるので六週間で移る」そして「うちの下宿の飯は頗るまずい（中略）一週二十五シリングでは贅沢もいえまい」と書いています。この頃、漱石はクレイグ先生に英文学の個人授業を受けていましたが、その1回の教授料5シリングは、ロンドンでの3食つきの1日の下宿代にほぼ相当するそうです。普通の下宿は寝室兼居間の1部屋ですが、ベイカー街221Bの間取りは、広々とした風通しの良い居間と居心地のよさそうな寝室がふたつです。この部屋代は折半できますが、食費はひとり分を折半できません。また、ハドスン夫人が作るのは美味しい3食とティーなので、週にひとり45シリングくらいだったと予想されます（当時の下宿代については234頁参照）。ワトスンの年金は週にすると80シリング6ペンス（4ポンド6ペンス）なので、ホテル生活よりかなり楽な生活になったことでしょう。

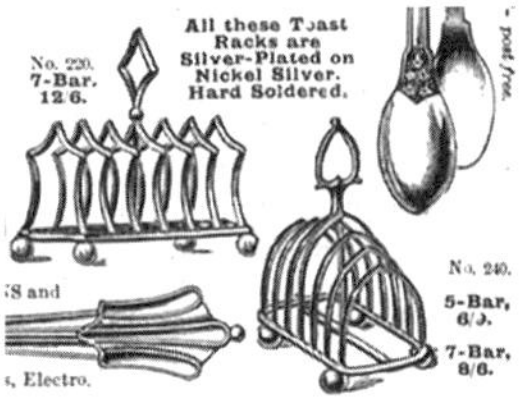

図版62『ストランド・マガジン』1896年7月号掲載の広告。

図版63『イングリッシュ・イラストレッド・マガジン』1891年12月号掲載の広告。

　次はベイカー街での具体的な朝食内容です。

　ここで判る朝食メニュー（ベイカー街221Bで出された朝食メニューリストは144頁参照）はコーヒー、トーストそしてゆで卵（ゆで卵という言葉は出てきませんが、ワトスンは卵（エッグ）用スプーンを持っています）です。

　英国の朝食は「紅茶」のイメージですが、ミドル・クラスの献立をみると、朝食にはコーヒーも紅茶も各家庭の好みで飲まれていたようです。ベイカー街での朝食はホームズとワトスンの好みでしょうか、《海軍条約文書》事件を除いてコーヒーでした。各家庭における茶とコーヒーが飲まれている割合については100頁をご覧ください。

　トーストはパンを薄く切って焼きトーストラック（図版62と63）に入れて食卓に運ばれ、バターとジャム又はマーマレードをつけて食べます。当時のトーストの詳しい作り方は147頁に記載しました。

　ホームズは「ゆで卵」について「新しい料理人

がぼくらのために腕を振るった固ゆで卵を2個、きみがたいらげたあとで、話し合うことにしようよ。この卵のゆで加減は、きのう玄関のテーブルの上にあった『ファミリー・ヘラルド』なる雑誌に無関係とは言えなさそうだな。卵を茹でるという些細なことだって、時間に気を配るかどうかにできあがりが左右されるのに、あの雑誌の恋愛小説に気をとられていたんじゃあね」(《ソア橋の難問》)と不服を唱えています。私たちはゆで卵と言えば殻を剝いてパクッと食べるイメージですが、英国の朝食に出るゆで卵はワトスンが卵用のスプーンを持っていることから判るように、半熟卵をエッグカップに入れ小さなスプーンでたたいて殻の上の部分をとって中身をスプーンですくって食べます。

『新ビートン夫人の料理術』の「ゆで卵」のレシピをみると熱湯に卵を入れて3分から3分30秒茹でるとあります。コツは熱湯に卵を入れた時に鍋底に当たってヒビがはいらないように、スプーンで静かに入れることで、実際に試してみると、白身の部分はやや固まっていますが、黄身はかなりの半熟状態になりました。美食家で知られている007ことジェームズ・ボンドのお好みは3分30秒だそうです。ホームズやジェームズ・ボンドがゆで卵の茹で時間にこだわるのは英国の伝統なのかも知れません。

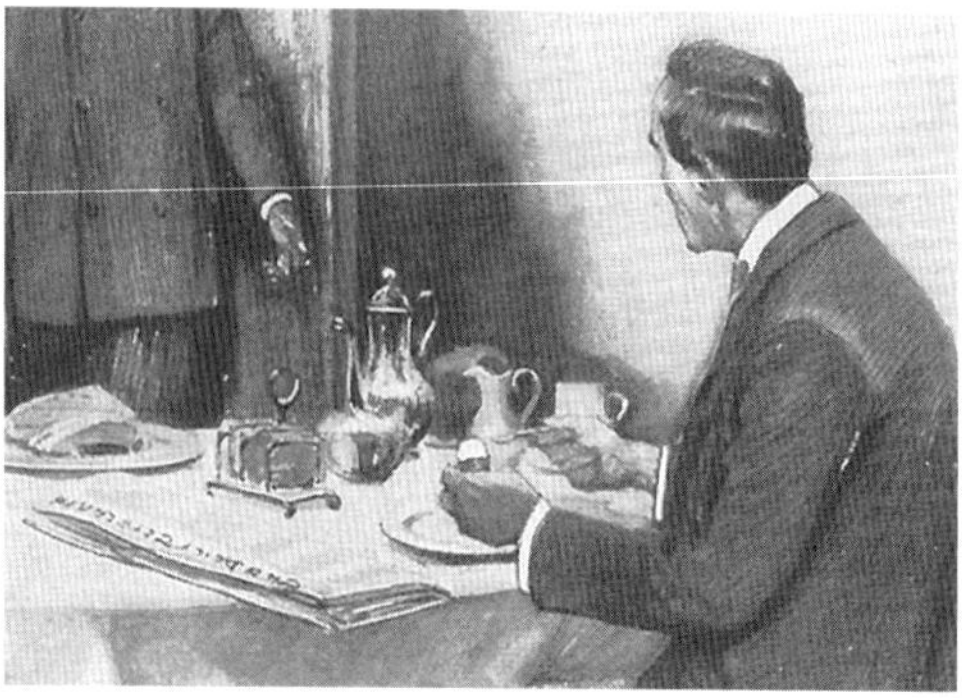

図版64　シドニー・パジェット画　『ロンドン・マガジン』1903年5月号掲載部分拡大図。

ホームズ物語の中で「トースト、コーヒー、ゆで卵」が描かれている朝食テーブルのイラストがないのは残念ですが、ホームズ物語の挿絵画家シドニー・パジェットがマーチン・ヒューイットシリーズの中で朝の食卓を描いています(図版64)。

左手にエッグカップに入ったゆで卵、右手に小さなスプーンを持っていて食べようとしている瞬間です。テーブルを見るとコーヒー・ポット、トーストラック、新聞の他に肉の塊のようなものが描かれています。これは《緑柱石の宝冠》事件に出てくる「サイドボードの上にあった骨つき牛肉のかたまり」と同じものかも知れません。いつでも「骨つき牛肉のかたまり」を好きなだけ食べることのできたベイカー街221Bの下宿生活は、少々下宿代が高くても快適だったのでしょう。

ウェディング・ケーキのレシピ　……花婿の正体

「ガス管取り付け業界の舞踏会」でホズマー・エンジェルと知り合ったメアリ・サザーランド嬢は恋に陥り結婚することになったのですが、結婚式当日の朝ホズマー・エンジェルは行方不明になってしまいました。

　ホームズから「結婚式はこの金曜日ということになっていたのですね。教会でなさる予定でしたか?」と聞かれメアリ・サザーランド嬢は「ええ、でもごく内輪でやるつもりでした。キングズ・クロスに近いセント・セイヴィア教会で式を挙げて、そのあとセント・パンクラス・ホテルで朝食をとることになっていました」と言っています。

『19世紀のロンドンはどんな匂いがしたのだろう』に「結婚式は、一八八〇年代の終わりにようやく午後三時まで許されるようになったが、それ以前は午前中に執り行うよう法律で決められていた。結婚が慣例として『結婚朝食会(ウエディング・ブレックファスト)』で祝賀されることになっていたのもそのため」という説明があります。

　この婚姻法の改正は1886年5月なので、1887年〜1889年に起きたとされる《花婿の正体》事件の時は午後の挙式も可能でしたが、ホズマー・エンジェルとメアリ・サザーランド嬢の結婚式は午前中に挙げ、ホテルでの「朝食」という流れだったようです。

　ホームズへの説明の中でメアリ・サザーランド嬢は「朝食」と言っていますが、新郎新婦そして新婦の母の3人の出席とごくごく内輪の「結婚朝食会」を予定していたと思います。

　この「結婚朝食会」のメニュー(158頁も参照)ですが『十九世紀イギリスの日常生活』には「紅茶、コーヒー、スープ、家禽や猟鳥の冷肉料理、ロブスターのサラダ、チキン、魚、ハム、牛タン、クルマエビ、猟鳥のパイ、各種のデザート」と、私たちのイメージではオードブル的な料理が用意されていたようです。そしてなくてはならないのは「砂糖菓子の花をたくさん飾り付け、頂点の花はオレンジ(由来はヴィクトリア女王が結婚式の時に頭につけた「オレンジの花輪」)のウェディング・ケーキです。ケーキは今のような柔ら

かなスポンジ・ケーキではなく『新ビートン夫人の料理術』のレシピによれば、

バター　2ポンド
キャスターシュガー　2ポンド（粒子の細かい砂糖）
キャラメル　0・5ジル
小麦粉　2・5ポンド
卵　18個
カラント　3ポンド
サルタナ　3ポンド（地中海海岸産の干しぶどう）
ミックスピール　1・5ポンド
甘いアーモンド　0・5ポンド
すりおろしたレモンの皮　2個分
ナツメグ　小さなのを半分
ミックススパイス　1オンス
ブランデー　0・5パイント
（1ポンドは約453グラム、1ジルは約280cc、1オンスは約28グラム、1パイントは約570cc）

というような小麦粉が隠れてしまうくらいのドライフルーツと卵、そしてバターを使ったフルーツケーキがウェディング・ケーキでした。このケーキのできあがり1重量ポンドにかかるコストは1シリング6ペンスと書かれていましたが、材料を見ると納得です。

図版65『カッセルの料理辞典　1880年版』掲載のウェディング・ケーキ。

　ケーキの台はフルーツケーキですが、ウェディング・ケーキは何と言っても「飾り」が重要です。ウエディング・ケーキが華やかになったのはヴィクトリア女王やその後の王室の結婚式に登場するようになってからです。この王室関係のウェディング・ケーキの写真は159頁で紹介しているので、ここでは3人のごくごく内輪の結婚朝食会にメアリ・サザーランド嬢が用意したと思われるケーキを想像してみました。出席者が少数なので1段だけ、でも飾りは華やかにと図版65のようなケーキを考えてみました。

　綺麗な色をした飾りつけで、日持ちのするフルーツケーキを、結婚式が終わってから友人や親戚に送り、そして新婚家庭でもゆっくりとふたりで味わうつもりだったと思います。結婚式と結婚朝食会を楽しみにしていたメアリ・サザーランド嬢の心を思うと、義父と実母の「計画」は、ホームズの取り扱った事件の中でも飛び切り後味が悪いものに感じました。自分は被害者である、と気がつかないメアリ・サザーランド嬢に新しい恋人が早く出現して欲しいものです。

中産階級の献立表と料理

………唇のねじれた男

『貧乏研究』は著者のベンジャミン・シーボーム・ラウントリーが資産を投じてヨーク市に住む労働者階級の家庭に対して個別の生活調査をしてまとめたものです。調査したのは1899年～1901年、当時のヨーク市の人口は約7万5000人、戸数約1万5000戸です（調査した人数は4万6754人、戸数1万1560戸）。ここでは階級社会である英国を「労働者階級」と「使用人のいる家庭」という判りやすい分類をしていますが、詳しくは272頁で紹介しています。

調査内容は労働者階級における各家庭の「総収入及び総支出」「住居環境」そして「食生活」です。なかでも「食生活」に関しては食材の種類、数量、金額、そして毎食何を食べたのかまで詳しく書かれています。労働者階級のほぼ全世帯を対象にして調査をしていますが、詳しい記録として残っているのは18家庭分、そして「使用人のいる家庭」の食品購入リストと献立が6家庭分です。この調査で判った労働者階級の収入、支出などから「貧困線（貧乏線）」が設定され、現在の社会保障制度の元になりました。ここでは「使用人のいる家庭」の食費と献立に注目してみます。

6家庭の「使用人のいる家庭」の使用人はひとりから4人、生活は比較的質素、アルコール飲料をとる家庭はなし、そしてパンはどの家庭でも自家製なので大都会ロンドンの生活と違うところがあるかも知れませんが、毎食の詳細な献立が残っているのは貴重な資料です。

《唇のねじれた男》事件では夫がアヘン中毒のホイットニー夫妻、そして物乞いで収入を得て紳士の生活をしているセントクレア夫妻、どちらも夫に難あり家庭ですが、生活はラウントリーの分類上では「使用人のいる家庭」です。もちろん、ワトスン宅も「使用人のいる家庭」です。

すべてを紹介するのは無理なので、ここでは家計19(表J)と家計23(表K)の献立載せましたが、表を見てわかるように食事の回数が違います。私たちの食事は一般的に3食ですが、当時の献立を見ると《赤毛組合》事件で紹介した非常に貧しい人たちの食事(懐具合が許せば)も、ラウントリーが調査した「労働者階級」そして「使用人のいる家庭」も3食以外に「ティー」という名前の軽食をとっています(注1)。また《悪魔の足》事件でも説明してますが、夕食が正餐の時には「昼食をランチ、夕食をディナー」(表J)そして昼食が正餐の時は「昼食をディナー、夕食はサパー」(表K)と言っています。

この献立から個別の料理を見ていくと、表Jの月曜日と表Kの金曜日の朝食のフィッシュ・ケーキですが、これは甘いケーキではなく茹でた魚とマッシュポテトそして卵・小麦粉を混ぜて油で揚げたものです。それと、表Jと表Kの日曜日の昼食のヨークシャー・プディングは甘くないシュークリームの皮のようなものです。ロースト・ビーフのつけ合わせにされることが多いのですが、図版66はフィッシュ・ケーキとヨークシャー・プディングを組み合わせたパブ・シャーロック・ホームズの2階にあるレストランの一皿です。メニュー名は「グロリア・スコット号」でヨークシャー・プディングが船体、フィッシュ・ケーキが帆柱をイメージしているようです。残念なのは「グロリア・スコット号」はバーク型帆船(メインの帆柱は3本)なのに、このお皿にはフィッシュ・ケーキが2本しかないことです。

図版66(右)と図版67(左)　ロンドンにあるパブ・シャーロック・ホームズの2階にあるレストランにて著者が撮影。

英国では今も昔も人気のある料理は何と言っても「ロースト・ビーフ」です。日曜日のディナーとして大きな牛肉の塊を焼き、残った肉はコールド・ビーフ、ハッシュド・ビーフとして食べていくのが伝統のようですが、表Jと表Kの家庭でも日曜日に大きな塊の牛肉(表J家庭の牛肉は7ポンド半　約3・4キログラム、表K家庭の牛肉はサーロイン・ビーフ16ポンド　約7・3キログラム)を焼いて、そのあと何度もコールド・ビーフとして食卓に登場させています。日曜日のディナーとして牛肉を焼くのは家計が豊かな「使用人のいる家庭」だけではなく、「労働者階級」の家庭でも食べられているので、19世紀の英国の家庭料理の筆頭は「ロースト・ビーフ」と言っても良いと思います。

図版67のロースト・ビーフとヨークシャー・プディングは「フィッシュ・ケーキとヨークシャー・プディング」と同じくホームズ・レストランの一皿です。メニュー名は「アーサー・コナン・ドイル」、値段はレストランで一番高かったです。このヨークシャー・プディングの中はグレービー・ソース（肉汁）ですが、なかなか美味でした。

ロースト・ビーフと同じような伝統料理には表Jの家庭の夕食に黒ライチョウと共に3度も登場しているブレッド・ソースがあります。『新ビートン夫人の料理術』のレシピによると材料は「ミルク0・5パイント、クリーム大さじ1、バター0・25オンス、新鮮なパン粉を2オンス、みじん切りの玉ねぎ1個、クローヴ1、塩と胡椒」です。この材料をトロトロになるまで煮て、熱くまたは冷たくしたものを肉料理にかけて食します。材料をみるとパンでトロトロになったホワイト・ソースみたいですが、英国の家庭ではとても人気のあるソースのようです。

「黒ライチョウ」をどのように調理したのかは載っていませんが、丸ごとローストをして、献立にもあるブレッド・ソースを添えた「黒ライチョウのロースト」が夕食に出たと思います。ただ、「黒ライチョウ」の肉は硬くてドライそして独特の風味があるので、調理前には下ごしらえが必要のようです。

表J、表Kの食品購入リストをみるとフレッシュな肉や魚そして野菜の他に瓶詰め、缶詰も食卓に登場しています。表Jの家庭ではチェリーの瓶詰、グーズベリの瓶詰、ジャム、表Kの家庭ではサーディンの缶詰、マーマレード。その他にお惣菜的なものでしょうか朝食に登場している「チキンとタン」（2シリング6ペンス）、菓子類としてはティー・ケーキ、モールド・パン、ビスケット、スポンジ・ケーキなどの市販品を利用しているので、すべてが「手作り・自家製」ではなかったようです。また、表Jの献立には載っていませんが、食品購入リストにはオレンジ、バナナ、ブドウ、イチジクなどの果物（3シリング4ペンス）の記載がありました。表Jの家庭の1週間の食費は54シリング10ペンス3ファージング。表K家庭の1週間の食費は74シリング11ペンス2ファージ

表J　1901年1月12日から18日までの献立表
（大人5人、子供2人。『貧乏研究』家計19から）

	朝食	昼食(ランチ)	ティー	ディナー(夕食)
金曜日	ベーコン、ホット・ケーキ、パン、トースト、マーマレード、ホット・ミルク、茶、クリーム	スープ、ベイグドポテト、ブラマンジェ、フルーツタルト、チーズ、バター、トースト、パン、ビスケット、コーヒー、クリーム	パン、バター、茶	スープ、コールド・ミート、葉野菜、煮リンゴ、ゼリー、トースト、パン、デザート、茶、クリーム
土曜日	フライド・ベーコン、パン、バター、マーマレード、トースト、クリーム、茶	グリーンピースのスープ、マトン、ポテト、葉野菜、フルーツタルト、ライス・プディング、チーズ、バター、ビスケット、コーヒー、クリーム	パン、バター、ホット・トースト、ケーキ、茶	スープ、黒ライチョウ(Blackcock)、ブレッド・ソース、葉野菜、トースト、アンチョビクリーム、デザート、茶、クリーム
日曜日	バタード・エッグ、ホット・ケーキ、トースト、パン、マーマレード、ホット・ミルク、茶、クリーム	ローストビーフ、葉野菜、ポテト、ヨークシャー・プディング、レモン・プディング、チーズ、バター、ビスケット、コーヒー、クリーム	パン、バター、ケーキ、茶	コールド・ビーフ、フルーツタルト、ペーストリー、ゼリー、チーズ、パン、バター、ビスケット
月曜日	フィッシュ・ケーキ、トースト、パン、バター、マーマレード、ホット・ミルク、茶、クリー	外食	パン、バター、ケーキ、茶	スープ、黒ライチョウ(Blackcock)、ブレッド・ソース、葉野菜、トースト、シチュード・フルーツ、チーズ、茶、クリーム
火曜日	フライド・ベーコン、パン、バター、トースト、マーマレード、ホットミルク、イチジク、クリーム、茶	葉野菜、スエット・プディング、煮リンゴ、チーズ、バター、ビスケット、コーヒー、クリーム	パン、バター、ケーキ、茶	スープ、コールド・ミート、葉野菜、煮プラム、デザート、茶、クリーム
水曜日	フライド・ベーコン、卵、パン、トースト、バター、マーマレード、ホット・ミルク、クリーム、茶	葉野菜、ライス・プディング、煮リンゴ、チーズ、パン、バター、ビスケット、コーヒー、クリーム	パン、バター、ケーキ、茶	スープ、黒ライチョウ(Blackcock)、ブレッド・ソース、葉野菜、ブラマンジェ、煮プラム、デザート、茶、クリーム
木曜日	魚、パン、トースト、バター、マーマレード、ホット・ミルク、クリーム、茶	スープ、ホットポット、スエット・プディング、煮プラム、チーズ、パン、バター、ビスケット、コーヒー	パン、バター、ケーキ、茶	外食

表K　1901年6月4日から10日までの献立表
（大人6人、子供3人。『貧乏研究』家計23から）

	朝食	ディナー(昼食)	ティー	夕食(サパー)
金曜日	フィッシュ・ケーキ、サーディン(缶詰)、フライド・ベーコン、パン、バター、マーマレード、茶、コーヒー	ウサギ、ポテト、グーズベリー・タルト、ライス・プディング、クリーム・シュガー	パン、バター、ジャム、ケーキ、茶	チーズ、ビスケット、パン、バター、ケーキ、ココア
土曜日	魚、サーディン(缶詰)、フライド・ベーコン、パン、バター、マーマレード、茶、コーヒー	ビーフステーキ、ポテト、カリフラワー、クイーン・オブ・プディング、ライス・プディング、クリーム	パン、バター、マーマレード、ケーキ、茶	チーズ、ビスケット、パン、バター、ケーキ、ココア、ミルク、コーヒー
日曜日	ベーコン、ポーチド・エッグ、パン、バター、マーマレード、茶、コーヒー	ローストビーフ、ヨークシャー・プディング、ロースト・ポテト、ライス・プディング、グーズベリー・タルト、クリーム、シュガー	パン、バター、ジャム、ケーキ、茶	チーズ、ビスケット、パン、バター、ケーキ、ココア、ミルク
月曜日	ベーコン、サーディン(缶詰)、パン、バター、マーマレード、茶、コーヒー	コールド・ビーフ、サラダ、ポテト、スポンジ・ケーキ、カスタード・プディング、ライス	パン、バター、ケーキ、マーマレード、茶	卵、ビスケット、バター、ケーキ、ココア、ミルク
火曜日	フライド・ベーコン、ポーチッド・エッグ、パン、バター、マーマレード、茶、コーヒー	コールド・ビーフ、サラダ、ハッシュド・ビーフ、ポテト、シチュード・フルーツ、ライス・プディング	パン、バター、ケーキ、マーマレード、茶	チーズ、ビスケット、パン、バター、ケーキ、ココア、コーヒー、ミルク
水曜日	フライド・ベーコン、サーディン(缶詰)、パン、バター、マーマレード、茶、コーヒー	ロースト・マトン、ゼリー、ポテト、キャベツ、グーズベリー・タルト、パンケーキ	パン、バター、ケーキ、ジャム、マーマレード、茶	チーズ、ビスケット、パン、バター、ケーキ、ココア、ミルク
木曜日	チキンとタン、モールド・パン、バター、マーマレード、茶、コーヒー	コールド・マトン、ポテト、サラダ、カレー、ライス・プディング、シチュード・フルーツ	パン、バター、ケーキ、ジャム、マーマレード、茶	チーズ、ビスケット、パン、バター、ケーキ、ココア、ミルク

ングです。

ヨーク市でも25頁で紹介している古歌のように、ロースト・ビーフが1週間の中で一番のご馳走、という基本が同じなので《唇のねじれた男》事件にでてくる「使用人のいる家庭」であるセントクレア宅の食卓も似たような献立、そしてセントクレア氏はシティに仕事を持っていて毎日通勤していたので夜の食事が「ディナー」であったと思います。

アヘン窟の「金の棒」で、「セントクレア氏失踪事件」捜査中のホームズは偶然に出会ったワトスンを誘ってケント州にあるセントクレア邸に行きました。その時にセントクレア夫人は「コールド・サパー」を用意していましたが、料理の内容は残念なことに書かれていません。このセントクレア宅の「コールド・サパー」を表J表Kの献立から想像すると図版68のようなコールド・ミート、野菜類、パン、果物そして瓶詰のピクルス、そして夫人の実家が醸造家なので特製の瓶ビールが用意されていたのではないでしょうか。

図版68「ペンローズ誌1907年版」掲載。

（注1）ロンドン留学中の夏目漱石の1901年2月5日の日記には「うちの女連は一日五度食事をする。日本では米つきでも四度だ。これには驚く。その代わり朝から晩まで働いている」と記されています。当時の下宿先は3番目のブレット家で、女主人のセアラと妹のケイトは午前中と午後の2回"Tea"の時間を持っていたと思いますが、一般的には食事に数えられる"Tea"は午後の1回のようです。

ラウントリーの調査した「ティー」の具体的な食品は《ギリシャ語通訳》事件に載せてあります。

ベーコン・エッグの歴史と貧困家庭の献立表

……技師の親指

小野二郎著『ベーコン・エッグの背景』によると、ベイカー街221Bのホームズの下宿で水力技師のヴィクター・ハザリーがご馳走になった「ベーコン・エッグ」は、ヨーロッパでも特殊な肉の食べ方であり、ヨーロッパ文化の基層がそのままの形で生き延びた例のひとつだそうです。

ベーコンの歴史については、「土俗的なブタ肉の貯蔵法で有名なのは北ヨーロッパだ。それはもうローマの町にいたガリア人は、主な商売はハムと塩漬け肉を売ることだったと言う（中略）当時のガリア人からほとんど中世まで、ヨーロッパでは、ブタをドングリの実ができる落葉性のカシの森で飼い、秋に飽食して脂肪がついたところで冬になる前に、大部分を屠殺して塩漬け肉にする習慣を持っていた。ベーコン・ハムはその発展した形態である」（同著）と、中尾佐助著『料理の起源』からの引用で説明をしています。ガリア人とはローマ帝国からみた現在の西ヨーロッパに住んでいた人たちのことです。

同著によれば「厚めに切って豆のポタージュといっしょに食べるというのが農民のもっとも古い食べ方のようだが、コロップスという薄く切って卵といっしょにいためて食べるというのはもう十一世紀頃からイギリス的なことらしい。十九世紀に至っても貧しい労働者や農民の食べられる肉といえばこの薄切りベーコンだけだということが続いていた。貧富にかかわりなく朝食のベーコン・アンド・エッグスの形で一般化されて今日まで堂々と生き残っているのが、このヨーロッパ肉食史の最古の形そのものということ」になります。朝食前に訪れたワトスンと恐ろしい体験をして親指をなくしたハザリー技師に、ホームズがハドスン夫人に追加注文してくれた「ベーコン・エッグ」には８００年近い歴史が、ベーコンには２０００年以上の歴史があるのです。

「この薄切りベーコンだけ」とは実際にはどうなのでしょう『貧乏研究』に掲載されている貧困線ライン以下の世帯の献立を紹介します。表Lと表Mは同一家庭で、１８９９年６月と１９００年１月の記録です。最低の生活をしている「クラス１（週給18シリング未満）」の分類にはいり、労働人口では４・２パーセントが「クラス１」です。極貧グループよりは少し生活がましなこの「家計１」の家庭の食品購入リストと献立表をみると、ベーコンの他に牛肉も買っているので、薄切りベーコンしか食べられない貧しい労働者階級は、ごくごく少数のように思われます。

大人ふたり、子供５人の貧困線以下の家庭「家計１（表L・表Mと食品購入リスト）」を見ると、１８９９年６月には週にベーコン２ポンド半（約

１１３３グラム）と牛肉5ポンド（２２６７グラム）を購入、１９００年1月には週にベーコンを３・５ポンド（約１５８８グラム）と細切れ肉２・５ポンド（約１１３４グラム）を購入しています。でもこの肉類の購入でも夫の摂取カロリーは、6月は19パーセントそして1月は17パーセント足らないそうです。またタンパク質も6月は41パーセント、1月は27パーセント不足とされています。

どんなに上手く家計をやりくりしても、健康的な肉体を保持することのできない人数がヨーク市では全人口の約10パーセントの７２３０人、そしてギリギリの標準カロリーしか摂取できない家庭が約18パーセントの1万３０７２人いました。そしてヨーク市での調査をしたラウントリーほど詳細ではありませんが、同時期にロンドンで調査したチャールズ・ブースによると、ロンドンの人口の30・7パーセントが同じように貧困生活をしている結論に達しています。「貧困は自己責任」という英国の思想でも、国民の30パーセントが貧困生活をしているというふたつの調査結果は英国の福祉制度を大きく変化させ、「ゆりかごから墓場まで」の福祉国家を作り上げた原動力となりました。

さて世紀末当時の英国成人男性の摂取カロリーは３５００キロカロリー、そして《唇のねじれた男》事件で紹介した「使用人のいる家庭」の男性の摂取カロリーは４０００キロカロリーを越えています。ボーア戦争（１８９９年～１９０２年）の時に労働者階級の男性の体格が悪く兵士として採用できない問題が起きていたことが、ラウントリーの家計調査で納得できます。

この体格問題をヨーロッパからアジアに目を向けると、１９００年義和団が外国勢力排斥を訴え北京の外国人居留区に押し寄せたために、外交官たちがわずかな兵士と清国クリスチャンと共に籠城戦を闘いました。この籠城した8カ国の連合軍が2カ月後に救援にきたのですが、図版69はその8カ国の兵士の記念写真です。写真撮影の兵士をどのような基準で選んだのか判りませんが、一番左のイギリス兵と一番右の日本兵の体格の違いには驚きです。１００年以上前に２８００キロカロリーも取っていても、標準カロリーより19パーセントも不足していると言われる英国と、タンパク質のほとんどを米から取っていた日本人とでは、身体の仕組みが違っているような感じさえします。

表L及び表Mそして食品購入リストは『貧乏研究』掲載の「家計1（家族は夫婦と子供5人）」です。他の家庭はティーを入れて4食ですが、この家庭は3食です。食事の内容が悪いだけではなく回数も少ない貧困家庭です。

収入は夫の週給18シリングと妻の手間収入約2シリング6ペンス。

表L「1899年6月24日から30日まで」の家計簿に記載の食品購入リスト

金曜日　小麦粉1・5ストーン：1シリング6ペンス。全粒粉0・25ストーン：4ペンス、イースト：1ペニー、バター1ポンド：10ペンス、ベーコン2・5ポンド：1シリング。茶6オンス：6ペンス。カラント1ポンド：3ペンス、ラード1ポンド：4ペンス、魚1・25ポンド：4ペンス。コンデンスミルク1缶：5

図版69

表L「1899年6月24日から30日」までの献立表（サパーはなし）

	朝食	ディナー	ティー	サパー
金	ブラウンとホワイトのパン、バター、茶	魚、パン、茶	パン、バター、玉ねぎ、茶	なし
土	ベーコン、パン、茶	卵、パン、バター	パン、ドリッピング、玉ねぎ、茶	
日	ベーコン、パン、茶	ポテトパイ、ポテト、キャベツ	パン、バター、カラント・ケーキ、茶	
月	ポリッジ、パン、バター、茶	ポテトパイ	パン、バター、カラント・ケーキ、茶	
火	ブラウンとホワイトのパン、バター、茶	肉、パン、茶	パン、バター、ドレッピング、茶	
水	ブラウンとホワイトのパン、バター、茶	パン、ベーコン、茶	パン、バター、ドレッピング、茶	
木	ポリッジ、パン、バター、茶	ベーコン、パン、パンプディング、茶	パン、バター、レタス、茶	

表M　「1900年1月6日から12日まで」の献立表（サパーはなし）

	朝食	ディナー	ティー	サパー
金	ベーコン、パン、バター、コーヒー、ココア	パン、バター、茶、ココア	パン、バター、カラント・ケーキ、茶	なし
土	ベーコン、パン、コーヒー	パン、バター、茶、カラント・ケーキ	スープ、パン、バター、茶	
日	ベーコン、パン、コーヒー、ココア	牛肉、ポテト、ライス・プディング	パン、バター、カラント・ケーキ、茶、ココア	
月	ベーコン、パン、ドリッピング、コーヒー、ココア	肉、ポテト、パン	パン、バター、カラント・ケーキ、茶、ココア	
火	ベーコン、パン、ドリッピング、コーヒー、ココア	パン、バター、カラント・ケーキ	パン、バター、ドリッピング、カスタード、茶、ココア	
水	ベーコン、パン、コーヒー、ココア	ドリッピング、パン、バター、茶	レバー、パン、茶、ココア	
木	ベーコン、パン、ドリッピング、コーヒー、ココア	パン、バター、茶	魚、パン、茶、ココア	

ペンス半、玉ねぎ：1ペニー。

土曜日　牛肉4ポンド：1シリング7ペンス。砂糖5ポンド：9ペンス。ドリッピング（注1）0・5ポンド：2ペンス半

ジャガイモ0・5ストーン：2ペンス、卵8個：6ペンス。ベーキングパウダー：1ペニー、レモン：2ペンス、キャベツ：2ペンス。

日曜日　牛乳：1ペニー。

火曜日　イースト：1ペニー、澱粉：1ペニー。

水曜日　レタス：1ペニー。

（注1）ドリッピング（dripping）は、焼いた肉から取れるものでバターの代わりにパンやマッシュしたカブなどに付けて食べる。

表M「1900年1月6日から12日まで」の家計簿に記載の食品購入リスト

金曜日　小麦粉1・5ストーン：2シリング、全粒粉0・5ストーン：8ペンス、イースト：1ペニー、コンデンスミルク1缶：5ペンス半。コーヒー2オンス：1ペニー半、茶0・25ポンド：4ペンス、ココア0・25ポンド：

2ペンス、ベーコン3・5ポンド：1シリング、バター0・5ポンド：7ペンス、ドリッピング0・5ポンド：2ペンス半、牛乳1パイント：1ペニー半、

土曜日　ラード1ポンド：4ペンス、カラント1ポンド：3ペンス、細切れ肉2・5ポンド：10ペンス、ジャガイモ0・5ストーン：3ペンス、米0・5ポンド：1ペニー、牛乳1パイント：1ペニー半、オレンジ：1ペニー、鳥臓物：3ペンス。

日曜日　牛乳1パイント：1ペニー半。

月曜日　牛乳2パイント：3ペンス。

水曜日　牛乳1パイント：1ペニー、レバー0・5ポンド：2ペンス半。

木曜日　牛乳1パイント：1ペニー半。魚1ポンド：3ペンス。

船上での食事の歴史と内容

………グロリア・スコット号

本項目のテーマ「船上での食事」に関連して《グロリア・スコット号》事件の遠因となった出来事について詳しい説明をしています。この事件はホームズが最初に手がけた事件で、「観察と推理」という才能を使う仕事（探偵）を選ぶきっかけとなりました。未読の方はお読みになってから本項目をご覧ください。

精神的ショックのため倒れたトレヴァ老人の告白文は「愛する息子よ。不名誉な過去がわたしの晩年に影を落とそうと迫ってきているいま、もう正直に真実を書き記すことができる」という出だしで始まっています。この「不名誉な過去」とは勤務先の銀行の金を横領した罪で流罪の判決をうけ、その後流刑地に向かう船、グロリア・スコット号の中で囚人たちが暴動を起した時に仲間に加わったことです。

この時の反乱では、これ以上の流血を嫌うトレヴァ老人を含む8人が、暴動の首謀者と意見を異

にした結果、ボートで船から離れることになり、「めいめいに水夫服、全員でひと樽の水、塩漬け肉とビスケットの小さな樽をひとつずつ、そして羅針盤が与えられ」ているので、「塩漬け肉とビスケット」について調べてみました。

１４９２年8月にコロンブスがインドに向けて出帆した時には1年間の航海に必要な食料を用意しています。その食品名のリストは左記のとおりです。

「ビスコッチョ（塩水を使って作るタイルのように固い保存パン）、樽に入ったワイン、壺に入ったオリーブ油と酢。生のガーリックと玉ねぎ、塩漬けオイルサーディンの箱、干し豆と米の袋、そして干し魚と樽に入った塩漬け豚肉」

この他にコロンブスをはじめとした船団の責任者用として特別に「燻製のハム、羊や山羊のチーズ、干しぶどうの袋、はちみつやマルメロのゼリー」などが用意されました。

もちろん飲み水の入った樽、料理用の薪、調理器具も積まれましたが、生きているウサギとニワトリそして飼料も積み込まれたそうです。国家的プロジェクトと言えるインド遠征航海ですから当時の最高の装備のはずです。

コロンブスの時代から50年後のイングランド（ヘンリー8世の時代、在位１５０９年〜１５４７年）では水兵ひとり1日あたりの糧食は「堅パン1ポンド（約４５３グラム）、塩漬け豚肉または牛肉1ポンド、エール1ガロン」と厳密に決められていました。

次に、フェリペ2世が１５８８年イギリスの王位継承権を要求するために送り出したスペイン無敵艦隊には、「堅パン、塩漬け豚肉や塩魚、ハードチーズ、ピクルス、油、酢、米、オートミール、塩漬けバター」などが積み込まれていました。

スペイン無敵艦隊を破ってから２１７年後の１８０５年、フランスとスペインの連合艦隊を迎え撃つために出帆したイギリス艦隊の旗艦ヴィクトリーなどに積み込まれた食料は、「塩漬けの豚肉、牛肉そして魚の入った樽、ビールとラム酒の樽、桶に入ったバター、巨大なチーズ、小麦粉やオートミール」、もちろん大量の堅パン、調理用の石炭、薪などが船倉に運び込まれていました。これらは海軍当局で必要量が綿密に計算されて積み込まれたもので、水兵たちの食事の質や量は

３００年前のヘンリー８世の時代と変わらなかったようですが、艦長や士官たちは個人的に食料品を持ち込むことができました。

　これまでの積み荷リストに必ず載っていて、《グロリア・スコット号》事件でも船から離れる時に与えられた「塩漬け肉」は、船乗りハドスンが「だんなはこんな屋敷にお住まいだが、あっしはまだ桶の塩漬け肉をついばむ身分でね」、と言っているように、船乗り生活の代名詞になっていたようです。

　この塩漬け肉を19世紀のアメリカ西部開拓者も保存食として利用していましたが、ローラ・インガルスの『大草原の小さな家』シリーズの中の調理法は、薄く肉を切ってフライパンで茹でる。その茹で汁を捨てて、改めてフライパンでソテーをしています。つまり、かなり塩っぱいので、最初に茹でて塩分を取っているようです。では、船上ではどうしていたかというと、宣教師Ｅ・Ｊ・マザーが北海での船上体験を綴った『漁船ノラード丸』によると、真水が貴重なので塩漬け肉を網にいれて丸一日海中に漬けて塩抜きをする、その後沸かした海水に入れて茹でる、という調理方法だったようです。この調理方法だと「沸騰している海水から引き上げると、ほんの二～三秒で白く塩をふいた」ので、この「海水茹で塩漬け肉」を食べると焼けつくような喉に渇きを覚え、乏しい飲料水とグロッグ酒(水割りラム酒)の蓄えがますます少なくなっていったそうです。若き日のトレヴァ老人やエヴァンズたちは、ボートに乗り移った翌日に救助されているので、渡された「塩漬け肉」を食べずに済みました。もし食べるとしたらボートの上でどのような調理ができたのでしょう。私は食べるのは無理だったと思います。

図版70　『ストランド・マガジン』1913年7月号掲載

　塩漬け肉が食べられないとすると残る食料は樽に入ったビスケットですが、ビスケットといっても私たちが想像するものとは違うようです。図版70はスコット隊による南極探検（１９１２年）の携帯食料ですが、キャプションにはビスケットと書かれています。でも写真をみるとビスケットというより私たちには堅パンのようにみえます。この携帯食料のビスケットの１日の分量は１ポンドで、この数値は先に紹介したヘンリー8世時代と同じです。スコット隊ではビスケットの他には船上で支給されていた塩漬け肉ではなく、ペミカンがひとりに１日３４０グラムが用意されていました。ペミカンとは『ブリタニカ１９１１年版』などによると、北米の先住民族であるクリー族などが作っていた「干し肉と脂肪そして風味をつけるためのドライベリー」を混ぜた携帯保存食料がルーツで、高カロリーと保存性から極地探検隊に使用されたようです。飲み物は船上のビールやラム酒の代わりでしょうか、スコット隊ではココア16グラム、茶24グラム、砂糖85グラム、そして写真には載っていませんが粉末玉ねぎと食塩が規定の食料として用意されていました。この他にクリスマスなどのお祝い用に干しぶどう、チョコレート、プラム・プディング、キャラメルも持っていったそうです。ただ、この携帯食料の１日分の量はあくまでも予定通りに行程が進んだ場合の支給量なので、実際には遭難寸前のころにはわずかな量の食事しかできなかったそうです。

　コロンブスの時代以前から航海には必須食品だった「塩漬け肉」と「堅パン（ビスケット）」ですが、海軍ではこのふたつの食材を使った「ロブスカウス」（塩漬け肉シチューに堅パンを割り入れたもの）というものも食べられていたそうです。

　次に飲料水についてです。スコット南極探検隊のように支給品にお茶やココアがあるのは、南極では溶かす燃料さえあれば水についての問題がないからです。

　しかし、船に積み込む水は濾過も消毒もされていない川の水を樽に詰めているので、やがて腐臭を放つようになり、それがふたたび旨くなるそうです。ただ残念なことに、この旨くなった水もさらに数週間経つと、緑色の藻が発生してドロドロに淀み、ひどい悪臭を放つようになったそうです。グロリア・スコット号の暴動は出航から3週間ほどなので、それほど酷い状態ではない水が飲めたのではないでしょうか。緑の藻が発生する樽も困りものですが、文久2年（１８６２年）、英国艦隊のオーディン号に乗ってヨーロッパを目指した日本の遣欧使節団も別の問題で水に悩まされました。それは船の貯水槽が鉄製だったために、すぐに鉄錆が混じった赤茶色の水になったからです。この水でご飯を炊くと茶飯のような色つきご飯になり、お粥にすると味噌雑炊のような色になるので喉をとおらず塗炭の苦しみを味わった、という記録が残っています。英国海軍では飲料水代わりに水兵には夕食の後に1740年に考案されたというグロッグ酒（ラム酒を4倍の水で割ってレモン果汁と赤砂糖を加えたもの）が支給されていました。水にアルコール飲料を混ぜたのは多少なりとも水を消毒する効果があったとされています。グロッグ酒の支給量は1パイント（約568cc）なので、水分摂取量はかなり制限されていたのが判ります。レモン果汁が入っているのは壊血病予防のためですが、グロッグ酒にレモン果汁を入れるようになった年代は後述するように、かなり後のようです。

長期航海で起きる難問、壊血病の症状を最初に記録に残したのは1519年から1521年にかけて世界一周を目指したポルトガルの探検家マゼランでした。新鮮な食料が不足した船上の様子を「劣悪な栄養状態に置かれた結果、奇妙な病気がわれわれを襲った。歯茎が歯を覆い隠すほどに腫れ上がり食物を噛むこともできなくなってしまった」と書いています。そしてこの症状は「新鮮なココナツかヤムイモ、サトウキビ」などが入手できるようになると快復したそうです。16世紀の英国海軍でもこの病気で命を落とす水兵が多かったので対策に頭を悩ませていましたが、1600年2月に出航した第1次東インド遠征艦隊のランカスター司令官は、レモン果汁を毎日スプーン3杯ずつ乗組員に飲ませ被害を防ぎました。また、1768年から1779年の間に3回太平洋への航海をしたキャプテン・クックも、壊血病予防に力を入れていて、体験から野菜が壊血病にもっとも有効であることを認識していたので、新鮮なヤマガラシやセロリ等の野菜が入手した時に、「毎朝食時にそれらを小麦や粥と一緒に煮るように指令した。昼食にはさらにエンドウ豆を加えた」そうです。そして新鮮な野菜が入手できなかったときは麦芽、レモン、オレンジの加熱エキス、ザワークラウト（醗酵させたキャベツの漬け物）などによって乗組員を壊血病から守り、「壊血病を制圧した」として王立協会からメダルを授与されました。ところが、クックの船は軍艦ではなかったことからか、「壊血病の死者がゼロ」という証拠を見せられても海軍本部は、「イギリス水兵は極端に保守的であるから、その食生活を変更ないし改善するためのいかなる努力も不可能である」とし、海軍軍医リンドの実験の結果から得た壊血病予防策である柑橘類の摂取などの提言は、「余分な費用」がかかるとして却下していました。海軍本部が「レモン果汁」による壊血病予防策を認めたのはランカスター艦長がレモン果汁で壊血病を予防してから200年も経っていたのです。

長年、壊血病を調べていた学者たちの多くが、「塩漬け肉に壊血病の原因となる何かが含まれている」と考えていましたが、実は「塩漬け肉に含まれていないビタミンC」の不足が壊血病の原因だと判ったのは1932年のことでした。

前述のスコット南極探検隊ですが、遭難する1912年3月の前年1911年6月6日に、ベースキャンプで催された冬至祭のディナー風景の写真（図版71）が残っています。ディナーの具体的な献立は判りませんが、テーブル上を拡大し

図版71（右）、72（左）『ストランド・マガジン』1913年7月号掲載。

てみると（図版72）「エンドウ豆、肉、チョコレート、ワイン」ともう2品の皿が見えます。それと奥の方にみえるのはベイカー街にあったガソジーンとは形が違いますが炭酸水製造器です。そして塩や胡椒などの調味料入れも手前に見えます。

私が『ストランド・マガジン』を見ていてこの写真に興味を持ったのは、この炭酸水製造器が見えたからです。南極探検にも炭酸水製造器と食卓用調味料セットを持って行くのはさすが英国人です。

参考までに1997年6月20日に「第38次南極地域観測隊　ドームふじ観測拠点越冬隊（越冬隊員9名）」で催された冬至祭のメニューの中の「中華三昧メニュー」は、「ボイルアスパラのオイスターソース、冷菜盛り合わせ（クラゲ、蒸し鶏、中華ピクルス）、クルマエビの蒸しギョーザ、春巻き、豚眠菜園（豚肉のシャブシャブのようなもの）、中華ちまき、チャーシュー饅頭、桃饅頭、海鮮焼きビーフン、海老チリソース　トースト添え、ブリの中華風刺身ホットオイル、ねぎいか、肉シューマイ、鶏肉のジンマヨネーズ、から付きホタテの清蒸し、ソフトシェルクラブの唐揚げ豆

板醤ソース、蟹チャーハン、クルマエビと蟹むき身の中華揚げ春雨ソース」と豪華なものでした。この時の越冬隊は野菜の種も持ち込んだそうです。この種は基地内に搬入するまでマイナス50度の屋外にしばらく放置されたのですが、レタス、貝割れ、もやしなどは発芽して新鮮な野菜を南極でも食することができたそうです。スコット隊の遭難から１００年も経っていませんが、日本の「南極越冬隊」の食品の装備にはすばらしい改善があるようです。

缶詰の歴史と種類

……………バスカヴィル家の犬

私の父方の祖父は大正時代に四国から北海道のオホーツク地方に移り住んで農業を始めました。小学6年生の時に祖父は亡くなりましたが、元気な頃は子供にも判る昔話のような感じで思い出をポツポツと聞かせてくれたものです。

その中のひとつに、ある年ヨーロッパ大陸で大きな戦争が続いたために、「エンドウ豆」価格が暴騰してかなり家計が潤い、それで翌年はエンドウ豆の作付面積を増やしたところ、すでに特需は終わっていて、安値で売る結果になってしまったそうです。この話は「柳の下にドジョウは2匹いない」的教訓だったのでしょうか。中学生になってからヨーロッパでの大きな戦争とは第1次世界大戦のことで、祖父が「エンドウ豆」で儲けたのは１９１７年（大正６年）頃かな、と理解できました。

極東の日本、それも北海道の片隅で作付けされた「エンドウ豆」がヨーロッパ大陸における戦争で暴騰するのは、「缶詰」という保存方法があったからです。この「缶詰」が発案されたのは軍艦にのせる「塩漬け肉と堅パン」に代わる食料を探すため、１７８９年にフランス政府が賞金付きで新しい食品保存法を募った結果ですが、この時の条件が「持ち運びが簡単で、製造コストが経済的で、かつ塩漬け肉より栄養価にすぐれている」ことでした。さらに「味と食感を損なうことなく食品を保存する」方法を確立したのが、フランスの料理長兼菓子職人だったニコラ・アペール（１７５０年〜１８４１年）です。アペールが考えだした「できる限り完全に空気との接触を経ったのち、加熱すると、自然な品質を保ったまま食品を完璧に保存できる」というのは科学書などから得た知識ではなく、「実験による研究とプロの料理人としての経験の結合によって達成されたものである」、とスー・シェパードは『保存食開発物語』で述べています。

アペールが使用したのはガラス瓶ですが、英国ではガラスより丈夫なブリキ缶が使われるようになりました。初期の缶詰のほとんどが軍隊の糧食として活用されていましたが、その頃の缶詰は「ノミとハンマーを使って開けること」という表示がされていました。これも従来よりも薄いブリキ板を使い、蓋に縁のついた缶が１８６５年に作られるようになってから、缶切りが発明され、家庭でも簡単に缶詰を開けることができるようになりました。また19世紀末にはアメリカは缶の製造と食品の補填のオートメーション化に成功、世界の缶詰産業のトップとなります。

当初の目的通りに軍隊の救世主となった缶詰ですが、生みの親であるアペールが目指した「味と食感を損なうことのない」缶詰に作り上げ、値段にお買い得感がでて、英国の一般家庭において及第点が貰えるまでには少し時間がかかったようです。先に浸透したのは労働者階級ですが、きっかけは１８６０年代に英国で牛疫が大流行して畜産業が大打撃を受けた時です。この時に、英国製造の缶詰や精肉より安いオーストラリア製缶詰肉が入ってくるようになりました。オーストラリア製缶詰のセールスマンが労働者階級向けの大掛かりな試食会を開き、労働者の好むメニューを缶詰肉で作って振る舞ったり、缶詰を使った料理（ペニー・ディナー）を作り貧民学校や労働者に安く提供、また協同組合小売店でも外国産の安い缶詰肉を販売したことで、缶詰肉が国内にようやく浸透し始めたのです。

もっともペニー・ディナーは有益であるが「粗悪」という感想が『タイムズ』紙の記事（注１）に書かれているように、世界で一番肉食が好きと言われている英国人から「缶詰肉」は美味い、という感想を得ることは難しそうです。しかし、1880年ころには年間に1600万重量ポンドの缶詰肉を輸入、そして同時期に刊行された『カッセルの料理辞典』にはオーストラリアの缶詰肉を使って作るレシピが100種類も載っているので、アレンジを加えてなんとか美味しく缶詰肉を食べようとはしていたようです。

　缶詰によってアメリカの食生活を変えた、と言っているジェームズ・コリンズが『缶詰の話』の中で「(缶詰は) 魔法の菜園である。そこにはラズベリー、アンズ、オリーブ、パイナップルがいつでも実をつけ、その隣では豆、カボチャ、ホウレンソウが育っている。ベイクドビーンズとブドウとスパゲティの木が、ザワークラウトの花壇がある菜園。熱いスープの大鍋があれば、その近くでサケやロブスターやカニやエビを捕まえたり、牡蠣や蛤を採ることもできる」と述べていますが、1909年の英国でも多種の缶詰を購入できました。

　たとえば『新ビートン夫人の料理術』の「缶詰の種類と値段」表には、パイナップル (5ペンス半〜11ペンス半)、ローストチキンのゼリー寄せ (3シリング3ペンス)、ストラスブール産のフォアグラのパテ (2シリング6ペンス)、海亀スープ (1シリング5ペンス)、オックステール (海亀風) スープ (1シリング)、アスパラ (9ペンス) など、英国でもたくさんの缶詰が購入できました (171〜172頁に一覧表を掲載)。

　ようやくここから本題の《バスカヴィル家の犬》事件の食卓風景になりますが、ダートムアの岩屋でホームズは3週間ほどカートライト少年が運んでくる食料で、自炊生活をしながら秘密裏に事件の捜査をしていました。

「雑な作りの炉に、火を焚いた跡の灰が積もっている。そのそばに、調理器具がいくつかと、水が半分入ったバケツがひとつ。空き缶がいくつも転がっているのは、しばらく前からここに人がいるしるしだ。(中略) 片隅には小皿が一枚に、中身が半分残る酒瓶もあった。小屋の真ん中にテーブルのような平らな石があり、小さな布包みが置いてあった――ほかでもない、望遠鏡でのぞいてみた少年の肩に載っていたものだ。中身はひとかたまりのパン、牛タンの缶詰一個 (a tinned tongue)、モモの缶詰二個」と、ワトスンは詳しい記述をしています。

　この布包みの中の"a tinned tongue"は、『新ビートン夫人の料理術』掲載の「缶詰の種類と値段」表には2シリング9ペンスの「牛タン」缶の1種類でしたが、『ハロッズの1895年版カタログ』にはタンの缶詰が11種類もあり、最高級品は「牛タン」の5シリング6ペンス、一番安いのは1シリング2ペンス2ファージングの「羊タン」の缶詰なので、包みの中身が「牛タン」とは断定できないようです。

　モモ缶の値段は、『新ビートン夫人の料理術』と『ハロッズのカタログ』の両方に10ペンス缶がありました。また、このほかに『ハロッズのカタログ』にはイタリア製で13ペンスの極上品が載っていました。

　岩屋にあったメモによるとカートライト少年はワトスンを尾行しているようなので、遠くの町ではなくバスカヴィル館の近くにある、グリンペン村の郵便局も兼ねている食料品店で、ホームズの食料を調達していたのでしょう。ロンドンのような大都市であったら多種多様な缶詰が売られていたでしょうが、小さな村では缶詰の種類にも限りがあり、色々な種類の缶詰を届けられなかったと思います。

　缶詰のタンは料理本のレシピによると、そのまま食べるより素材缶として重宝されていたようです。岩屋には調理器具と水があるので湯煎をして缶詰を温め、そのまま食べていたと思いますが、たまにはカレーソース缶（『ハロッズのカタログ』価格は7ペンス）とタンの缶詰でタン・カレーを作り、ハドスン夫人のカレー料理を懐かしがっていたかも知れません。

図版73　岩屋に隠れているワトスン。平たい石の上にある包みの中に「パンと缶詰」が入っていた。シドニー・パジェット画『ストランド・マガジン』1902年1月号掲載。

（注1）「肉の缶詰」のセールスマンのターゲットは貧しい暮しをしている労働者階級ですが、『タイムズ』紙を読んでいる読者は中産階級以上です。「粗悪」という評価は缶詰肉を食べなくても良い人たちの感想なので、割り引いて聞く必要があると思います。

朝食の献立とオートミール

……ノーウッドの建築業者

ホームズとワトスンがベイカー街221Bで再び共同生活をはじめてから数ヶ月後のことです。朝食が用意されたテーブルの前で会話をしていたふたりの前に、殺人容疑をかけられ逮捕寸前の事務弁護士マクファーレンが飛び込んできました。

あとを追いかけてきたレストレード警部とふたりはマクファーレンの話を聞き、ホームズは事件の依頼を引き受けました。この時の朝食をホームズが食べたかどうかは判りませんが、翌日の朝食の時に「ぼくはいま、消化のためなんかに精力や神経を使うどころじゃないんだ」と言って朝食を食べていません。このことについてワトスンは「彼の奇妙な癖のひとつで、ひどく緊張したときにはまったく食べようとしなくなる。体力をつい過信して、栄養不足だけが原因で倒れてしまったことさえあったくらいだ」と書いています。

図版74（左） 助けを求めてベイカー街221Bに駆け込んできたマクファーレン。『ストランド・マガジン』1903年11月号掲載、シドニー・パジェット画。図版75（下） ディッシュカバー、『ハロッズのカタログ1895年版』掲載。

ホームズが食べたかどうか判らない朝食ですが、イラスト（図版74）をみるとディッシュカバー（図版75）が被さっている一皿、このカバーの後ろにトーストラック（形状から調味料入れの可能性もあり）、パン（鏡餅の形状のもの）、コーヒーポット、バター皿（四角の入れ物）が描かれているので、ホームズ物語に書かれている朝食メニューの表Nの内容と大きな違いはないようです。

もう少し詳しく当時の家庭の朝食について知るために、『貧乏研究』掲載の献立表から朝食の献立をクラス別に集計してみました。

「クラス1」（貧困線以下または貧困線ギリギリの家庭）14家庭の16週分で111回（記載なしが1日ある）の朝食に出てくる食品

パン105回、褐色と白パン3回、ミルクパン2回、トースト2回、ベーコン46回、卵2回、ポリッジ6回、バター66回

事件名	メニュー
緋色の研究	コーヒー、トースト、ゆで卵
四つの署名	コーヒー、ハム・エッグ
ボヘミアの醜聞	コーヒー、トースト
オレンジの種五つ	コーヒー
技師の親指	ベーコン・エッグ
緑柱石の宝冠	コーヒー
海軍条約文書	茶、コーヒー、チキンのカレー料理、ハム・エッグ
バスカヴィル家の犬	銀のコーヒーポット
ブラック・ピーター	コーヒー、スクランブルエッグ
ソア橋の難問	ゆで卵2個
隠居した画材屋	ゆで卵2個、トースト

表N　ベイカー街 221B に登場する朝食メニュー

ドリッピング7回、ジャム3回、チーズ2回、この他にドリッピング揚げパン、ショートケーキ、糖蜜、パイ、ライトケーキ、ソーセージ、ベーコン脂、ティー・ケーキが各1回です。

パンに塗るものが79回あるので、貧困家庭の朝食は茶（砂糖とミルク入り）（注1）とパンにバター、ジャム、ドリッピング、ベーコン脂、糖蜜などを付けて食べるのが基本なのが判ります。しかし、経済的に苦しい家庭はバターの購入は難しいようで、コナン・ドイルの自伝的小説の主人公であるスターク・マンローも、1日の食費を6ペンス以下に抑えていた時期はバターを我慢しています。何も塗らないパンのことを「ドライブレッド」といって、貧困と同意語になるというのもうなずけます。

このクラスのベーコンの購入量は合計で30ポンド2オンス、各家庭の1週間の平均購入量は854グラムになります。ラウントリーはある貧困家庭について「一般の貧乏な労働者の家庭に漏れず、この家庭でも、父はいちばんよいものを食べる。細君や子供たちは朝食にベーコンを食べない」という聞き取り調査の結果を紹介しています。この特別な一品のことを「ハズバンド・ラッシュ」というそうですが、『世界の食文化――イギリス』には「稼ぎ手に十分な食事をさせるため、母や子供は慢性的に食料不足であった。家族全員が、夫の稼ぎに依存していることを、母は熟知していたからである」とあります。『食卓の歴史』にもロンドンの貧困家庭では稼ぎ手である夫に力をつけてもらうために特別な一品をつけることは報告されているので、おそらく英国中の貧困家庭で「ハズバンド・ラッシュ」は存在したことでしょう。また、特別な出費（子供の靴）などがあると、妻と子供はパンと茶くらいの夕食でがまんをし、夫には働かなければいけないのでいつも通りの夕食を出す。そして自分たちが食べないことを夫は知らないし、知らせない、という報告もありました。

「クラス2」（生活が安定している賃金労働者の家庭）4家庭の各1週間分28回の朝食に出てくる食品

パン26回、褐色パン1回、トースト1回、ベーコン21回、卵9回、バター7回、ポリッジ5回、ケーキ5回、ソーセージ、トマト、マッシュルーム各2回そしてポッティド・ミート、ティー・ケーキ、ハム、スコーン（注2）が各1回です。

「クラス2」のベーコンの合計の購入量は10ポンド半（約4・8キログラム）、1週間の平均購入量は1・2キログラムになります。それと卵は「41個」も購入している家があるので全体の購入量は59個とかなり多いですが、他の3家庭の卵の購入数は平均6個です。この「クラス2」では計28回の朝食の中でベーコン・エッグが5回、ハムエッグが1回食卓に出ています。基本的な内容は「クラス1」と同じ茶（砂糖とミルク入り）とパンですが、ベイカー街221Bの下宿の朝食でディッシュカバーが被さって運ばれてくるような一皿がほぼ毎回あります。

バターの使用回数は「クラス1」では朝食111回で66回、「クラス2」では朝食28回で7

回でした。また、ジャムを購入している家庭は「クラス1」「クラス2」とも各1家庭と少ないです。

しかし「クラス1」に書かれている家庭の評価とは違って「家族は、みな口がおごっていて、食べ物はなかなか贅沢である」、「主人は禁酒家ではないがいわゆる『主義のひと』で家には、決してビールをおかない、なん週間も、アルコールに触れないことがある」とあります。また卵を59個も購入している家庭の夫が、「わたしは、肉類をたくさん食べたいのですが、家内や子供たちは卵やペイストリーが好きなもんですから、おもうようにいきません」と語っていることなどから、ラウントリーは「この家庭は、結構愉しそうにやっている。食物の選択は経済的動機からでたものではなく、個人的な嗜好から出ているものである」とカロリー不足の原因を突き止めています。

「クラス3」(使用人のいる家庭)6家庭の各1週間分41回(1回は外出)の朝食に出てくる食品

パン33回、褐色と白パン8回、トースト26回、ベーコン25回、卵14回、ポリッジ18回、バター36回、マーマレード34回、パイ4回、ハム5回、肉類6回、糖蜜、魚、フィッシュケーキ、モールドパン、ミルクパン、クリーム・チーズ、ポッティド・シュリンプが各1回、サーディン缶4回、チキンとタン(おそらく缶詰)が1回、ホットケーキ2回、パイはポークパイ・ミートパイが各1回。ポリッジの回数の中にフレーム・フードの2回もカウントしています。このフレーム・フードについては《ギリシャ語通訳》事件に説明を載せてあります。

「クラス3」の朝食をみると英国式朝食メニューの定番と言われているベーコンは41回の朝食のなかでベーコンだけが25回、ベーコン・エッグは7回です。しかし、肉類にまとめた内容をみると、ビーフ・ステーキ、フライド・ステーキ、マトン煮、ポッティド・ミート、ポッティド・ビーフと種類も量も「クラス1」「クラス2」に比べて格段に多いのがわかり、階級によって体格が違うことが納得できます。

次に興味深いのはトーストです。当時のトーストは、「煙の出てない残り火から若干離して辛抱強く焼く」のだそうです。作り手は料理ストーブの火格子を下げ、パンをトースト用フォーク（図版76）に刺して残り火にあてますが、火の正面に立って焼くので熱くて台所仕事のなかでも喜ばれない仕事のひとつでした。メイドのいない「クラス1」と「クラス2」ではトーストを作るのは難しかったのかも知れません。

オートミール（注3）は現在の英国式朝食にはかかせませんが、ホームズ物語にはでてきません。スコットランド嫌いで有名なジョンソン博士の編纂した英国最初の辞典（1755年刊）の、オート（えん麦・からす麦）の項目には「イングランドでは普通馬に与えられるに反して、スコットランドでは国民を養っている穀物」と載っているそうです。

スコットランド人は「だからイングランドでは馬が優秀で、スコットランドでは人間が優秀なのだ」と切り返したとか……（注4）。

1900年ロンドンに留学した夏目漱石は『倫敦消息』の中で「オートミールは字引では馬が食うものなりとあるが、今のイングランド人としては朝食にオートミールを食べるのがべつだん例外でもないようだから、これはイングランド人が馬に近くなったのだろう」と冷やかしています。

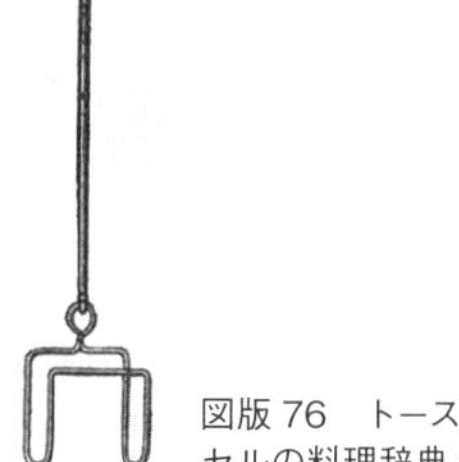

図版76　トーストをつくるためのフォーク、『カッセルの料理辞典1880年版』掲載。

漱石はオートミール（ポリッジ）が日常的に食べられていたように書いていますが、栄養と費用面からポリッジを推奨している『貧乏研究』の著者ラウントリーは、食習慣をくつがえすことの難しさを証明するために、1901年3月29日の新聞記事を紹介しています。「ブラッドフォード救貧院では、新しい条例による新献立が、昨日から実地された。茶のかわりにポリッジが出されると、女どもは、揃って立ちあがると部屋を出ていってしまった」。そこで「院長は、ポリッジは3オンスのオートミール、1パイントの水、半オンスの糖蜜に、さらに味つけのために塩が加えられているものだ」と詳しい説明をしました。しかし、それでも言うことを聞かないために女性たちは1週間独房に入れられたそうです。このニュースによって《株式仲買店員》事件で紹介している1840年代の救貧院の生活が変化していることも判りました。

20世紀初頭の救貧院では、ポリッジの「おかわりをください」と言ったオリヴァー・ツイストの苦しみはなくなっているのを作者のディケンズも喜んでいると思います。

（注1）ミルクについては《海軍条約文書》事件、砂糖については《三破風館》事件と《ライオンのたてがみ》事件で説明しています。

（注2）スコーン：スコーンが食べられている家庭は《ギリシャ語通訳》事件でティーの時間にスコーンが登場している家庭と同じです。

（注3）オートミール：オートミール（えん麦で作った加工食品）を水やミルクで煮つめた粥状のもの、ポリッジともいう。

（注4）スコットランド人であるボズウェルは『サミュエル・ジョンソン伝』の1776年3月22日に「私はこの地（ジョンソン博士の生まれ育ったリッチフィールド）で初めてオート・エールとオート・ケーキが朝食に出されるのを目撃した。この菓子はスコットランドでのように硬くなく、ヨークシャー・ケーキのように軟らかだった。『馬の食べ物』である『えん麦』が他ならぬジョンソン博士の故郷の町で広く人間の食物に供されているのを知って、私は愉快に思った」と書いています。

体験囚人による刑務所の食事報告

……恐喝王ミルヴァートン

依頼人のレディ・エヴァが軽卒にも出した手紙を取り返すために、押し込みをするというホームズに対してワトスンは同行を申し出ます。この申し出を最初は断っていたホームズですが、ワトスンの熱心な申し入れに「わかった、わかったよ、そういうことにしよう。同じ部屋に長年暮らしてきたよしみだ。最後も同じ刑務所の部屋ってのも悪くない」と言って同意をしたのです。

もし、ふたりが刑務所暮らしとなると、図版77のような「矢印模様」の囚人服を着せられ、名前も記号（アルファベットと数字）で呼ばれるようになります。

コナン・ドイルに「B24号（The story of the B24）」という短編がありますが、内容は強盗殺人罪で服役中のB24が罪に問われているマナーリング卿殺人について「真実」を語る物語です。

また、『ロンドン・マガジン』1900年7月号に「ハードな7日間　囚人の食べ物」という刑務所の食事を体験したルポルタージュがあります。その執筆者の名前も「666B」となっていました。これによると白いテーブルクロスは実際に使用されているものではなく、撮影のために敷いたものだそうです。

　では、朝食（図版78）から説明をします。

　パンは全粒粉で作られた黒パンですが、専属の製パンシェフが作るのではなく、囚人たちが順番に製パンを担当しているので、黒パンの特徴である「皮が硬い、パサパサ」が、担当した囚人によっては「非常に硬くてパサパサなパン」が支給されることになります。支給される量は軽作業の囚人には8オンス、重労働の囚人には10オンスです。パン食に必須アイテムとも言えるバター、マーガリン、ジャムなどはありません。

　ブリキの食器に入っているのはグルーアル（gruel）、湯や牛乳で調理する薄いかゆです。『カッセルの料理辞典1880年版』のレシピには「大さじ2のオートミールに大さじ2の水を入れて良くかき混ぜる。これを1パイントのお湯に入れてかき混ぜながら15分ほど煮る」とあります。ところが、この刑務所で調理されたグルーアルはネバネバというか、かなり濃くてドロドロ、かき混ぜ方が足りないのか固まりがあり、ミルク、塩そして砂糖なども一切入っていないので、とにかく味気ないものだそうです。おまけに朝食時にはスプーンが支給されないので、この固まりだらけのドロドロした無味なグルーアルを、ブリキの食器から直接飲まなければいけません。

図版77（右）シドニー・パジェット画『ストランド・マガジン』1893年4月号掲載。（左）『ロンドン・マガジン』1904年3月掲載の少年の囚人。

　朝食メニューは1年を通して、この「グルーアルと黒パン」と決まっていました。もちろん、紅茶など出てきません。

　では、昼食はどうでしょう。ディナーと言われているだけあって、毎日メニューは違います。朝食には使えなかったスプーン（木製）と、ブリキ製で切れ味がすこぶる悪いナイフ（お皿の右）を使うことができました。また調味料として「塩の入った木製の入れ物」が用意されていました。基本的に刑務所の食事には味つけがされていません。

ディナー（昼食）のメニュー（図版79）
（毎回塩がついています）

日曜日
チーズ4オンス、黒パン12オンス

月曜日
ビーフ5オンス、皮付き茹でジャガイモ1ポンド、黒パン6オンス

火曜日
無味の濃いスープ1パイント、皮付きジャガイモ1ポンド、黒パン6オンス

水曜日
マトン5オンス、皮付き茹でジャガイモ1ポンド、黒パン6オンス

木曜日
スエット・プディング16オンス、皮付き茹でジャガイモ1ポンド、黒パン6オンス

金曜日
無味の濃いスープ1パイント、皮付き茹でジャガイモ1ポンド、黒パン6オンス

土曜日
ビーフ5オンス、皮付き茹でジャガイモ1ポンド、黒パン6オンス

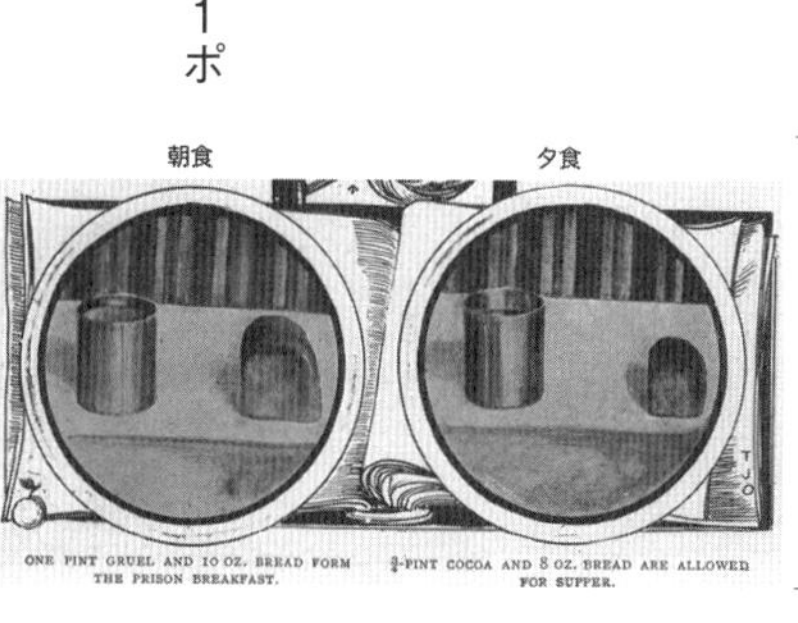

図版78　朝食と夕食。『ロンドン・マガジン』1900年7月号。

木曜日の「スエット・プディング（suet pudding）」は、《唇のねじれた男》事件に掲載している「表J」にもありました。また、「特徴的な英国料理で手のかかったごちそうは、スエット・プディングである。それは小麦粉、パン粉、スエット、砂糖、及び卵に可能性と創意工夫を許す限り多様な他の食材を組み合わせたものである。このこね粉の混合物は何時間も茹でたあとに食卓に出すようにしなければならない。できあがったものは、こってりしているが、風味のきいた料理となり、それはほとんどのヨーロッパの珍味・美味の優美な上品さにはかなわないが、実に卓越したものとなり得る」と『シャーロック・ホームズとお食事を　ベイカー街クックブック』では熱く語られているのに、体験囚人の経験をした筆者は、木曜日は囚人たちにとって幸せな日とは言えない、と書いています。

その理由を見てみると囚人用に作られたのは、普通の家庭の食卓に登場する干し葡萄や卵、砂糖

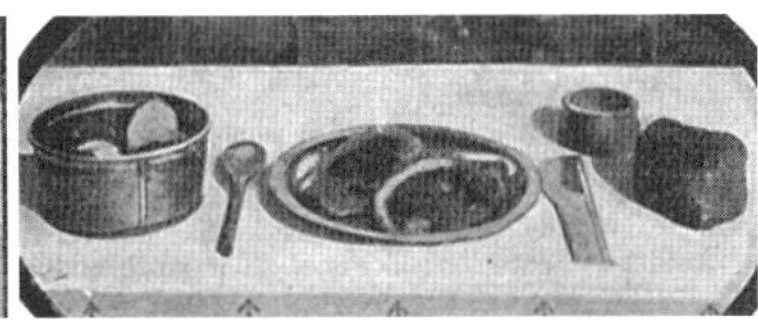

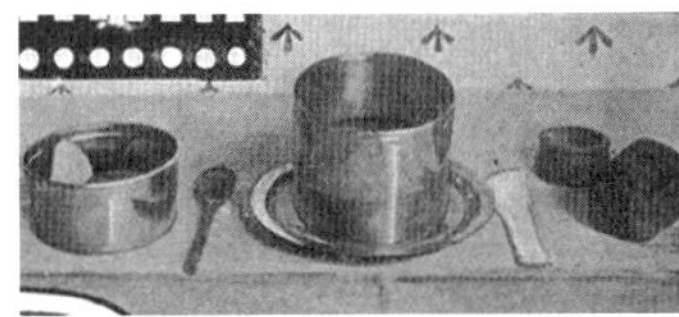

日曜日　月曜日　火曜日　水曜日　木曜日　金曜日　土曜日

図版79

などが入った「スエット・プディング」ではなく、スエット（牛や羊の腎臓の脂身）と小麦粉だけのプレーン・スエット・プディングのようです。レシピ本によると、基本の材料はスエット2オンスと小麦粉8オンスで、作り方のコツはスエットを細かく切って小麦粉と混ぜあわせることです。しかし、囚人たちに出されている「スエット・プディング」には硬い脂身の固まりがゴロゴロと入っていて溶けきってないのです。レシピ本には3時間茹でる、と載っていましたが、刑務所の台所では3時間も茹でることはないので、大きく切ったスエットが溶けきってないのでしょう。これでは美味しさが半減どころか台無しです。

最後に夕食（Supper）ですが、これも朝食と同じで1年を通して「ココア4分の3パイントと黒パン8オンス」（図版78）だけです。

「ハードな7日間 囚人の食べ物」の内容をみると『貧乏研究』の「刑務所の食事は、むしろ懲罰的といっていいくらい粗末なもので、一般の貧乏人（ことに自分で働く）の標準食事として採用する事はできない」の意味がよく判ります。囚人には労働ができるだけカロリーのある食事は与えるが、「美味しい」と思えるようなものは与えない、つまり食事が美味しくないのには懲罰の意味があるようです。

英国人の好きなプディング…………六つのナポレオン像

「ある人間集団の構成員は、食べ物の好みについて、ほとんどの場合、その集団内ではお互いにあきらかな類似を示すのに他の人間集団の好みとははっきりした違いをみせる」という考察が、メネル著『食卓の歴史』にあります。確かに私たち日本人が好んで食べている「粘っこい軟らかな米」を嗜好している民族は少数派です。では、英国人が好んでいて他の国ではほとんど食べられていないものの代表は、というと「プディング」ではないでしょうか。

シェイクスピアの『ヘンリー4世』で、治安判事シャーローが宮廷に顔が利く有力者の接待をするために命ずる台詞は、

「デーヴィ、食用の鶏を二羽と羊の肉の大きな切り身を一切れと、それにちょっとしたプディングを添えるように、コックのウィリアムに言ってくれ」（小田島雄志訳）となっています。

ここでプディングと訳されている原文は"kickshaws"（キックショウズ）です。川北稔著『世界の食文化　イギリス』によれば、キックショウズとは当時「甘いか、やや酸味のあるうまいもの」のことで、デザート系のプディングと解釈されているようです。

また、サミュエル・ピープスの日記１６６０年11月11日に、

「今朝サー・W・バッテンの家にゆく。明日のデトフォードゆきについて。そして令夫人お手製の豚のプディング（hog's pudding）を食べる。先日彼女の家で太らせているのをみた豚だ」（臼田昭訳）とあります。

『カッセルの料理辞典１８８０年版』の"hog's pudding"レシピには「豚（hog）から取り出した

血に塩を入れてかき混ぜ、分量のミルクを2、3回に分けて入れる。ここに乾燥オートミール、細かく切ったスエット（牛の硬い脂肪の部分）、みじん切りにした玉ねぎを入れて塩・胡椒、お好みでみじん切りのパセリ、シソハッカまたはウインター・セボリー（シソ科の香辛料でぴりっとした辛みがある）を入れる。この混ぜたものを腸に詰めて1時間ほど茹でると完成」とあるので、ピープスがご馳走になったのは、現在でいうと「ブラッドソーセージ」でした。

18世紀になるとプディングはどのように変化したかというと、フランス人料理家ミソンによれば「プディングの発明者に祝福あれ。それこそ、あらゆるタイプの人々の口にあうマナである」、そして「プディングには、種類が一杯あるので、説明するのがたいへん難しい。オーブンで焼くこともあるが、肉とともに煮ることもあって、作り方は50種類くらいある」ということです。

ミソンは「粉類が大量に使われ、ほとんどポタージュ状のようなもの」もあり「果物が多く使われた菓子」のようなものもプディングと言い、そして「イギリス人には、プディングを与えよ。そうすれば、イギリス人は、厚遇を受けたと思うに違いない」とからかい気味に締めくくっています。

この「プディングには何でもあり」、という18世紀中頃に書かれたミソンのプディング考察が普通の家庭で食べられていたプディングに当てはまるかを『貧乏研究』で調べてみました。形態で分類すると、

シュークリームの皮のような形状で主菜のつけ合わせ的なもの
　ヨークシャー・プディング
甘くて香辛料の入ったミルク粥
　ライス・プディング
ポタージュ状のような
　タピオカ・プディング
蒸しケーキのような形状
　ローリー・ポーリー・プディング、ブレッド・プディング、スエット・プディング等
私たちのイメージのプリン
　カスタード・プディング

以上のようにロースト・ビーフのつけ合わせと

して食べられているヨークシャー・プディング以外は、形態は違いますが砂糖がたっぷり入ったデザート系プディングでした。これらはヨーク市のすべての階級の食卓に登場しています。

といって、19世紀末のプディングがデザート系だけ、というわけでもなく、エドワード皇太子が好きだった「鶉のプディング」のようなものも人気がありました。『カッセルの料理辞典』には肉系、家禽系、デザート系のあらゆるプディングのレシピが356種類も掲載されているのですが、「鶉のプディング」は見つかりませんでした。エドワード皇太子が好んで食べていたのは、当時のカリスマ的ケータリング業者であったローザ・ルイスの調理する「鶉のプディング」なので、これはオリジナル料理だった可能性があります。

現王室の直接の祖先であるドイツのハノーヴァーから来て、イギリス王に即位したジョージ1世にはプディング王というあだ名があります。このあだ名がプディングを好きだったためか、それとも即位して最初のクリスマス(1714年)に「プラム・プディング」が献上されたことから言われているのか判りませんが、この献上されたプラム・プディングは「干し葡萄、ミルク、卵、パン粉」などの材料とジンジャーやナツメグの香辛料が使われていて、当時としては極上品だったようです。このように、プディングは18世紀の英国人に大人気だったのに、プディング王ジョージ1世がまったく人気のない国王だったのは皮肉です。

図版80　クリスマス・プディング。『新ビートン夫人の料理術』掲載。

19世紀末のプラム・プディング(図版81)も「小麦粉、パン粉、スエット、砂糖、干し葡萄、カラント、ナツメグ、メース」という材料を合わせて7時間ほど茹でるか、蒸して完成です。このように時間がかかるせいか缶詰にもなっていて、値段は1重量ポンド缶が1シリング10ペンスと高価なものでした。

《六つのナポレオン像》事件でのホームズはナポレオン像を狩猟用の鞭で壊し、粉々になった破片からひとかけらをかざして見せましたが、そのかけらについてワトスンは「プディングに入っている干しスモモのような丸くて黒いもの（plum in a pudding）が、かけらの中にある」と言っています。これはスエット（脂肪）が溶けきって、ねっとりとしているプディングの生地に干しプラムがピッタリとくっついた状態にたとえたのでしょう。

それにしてもホームズの「諸君、ごらんあれ！　有名なボルジア家の黒真珠だ！」という言葉にワトスンとレストレード警部は感激のあまり拍手をしているのですが、石膏像を鞭で粉々にするような無謀なことをしても黒真珠に傷がつかなくて良かったな、と思います。

ウェディング・ドレスとウェディング・ケーキ

……………第二のしみ

「政治の問題となるとわたくしにはどういう結果になるのかよくわかりませんでした。愛情と信頼の問題のほうなら、結果がはっきりとわかるのです」という迷台詞を言ったのはヨーロッパ問題担当大臣トリローニー・ホープ夫人のヒルダです。彼女はベルミンスター公爵の末娘として生まれ、結婚前には「恋を夢見る少女の軽はずみな手紙」（本人談）を出して相手の男性を喜ばせ、将来有望な男性と出会うと昔のことを忘れ結婚しました。そして、その恋文をネタに脅迫されると、夫が大事にしまっていた政治的に重要な手紙をいとも簡単に脅迫相手に渡してしまったのです。

軽はずみなトリローニー・ホープ夫人が巻き起こした《第二のしみ》事件の発生年ですが、ワトスンは事の重大さから年代については「一の位はもちろん十の位まで伏せておかざるをえない」と慎重な書き方をしています。

事件発生年代だけではなく結婚をした年代も不明なので、トリローニー・ホープ夫人のウェディング・ドレスのデザインはわかりませんが、1880年代の花嫁衣装は当時大流行だったお尻に特大のクッションを入れたようなバッスルスカート、その後は、後ろ姿がスッキリとしたウェディング・ドレスが好まれていました。トリロー

図版81　『新ビートン夫人の料理術』掲載のプラム・プディング。

ニー・ホープ夫人は公爵家の令嬢なので、その時の流行のドレスを作ったはずですが、結婚式は図版82のような雰囲気だったと思います。もし式が1880年代だとするとドレスは図版83のようなバッスルスカートだった可能性が強いです。

このようにデザインは流行によって変化はありますが、白いドレスにヴェールを被るウェディング・ドレスのルーツは1840年に結婚式を挙げたヴィクトリア女王の装いによります。「手織りホニトンレースで縁取りをした白サテンのドレス。そして頭にはオレンジの花輪を飾り、ホニトンレースのヴェールを被っていた」(図版84)でした。ホニトンレースとはデヴォンシャー州で生産されホニトンに集荷されていたボビンレースです。

当時はベルギーのブラッセル・レースなどが最高級品とされていましたが、女王は不景気で落ち込んでいた国内産業を活性化させようとして、英国製品を結婚以前から身につけていたので、ウェディング・ドレスはもちろん国産品でした。このホニトンレース代金として破格の金額である1000ポンドを支払ったので、200人のレース職人はとても感謝したそうです。

図版82 『ロンドン・マガジン』1900年3月号掲載。

図版83 『ガールズ・オウン・ペーパー』1886年版掲載。

ヴィクトリア女王のウェディング・ドレスはとても好評で、結婚後20年経った頃のファッション雑誌でもホニトンレースと白のサテンのドレスが紹介されていました。また、ヴィクトリア女王の長女ヴィッキーが1858年に結婚した時の衣装はホニトンレースの3段飾りのついた白いウェディング・ドレス、次女のアリス王女も白いドレスにヴェールを被っています。

1863年に結婚したプリンス・オブ・ウェールズのお相手デンマークのアレクサンドラ王女もホニトンレースの飾りがついた白いドレスを着ています(図版85)。このあと、19世紀のロイヤル・ウェディングでの花嫁姿は上流社会から裕福なミドル・クラスへと広がりました。これが、時代を越えて日本にも伝わり、若い女性たちの憧れの婚礼衣装となったのです(図版86)。

次に「結婚朝食会(注1)」に欠かせないウェディング・ケーキです。ヴィクトリア女王の結婚晩餐会にもウェディング・ケーキは登場しています。この時に用意されたケーキですが、メインがふたつ、そして100個の小さなケーキがテーブルに飾られました。図版87はメインのケーキのひとつで、宮殿に送られる前に一般公開され2万1000人ほどが見たそうです。もうひとつのメインケーキはバッキンガム宮殿の菓子職人モーデットが作ったもので、重さが300ポンド、厚さは14インチ、円周が12フィートもあり、砂糖で作られた1フィートもあるローマ風衣装姿の「ブリタニア像」がケーキの上に飾られていたそうです。

これらのケーキは小さくカットされ世界各地に配られましたが、そのふたつが現在でもウィンザー宮殿で見ることができるそうです。といっても、いくら長持ちするフルーツケーキでも1840年製では食べることは無理でしょう。

このように、ケーキをカットして親戚、友達に配るのはミドル・クラスの結婚式でも普通に行われていました。ちなみに『ハロッズの1895年版カタログ』にはケーキを包む箱が1ダースで2オンス用が10ペンス半、4オンス用が1シリング半ペニーと載っています。

図版84　ヴィクトリア女王の結婚式『ストランド・マガジン』1897年6月号掲載。

図版85　プリンス・オブ・ウェールズのちのエドワード7世の結婚式『ウィンザー・マガジン』1902年6月号掲載。

ヴィクトリア時代中頃のつつましい家庭の花嫁が雑誌の質問コーナーに投書した「ケーキを友人に送る場合、どのように包むべきでしょうか。また、どのくらい量を送るべきでしょうか。ケーキには花嫁と花婿、両方の感謝の言葉を添えるべきでしょうか」などの細々とした悩みを読むと、通販カタログに包み箱が載っていることや、ケーキショップで用意をしてくれるようになった理由が判ります。現在では様々な悩みがインターネットの掲示板に書き込まれていますが、ヴィクトリア時代には雑誌がこの悩みの相談を受け付けていて、「控えめな披露宴」をしたい花嫁の質問に対しては「鶏、ハムまたは冷たい牛舌、冷たいロースト・ビーフ、ロブスターのサラダ、おかし類、絶対必要なケーキとコーヒー、ワイン、お好みでシャンパン(注2)」と回答しています。そして、年収300ポンドの家庭が催す披露宴には「簡単な冷たい食べ物とケーキ、ワインはなし、費用は5ポンド」、もっと質素なカップルは「手作りケーキとサンドイッチ」というように、ミドル・クラスの披露宴には「ウェディング・ケーキ」は必要だったことが判ります。

日本と違って披露宴である「結婚朝食会」に出席する人たちがご祝儀を持ってくるという風習はないですし、費用はすべて花嫁側の負担です。そのために、父親に財力がない花嫁の節約心と、一生の思い出となる結婚式を願う気持ちが、雑誌への質問になったのでしょう。

1900年頃にヨーク市在住で住宅ローンを支払い、夏には数日間の避暑に行けるワーキング・クラスの賃金は週に約2ポンド3シリングです。「非常につつましい値段のウェディング・ケーキ」の1ポンド（20シリング）そして「質素な披露宴の費用」が5ポンドという金額はワーキング・クラスにはとても真似のできるものではなかったことが判ります。また、ワトスンの年金は1日11シリング6ペンスなので、ワトスンとメアリ・モースタンの披露宴はごくごく質素だったと思います。

『貧乏研究』などを読むと、結婚式にウェディング・ケーキを用意できたのは当時の英国の3割ほどの家庭、そして図版89の5フィート以上もあるケーキを飾ることができたのは王室・貴族階級そして裕福なミドル・クラスの少数であることが判ります。1880年頃の一般的なウェディング・ケーキは《花婿の正体》で紹介しましたが、1971年の料理本に載っているウェディング・ケーキのレシピをみると、1880年版の『カッセルの料理辞典』と同じく、生地にはドライフルーツがたっぷり入っているフルーツケーキです。英国では「結婚朝食会」に出席した人だけではなく、来られなかった親戚・友人に小さくカットしたケーキを送って食べてもらうという風習が続いていました。

図版86　著者。ウェディング・ドレスは「白のレース糸」で著者が編んだものです。

図版87　ヴィクトリア女王のウェディング・ケーキ。

（注1）結婚朝食会（ウェディング・ブレックファスト）とウェディング・ケーキのレシピについては《花婿の正体》でも説明しています。

（注2）「結婚朝食会」のメニューも《花婿の正体》に載せてあります。

ビートン夫人のおもてなし料理……ウィステリア荘

サリー州にあるウィステリア荘で「グロテスク」な体験をしたスコット・エクルズ氏は、リーのポパム荘に住んでいる独身者ですが、人づきあいは好きで、メルヴィルという人物とは家族ぐるみのつきあいがありました。家族ぐるみなので「メルヴィル宅の食事」に呼ばれて被害者となったガルシアと知り合います。このガルシアも独身で家に「腕のいい料理人」がいると言うので、彼の住むウィステリア荘に誘われ夕食を共にしました。

ガルシアはある目的から積極的にスコット・エクルズ氏に近づきましたが、当時の英国では個人宅のディナーで、同席した客どうしが親しくなるのは不自然ではありませんでした。

このメルヴィルのように社交として日常的にお客を呼べるのは、使用人が複数いる裕福な家庭だけでしょうが、この時のおもてなしの料理にはどのようなものが出されたのでしょう。『貧乏研究』の献立表を見ると家族だけの食事でも日曜日には

図版88　プリンス・オブ・ウェールズ（のちのエドワード7世）のウェディング・ケーキ、式は1863年3月10日。

図版89　1870年ころになるとケーキ職人の創意工夫でウェディング・ケーキがより繊細で豪華になってきます。その初期のものが1871年3月21日挙式のヴィクトリア女王の4女ルイーズ王女のウェディング・ケーキ(a)で高さ約178センチで重さは約127キログラム。(b)は4男レオポルド王子のウェディング・ケーキ（挙式は1882年4月27日）。高さ約182センチ。(c)はエドワード7世の長女ルイーズ王女のウェディング・ケーキ(挙式は1889年6月27日)。高さ243センチ、重さ約211キログラム。(d)はヨーク公(のちのジョージ5世)のウェディング・ケーキです（挙式は1893年7月6日）。高さは約200センチ、重さは100～150キログラムの間。図版87～89は『ストランド・マガジン』1895年7月号掲載。

大きな肉のかたまりを焼いて、プディングなども食べています。私の日常の生活感覚からは、20世紀初頭の地方都市の裕福な家庭の献立表をみると、毎日のディナーでさえおもてなしのご馳走のように見えます。

ご馳走といえば、サミュエル・ピープスの日記を読むと、17世紀のロンドンは外食がいつでもできて仕出し料理が購入できる都市だったことが判ります。そして18世紀になるとジョンソン博士は自分の味覚について「奥さん、私のように、各種の贅を尽くした食事を食べつけている人間は、ある程度有能な調理人を雇っているがたいていは自宅で食事をするどんな人よりも、遥かに料理の目利きですぞ」と、次に博士を招待することになっていた女性に言ったそうです。こんなことを言われたら、招待した女性はかなり緊張して献立を考えたことでしょう。ジョンソン博士ほど味覚に鋭敏でなくても、外食することの多い男性を招いた会食の準備を、不慣れなメイド兼コックとしなければいけない19世紀の若い妻は大変だったと思います。

そこに登場したのが『ビートン夫人の家政読本』です。これまでもレシピの本はありましたが、画期的なことにこれはそれぞれの料理のレシピの他に、人数そして月ごとに分類したもてなし料理の献立が載っているのです。現在の日本の家庭料理でも料理の組み合わせはとても大事ですが、慣れるまで経験が必要です。ヴィクトリア時代のある程度の家ではメイドを最低でもひとりおいています。しかし、メイドたちの出身はワーキング・クラスの中でも貧しい家庭が多く、ミドル・クラスの求める料理を見たことも食べたこともなかったはずです。この経験不足なメイドでも主婦が監督・指示をすることで、家庭経営が円滑に運営できるというコンセプトで書かれたのが『ビートン夫人の家政読本』なのです。

では、スコット・エクルズ氏とガルシアが出会ったメルヴィル家ではどのような料理を出したのでしょう。『ビートン夫人の家政読本』から、ふたりが出会ったであろう3月のディナーの献立の幾つかを紹介します（注1）。

6人前

ファースト・コース
オイスター・スープ、茹でたサーモンの胡瓜添え
アントレ
リッソール（コロッケの一種）、チキンのフリカッセ
セカンド・コース
茹でたレッグ・マトンのケイパー・ソース（ほのかに辛みがあるソース）
ロースト・フォールのクレソン添え
サード・コース
青リンゴのシャルロット、オレンジゼリー、レモンクリーム、クズ粉のスフレ、
シーケール（野菜）
デザート

8人前

ファースト・コース
子牛の頭のスープ、ブリルのエビソースかけ（ブリルはヒラメの一種）
焼きサバのメートル・ホテル風（刻みパセリ入りバターソースかけ）
アントレ
ロブスターのカットレット（ナツメグ・塩・胡椒をしたロブスターの切り身に卵とパン粉をつけてバターで焼く）子牛のレバーとベーコンのハーブ風味
セカンド・コース
茹で鶏のベシャメルソースかけ（2羽）、茹でたナックルハム
子牛腰肉のロースト
野菜（ほうれん草又はブロッコリー）、ロブスター・サラダ
サード・コース
野生のアヒル（コールド・ミート）、アップル・カスタード、ブラマンジェ
レモン・ゼリー
デザートとアイス

10人前

ファースト・コース
マカロニ・スープ、茹でヒラメのロブスターソー

スかけ、サーモンのカットレット
アントレ
鳩のコンポート、マトンのカットレットのトマトソースかけ
セカンド・コース
ロースト・ラム、茹でた子牛の頭の半分（舌と脳含む）、茹でたベーコンのホーレンソウ添え、野菜
サード・コース
アヒルのヒナ（コールド・ミート）、プラム・プディング、ジンジャー・クリーム
トライフル（材料はスポンジケーキ、クリーム、フルーツ）、ルバーブ・タルト
チーズケーキ、ケース入りフォンデュ
デザートとアイス

以上の献立表をみると現在の感覚ではサード・コースがデザートのように思えますが、このサード・コースが終わった後の「デザート」はフルーツやチョコレートです。

ここでは3種類の献立を紹介しましたが、3月の献立表は18人前の献立が1種類、10人前の献立が1種類、8人前の献立が1種類、そして6人前の献立が4種類載っているので、4人ほど招いたディナーが多かったことが判ります。

また、献立の中身をみると会食の始まる前に用意しておけるものが多く、お客様が来てから調理する料理が少ないのが判ります。これなら、メイドが少なくても妻はホステス役としてテーブルに座っていられます。また、招待主の夫は調理の手伝いはしなくても、テーブルではとても重要な役割があります。

それは《青いガーネット》事件でも紹介していますが、肉の塊を切り分けてお客の皿に盛りつけることです。肉によって縦、横、そしてそぎ切り（図版90）、魚、鶏肉そして兎なども、それぞれ切り分け方が違うのです（切り分け方が違う理由は肉の繊維や骨にそって切るため）。

『ロンドン　食の歴史物語』によると、1909年レディ・セントヘリアは若い頃を回想して「ホストとホステスには誰もが心からの同情を禁じえなかった。テーブルの両端にそれぞれ席をしめる主人役のふたりは肉の塊を切りわけなければいけない。その役目はたいていディナーの元凶である

不運な夫の手にゆだねられた。そんなわけで、ホストは食事をするひまもないのだった」と書いています。

そういえば、『赤毛のアン』の中でも、アンの夫ギルバートは結婚後最初のクリスマスディナーの席でのガチョウの切り分け方について、「(ガチョウの切り分け方が)できなければならないはずだよ。この、ひと月、切り分け方をA―B―C―Dの図解で勉強したのだからね。ただ、僕がやっている最中に話しかけちゃだめだよ。アン、僕の頭からA―B―C―Dの文字を追い出してしまったら、君が昔、幾何の時間に先生に文字をとりかえられてしまった時以上に窮地に落ちこむからね(注2)」と言っていました。

図版90 『新ビートン夫人の料理術』と『ロンドン・マガジン』1902年9月号に同じ写真が掲載。

このテーブルの上での切り分けと皿への盛りつけは、既婚男性だけではなく未婚の男性にも必要な技術でした。ホームズも《独身の貴族》事件で「ヤマシギがひとつがい、雉が一羽」の仕出しをとって夜食にご馳走をしています。食事をしたのは4人ですから、ホームズは「ヤマシギ」をそれぞれ半分にカットして、また「雉」は図版90のように切り分けて皿に盛りつけたのでしょう。その腕前についてですが、《四つの署名》事件で宝の入った箱と犯人を船で追いかける前にベイカー街で「カキに、雷鳥がひとつがい、ちょっと逸品の白ワイン」をワトスンとジョーンズ警部にご馳走しています。この時にホームズは、

"Watson, you have never yet recognized my merits as a housekeeper."

と、言っています。この箇所の訳はいろいろありますが、延原謙の訳で「どうだい、ワトスン君、

家政上の僕の手腕については、君だってまだ知らないだろう？」だとすると、独身男性のホームズがホストとして食卓で、2羽の雷鳥を華麗に3等分してお皿に切り分ける技術があることをそれとなく自慢しているのでしょうか。このホームズの台詞は《ショスコム荘》事件でも別の訳者の訳で引用しています。なかなか含蓄のある言葉だと思います。

（注1）17世紀のサミュエル・ピープスの時代から料理を大きな皿に盛り合わせて、数種類ずつテーブルに置き、食べ終えると次の料理の大皿がテーブルに並ぶコース料理が一般でした。現在のようなひとりひとりに一皿ずつ料理をサービスする方法が広まったのは1870年～80年代と言われています。この方法だと配膳係のメイドの仕事が大変だったと思います。また、ひとりしか使用人のいない家庭では自宅でおもてなしをする時は臨時のメイドを雇ったと思います。

（注2）モンゴメリー『アンの夢みる家』（村岡花子訳）より。

イタリアン・レストランと外食

……………ブルース・パーティントン型設計書

ホームズは犯行現場と思われる建物に侵入するための道具として「組み立て式のかなてこ、ランタン、のみ、それとピストル」という物騒なものを、ベイカー街221Bの下宿からグロスター・ロードのゴルディーニというイタリアン・レストランまで持って来るようにワトスンに電報を打ちました。ワトスンが到着した時にはホームズは食べ終わっていて、どのようなメニューがあったのか判らないのが残念です。

日本でも人気のあるイタリアンですが、当時のロンドンでも人気があり、素晴らしいワインと料理で有名なストランド街のロマーノ、20世紀初頭にはそれと肩を並べる高級店になりましたが、もともとは懐の豊かでないジャーナリスト、画家、歌手などの溜り場だったパガーニ、そして若い頃のオスカー・ワイルドも通った演劇ファンの客が多かったルパート街のフロレンス、このほかにもたくさんの店があったそうです。

これらの店の値段ですが『ディナー&ダイナー』（1899年刊行）によると、ロマーノでアラカルト料理（注1）を頼むと食事が2人前で1ポンド2シリング6ペンス、そしてシャンパン1本が13シリング6ペンス、リキュールが2杯で5シリング、そしてコーヒーが2杯で3シリングの合計2ポンド4シリングです。パガーニのアラカルト料理は2人前で15シリング8ペンス、飲み物はワイン1本14シリング、リキュール2杯2シリング6ペンス、コーヒー2杯で1シリングの合計1ポンド13シリング2ペンスと、かなりの高級店だったことが値段でわかります。

『ディナー&ダイナー』には掲載されていないフロレンスでは、ひとりが2シリングだせば、前菜の盛り合わせ、ラヴィオリ、ミラノ風子牛のエスカロップ（薄切り肉）、デザートを食べることができたそうです。ホームズが待ち合わせに利用したゴルディーニ・レストランが最高級店でなければ、フロレンスのような金額でイタリア料理を食べることができたでしょう。

この頃（1900年～1902年）、ロンドンに留学していた夏目漱石は日本への手紙の中で「日本の五十銭は当地にて殆ど十銭か二十銭位の資格に候」そして「外に出た時一寸昼飯を一皿位食へばすぐ六、七十銭はかかり候　日本の一円と当地の十円位な相場かと存候」と書いています。この、昼食代6～70銭を英国通貨にすると約1シリング2ペンス～1シリング4ペンスとなります。また、1902年3月5日の日記にベイカー街での昼食について「肉一皿、芋、菜、茶一杯、菓子ふたつ」に1シリング10ペンスを支払ったという記述もあります。漱石はベイカー街近くに住んでいたクレイグ先生に英文学などの個人授業を受けていたのですが、この日は文章を賞賛された、と日記に記しているので、自分へのご褒美として高めの食事をしたのでしょうか。図版91はレストランでのアルコール飲料抜きの食事風景ですが、漱石もこんな感じでひとりだけの食事をしたのでしょう。

図版91　『ウィンザー・マガジン』1898年12月号掲載。

1902年（明治35年）の日本では、江戸前寿司の並は10銭、天丼8銭、カレーライスは5銭～7銭、そしてトンカツ（ライス別、明治40年）12銭、蕎麦（もり、かけ、明治40年）は3銭なので、ロンドンの外食の値段の高さに驚いた漱石の気持ちが納得できます。

《ウィステリア荘》事件でも簡単に紹介していますが、ビートン夫人の時代から200年前のサミュエル・ピープスの時代でも外食産業は盛んだったことが日記を読むと判ります。

　たとえば1667年5月12日にピープス夫妻は「一瞬のうちにテーブルにはクロスがかけられ、きれいなグラスが出るなど、すべてはフランス式だった。それからまずポタージュが1杯、ついで鳩がひとつがいのシチュー、それから牛肉のキャセロール、いずれもたいへん上手く味付けがしてあって、われわれの口に大いにあった」というフレンチ料理を定食屋で食べています。

　そして、1776年3月21日には、食通としても名高いジョンソン博士が外食について「最高の飲み屋ほど人間が楽しみを経験できる場所は、個人の家では絶対見当たらないね。いかによいものがどっさりあり、華麗と優雅にみちあふれ、皆さんゆっくりくつろいで頂きたいという善意にみちあふれようとも、ものの道理として、個人の家ではどだい無理なのだ。そこでは程度の差こそあれ、常に気苦労と気兼ねが出ざるを得ない。家の主人は客たちをもてなそうと気をつかい、客たちは主人に愛想よくしようと気をつかう。よくよく図々しい奴でもない限り、他人の家にあるものを、自分の家同然にわがもの顔で使うことはできないだろう。ところが、飲み屋に行けばそんな気兼ねは全然いらない。客は自分が歓迎されていることは間違いなし、という気持ちになる。騒音を発せれば発するほど、店に厄介をかければかけるほど、よいものを注文すればするほど、ますます歓迎されるわけだ。飲み屋の給仕は、お客を喜ばせればそれだけ即座に懐が温かくなると思っているから、てきぱきとお客のご用をつとめてくれるが、こんなサービスぶりは他では見られまい。人間が発明したもので、よい飲み屋か酒場ほど、多くの幸せが醸し出される場所はないね（注2）」と、ボズウェルに語っています。

　このように、ピープスとジョンソン博士が料理だけではなくサービスにも重点をおいているのが判ると、男性が求めているハードルの高さと、ロンドンの長い歴史のある外食産業の魅力に、『ビートン夫人の家政読本』を片手にヴィクトリア時代の女性は立ち向かっていったのは大変だったろうな、と強く思いました。

（注1）参考までに最高級レストランのひとつ、ロマーノの上記のアラカルトのコースに入っている「クレム・ピンクアン　(creme Pink Un)」のレシピを紹介します。材料（8〜10人前）は「大麦500グラム、コニャック1カップ、シャブリ（フランスの高級白ワイン）ボトル半分、バター250グラム、オリーブ油小さじ2、ニンジン1本、玉ねぎ1個、生きているザリガニ（live cray-fish）24匹、海老（prawn）500グラム、トマト6個、スープを約1リットル、ハーブ（ベイリーフ、タイム、タラゴン、チャービル）、塩、胡椒」作り方は「ひと晩、水に漬けた大麦をスープで軟らかくなるまで煮る。コニャックにハーブを漬けておく。鍋にオリーブ油とバターを入れて小さく切った玉ねぎとニンジンを5分ほど炒める、この中にザリガニとクルマエビそして湯むきしたトマトを加えてシャブリ（白ワイン）を注ぎ、塩と胡椒をして20分ほど煮込む。この煮込んだものと大麦を合わせてすり鉢ですって、鍋に残っているスープと一緒に目の細かいこし器で漉す。この濾したものを沸騰させないように加熱して、ハーブを取り除いたコニャックと小さく切ったバターを入れ、シペット（トーストしたパン）を添えて供する」のだそうです。シペットにつけて食すディップのクレム・ピンクアンの1人前の値段は1シリング、なんとも材料だけでなく値段も豪華なものです。

（注2）小池滋訳、みすず書房『サミュエル・ジョンソン伝2』の付録より。「よい飲み屋か酒場」の飲み屋はタヴァーン、酒場はインで、どちらも食事を提供する場所です。

シンプソンズとカフェ・ロイヤル ……高名な依頼人

《高名な依頼人》事件には「シンプソンズ」と「カフェ・ロイヤル」ふたつのレストランが登場します。《瀕死の探偵》事件にも登場する、ホームズとワトスンが贔屓にしていたストランド街の「シンプソンズ」の料理の値段は、『ディケンズのロンドン案内事典』の1879年と1888年版によると定食（ターブル・ドート）は2シリング6ペンスです。そして1899年刊行の『ディナー&ダイナー』には肉の定食は2シリング6ペンス、そして魚（サーモン）の定食は2シリング9ペンスとあります。このように年代ごとのシンプソンズの定食料金を調べてみると、19世紀後半の物価が安定していたのが判ります。また、『ディナー&ダイナー』によると肉の定食の前菜はヒラメのルビーソースかけ(turbot and its rubicund sauce)、次にうなぎのソース添え(sauce with the eel)、メインは現在と同じように焼いた肉の塊をワゴンに載せてテーブルを回って給仕をするスタイルのロースト・ビーフでした(図版92)。

食事の時にかかせないワインですが、『ディナー&ダイナー』の著者は同行していた友人の画家と旧友とでドイツワインのリープフラウミルヒを2本(12シリング)飲んでいます。また、食後は同行していた旧友とは別れ、友人の画家とふたりだけが2階にある女性用のダイニング・ルームでコーヒーを飲んでいます。この女性用ダイニング・ルームについては、自分たちが食事をした紳士用ダイニング・ルームより明るくて新しいと言っています。「ベデカー・ロンドン旅行案内1889年版」にも女性用部屋の記述がありました。

『ディナー&ダイナー』では最高級店からタヴァーン(食事のできるパブ)まで幅広い47店を紹介して外食の素晴らしさを述べていますが、著者は料理の内容と値段の紹介だけではなく、それぞれの店に合うような連れを設定して一緒に食事をする、という手法をとっています。シンプソンズに行ったのは、ストランド街を友人の画家と歩いている時に出会った、運悪く落ちぶれた学校時代の旧友です。

図版92　ロースト・ビーフのワゴンサービス、撮影場所シンプソンズ。(撮影・若林はるみ氏)

著者は旧友に昼食をご馳走するので、イタリアンの高級レストランであるロマーノか最高級ホテルのサボイ・ホテルに行くことを提案しましたが、旧友は「シンプソンズ」でロースト・ビーフを食べたいと言ったのです。でも、結局は肉の定食ではなく、魚の定食を選びました。このエピソードを読んで最初は遠慮をして値段の安いシンプソンズを希望したのかなと思いましたが(注1)、粗末なツィードの服を着た旧友は、自分の服装ではロマーノやサボイ・ホテルでは不似合いだと感じたのが理由だったのかも知れません。

現在でもロースト・ビーフで有名なシンプソンズですが、前身は1828年にサミュエル・ライスが"Grand Cigar Divan"として開業したもので、チェスプレイヤーのクラブとして有名になりました。1848年には仕出し屋のジョン・

シンプソンが経営を譲り受け"Simpson's Grand Cigar Tavern and serving food and wine"と名前が変わり、肉料理ではロンドンで一番美味い店と言われるようになりました。その後、1898年にサボイ・グループの傘下に入り、大改装をした1904年に"Simpson's in-the-Strand, Grand Divan Tavern"という名前になり、現在に至ります(注2)。

図版93は1904年頃のストランド街で、右の建物の4番目が大改装をしたシンプソンズです。

ホームズたちが利用していた頃のシンプソンズの店構えについて『ディナー&ダイナー』では古めかしい食事場所とあります。内装も大理石風の柱に同じ色の床、装飾品も時代遅れな感じです。しかし、サービスをしてくれるウェイターについては「本物の英国のウェイター」と言うほどのべた褒めです。

もうひとつのレストラン「カフェ・ロイヤル」では食事をしたのではなく、ホームズがその店の前で2人組に襲われ、ステッキで頭や身体をめった打ちにされています。「犯人は身なりのきちんとした男たちでカフェ・ロイヤル店内を通り抜けて裏手にあるグラスハウス街に逃げ」ますが、最高級のレストランを通り抜けてもあまり不審がられないように犯人たちは身なりを整え、店がふたつの道路に面していることを知っているので(地図A)、この襲撃はかなり用意周到なものだったことが判ります。

図版93 『ストランド・マガジン』1929年3月号掲載。手前の男性たちを拡大してみると、腕を組んでいるのがわかります。パジェットが描いた《入院患者》事件のイラストにホームズとワトスンが腕を組んで散歩をしているイラストがありますが、この写真の男性たちで判るように男性同士が腕を組むのは普通のことでした。

『ディナー&ダイナー』によると、著者は義理の姉妹とのアラカルトの食事代金に26シリング、コーヒー1シリング6ペンス、ワイン1本15シリング、リキュール2シリングの計2ポンド4シリング6ペンスを支払っています。ひとり分の料理代金でも13シリングもするので最高級店であることがわかります。これではシンプソンズには気楽に行っているホームズとワトスンも、カフェ・ロイヤルに行くのは難しかったことが想像できます。

ジュード・ロウがワトスンを演じた映画「シャーロック・ホームズ」では恋人のメアリそしてホームズの3人でカフェ・ロイヤルに行っていますが、値段の高さを思うとワトスンはかなりの覚悟で会食場所を決めたことでしょう。結局はカフェ・ロイヤルでの食事はせずにワトスンとメアリは帰ったので、乏しいワトスンの経済状態を知っている観客は一安心です。

（注1）ロマーノでのディナーは飲み物込みでひとり分が11シリング、シンプソンズよりかなり高級店です。サボイ・ホテルは「サービス料込み室料（風呂含む）7シリング6ペンス〜、朝食2シリング〜、ランチ5シリング、ディナー7シリング6ペンス」という最高級ホテルです。

（注2）ホームズは1903年頃に引退しているので、厳密に言えば現在の場所のシンプソンズに行った、とは言えないようです。

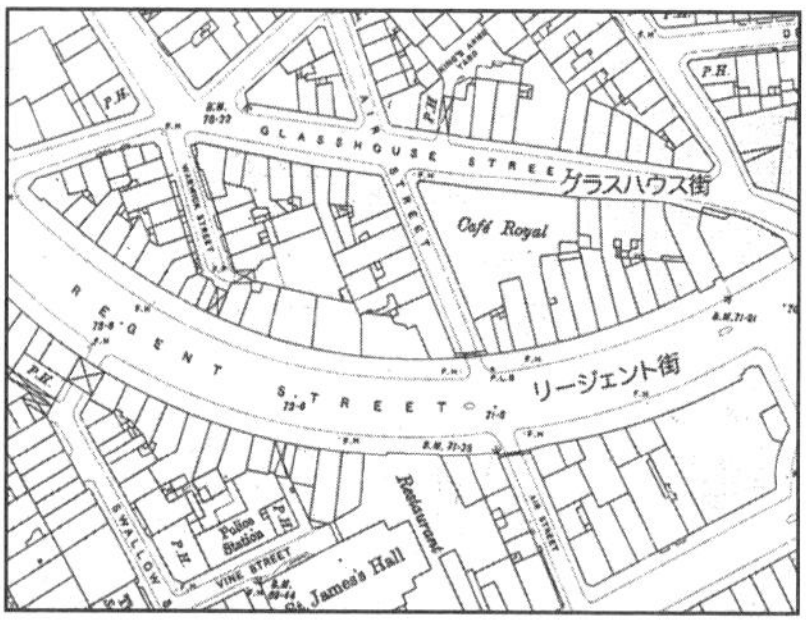

地図A　1894年〜1896年版英国陸地測量部作成地図（1056分の1）のカフェ・ロイヤル付近の地図（高田寛氏所蔵）

参考資料「缶詰の種類と値段」『新ビートン夫人の料理術』より

缶詰の種類	量	金額(1シリングは12ペンス)
ブランディ漬けチェリー	半瓶	1シリング6ペンス
各種ケーキ	1個	10ペンス半
モモ	1缶	10ペンス
パイナップル	1缶	5ペンス半～11ペンス半
梨	1缶	9ペンス～1シリング6ペンス
アンズ	1缶	8ペンス～1シリング4ペンス
プラム	1瓶	6ペンス半
クランベリー	1瓶	8ペンス半
グズベリー	1瓶	6ペンス半
ブラックカラント	1瓶	11ペンス
レッドカラント	1瓶	8ペンス半
グリーンゲイジ	1瓶	9ペンス
ラズベリーとカラント	1瓶	1シリング
ニシン	1缶	8ペンス
ロブスター	1缶	4ペンス
ハムとチキン	スモール缶	1シリング4ペンス
ハム、チキンとタン	スモール缶	1シリング4ペンス
ハム、子牛とタン	ラージ缶	2シリング
チキンとタン	ラージ缶	2シリング1ペニー半
チキン、ハムとタン	ラージ缶	2シリング1ペニー半
七面鳥とタン	ラージ缶	2シリング1ペニー半
子牛とハム	ラージ缶	2シリング1ペニー半
ポークとラビット	1缶	1シリング8ペンス
ビーフ、ボイル又はロースト	1缶	1シリング2ペンス
ローストチキンゼリー寄せ	1缶(1羽)	3シリング3ペンス
チキン(仏:Poulet de Bresse)	1缶	2シリング6ペンス
ローストチキンとソーセージ	1缶(半羽)	2シリング
若鶏1羽	1缶	1シリング6ペンス
ローストチキン	1.5ポンド缶	1シリング3ペンス
骨抜きチキン	0.75ポンド缶	11ペンス半
骨抜きアヒル	0.75ポンド缶	11ペンス半
子牛ヘッドとトマト	1缶	1シリング2ペンス半
キャンプパイ(赤身ビーフ使用)	1缶	1シリング4ペンス
ゲームパイ(野鳥、野兎など)	1缶	1シリング4ペンス
ハーブ入り野兎の煮込み	1缶	1シリング3ペンス
ラムのすい臓、トマトソース添え	1缶	1シリング4ペンス半
6羽のヒバリのロースト	1缶	2シリング9ペンス
薄切りハム	1.75ポンド缶	1シリング1ペニー
細切れ肉	2ポンド缶	9ペンス半
細切れ牛肉	2ポンド缶	9ペンス半
マトンカツのトマトソース添え	1缶	1シリング9ペンス
ローストマトン	1缶	10ペンス
ボイルマトン	1缶	1シリング2ペンス
牛(OX)のタン	1缶	2シリング9ペンス
牛(OX)の尾(固形)	2ポンド缶	9ペンス半
雉のロースト、ゼリー寄せ	1缶(1羽)	4シリング6ペンス
ライチョウ	1缶	1シリング9ペンス
ピクニックパイ	1缶	1シリング4ペンス

缶詰の種類	量	金額(1シリングは12ペンス)
ラビット	1缶	9ペンス
ラビットカレー	2ポンド缶	10ペンス半
腎臓とマッシュルーム煮込み	1缶	1シリング9ペンス
七面鳥とタン	1缶	11ペンス半
ローストターキー	1缶	1シリング3ペンス
骨抜き七面鳥	0.75ポンド	11ペンス半
子牛ヘッドの煮物	1缶	1シリング5ペンス
子牛とハム	1缶	1シリング10ペンス半
子牛カツのトマトソース添え	1缶	1シリング9ペンス
子牛のローフロースト	1缶	9ペンス半
オリーブ(フランス産)	1瓶	6ペンス
オリーブ(スペイン産)	1瓶	8ペンス
牡蠣	1缶	6ペンス半
プラムプディング	1ポンド缶	1シリング10ペンス
アンチョビー(ペースト)	1缶	5ペンス
燻製ニシン(ペースト)	1缶	5ペンス
タンのハム(ペースト)	1缶	5ペンス
ストラスブール産		
ビーフ	1缶	5ペンス
フォアグラのパテ	1瓶	2シリング6ペンス
ゲーム(野鳥、野兎)	1缶	5ペンス
ラビット	1缶	1シリング8ペンス
サーモン	1缶	8ペンス
サーディン(Péneau)	1缶	1シリング2ペンス
スープ(1クオートは1136cc)		
海亀スープ	1クオート缶	1シリング5ペンス
オックステール(海亀風)スープ	1クオート缶	1シリング~、野菜千切り入り
野兎スープ	1クオート缶	1シリング6ペンス
モツ入りマルガトーニ(カレー味)	1クオート缶	1シリング4ペンス
ベジタブルグレービー	1クオート缶	1シリング
グリーンピーススープ	1クオート缶	7ペンス
マトンスープ	1クオート缶	1シリング
野菜		
アーティチョーク	1瓶	1シリング4ペンス半
アスパラ	1缶	9ペンス
フランスマメ	1缶	1シリング
セロリ	1缶	9ペンス
グリーンピース	1クオート缶	10ペンス
マッシュルーム	1クオート缶	1シリング
トマト	1缶	4ペンス~6ペンス

第5章 アルコールと生活

中産階級以上のアルコール依存症

……オレンジの種五つ

日本では恐ろしさに身体がすくんで動けない状態になったことを「ヘビに睨まれた蛙」のようだ、と言います。しかし、オレンジの種が入った封筒を受け取ったオープンショー青年は怯えてしまって何も行動できなかったことを、「ヘビにねらわれてすくんでしまったウサギのような気持ちなんです」と言っています。

睨まれたウサギはどうなるのか、というと図版94のようにヘビに飲み込まれるようです。このようにウサギはヘビに飲み込まれていますが、人間が呑み込まれるのは「アルコール」です。

アントニー・グリーンは『イギリス人――その生活と国民性』の中でアルコール依存症は「産業革命の産物だ。惨めで、不潔で、寒い北イングランドの工場街では2ペンス分のジンこそは、当時のことわざ通り、『マンチェスターにおさらばする一番の早道』だった」と書いています。しかし、ロンドンの蒸留酒の居酒屋が1736年2月26日の『老民権党』紙に「1ペニーで酔い、2ペンスで酔いつぶれた客には、居心地のよい地下室にきれいなワラが敷いてあって、無料である」という広告を出しているので、いわゆる1760年頃に発生したとされている産業革命の時期より早くから「ジン」は飲まれていたのが判ります。そしてこのような広告が出るくらいジンが飲まれていたので、同年の2月20日に「ジニーヴァ（オランダ製のジンのこと）その他蒸留された酒の飲用が増大したが、とくに下層にははなはだしく、幾千の陛下の臣民を破滅させ、道徳を汚濁しつつある」ので過度の飲用を抑制する請願書が下院に提出されました。その結果、3月8日に「ジン1ガロンにつき20シリング」の税金がかけられたのです。しかし、1743年になると政府の方針が変化して、「1ガロンにつき1ペニーから6ペンス」に値下げされました。このあとも法律は色々変わりますが、ジンのような安い値段の酒はなく、4分の1パイント（約140cc）が1ファージング

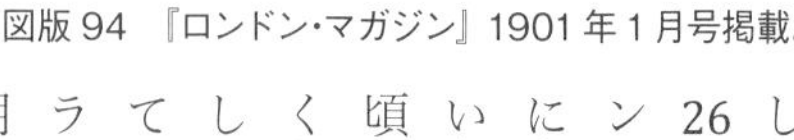
図版94　『ロンドン・マガジン』1901年1月号掲載。

（4分の1ペニー）で飲めた時期もあったそうです。

1845年に刊行されたエンゲルスの『イギリスにおける労働者階級の状態』にはジンやブランデーのようなアルコール度の強い酒を飲む理由として、「労働者は疲れて、ふらふらになって仕事からわが家に帰ってくる。彼が見いだすのは、住み心地のよいところではなく、しめっぽくて、不快で、不潔な住宅である。労働者は、仕事を骨折りがいのあるものにし、苦しいあすへの見込みをがまんできるものにする『なにか』をもたなければならない」。このような理由から飲酒に追い込まれた労働者たちは「その破壊的作用を、その犠牲者の精神と肉体のうえにあらわす。労働者の生活関係から発生する疾病素因は飲酒によって促進され、肺と腹の病気の昂進と同じように、チフスの発生と蔓延も、飲酒のために最高度に助長されるのである」と説明しています。

このように18世紀の酒税引き上げや、19世紀中頃にエンゲルスが説明している飲酒癖の指摘も、「手から口へ」の生活をしている貧しい労働者階級の過度の飲酒癖が問題となっていて、中産階級以上の飲酒癖は何も言及されていません。しかし、ホームズ物語を読むと、労働者階級の飲酒者は《ボール箱》事件に登場する禁酒会に入っていたジム・ブラウナー、《四つの署名》事件で蒸気艇の持ち主であるモーディケアイ・スミスが、出航までの待ち時間にパブで酔いつぶれていますが、このふたりもエンゲルスのいう「手から口へ」の貧困層ではなく、他の人たちも金銭的にアルコール類を買うのはなにも問題のない人たちが多いのが特徴です。

たとえば、屋敷と1万4000ポンドの財産を残した《オレンジの種五つ》事件に登場するイライアス・オープンショーは甥のオープンショー青年と暮らし始めた当初からブランデーを浴びるように飲んでいました。そのうえ、オレンジの種が入った手紙を受けとってからは飲酒の量が増え、酔っぱらってはピストルを手に庭に飛び出て「わしは誰も恐くないぞ」などと言いながら走り回り騒ぐようになったのですが、発作が治まると寒い日でも汗がびっしょりで、洗面器から顔をあげたばかりのように光っていたそうです。アルコール依存症の手記などを読むと、酔っぱらった際に聞こえたり、見えたりするものは楽しく愉快なものはなく、悪口を言われる、身近な人に襲われるという記述が多く、周りの人間には理由が判らない怒りの感情をまき散らす行動をとるようです。もっとも、イライアスの場合は実際に脅迫されていてこれから何が起きるのか判っていたわけですが。

　このようにイライアスは騒ぐことはありましたが、身近に弱い相手がいなかったせいか暴力を振るうことはなかったようです。しかし《ブラック・ピーター》事件の被害者ピーター・ケアリ船長は「厳格なピューリタン教徒の生活を送る、寡黙で陰気な男でした。（中略）思い出したように大酒を飲むことがあって、酔っぱらうとまるで鬼のようになるんですよ。真夜中に妻や娘を外にたたき出して、鞭を振り回しながら庭中を追い回し、ふたりの悲鳴でついにはご近所の目まで覚まさせてしまったほどだとか」と、ホプキンズ警部は言っています。また、《アビィ屋敷》事件の被害者であるサー・ユースタス・ブラックンストールは「酒が入らなければ気のいい男なんですが、酔っぱらうとまさに悪魔でした。いや正体がなくなるまで飲むことはそうなかったらしいですから、ほろ酔いになると、と言うべきかもしれませんが。そうなると、まるで悪魔が乗り移ったように、できないことはなくなってしまうのです」と担当したホプキンズ警部は語っています。

　この、悪魔的な男も暴力を振るう相手は自分より弱いものです。たとえば、妻への暴力は帽子どめピンを使って服で隠れる場所を刺しています。また、メイドにはガラス瓶を投げつけ、妻の愛犬には石油をかけて火をつけるという虐待ぶりです。階級的には中産階級ではないですが、お金はたっぷりと持っていた《ヴェールの下宿人》事件の被害者である猛獣使いのロンダーも妻が口答えをすると「縛り上げて乗馬用の鞭」で殴るという虐待をしています。

　ホームズ物語に登場する、これら酒癖の悪い4人がもし殺されなかったら長生きをしたでしょうか？　やはり、遅かれ早かれ身体がぼろぼろになってしまうのでしょう。ただ、身体が破壊されるのには時間がかかるので、家族の苦しみ、とくに法律的な離婚ができない妻の苦しみは大きくて、妻自身が病気になったり、子供にも悪い影響を与えることが多いようです。《青いガーネット》事件に登場する飲酒癖のあるヘンリー・ベイカーは妻へのクリスマスプレゼントとしてガチョウを買い求めていますが、これで妻の機嫌が良くなるとは思えません。

しかし、なかには父親がアルコール依存症の場合、父として夫として一家の大黒柱の役割を果たせなくなり、経済的困窮状態になると家族の中での役割が移動して、その代わりを妻や年長の子供が担うようになる家庭があるそうです。

こういう家庭の例がヴィクトリア時代の英国にもありました。それはアーサー・コナン・ドイルの生家です。コナン・ドイルの父チャールズ・アルタモント・ドイル（１８３２年～１８９３年）は熟練工の最高年収が90ポンドの時代に、２４０ポンドも貰っていた公務員でした。この年収は当時の中産階級としてのレベルは下になりますが、エンゲルスがいうような労働者階級ではありませんでした。でも、アルコール依存症に苦しんだ一生だったのです。

ロンドンで家族と住んでいたチャールズは１８４９年4月にエディンバラの建設局に勤めるために移り住んできました。コナン・ドイルの自伝に書かれているような「荒っぽくて深酒を飲むが親切なスコットランド人社会」にとけ込むため、また家族と離れてひとり暮らしの寂しさを紛らわすために過度な飲酒を続けたのでしょうか。でもひとり暮らしには十分な年収があり酒代の問題もなく、若さで乗り切っていたと思います（注１）。父チャールズと母メアリが結婚したのは１８５５年７月31日、23歳の時です。１８５６年７月には長女、１８５８年次女（同年に夭折）、１８５９年５月には長男のアーサー・コナン・ドイルが生まれます。その後、１８６１年２月に３女が生まれますが、１８６３年３月に亡くなっていることから推測すると身体が弱かったのでしょう。良い環境を求めてドイル一家はエディンバラ市内から数マイル離れた海岸近くのタワー・バンクに引っ越しをしました。

この引っ越しの翌年、１８６２年12月に父チャールズが飲酒による最初の精神錯乱を起しています。後年、母メアリは医師宛の手紙に発作を起こしたあとは「数カ月のあいだは這うことしかできず自分の名前が言えないほど知的にも衰えた」ために1年近く休職扱いになったと、書いています。その後の父チャールズですが仕事に復帰をして、このあと1866年から1877年の12年間に5人の子供が誕生しているので、断酒もしくは節制が上手くいっていたのでしょう。しかし、1876年6月チャールズは建設局を早期退職して年150ポンドの恩給（注2）で、7人の子供(生まれたのは2男7女、うちふたりは夭折)を育て教育をしなければいけなくなったのです。特に長男のコナン・ドイルはエディンバラ大学の医学部に入学する寸前でした。母メアリは大黒柱としての役割を担うために当時の中産階級の既婚女性でもできる仕事、母メアリの母キャサリンも携わった「下宿屋」をすることになりました（注3）。そして、長姉はポルトガルで家庭教師となり給与のすべてを送金、コナン・ドイル自身も医学生になると船医としてアザラシ狩りの船に6カ月間も乗り込み報酬を得ています。また、このあともコナン・ドイルは開業医の助手としての仕事をするなどのアルバイトで家計の手助けをしながら1881年8月に医学部を卒業しましたが、家に仕送りができるようになるまでには時間がかかりました。しかし、同年4月にチャールズをアルコール依存症患者の治療所（ナーシング・ホーム）に入所させたのは、病状が悪化したこと以外に、経済的に余裕ができたので可能になったのかもしれません。施設に入れるまでのチャールズの様子はメアリの手紙によって判りますが、「酒代を得るために子供の貯金箱をこじ開けたこと」「命の危険も考えずに雨樋をつたっておりたこと」「途方もない虚言癖がある」「下着類をすべて脱ぎ捨てシーツをまとったこと」「家具用のニスでさえ飲んでしまう」とかなり悲惨なものでした。

　コナン・ドイルの「やりきれない話」（注4）は、早期退職をしたアルコール依存症の夫を妻が経済的にも精神的にも支えようとする短編です。この物語の中で妻が仕立てた注文服を質屋に売り、その金で泥酔した夫の姿を「帽子もかぶらず、だらしない空ろな表情をし、いやらしい目つきをした男が這い回っている」と描写しています。でも、妻は酔っぱらっている夫を馬車に乗せ「馬車が動き出すと、彼女は彼の頭を胸へ抱き寄せ、ほつれた髪の毛を後ろになでつけては、赤ん坊をあやす母親のように小声で歌を歌って聞かせていた」そして最後に「女性の愛とは、なんと盲目的で何と天使のように美しく、なんと愚かなものであろうか！」と著者のコナン・ドイルは評していますが、現実は父チャールズのようにこの夫も精神病院に入院する運命が待っていたでしょう。

　この『やりきれない話』そしてホームズ物語に出てくる「アルコール依存症」患者の姿がとてもリアルなのは、母メアリの手紙に書かれているような父チャールズの姿を長年近くで見ていたからなのでしょう。

（注1）若さで乗り切っていたと思います：森岡洋著『アルコール依存症を知る！』によるとこの病気の経過は「体の病気や、社会的な問題を併発しながら長い時間をかけてゆっくり進行していき必ず死にいたる病気」で、現代の日本でも断酒をしないと30歳前後で発病、30代はアルコールが原因の体の病気で内科をよく訪れ、40代になると精神科に入院、50歳を過ぎて死亡という経過をたどる人が最も多い、と記されていました。

（注2）150ポンドの恩給：Michael Baker 著 "The Doyle Diary" より。

（注3）「下宿屋」をすることになりました：エディンバラのアーガイル・パーク・ハウス2に住んでいたドイル家の下宿人になったのはブライアン・チャールズ・ウォーラー博士ですが、その後ジョージ・スクウェア23に家を借りたウォーラー博士はドイル一家全員を居住者として住まわせるようになりました。母メアリがレディース・サーヴァント（詳しくは278頁を参照）のハウスキーパー的存在になったとも言えるし、もしかしたらウォーラー博士と何らかの親しい関係になったのかもしれません。父チャールズがアルコール依存症の施設にはいってから数年後、母メアリはふたりの幼い子供を連れてエディンバラを離れ、ヨークシャー州にあるウォーラー博士の自宅の隣に住むようになりました。父親不在のドイル家が苦難を乗り越えることができたのは、ウォーラー博士の存在が大きかったようです。

（注4）『ピープル誌』1891年11月号掲載。『最後の手段——コナン・ドイル未紹介作品集3』収録（小池滋監訳、中央公論社）。

ホップとビールの歴史

……黄色い顔

　本項目のテーマ「ホップとビールの歴史」とは関係はありませんが、依頼人の妻の秘密を書いてあるので未読の方はご注意ください。

　2009年10月に「米国ルイジアナ州で白人と

黒人の結婚を治安判事が認めず」というニュースがありました。ルイジアナ州は南北戦争（１８６１年～１８６５年）の時に南部十三州に加わっていますが、１５０年近く経った21世紀になっても、異人種間の結婚に対して判事ですら違和感を持っているようです。ましてや、《黄色い顔》事件に登場する白人女性のエフィーが、南部の中心都市アトランタ市でアフリカ系男性と結婚した１８８０年代はどれほどの困難があったことか、想像するのも恐ろしく感じます。この《黄色い顔》事件では未亡人となったエフィーの再婚相手のグラント・マンロー氏が依頼人となってベイカー街２２１Ｂに来ましたが、マンロー氏はホームズに自己紹介をするときに「ぼくはホップ商人で、七、八百ポンドの収入があって楽に生活ができます」と言っています。このホップとはビールに「苦み、香り、泡などの快い風味を加え、雑菌の繁殖を抑えて品質を保持する不可欠の重要な材料」（『春山行夫の博物誌　ビールの文化史』）です。

古代エジプトの「死者の書」に「私は白い大麦でつくったパンと、赤い穀粒で作ったビールで暮らしたい」とか「霊魂たちをよろこばせるために……菓子とビールのささげものをする」と書かれているほど古くからあるものです。ただ、聖書にはビールの記述が1箇所もなく、ギリシア人・ローマ人もほとんどビールを飲んでおらず、北方の蛮族（バルバロイ）が飲んでいると、紀元前1世紀頃の詩に書かれているそうです。

また、2世紀頃に書かれたアテナイオスの『食卓の賢人たち』には、「酒を愛し飲むことを愛したエジプト人が、貧しくて葡萄酒を飲めない人たちのために大麦で酒を造った」と書いてありましたが、古代エジプトでは毒薬の「マンドラゴラ」入りビール、「サフラン入り」の甘いビールなどが薬用として飲まれており、ギリシアにも「薄荷入り『大麦の水』をゼウスの妹が飲んだらバッカスが生まれた、という神話の異伝があるそうです。それと、ローマの歴史家タキトゥス（55年頃～１２０年頃）が、『ゲルマーニア』に「大麦または小麦で醸造され、いくらか葡萄酒に似て品位の下がる液がある」と書いています。この液は「ビールの類」で、長持ちをさせるために「にが草」を混ぜることが知られていた、と訳者注に書いてありました。

このように古代からビールに香料植物を入れて飲まれていましたが、中世になるとこの風習は盛んになり「ビールにホップの味をつけたのは、色々な薬味でビールに味をつけているうちに、ホップで味をつけるのがいちばん適していることがわかった結果だった」のだろうと『ビールの文化史』のなかで著者は推測しています。

英国ではホップ入りのビールがいつごろから文献に登場しているのでしょうか。１４４０年に出版された英語・ラテン語辞典には、

ホップ：ビール用の実
ビール：ホップを入れた麦の酒
エール：麦の酒

とあり、エールとビール（ホップ入り）は区別されていました。この辞典が出たあとのロンドン市長の布告などでも、エール醸造者とビール醸造者とは区別されているようです。その後「エールにホップを入れることへの禁止」誓願などが出され「エールには水と麦芽以外は何も入れてはいけない」という通達がだされましたが、その一方ビール醸造組合には「上質の、精選した味のよい、衛生なる穀粒とホップを使用すべき」ということが命じられたそうです。

このホップは英国にもありましたが、栽培品種はヨーロッパ大陸から伝わってきたもので、栽培されるようになったのはヘンリー8世（在位１５０９年～１５４７年）の頃だと言われています。１５７３年に刊行された『よき農事・家政への五百の忠告』にはホップの栽培法が四行詩で書かれ、翌年の木版の挿絵入り『ホップ園の完全な教壇』という栽培パンフレットは栽培法の指示が的確なので、その後そのままの記述で役にたっているそうです。

15世紀にはビールだけに入れられていたホップですが、17世紀になると効能に「花はビールまたはエールに味をつけるのに用いられる」と記載された『本草書』という園芸書が刊行されているので、２００年間のあいだにエールにもホップを入れることが当たり前になったようです。ホップを入れると長期の保存が可能で醸造家にとってメリットがあったからでしょう。

19世紀になってもビールとエールは英国では人

気のあるアルコール飲料でしたが、ホップ商人のグラント・マンロー氏の商売が常に安定しているかというと、税制改革や不作続きの年もあって商売上苦労も多かったと思います。エフィーが結婚する時に自分の全財産を夫のマンロー氏に渡すことに対して、「ぼくの事業がうまくいかなかったら、気まずいことになるじゃありませんか」と心配していることが、時代的背景とも重なっています。

マンロー氏の生活の糧である「ホップ」を材料にしたビール（エール）ですが、ホームズ物語の中でのビール関係の記述を調べてみると、意外とビールの登場が少なかったです。

まずは《ボヘミアの醜聞》事件の「ハーフ・アンド・ハーフ」のビールです。変装したホームズがアイリーン・アドラー宅近くの貸馬車屋で馬の手入れをしたお礼にご馳走になったものです。度数の強いビール（スタウト、ポーター）と弱いビール（ライト・エール、ペール・エール）、香りが濃いものと弱いものとの組み合わせ等々、いろいろあるようです。ただ、「ハーフ・アンド・ハーフ」は主にパブで提供されるものなので、アドラーの住居であるサーペンタイン通りのブライオニー・ロッジの近くにはパブとミューズ（厩、厩へ通じる路地、２４６頁も参照）があったことが判ります。

次の「コールド・ビーフにビールを一杯」（《ボヘミアの醜聞》事件）はベイカー街２２１Bの下宿でホームズが食べたものです。このビールは瓶ビールでしょうか。瓶ビールは17世紀頃からありましたが、蓋は陶器またはゴム製の栓を瓶にとりつけ針金でしめるタイプでした。現在使用されている王冠（クラウン）はアメリカのウィリアム・ペインターが１８９２年に特許を取ったものので す。

ビールという言葉ではないですが、《唇のねじれた男》事件で依頼人のセントクレア夫人は「醸造家の娘」と紹介されています。地酒ならぬ地ビールを作っているお宅の娘さんが、セントクレア氏と結婚したわけです。英国のビールを作って売る免許をもった醸造者は１８７０年で

図版 95　グラント・マンロー夫妻、シドニー・パジェット画『ストランド・マガジン』1893 年 2 月号掲載。

3 3 8 4 0人、1 8 9 3年になると9 6 6 4人です。このあとも地ビールを作る業者は減っているので、セントクレア夫人の実家の経営も厳しかっただろう、と想像されます。想像をたくましくすればマンロー氏はセントクレア夫人の実家と取引があったかも知れません。

最後の紹介となりましたが、《青いガーネット》事件ではホームズとワトスンはパブの「アルファ・イン」でビールを注文しています。このパブに入る時、ふたりは「サルーン・バー（特別室）のドアを押して」パブ内に入っています。しかし、ホームズは《美しき自転車乗り》事件では情報収集のために「一般席"bar"」で飲み、捜査対象となっているウッドリーは「特別室"tap-room"」で飲んでいます。このように、英国ではパブでさえ階級別の入り口があり、店内にはしきりがある構造でした。

図版96　変装を解いたホームズと驚くワトスン。このあとワトスンは気絶する。シドニー・パジェット画『ストランド・マガジン』1903年10月号掲載。

気付け薬としてのブランデー

……空き家の冒険

ライヘンバッハの滝でホームズを失ってから3年後の1894年4月初め、ワトスンの書斎にひとりの客が入ってきました。ワトスンは客との話の流れで、後ろの本棚を見たあと前に向きなおすと（図版96）、シャーロック・ホームズが立っていることに気がついたのですが、あまりの驚きのために「気がついてみると、シャツのカラーがゆるめられ、ブランデーの刺激が唇に残っていた。ホームズが酒瓶を手に、椅子の上からのぞき込んでいる」状態になっていました。

再会の時に重要な役割を果たしたブランデーですが、ブランデーが出てくる事件は16件ありました。その中の《ブラック・ピーター》事件には「ブランデーの入った酒瓶台があった」、《オレンジの種五つ》事件では「脅迫状をもらった伯父が恐怖から逃れるために浴びるようにブランデーを飲んだ」、《ギリシャ語通訳》事件では「踏み込んだ家のテーブルの上にブランデーの空き瓶があった」

など以外は気付け薬的な使われ方です。使用例を具体的に紹介すると、《グロリア・スコット号》事件のトレヴァ老人は、弱みを握られている人物が訪ねてきた時に、ブランデーを飲んでから応対しています。《第二のしみ》事件では殺人現場をみた女性が倒れたので、巡査がパブまで行ってブランデーを貰ってきています。《技師の親指》事件では親指を失ったハザリー氏に水で薄めたブランデー入りコップを渡しているし、《ライゲイトの大地主》事件では首を絞められたホームズがブランデーを欲しがっています。《海軍条約文書》事件の依頼人であるフェルプスが、喜びのあまり気絶しそうになったのでブランデーを口に流しこみ、《ライオンのたてがみ》事件ではクラゲに刺された被害者にブランデーを飲ませたら、その刺激で生命力を取り戻しています。

『サントリーお酒・飲料大事典』の「ブランデーの歴史」に「ブランデーは、有史以前の歴史をもつワインに比べて、比較的新しいお酒です。はじまりについてはいろいろな説がありますが、文献に13世紀、スペイン人の錬金術師で医者のアルノー・ド・ビルヌーブが、ワインを蒸留し、気つけ薬として珍重していたと記されています。その後この液体は『いのちの水（オー・ド・ヴィー）』と呼ばれ、広まっていきます」と記されていました。

《技師の親指》事件で親指を切断したハザリー技師の治療をしたワトスン医師（そしてホームズも）が、水の中にブランデーを入れて飲ませていることに対して、出血している人にアルコール類を飲ませるのはいかがなものか、と思っていました。しかし「ブランデーの歴史」の記述、そして20世紀初めのロンドンで最新の治療をしていたロンドン病院を舞台にして、エピソードと治療法を忠実に再現しているテレビドラマ『ロンドン・ホスピタル　１９０６年の救急病棟４　温かな安らぎを』の中で、両足切断という大きな事故にあった患者に対してストレートのブランデーを飲ませていたことなどから、ワトスン医師の治療法は間違っていないのが判りました。なにせアルコール度が40パーセントから45パーセントもあるので「気付け薬」としては最適なのでしょう。

このブランデーの値段ですが『ハロッズの１８９５年版カタログ』の食品の項目に数社のブランデー24銘柄が載っていますが、１瓶の値段は

2シリング6ペンス〜15シリングとかなり幅があるのは現在とかわりはないようです。当時の物価と比較すると、たとえば週に44シリング7ペンス半の収入のあるヨーク市在住の鉄道員一家にはメイドはいませんが、ピアノがあり、住宅ローン、保険を支払い、夏には一家4人で7日〜10日の避暑に出かけています。この生活とブランデーの最高価格15シリングを比べるとブランデーの値段の高価さが判るかと思います。参考までに書くと、ワトスンが支給されている年金は1日当たり11シリング6ペンスです。

次にストレートで飲む気付け薬以外のブランデーの使用方法をあげてみましょう。最初は『ビートン夫人の家政読本』から3つのレシピの紹介です。

レモン・ブランデー（ソース）
材料：1パイントのブランデー、レモンの皮2個分、砂糖2オンス、
水　0・25パイント。
使用法はカスタードにかける、他に胃薬としても良い、また乾燥させたブランデー漬けレモンは消化剤として良いそうです。

チェリー・ブランデー（デザート）
材料：1ポンドのモレリャ（スペイン産）サクランボ、適量の品質の良いブランデー、3オンスの砂糖。
作り方：清潔で乾いた瓶に砂糖と完熟前のサクランボを入れひたるまでブランデーを入れ、1年間保存。このチェリー・ブランデーは人気があり、市販のものは半瓶で1シリング6ペンスもしました。

オレンジ・ブランデー（飲み物）
材料：1ガロンのブランデー、0・75パイントのセビリア（スペイン）オレンジのフレッシュジュース、砂糖を1・25ポンド。
作り方：ブランデーの中にオレンジジュースと6個分の薄く切ったオレンジの皮をいれ、1年間保存する。このドリンクも食欲増進剤として良いそうです。

『ビートン夫人の家政読本』はホームズの親世代

から、使用人のいるミドル・クラスに属する主婦のバイブル的存在になっていましたが、48年後に刊行された『新ビートン夫人の料理術』にもブランデーを使った病人用レシピが載っています。

エッグ・ノッグ

材料：卵の白身1個分、テーブルスプーン1杯のシェリーかブランデー、テーブルスプーン1杯のクリーム、砂糖を好みの量。

作り方：ブランデー（シェリー）をコップに入れこの中に砂糖とクリームを入れて良くかき混ぜる。泡だてた卵白をいれ軽く混ぜて完成。

エッグ・ブランデー

材料：卵1個、ブランデーをテーブルスプーン1杯、テーブルスプーン1杯のお湯か水、砂糖は適量。

作り方：カップに卵を入れ好みの量の砂糖そしてブランデーと水又はお湯を入れてかき混ぜて完成。

エッグ・ホワイト・ソーダ

材料:卵の白身1個分、ブランデー（シェリー又はレモンジュース）をテーブルスプーン1杯、0・25パイントのソーダ水、砂糖をテーブルスプーン4分の1杯。

作り方：泡だてた卵白に砂糖をいれコップに移す。この中にブランデー、ソーダをいれ軽く混ぜてできあがり。卵黄、全卵で作っても良い。

コードゥル（粥酒）

材料:ミルク半パイント、水0・25パイント、シェリーかブランデーをワイングラス1杯、オートミールと砂糖をテーブルスプーン各1杯、レモン皮4分の1個分、ナツメグ。

作り方：鍋にミルク、水、オートミールそしてレモン皮を入れて15分ほど煮る。その後ブランデー（又はシェリー）、砂糖、ナツメグを入れ、レモン皮を取り出してできあがり。

ブランデー&エッグミックス

材料：品質の良いブランデー2オンス、シナモン・ウォーター2オンス、卵黄1個分、砂糖0・25オンス。
作り方：卵黄と砂糖を混ぜ合わせ、この中にブランデーとシナモン・ウォーターを入れてさらに良くかき混ぜてできあがり。

ブランデー&エッグミックスのレシピには子供への与え方として具体的に、最初はティースプーン半分～1杯を飲ませ、時間ごとに増やしていくと説明されていました。効用は「美味な気付け薬」または「口に合う強壮剤」です。このシナモンの香りのするアルコール度の高い甘い飲み物のレシピから、大人だけではなく子供にも気付け薬としてブランデーが処方されているのが判りました。

これらのレシピには「病人用」としか書かれていないので、各レシピがどのような症状に処方されていたのか判りませんが、《金縁の鼻眼鏡》事件で嵐の荒れ狂う夜遅く、ベイカー街の下宿を訪ねてきたホプキンズ警部に「ワトスン先生が、こんな晩には効果てきめんなホットレモンを処方してくださるさ」といった感じで、自称病人たちにも処方されていたような気がします。

章末の192頁に当時のブランデーの価格一覧表を掲載しました。

パブの種類と役割

……美しき自転車乗り

英国ビール・パブ協会が2009年9月22日に発表した統計によると、英国におけるパブの店数は5万3466店、英国の人口は6156万5000人（2008年度）なので単純計算するとパブは1151人に1店あることになります。

これが100年前のヨーク市には酒類を飲むことができるパブは「酒類全部免許あり　199店」、「ビールのみの免許　37店」の計236店があったそうです。ヨーク市の人口は7万7793人なので330人につき1店になります。この割合は都市によって違いますが、当時のロンドンの人口約658万人に当てはめると、ロンドンにあったパブは1万9969店から2万9645店になります。テレビや映画その他の娯楽が少なかった20世紀初頭のパブの数は現在よりかなり多かったようです。

　このようにパブは軒数が多かっただけではなく、地域住民のための社交の場、レジャーセンター、地方政治や商談の場所、そして職業紹介の場であり、店主は客にアルコールを提供するだけではなくギャンブルのブックメーカー（胴元）でもありました。

《美しき自転車乗り》事件ではロンドンを離れることができないホームズに代わってワトスンが現地調査をしてホームズに報告をするのですが、その時にホームズは「最寄りのパブに行くのさ。田舎じゃ、パブはゴシップの中心だからね。屋敷の主人から使用人にいたるまで、どんな人の噂だって聞き出せるはずだ」とワトスンの調査方法の拙さを指摘しています。そしてホームズが調査に行った時には、「きみに進言したとおり、土地のパブを見つけて慎重に調査にとりかかった。一般席で、おしゃべりなおやじが、こっちの知りたいことを何でも教えてくれたよ」と、ワトスンに調査の結果を話しだしています。でも、結果をみると調査する相手が別の部屋にいるパブで、噂話を聞き出すのは慎重とは言えないような気がします。

図版 97　ロンドンのパブ・シャーロック・ホームズ。著者撮影。

　社交の場以外の役割については242頁でも紹介していますが、《青いガーネット》事件でヘンリー・ベイカー氏が常連となっていたパブのアルファ・インの店主が、「ガチョウ・クラブ」を作って常連客にクリスマス用のガチョウ購入積み立てシステムを作っています。他のパブでも店主はゲームのプロモーターとして歌、芝居、ダンス、フットボール、クリケット、ボクシング等々、そして飲み放題付きのピクニックなどを提供していたそうです。《四つの署名》事件でホームズはポンディシェリ荘の門番に対して「まさか、ぼくを忘れたはずはないだろう。四年前、アリスン館の試合で三ラウンド戦った相手のアマチュアを覚えていないのかい？」と言っていますが、この「アリスン館」もパブです。

　また、犬のトービーとクレオソートの追跡をしていた時に、「店を開けたばかりの街角の四角い屋根のパブから、こわもての男たちが朝酒をひっかけた髭もじゃの口のまわりを袖でこすりながら出てくる」のを見かけています。英国を訪れた外国人見聞記に「人々のあいだの酒浸りはすさまじいものがある」と書かれているのが、ワトスンが見た朝酒のシーンで実証されています。パブの営業時間が「午前11時から2時ないし2時半まで、または午後6時から10時ないし11時まで」という制限ができたのは第1次大戦の最中で、19世紀には朝からパブでの飲酒は可能でした。

ホームズとワトスンが日常的に利用した記述はなく、調査のために利用したパブリック・ハウス（略称がパブ）ですが、19世紀におけるパブは歴史的変遷、開店免許の規定などによって以下のように5つに分けることができます。

図版98　パブの２階のレストランに展示されているホームズの部屋、著者撮影。

イン（Inn）　鉄道時代が来るまで地方都市における駅馬車の中継点及び宿泊施設。各地域社会で様々な機能を果たした。

タヴァーン（Tavern）　食事と酒を供する所、宿泊も可能。

エール・ハウス（Ale house）　エールとビールそして食事を提供。

ジン・ショップ（Gin-shop）　18世紀以降に出現、食事は出さず、主にジンが飲まれた。

ビール・ハウス（ Beer house ）ビールだけを出す。

ホームズ物語にでてくるパブで名前が出てくる「イン」にはアルファ・イン、クラウン亭、赤い雄牛亭、闘鶏亭、チェッカーズ亭という宿、ウェストヴィル・アームズ、などがあります。

そして「タヴァーン」にはホワイト・ハート酒場、ホワイト・イーグル酒場、グリーン・ドラゴンがありました。

インかタヴァーンか判らないのはアリスン館、エナリー・アームズ、アイビー・プラント、雄牛亭、チェッカーズ亭、ブルー・アンカー亭です。

（注１）

エール・ハウスは《四つの署名》事件で蒸気艇

の持ち主であるモーディケアイ・スミスが、出航前に飲んでいた飲み屋がエール・ハウスでした。船の操縦ができる程度の酔い方にしかなれない弱い度数のアルコール類を出すパブで、待機していたことになります。

また、ジン・ショップは《唇のねじれた男》事件で「安物の服屋とジン酒場（Gin-shop）のあいだに、急な下りの石段があって、洞穴の口のようにぽっかりとあいた暗い入り口に通じている。そこが目ざすアヘン窟なのだ」と描写されています。

このように同じパブと言ってもジン・ショップだけは雰囲気が違うようです。ジョンソン博士も「ジンを売る店」だけは人間に害を及ぼす商売だ、と言っています。《緋色の研究》事件のなかでシャルパンティエ宅の娘に求婚して断られたドレッバーが馬車を止めさせて入った酒場がジン・プレイスなので、かなりの酔っぱらいだったことが想像できます。

ホームズ物語にはこの他に宿屋、駅前の宿屋、田舎の宿屋というように多くのパブが登場しますが、シャーロック・ホームズのファンにとってロ

図版99　クリスマスバージョンのホームズの部屋、ドールハウス作成と撮影は著者。

ンドンに行ったら1度は訪れたいのは、ノーサンバーランド・ストリートにあるパブ「シャーロック・ホームズ」です（図版97）。地図Bでお判りのように角地にあり、細い通路のような小道のクレイヴン・パッセイジを挟んだ隣がホームズとワトスンが贔屓にしていたトルコ式風呂店（ターキッシュ・バス）（注2）でした。

左ページの地図Bは1894年版ですが、当時の名前は「パブ・シャーロック・ホームズ」ではありませんでした。1951年に大英国展が開催された時にベイカー街221にあったアベイ・ナショナル・ビルディング・ソサエティに「ホームズの部屋」が展示されました。この展示された「ホームズの部屋」を移して常設展示するようになった時に「ノーサンバーランド・アームズ」（注3）という名前から「パブ・シャーロック・ホームズ」に変わったのです。

現在はベイカー街221にある建物から「221Bプレート」も外され寂しい限りですが、このパブに行けばホームズゆかりの品々が飾られているし、シャーロック・ホームズ・ビールも飲めるので、ホームズファンへのお勧め観光ス

ポットのナンバーワンと言えます。

（注1）それぞれの原文です。「イン」はアルファ・イン"Alpha inn"、クラウン亭"Crown Inn"、赤い雄牛亭"Red Bull"、闘鶏亭"Fighting Cock Inn"、チェッカーズ亭という宿"an inn called the Chequers"、ウェストヴィル・アームズ"Westville Arms"。

そして「タヴァーン」はホワイト・ハート酒場"White Hart Tavern"、ホワイト・イーグル酒場"White Eagle Tavern"、グリーン・ドラゴン"Green Dragon"。

インかタヴァーンか判らないパブの名前はアリスン館"Alison's rooms"、エナリー・アームズ"Anerrly Arms"、アイビー・プラント"Ivy Plant"、雄牛亭"Bull"、チェッカーズ亭"Chequers"、ブルー・アンカー亭"Blue Anchor"。

（注2）贔屓にしていたトルコ式風呂店：『ディケンズのロンドン案内事典1888年版』によると、ホームズとワトスンが通っていた店はシティのオールドゲイトにあったトルコ式風呂店ネヴィルズ・バスの系列店で「チャリング・クロス・ターキッシュ・バス」という名前です。営業時間は午前7時から午後10時まで、値段は3シリング6ペンスですが、午後7時以降になると2シリングとお得な入浴料になります。また、男性用の入口はノーサンバーランド・アヴェニューに面していて、女性用はクレイヴン・パッセイジにありました。

（注3）ノーサンバーランド・アームズ：《赤い輪団》の注3に説明を載せてあります。

地図B　1894年～1896年版英国陸地測量部作成地図（1056分の1）の部分拡大図。（高田寛氏所蔵）

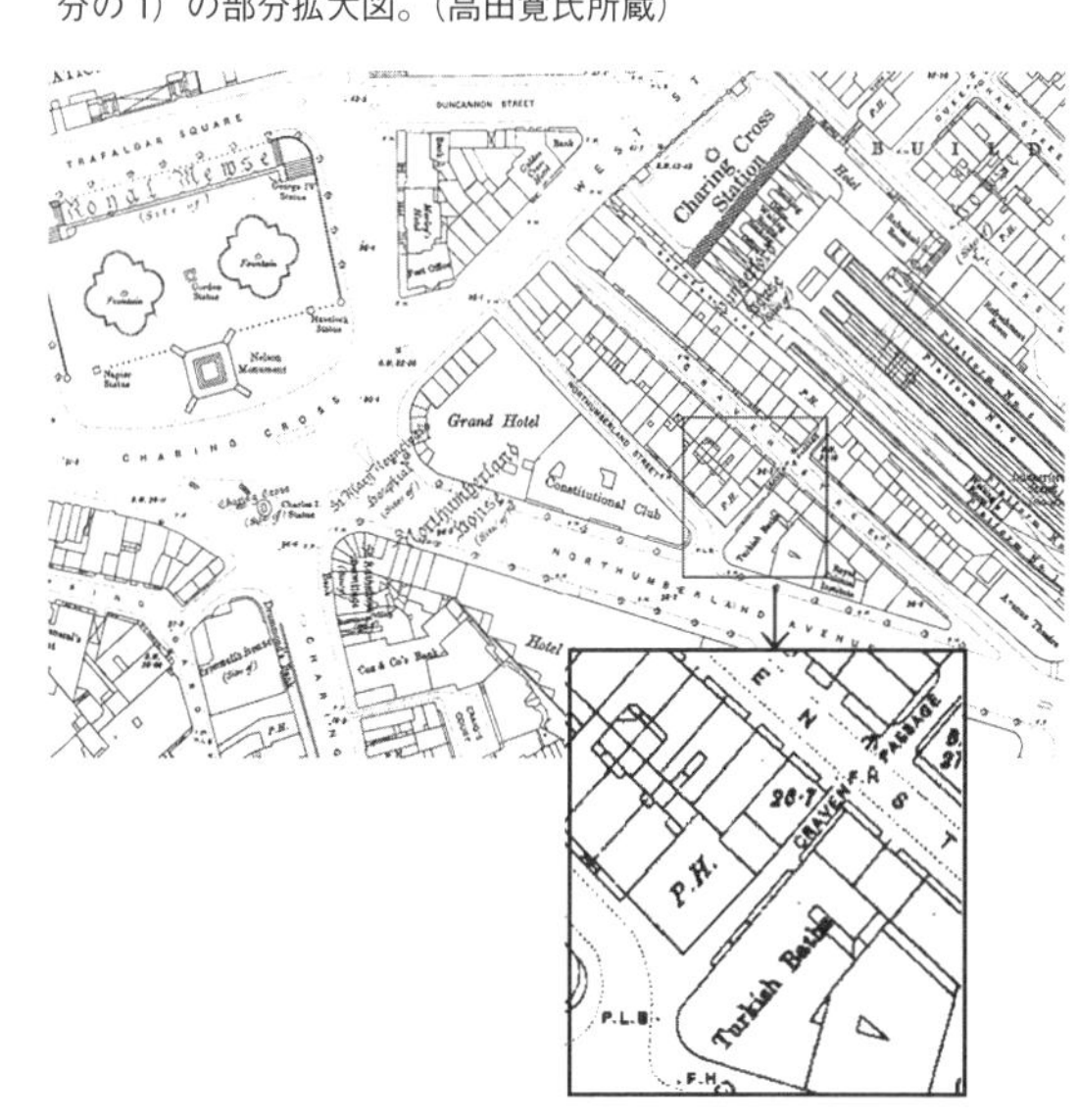

ブランデー価格表

現在、ブランデーには国際的に統一された基準はなく、各社によって表示が違います。よく見かける、V.S.O.PはVery：非常に、Superior：優良な、Old：古い、Pale：透きとおったの略語です。その他に1つ星、3つ星、ナポレオンクラス、XOクラス、エクストラクラスなどがあります。

ホームズが活躍していた頃もブランデーの統一基準はなく、各メーカー内での表示だけのようです。表はハロッズの1895年版カタログに載っていたメーカー別掲載を価格順に並べた直したものです。現在は1つ星、3つ星と言ってますが当時はワン ダイヤモンドまたは◇、◇◇◇のダイヤマークが使われていたようです。

ブランデーの名前	1瓶の値段
コニャック ペール（Cognac Pale ）	2シリング6ペンス
モンティリャ、スペイン　推奨品（Montilla, Spanish recommended）	3シリング
コニャック ファイン クォリティ（Cognac Fine Quality）	3シリング3ペンス
オーストラリアン ピュア グレープ（Australian Pure Grape）	3シリング6ペンス
コニャック ベリー ファイン クォリティ（Cognac Very Fine Quality）	3シリング8ペンス
ハロッズ ワン ダイヤモンド（Harrod's One Diamond）	3シリング9ペンス
ヨシュア ブラザーズ オーストラリア ブランデー（Joshua Bros. Australian Brandy）	4シリング
コニャック ベリー ファイン オールド（Cognac Very Fine Old）	4シリング3ペンス
ハロッズ ツー ダイヤモンド（Harrod's Two Diamond）	4シリング3ペンス
クルボアジェ 1つダイヤ（Courvoisier's ◇）	4シリング5ペンス
ハロッズ スリー ダイヤモンド（Harrod's Three Diamond）	4シリング9ペンス
クルボアジェ 2つダイヤ（Courvoisier's ◇◇）	4シリング10ペンス
リキュール ブランデー1877年 ビンテージ（Liqueur Brandy 1877 Vintage）	5シリング4ペンス
ジョン・エクショー社のブランデー（黒ラベル）（John Exshaw & Co.'s Brandies（Black Label））	5シリング6ペンス
クルボアジェ 4つダイヤ（Courvoisier's ◇◇◇◇）	5シリング8ペンス
クルボアジェ V.O（Courvoisier's　V.O）	6シリング6ペンス
オールド ガード（Old Guard）	7シリング
ジョン・エクショー社のリキュール（赤ラベル）（John Exshaw & Co.'s Liqueur（Red Label））	7シリング8ペンス
ジョン・エクショー社のファイン リキュール（ピンクラベル）（John Exshaw & Co.'s Fine Liqueur（pink Label）	8シリング
オールド ガードV.O.L（Old Guard V.O.L）	9シリング2ペンス
ヘネシー リキュール --- 1840年ビンテージ（Hennessy's Liqueur ---1840 Vintage）	10シリング
ヘネシー リキュール --- ファイネスト（Hennessy's Liqueur ---Finest）	10シリング
ジョン・エクショー社のベリー オールド リキュール（黄ラベル）John Exshaw & Co.'s Very Old Liqueur（Yellow Label）	11シリング8ペンス
ヘネシー リキュール --- 1840年 ビンテージ（Hennessy's Liqueur ---1840 Vintage）	15シリング

第6章 ヴィクトリア朝の生活と文化

ホームズの愛読書『ペトラルカ詩集』

……………ボスコム谷の謎

ボスコム谷でチャールズ・マッカーシーが殺されたのは1880年代の終わり頃の6月3日でした。その数日後、「二日バカリ暇ヲトレナイカ？」というホームズからの電報を朝食の席で受け取ったワトスンは、ホームズとボスコム谷の最寄り駅であるロスに向かいます。5時間近い長旅のあと宿泊所である「ヘレフォード・アームズ」で、レストレード警部と共にお茶のテーブルを囲んでいます。朝食の時にはコーヒーを飲むのを好んでいるホームズとワトスンですが、このティータイムにはお茶を飲んでいます。

昼食をとったスウィンドンに着く前ですが、ホームズは車内でボスコム谷の事件のあらましをワトスンに語りました。そのあと「さて、あとしばらくは、このポケット版ペトラルカ詩集の世界に浸ることにして、現場に着くまで事件のことはいっさい口にしないでおくよ。スウィンドンで昼食をとることになるが、あと二十分もすれば着くはずだ」と言っています。昼食を食べたあと目的地のロスに着いたのは4時近くなので、ホームズはペトラルカ詩集の世界に2時間は浸ったことになります。このペトラルカ詩集ですが、日本語で読めるのはポケット版ではなく、池田廉訳『ペトラルカ　カンツォニエーレ』（名古屋大学出版会）という、注釈と解説を含めて810頁もある分厚いものでした。それと『ペトラルカ　カンツォニエーレ』は366編もある詩集なので、ホームズが列車の中でどの詩を読んでいたのか判りません。でも、『ペトラルカ　カンツォニエーレ』を読むと作者であるフランチェスコ・ペトラルカ（1302年〜1374年、イタリアの学者・桂冠詩人）の、得ようにも得られない人妻ラウラへの思慕と苦悩が多くの詩に詠われていました。ラウラへの愛の詩ではないのは数編なのです。

ワトスンの前で、思いを寄せても手の届かない女性への気持ちを綴った詩集を読むホームズ、電報で呼びつけられたワトスンは何を思いながら詩の世界に浸っているホームズを見ていたのでしょう。

《ボヘミアの醜聞》事件でワトスンは「ホームズにも、ただひとりだけ感情をかきたてられる女性がいたのであり、それが、世間には正体不明の怪しい女として記憶に残る」アイリーン・アドラーである。そして、このホームズの持っている感情は「恋愛感情に似た気持ちではない」と言っています。

でも、『ペトラルカ　カンツォニエーレ』の最初の詩の一節は

あてどなく憧れ　甲斐なく悲しみて
涙ながらに詠む　あれこれの詩文（ふみ）
恋の哀れさ身に知るひとよ
心優しく赦されよ、憐れみこそ寄せたまえ。

と、恋の苦悩を詠んでいる詩でした。何の解説も必要のない切ない気持ちが伝わる詩です。そして、2番目の詩には

そのくせ一の矢を浴びるや　心は動転
すわ一大事と　武器を
手に取る暇もなく　気力も消え尽きる、
（「矢」はキューピッドの矢、「武器」は理性）

という、思いもよらない突然の恋心に戸惑う心が書かれています。《ボヘミアの醜聞》事件にはホームズにとって「恋愛感情などは、いまわしいものである」とワトスンは書いていますが、どんな理論家でもキューピッドに矢を射られたら「あてどなく憧れ　甲斐なく悲しみて」になってしまうことに気がついたのでしょうか？　いくらワトスンが否定してもホームズが浸っていたのはとびきり甘く、切ない恋の世界だったのです。

この人妻ラウラへの思いが書かれている『ペトラルカ　カンツォニエーレ』ですが、作者が自分の気持ちが何なのか自問自答している132番のソネットがホームズの気持ちにピッタリだと思うので紹介します。

わが覚えるが　愛にあらずば何であろう？
それが愛ならば教えよ
いかなるや　いかにかを？

もし善ならば　つらき瀕死の報いはなぜに？
もし悪ならば
すべての苦悩の楽しきはなぜに？

みずから好んで燃えるなら
涙と嘆きはなにゆえ？
みずから嫌って燃えるなら
嘆くとて役立とうや？
ああ生ける死よ、　ああ嬉しき禍いよ、
わが同意なきに
なにゆえわが裡(うち)に猛威揮う？

わが同意の上ならば　嘆くも大いなる過ち、
脆き船に乗り合わせ　風と風とがせめぐ中
舵もなく　沖合いにいるわたし、

かくも知識の軽く
過ちの
重い荷を担い、
自らが何を願うやも知らず
真夏日に震え
冬空に燃えあがる。

図版100　右からアイリーン・アドラー、牧師に変装をしているホームズそしてワトスン。シドニー・パジェット画　『ストランド・マガジン』1891年7月号掲載。

このソネットに書かれているペトラルカの心の中にある甘く切ない戸惑いは、近世の評釈書にも「文句なしに傑作」（1609年、タッソーニ）、「作者が自分の心情を顧みて綴る、この美しい内省と論証の織物はまことに見事としか言いようがない」（1711年、ムウトーリ）と、時代を超えて絶賛されています。

アルスター外套で男装したアイリーン・アドラーが、ベイカー街221Bの下宿の鍵を開けようとしていたホームズに「おやすみなさい、シャーロック・ホームズさん」（図版100）、と声をかけたのは1888年3月21日のことでした。《ボスコム谷の謎》事件が何年の6月に起きたのかは異論がありますが、「ペトラルカ詩集」の世界にここまで浸りきっているホームズをみると1888年の6月のような気がします。

中産階級以上の教育と師範学校

……………ぶな屋敷

《ぶな屋敷》事件の依頼人のヴァイオレット・ハンター嬢（図版１０１）は求職中のガヴァネス（女家庭教師　詳しくは２４８頁参照）です。ホームズ物語には働く女性が多く登場しますが、レディの品格を落とさずに働ける職業はタイピストや電話交換手などの職種が登場する前は住み込みの家庭教師くらいでした。ヴァイオレット・ハンター嬢はスペンス・マンロー大佐宅で家庭教師を務めていましたが、2カ月前に大佐の転勤のために失業して下宿住まいになりました。求職の新聞広告代金や自分の生活費などで貯金も底をつき始めたところに、ルーカッスル氏から年１００ポンドで家庭教師として雇いたい、という話が舞い込んだのです。マンロー大佐宅では月4ポンド、年収にして48ポンドだったので、新しい職場はとても良い報酬です。しかし、勤務形態に疑問を持ったヴァイオレット・ハンター嬢はホームズに助言を求めに来たのです。

図版101　シドニー・パジェット画『ストランド・マガジン』1892年6月号掲載。左からヴァイオレット・ハンター嬢、ワトスン、ホームズ。

事件は思いがけない結末を迎え、その後ルーカッスル宅の「六歳になるやんちゃ坊主」は、どのような教育を受けたのでしょうか。19世紀の英国では階級によって勉強する内容も進学システムも違っていましたし、公教育・私教育ともに教育改革がありました。しかし、教育改革のあとも簡単に言えば、現在の日本の義務教育とは違っていました。そのために推測しかできませんが、父親がかろうじて生き長らえている状態では、家庭教師を雇って家庭での教育は難しいので、寄宿学校に預けられたのかもしれません。

当時、幼い子供が入れる寄宿学校には種類がありましたが、上流階級及び上流中産階級の子弟が一番に目ざすのは、エリートコースの登竜門的プレパラトリー・スクールです。ホームズ物語では《プライアリ・スクール》事件の依頼人となったハクスタブル博士が、校長をしているプライアリ・スクールがプレパラトリー・スクールです。邦訳では「私立予備小学校」となっていますが、日本にはない種類の学校なので少し詳しく説明をします。

英国には12世紀後半に開校したと言われている聖職者を育成するオックスブリッジ大学（注1）があります。当初は神学校でしたが、しだいに英国国教徒の子弟の最高学問の府として多くのエリートが学ぶようになりました。その後、１８５４年にオックスフォードそして１８５６年にはケンブリッジの改革がおこなわれ、非国教徒（主に上流中産階級）も入学できるようになりました。それでも学ぶ学問は教会で用いられたラテン語を中心としていて「ラテン語の文法、修辞学、論理学、音楽、算数、幾何、天文学」が主な内容でした。

この大学で勉強する学力を養うためにできた予備学校がパブリック・スクールです。パブリック・スクールとは国家が運営・管理しているのではなく、パブリックとは個人宅での「邸内教育」に対しての概念です。子供が家庭というプライベートな場所から公開された共通の場所で学び生活するための、巨大な基本財産を持つ私立の寄宿学校がパブリック・スクールなのです。15世紀に設立された当初は、家でテューター（男性の個人教師）を雇えない家庭から優秀な人材を聖職者にするための慈善学校的な性格も持っていました。しかし、教育の質の良さが知られるようになると上流階級の子弟が入学するようになり、聖職者育成だけではなく「ジェントルマン」を育成する中等教育の「名門校」という評判が高くなり、上流中産階級の子弟も入学するようになったのです。

１８６８年のパブリック・スクール法の適用を受けたのは7校で、学校名と生徒数は「イートン８４０名（注2）、ウィンチェスター２１６名、ウェストミンスター１３６名、チャターハウス１３６名、ハロウ４８１名、ラグビー４６３名、シュールズベリー１４０名」の合計２４１２名（人数は１８６２年の生徒数）です。オックスブリッジに入学するための勉強なので、授業内容も古典語と聖書が中心（注3）でした。表0でも判るようにすべての生徒が大学に行くわけではないですが、学校において有用な教育を受けさせることはしない（注4）、いかなる専門的知識も身につけていないというのがジェントルマン教育という考えなので、親たちが競って子供たちを入学させたのです。

このパブリック・スクールに入るための準備勉強をするのが、プレパラトリー・スクール（私立予備小学校）です。６歳から12歳くらいまでの子供が、ラテン語を中心とした初等教育を受ける私立の寄宿学校に、ルーカッスルの６歳になる「甘やかされて、根性のひねくれた」息子が入学して、団体生活をしながら勉学が続けられたかは、かなり疑問です。

事件が発生した１８８０年代にはルーカッスルの息子も努力すれば可能性があるオックスブリッジですが、進学の道が開けたのは、前述した１８５４年（と１８５６年）における大学の改革法と、１８６８年に成立した「パブリック・スクール法」によってです。この法律によって非国教徒を含む上流中産階級はそれまでの上流階級と同じパブリック・スクールからオックスブリッジというエリートコースに進む道を得たのです。そして、１８７０年に成立した「教育基本法」は労働者階級の「基礎学校（日本でいうと小学校程度）」の就学基盤を作り上げました。

表面上は良さそうに見える教育政策ですが、B・サイモンの『イギリス教育史』によると１８５４年から１８７０年にかけての教育政策は、異なる社会階級のための学校をつくり上げるように意図的に構想され、「二つの国民」（67頁参照）にあった裂け目はふたつの全く分離された学校体系によって広げ深められ、渡ることのできない階級的障害（２６９頁を参照）が築かれたのです。

各地にあったグラマー・スクール（古典の文法を教えていた）もパブリック・スクールの仲間入りを望んだ結果、１９０３年になるとパブリック・スクールの学校長の集まりである「中等学校長会議」の会員校になったのは１０２校（生徒数約３万人）にもなり、上流中産階級の子弟の受け入れ場所は多くなりました。

階級社会の仕組みを堅固にする結果となった「基礎学校」ですが、義務化される30年以上前から国による「基礎学校」の必要性を説いていた有識者はたくさんいました。なかでもイギリス公教育の祖と言われているケイ＝シャトルワースは学校を作るまえに教師の育成を始めています。

１８４０年２月、ケイ＝シャトルワースが

１８３９年から私財を投じて開設準備を始めていたバタシー師範学校が開校しました。その科目は「宗教、文法、語源、算術、数学、代数、暗算、測量、力学、地理、地球儀、博物、用器画、実物教授、イギリス史、音楽」でしたが、数カ月後にはケイ＝シャトルワースによる「教授の理論と技術および学校の規律に関する授業」が加わりました。師範学校では上流階級・上流中産階級が学んだパブリック・スクールの実際には役にたたない古典語の授業ではなく、実際の生活に役に立つ暗算や、産業の機械化に伴う機械工養成の要請にこたえるための力学、板書において図解の力を得させるための図画などの学習の有効性が重んじられていました。

　ホームズ物語の中で、師範学校出身であろう教師は《マスグレイヴ家の儀式書》事件に登場する執事のブラントン（注５）です。彼は若いころ学校の教師をしていました。雇い主のレジナルド・マスグレイヴは執事について、「数カ国後が話せて、どんな楽器でも弾けるという才能の持ち主なのに、なぜか執事という職にずっといるのは、考えてみれば不思議なことだ。きっと、うちの居心地がよくて、職を変えるのがめんどうなのだろう」と言っています。レジナルド・マスグレイヴは子供の頃は邸内でオックスブリッジ出身のテューター（男性の個人教師）に勉強を習い、大学で学んだのもラテン語そしてギリシア語という古典語を中心とした生活には役にたたない科目です。貧しい階級出身の教師が、あらゆる学科そして楽器の勉強をして資格を取っているなんて知らない、つまり教師なら誰でも習得していることを知らないので「うちの居心地がよくて、職を変えるのがめんどうなのだろう」なんて暢気なことを言っているのでしょう。教師を何らかの理由で辞め使用人となり、雇い主宅の秘密の宝を盗もうとして、哀れな最後を遂げた執事のブラントンは可哀想と言えば可哀想です。

　でも、家庭教師の立場で雇い主の不正を正そうとしたヴァイオレット・ハンター嬢には、ブラントンにはない気高さを感じます。だから、私立学校（注６）の校長になって成功したのだと思います。

（注１）オックスブリッジ大学：オックスフォードとケンブリッジの略。オックスフォードとケンブリッジとも同名の大学はなく、各カレッジの集合体です。

（注２）イートン：ホームズ物語でイートン出身者は《赤毛組合》のジョン・クレイ（祖父は王族公爵つまり国王の息子）と《空き家の冒険》のセバスチャン・モラン大佐のふたりです。ふたりともイートンからオックスフォードに行っています。

（注３）大学で勉強する学力を養うため：１８６０年の「ラグビー校（最上級）の教科別週当たり時間数」は「聖書　２時間、ラテン語　４時間、ギリシア語5時間、教会史　１時間、数学　２時間、外国語　２時間、歴史　１時間、古典翻訳・作文　１時間45分の計18時間45分」です。

（注４）学校において有用な教育を受けさせることはしない：トマス・ヒューズ著１８５７年初版の『トム・ブラウンの私生活』の中で父親はラグビー校に行くことになった息子について立派な学者にするために学校に入れたのではなく「息子が勇気のある、役にたつ、嘘をつかぬ英国人紳士に、クリスチャンになってくれれば、わしゃそれで十分だ」（小池滋訳）と言っています。これはラグビー校を改革再建したトマス・アーノルド（校長就任は１８２８年）の思想と同じです。

（注５）師範学校出の教師：執事のブラントンは「若いころ学校の教師（young school master）をしていた」と言われているだけで、師範学校を出ているとは書かれてはいません。しかし、ブラントンの学識が師範学校出身でないと得られない高度なものですし、ケイ＝シャトルワースの師範学校では「見習生（アプレンティス）、候補生（キャンディデート）、学生（スコラー）、

表０　オックスブリッジにおけるパブリック・スクール出身の在学生数（1861年）
（『近代イギリスの社会と文化』より）

	オックスフォード	ケンブリッジ	計
イートン	164	85	249
ウィンチェスター	60	2	62
ウェストミンスター	28	22	50
チャターハウス	23	10	33
ハロウ	122	89	211
ラグビー	106	44	150
シュールズベリー	17	29	46
計	520	281	801
大学在学生の総数	1,674	1,483	3,157

教師（マスター）」の4段階のクラス編成でした。

（注6）私立学校：ハンター嬢が校長になった私立学校（プライベート・スクール）は文字通りの個人ないし団体が所有している私立学校で数は極めて多かったそうです（1851年で約3万校）。この学校はパブリック・スクールのような基本財産を持っていなかったので、経営には不安な面もありましたが、法律の規制がないので自由な教育を行えたのが特徴です。また、受け入れる年齢も自由なので幼児教育、初等教育、中等教育そして特に女子教育を行うことができました。ヴァイオレット・ハンター嬢の正義を貫く精神があれば素晴らしい教育が行われ、ワトスンが書いているように校長として成功したのは当然のことだと思います。

新救貧法での待遇と労働者階級の保険
……株式仲買店員

《株式仲買店員》事件で依頼人となったホール・パイクロフト氏は「ぼくはドレイパーズ・ガーデンのコクソン・アンド・ウッドハウス商会に勤めていました。ところが、覚えてらっしゃいますかね。例のベネズエラ公債の件で、この春早々、その会社が多額の負債をしょいこんで、つぶれっちまったんです。（中略）コクソンさんのところでは週に三ポンドいただいてまして、こつこつためた貯金が七十ポンドほどあったんですが、それもたちまち使い果たし、とうとうすかんぴんになって、広告の求人に応募する切手代や封筒代にまでことかくありさまで」とホームズとワトスンに現状を語っています。

南アメリカ北部に位置するベネズエラは、１９１４年に大油田が発見されるまで経済が不安定でした。そのうえ１８８８年には外遊中の独裁者が失脚して内戦状態になり、政治的にも不安定に陥りベネズエラ公債が大暴落して勤務していたコクソン・アンド・ウッドハウス商会が倒産、その結果ホール・パイクロフト氏は失業したのです。この「ベネズエラ公債の大暴落」から《株式仲買店員》事件の発生年月は「１８８９年６月」が有力となります。

失業の話にもどすと、現在の英国ではホール・パイクロフト氏は失業しても最大１８２日間失業保険を貰えますが、英国で公的な失業保険制度ができたのは１９１１年になってからなので、貯金がなくなるとホール・パイクロフト氏も生活困窮者になってしまいます。そうなると、生活保護費の受給になります。しかし、この生活保護の前身的制度で1834年に制定された「新救貧法」は調査委員会のひとりであったオックスフォード大学政治経済教授ナソー・シニアの「いかなる場合にも貧困者たちを救済しないことが貧困絶滅の最善手段だ。貧困者たちは働くか、餓死するか、そのいずれかを選ばねばならないことが判れば、働くものなのだ」という考えが基本になっていました。そのために院外救済という「生活支援金」は一切禁止、そして救貧院に入ることを生活困窮者が願うようなことにならないために、「最下級の労働者以下の待遇」、つまり「救貧院に収容されているものの生活状態は、自分で稼いでいる貧乏人のそれよりも、よいものではあってはならない」ことが強調されて作られた法律になったのです。

　図版102は1843年1月28日号の『パンチ』誌に掲載されたもので、描かれているのは救貧院の内部の様子です。救貧院は男性、女性そして子供別で収容、つまり家族をバラバラにして生活させるのが規則なので、生後5週間の子供でも母親から引き離され、ときどき授乳のために母親の元に連れて来られるシーンを描いています。このイラストについて『「パンチ」素描集　19世紀のロンドン』に「救貧院の門をくぐるのは、あたかも地獄の門をくぐるのにひとしかったといわれる。食料削減による苛酷さこの上ない締めつけ政策がとられていたからである。絵に描かれた、床にころがっている空の食器は、この点から見て、極めて効果的である。慢性的飢餓の状態を、見事に物語っているように思える」と解説されています。

PUNCH'S PENCILLINGS.—No LXII.

THE "MILK" OF POOR-LAW "KINDNESS."

図版102　「『パンチ』素描集　19世紀のロンドン」掲載。

　このように法律の主旨にそった残酷すぎる生活から、救貧院が「貧困者の牢獄（バスティーユ）」と呼ばれ、憎悪と恐れの対象になったのです。

　では、具体的な残酷さを知るために、規定の中から「労働可能な男性」の食事内容（注1）を見ることにします。

　朝食は1週間を通じてパン6オンスとかゆ（ポリッジ）が1・5パイントです。昼食と夕食は曜日によって少し内容が違い、次ページの表Pのようなメニューです。が、これを《恐喝王ミルヴァートン》事件で紹介している刑務所の食事と比較すると、救貧院の方の量が少ないのが判ります。

このように、刑務所より食事の量が少ない救貧院ですが、「新救貧法」が成立したのにはそれなりの理由がありました。それは、財源の問題です。現在の日本の生活保護費は4分の3が国、4分の1を地方自治体で負担をしているので、納税者の負担額は目に見える数字では増えません。しかし、1601年に成立した「エリザベス救貧法」の時代から救貧税は最初の頃は地区に対して、ヴィクトリア時代中期からは国へ支払う目的税だったので、「受給貧民」が増えると「働く貧民」の負担がダイレクトに増える仕組みでした。また、救貧税の課税方法は一種の住居税で、家賃に対して金額が決められ

表P　「労働可能な男性」の食事内容

	昼食	夕食
日曜日	肉5オンス、ジャガイモ0.5ポンド	パン6オンス、薄スープ1.5パイント
月曜日	スープ1.5パイント	パン6オンス、チーズ2オンス
火曜日	肉5オンス、ジャガイモ0.5ポンド	パン6オンス、薄スープ1.5
水曜日	スープ1.5パイント	パン6オンス、チーズ2オンス
木曜日	肉5オンス、ジャガイモ0.5ポンド	パン6オンス、薄スープ1.5パイント
金曜日	ライス・スエット・プディング14オンス	パン6オンス、チーズ2オンス
土曜日	スープ1.5パイント	パン6オンス、チーズ2オンス

ていたので、住宅に住んでいる限り逃げようがありませんでした。1843年に刊行された『クリスマス・キャロル』に登場するケチなスクルージでさえ「救貧院や授産場を維持する税金はたっぷり払っている。目玉がとび出るほどの税金をな。暮らしてけない人間はそちらに行けばいいんじゃ」（小池滋訳）と言っています。

スクルージの銀行預金通帳にはたっぷりと残高があるので、目玉がとび出る救貧税とは大げさです。また、『イギリス歴史統計』によると救貧法の見直しが始まった1832年の救貧の総支出額は703万7000ポンドだったものが、10年後は491万1000ポンドまで減り、新救貧法の成立は総支出額を大幅に減らすのには成功して、スクルージの支払う救貧税も値下がりしたと思います。しかし、地区割りでの課税という制度上の不備からか、失業者の多かったマンチェスター近くにあるストックポートでは1ポンド（20シリング）の家賃に対して8シリングという高額な税金でした。

ちなみに、コナン・ドイルが1882年にサウスシーで医院開業のために借りた家は、地下1階

地上3階建てで8部屋ありましたが、家賃は週にすると15シリング6ペンス、救貧税は4シリング7ペンスでした。1ポンドの家賃にすると救貧税は約6シリングとなります。

サウスシーでの開業当時は収入が少なかったので、コナン・ドイルは他の税金を支払う必要はなかったのですが、母宛の手紙に「今日なんと救貧税30シリングを徴収しに男がやってきました。まだこの家に2週間しかたってないのにです。税金を払う用意はちゃんとしてありましたが、それでも、大英帝国の国民全員がぼくより貧しいかのようなこの税金は、ゆすり同然です」、そしてこの年のコナン・ドイル医院の現金収入は週に15シリングから25シリングと手紙に書いています。これでは、家賃と救貧税を支払うのが精一杯です。手紙に救貧税についての愚痴を書いたのは無理もありません。

ヴィクトリア時代の弱者対策は、受給者の訴えを聞くと過酷な制度ですが、目的税なので支払う側にとっては自分の生活の厳しさと税額の多さがはっきりと判るシステムだったということです。

受給者側に話をもどすと、1834年の新救貧法成立時には認められてなかった院外救済ですが、19世紀末頃になると実際には生活困窮者がすべて救貧院に入っていたわけではなく、今の生活保護費と同じように生活費不足分の補助もされていました。

救貧院に収容と院外救済への支出は、

1900年3月26日〜1901年3月25日
救貧院に収容（イングランドとウェールズ）
238万4135ポンド
同　右（ヨーク市）
5513ポンド
院外救済（イングランドとウェールズ）
273万2909ポンド
同　右（ヨーク市）
5950ポンド

という金額です。救貧院への収容と院外救済との支出が約半々であったことが支出額から判ります。ただ、この院外救済には新救貧法成立前と同じ問題が多く、経営者の中には労働賃金を少なく支払い、院外救済を貰うように仕向けたり、受け取った生活支援金で酒を飲むようなケースが多々あり、社会一般の道義観念に重大な悪影響をおよぼすものである、とラウントリーは警告をしています。もちろん、すべての賃金労働者が困ったらすぐに院外救済を貰おうとは考えていなかったようです。「人は勤勉と節約によって独立自尊の生活をすべきである」という根本精神が広まり、ヴィクトリア時代の人たちの間に「公共の扶助を受けることは、怠惰と愚鈍の結果であって、この上もない恥辱である」という考えが確立していたからだと思います。

次は個人が任意で加入する保険についてです。労働者階級が加入していたのは生命保険と疾病保険（Sick Club）です（「表Q」参照）。生命保険の仕組みは現在と同じですが、疾病保険は病気や事故で働けなくなると年金形式で一定金額が支払われるものです。表Qの「家計5」の家では、ラウントリーの調査終了後に夫が事故にあって働けなくなりました。でも、この家庭では20年来疾病保険クラブに加入していて、どんなに生活が苦しくても、毎週規則正しく6ペンスずつの掛け金を支払ってきたそうです。この掛け金の支払いをすることで、いざ働けなくなってもまずは安心という気持ちで生活をしていたそうですが、実際に保険金を受け取るとなったときに、このクラブの財政状態が悪化していて週に10シリング受け取れるはずが、半分の5シリングしか支給されないことが判ったそうです。この家族がこの後どのような生活をしたのか、１００年も昔の話ですがとても気になります。

このように公的な社会保障が整備されていないヴィクトリア時代では、個人個人が保険などに加入して生活の安定をはかっていますが、病気や事故ではなく普通の失業では大きな組合に入っている労働者以外なんらの救済はありませんでした。ですからホール・パイクロフト氏も、《ぶな屋敷》事件の依頼人のヴァイオレット・ハンター嬢も非常に困ったわけです。このふたりのように失業中の人もベイカー街に依頼人として訪れています。しかし、ホームズが活躍していた頃のロンドンにはチャールズ・ブースの調査によると１００万人近い貧困クラスの人がいましたが、ホームズ物語にはこの貧困クラスからの依頼人はいません。また、救貧院関連では《四つの署名》事件で老水夫に変装したホームズの咳が「救貧院にいる老人特有の咳だ」（注2）と言われた。そして《レディ・フランシス・カーファックスの失踪》事件では「妻の昔の乳母」だとしてブリクストン救貧院診療所から危篤状態の老女を引き取ったという例しかありません。

ではホームズはこの生活をするのにギリギリの賃金しか受け取ってない貧困クラスに対して、どのような気持ちを持っていたのかというと、《四つの署名》事件でオーロラ号を捕まえるために乗っていた警察の高速蒸気艇から見えた仕事帰りの造船所の労働者たちについて「薄汚れてはいるが、ひとりひとりの中にはそれぞれ消えない小さな火が宿っているんだろうなあ。外見だけでは思いも寄らないがね。そういうことは、頭から決めつけるわけにはいかないものだ。人間っていうのは、まったく不思議な謎のような存在だな」と言っています。またワトスンも「だれかが、人間は動物の中に宿った霊魂であると言っていた」と同調しています。安い賃金で働き外見は汚れている労働者に対しても、内面の素晴らしさを認識しているのが、私たちのホームズとワトスンであることを誇りに感じます。

（注1）救貧院のメニューは英国文化の世紀2『帝国社会の諸相』150頁「表2、普通の男女の食事規定」を参照しましたが、この中でスエット／米のプリンとなっているのを本項では「ライス・スエット・プディング」と記しています。ライス・プディングはミルクで煮た甘い粥で人気のあるデザートです。しかし、救貧院で出されるのはスエット（腎臓のまわりの脂）と米を水だけで煮たお粥だと思います。かゆ（ポリッジ）そしてライス・プディングは、どちらもいくらでも水増しのできる料理です。

（注2）「救貧院にいる老人特有の咳だ」：オックスフォード版『四つのサイン』より。

次ページの「表Q」は『貧乏研究』に載っている、労働者階級の家計簿の「保険金」の支払いのまとめと各家庭の説明です。これによると、ほとんどの家庭で苦しい家計から生命保険、失業保険の代わりの疾病保険に加入しているのが判ります。この加入率の高さも社会保障が整備される要因となったと思います。「家計3」の「茶年金」とは「毎週規則正しく4分の1重量ポンド以上の茶を購入するものに対して、その人物が未亡人になったと

表Q　労働者階級の保険金支払い

	週給	家族数	調査年月	保険の種類と家計簿に載っている金額 生命保険(Life Insurance) 疾病保険(Sick Club)	備考
クラス1					
家計1	17シリング6ペンス	夫婦、11歳、9歳、7歳、4歳、2歳	1899年6月	生命保険:5ペンス	父親が社会問題、労働問題に興味を持っているために21ヵ月と言う長期の調査に協力している。
同上	同上	同上	1900年1月	生命保険:5ペンス	
同上	同上	同上	1900年8月	生命保険:5ペンス	この期間、妻の母親が同居していたので食べ物の不足が著しい。
家計2	22シリング	夫婦、2歳～8歳の子供3人	1900年10月	生命保険:6ペンス	これまでも極度に切り詰めた生活をしていたが、友人への債務保証が焦げ付き毎週1シリング弁済している。妻は消費組合の組合人になるために入会金の1シリング6ペンスをためている。
家計3	15シリング	未亡人、生後14カ月～7歳の子供5人	1899年7月	生命保険:6ペンス	軍人未亡人、一時金を分割して受け取っている他に恙年金を受給。
家計4	15シリング	夫婦、4歳以下の子供3人	1900年4月	生命保険:2ペンス 疾病保険:4.2ペンス	13週分の生命保険は4シリング7ペンス、疾病保険は3シリング。左の数字は平均したもの。
家計5	20シリング	夫婦、22歳(リュウマチ)、13歳、8歳	1900年6月	生命保険:4ペンス 疾病保険:6ペンス	調査終了後、父親が事故にあって働けなくなる。
家計6	11シリング9ペンス	母(63歳)、娘(20歳)	1901年3月	生命保険:6ペンス	夫が亡くなって8年になる。収入は母と娘の二人分。
家計7	20シリング	夫婦、5歳、2歳	1901年2月	生命保険:11ペンス 疾病保険:1シリング3ペンス	消費組合で買物。夫は昨年、半年間失業していた。その時の借金を毎週返済中(1シリング)。医者への支払い1シリング。
家計8	25シリング	夫婦、8歳、6歳、2歳6カ月	1901年2月	生命保険: 疾病保険:1シリング	消費組合に加入している。母への送金1シリング、医者への支払い1シリング、子供の貯金箱へ3ペンス。4週分の生命保険料の合計は2シリング3ペンス、疾病保険の合計は3シリング10ペンス。
家計9	18シリング	夫婦、10カ月	1901年4月	5週分の生命保険料の合計は1シリング	家計のやりくりが下手、行き当たりばったりで計画性がなく部屋も汚れている。
家計10	25シリング	夫婦、12歳、8歳、5歳	1901年6月	疾病保険:2シリング3ペンス	消費組合に加入している。保険料の3週の合計は4シリング9ペンス
家計11	24シリング	夫婦、8歳	1901年6月	生命保険:7ペンス	消費組合に加入している。妻はやりくりが上手だが夫が大酒飲み。調査期間中の2日間勤めを休んで酒を飲み、その後5日間仕事にあぶれる。その1週間の生活費は旅行用の積み立てで補充。
家計12	21シリング	夫婦、生後10カ月～6歳までの4人	1901年6月	生命保険:9ペンス	メニュー欄の朝食にあるベーコンは父親だけが食べている。買物は価格が一番安くなる土曜日の夜遅くにする。
家計13	22シリング	夫婦、3歳と新生児	1901年6月	生命保険:4ペンス 疾病保険:	食料は週末にまとめ買いをする。家の中は清潔で居心地が良い。3週分の生命保険料は1シリング、疾病保険は1シリング9ペンス。
家計14	19シリング	夫婦、生後8週間～6歳までの3人	1901年6月	生命保険と疾病保険の合計:1シリング	妻は洗濯稼ぎをしたり、時々下宿人も置き副収入を得ている。3週分の生命保険料合計は1シリング2ペンス、疾病保険料は2シリング。
クラス2					
家計15	38シリング	夫婦、4歳～16歳までの6人	1898年9月	記載なし	夫は職工長。夫は禁酒家だが妻は左利き、食べ物は贅沢。一週間の支出の記述は食品だけ。
家計16	27シリング	夫婦、子供2人	1899年10月	記載なし	家は気持ちのよい地域にあり、家具の品も良く、掃除が行き届いている。また家庭菜園も作っている。一週間の支出の記述は食品だけ。
家計17	35シリング	夫婦、14歳、13歳と新生児	1900年5月	生命保険とメディカルクラブ:2シリング	夫は事務員、消化不良に悩んでいる。消費組合に加入。妻は衣服はすべて手作りで料理も上手である。家族は保険に加入。
家計18	44シリング7.5ペンスと下宿代	夫婦、12歳、10歳、下宿人(3週間)	1901年6月	生命保険と疾病保険の合計:4シリング9ペンス	夫は鉄道従業員。家は持ち家でローンは5週分の合計は2ポンド12シリング8ペンス半。5週間分の生命保険と疾病保険は1ポンド3シリング9ペンス。夏になると家族で1週間から10日間ほど避暑に出かけている。

き、未亡人でいる期間中」に支払われる「茶会社」からの年金です。

スクワイアの意味

…………ライゲイトの大地主

《ライゲイトの大地主》の原題は "The Reigate Puzzle" それとも "The Reigate Squire" または "The Reigate Squires"、（注1）どのようになっているでしょうか？

スクワイア（Squire）は「大地主、治安判事、ある地方の法律家」を指す言葉です。

ライゲイト事件の原題が複数あることについて、リチャード・ランセリン・グリーンは物語の挿絵画家のシドニー・パジェットが《ライゲイトの謎（Puzzle）》という題で依頼を受けているので、打ち合わせ時点での題名は《ライゲイトの謎》だったのだろうと推測しています。

オックスフォード版『シャーロック・ホームズの思い出』によれば、その後ストランド・マガジン編集部の意向で、《ライゲイトのスクワイア》に変更、そして単行本に収録する時に、登場人物にカニンガム老人とアクトン老人と言う州の大人物がふたりいるので、複数の「スクワイアたち」に変更した可能性があります。

ただ、本文のなかでカニンガム老人のことは「治安判事」そして「スクワイア」と紹介されていますが、アクトン老人については「アクトン老人が、カニンガムの土地の半分は自分に所有権がある」として訴訟中であること、また「この州の勢力家のひとり（one of our county magnates）」として紹介されているだけで「スクワイア」とは言われていません。そのために「スクワイアたち」への変更が不可解ではあります。しかし単純に考えてカニンガム老人は「治安判事」で「スクワイア（大地主）」、アクトン老人は勢力家つまり大地主（スクワイア）と考えると題の変更もある程度判ります。

これで、英国版系の題名の流れは想像つきました。米国版系の題名は「スクワイア」と言う単語が米語にない言葉なので、最初の題名通りに《ライゲイトの謎》が現在まで使われているのでしょう。

このスクワイアには「大地主、治安判事、ある地方の法律家」という意味がありますが、エンゲルスは18世紀に産業革命が起きる前の農村地帯で働いていた職布工たちは、小作地を通じて直接結びついていた農民と同じく「自分たちのスクワイア（squire）——その地方の最も有力な地主——を自分たちの当然の旦那様だと考え、彼に相談を持ちかけたり、自分たちの小さなもめごとをもちこんで解決してもらったりして、こうした家父長制的な関係にともなうあらゆる尊敬をはらっていた」と説明をしています。

つまり、この習慣から大地主であるスクワイアが、農民だけではなく地元民が犯した微罪の裁判を行う治安判事をするようになったようです。

また、マルクスがスクワイアについて「治安裁判官をかねる紋章地主」と言っているように、単に大地主ではなく、紋章の使用を許された特別な存在でした。『ホームズ大百科事典』には「イングランドで、教区内の主な土地所有者に与えられる尊称。荘園の領主を指すことも多いが、地方によっては、その他の土地所有者のことを指す場合も珍しくない」とあります。

図版103　マイクロフト・ホームズ、シドニー・パジェット画《ギリシャ語通訳》『ストランド・マガジン』1893年9月号掲載。

現在の私たちの言葉で考えると、株主総会で説明するのは取締役社長ですが、札幌の歓楽街であるスキノを歩いている中年以上の男性に客引きが呼びかける言葉も「社長さん」です。同じ単語でも意味合いに違いがあるのはどこの国の言葉でも同じのようです。

19世紀に話を戻すと、ヴィクトリア時代後半期の地代は1エーカー（40アール）当たり1ポンドで、爵位を持たない土地所有者いわゆるジェントリーが所有していた土地は1000～3000エーカーだったようです。つまりカニンガム家がアクトン老人に裁判で負けると、500～1500ポンドの減収となり財政上大変なことになります。収入が減るだけではなく、治安判事という名誉職も続けられないという判断から、強硬手段にでたのでしょう。

ホームズ物語にはスクワイアが出てくる事件は《ライゲイトの大地主》以外に7件ありますが、そのなかのひとつ、《ギリシャ語通訳》事件の中でホームズは自分の家系のことを「ぼくの先祖は代々、地方の地主（country squires）で、その階級らしい生活をしていたようだ」と言っています。７つ年上のマイクロフト（図版１０３）は官僚ですし、シャーロックは「観察と推理」という才能をつかって生活をしているので、スクワイアとしての財産を引き継いだ長兄がいるはずだ、という説がここから発生しています。しかし、田舎の話は一度も出てこないので、もしかしたら父親か祖父の代で《まだらの紐》事件に登場するロイロット博士の家のように、家も土地も抵当でがんじがらめになってしまい、ふたり兄弟のマイクロフトとシャーロックは「観察と推理」という才能以外は何も受け継いでいない可能性もあります。

（注１）"The Reigate Puzzle" は米国版系、"The Reigate Squire" と "The Reigate Squires" は英国版系のテキストです。

《最後の事件》の真相 ……最後の事件

1893年の『ストランド・マガジン』12月号を購入した読者を驚かせたのは、本編の冒頭にあった図版１０４とキャプションの「シャーロック・ホームズの死」です。

当時の読者は衝撃的なシーンのイラストとキャプションを知ってから、「友人シャーロック・ホームズの名を広く世間に知らせることになった、その特異な才能を記録する物語を綴るのもこれが最後かと思うと、ペンを持つ心は重い」で始まる《最後の事件》を読んだのです。読者はどれほど驚き悲しんだことでしょう（注１）。

当時の読者が《空き家の冒険》を読むことができたのはその10年後なので、《最後の事件》を読んだすぐ後に《空き家の冒険》を読める現在の私たちとは、受けとめ方は違うでしょう。でも、続けて読むとホームズの説明の内容に合点がいかないことがあり、何かこのふたつの事件には「読者の知らない秘密」が隠されているのでは、と疑いを持ってしまう読者が多いようです。この疑いをニコラス・メイヤーは『シャーロック・ホームズ氏の素敵な冒険』のなかで「犯罪界のナポレオン」と言われているモリアーティ教授の存在を否定して実は……という物語を繰り広げています。しかし、メイヤー説はあくまでもワトスンが本当のことを書いていない、という前提で書かれたものです。果たしてワトスンは虚構の話を作り上げ、読者を悲しませるようなことをするでしょうか？　私は《最後の事件》はワトスンの目から見た「事実」を語っていると思うのです。

ここで《最後の事件》の「真相」を語ることはわき道にそれすぎかも知れませんが、最後までお読み頂ければそれほど違和感はないと信じて説明をしたいと思います。ただ、《最後の事件》における「彷徨えるワトスン医院」と「ホームズの不可解な逃避行」はシャーロッキアンを永遠に悩ますシラとカリブディス（注2）的存在なので、怪しい推測がありましてもご容赦よろしくお願いします。

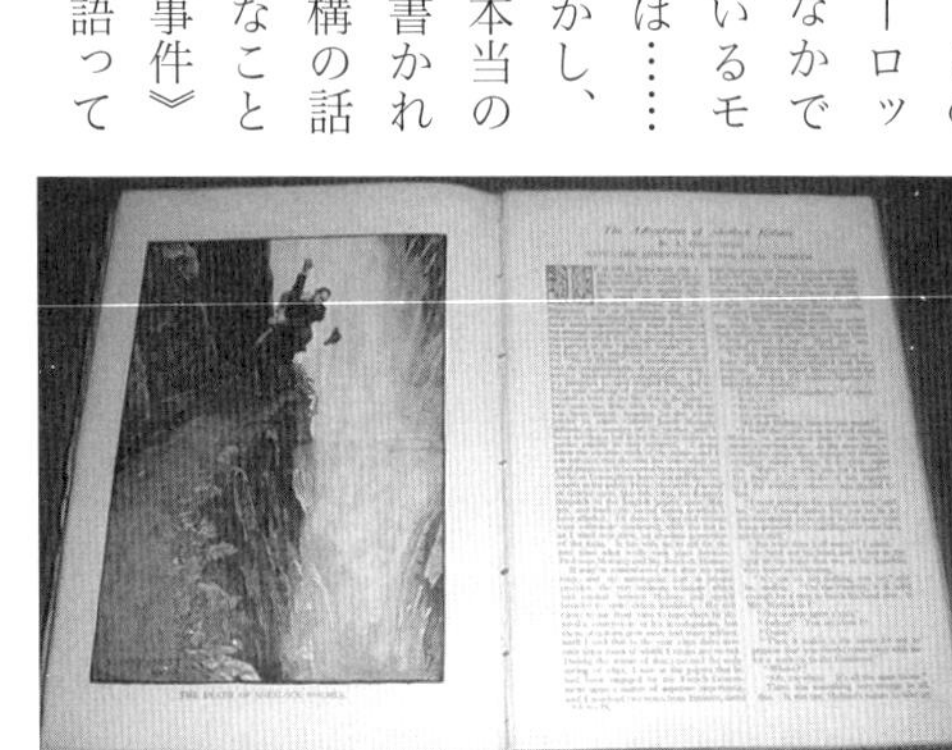
図版104　シドニー・パジェット画『ストランド・マガジン』1893年12月号掲載
キャプションの原文は "The death of Sherlock Holmes. "

では、最初の「彷徨えるワトスン医院」問題ですが、ワトスンが発表した事件のなかで、自宅医院の住所を書いたホームズ失踪期間前後の事件を年代順に並べると、

1890年10月9日　「赤毛組合は解散」という張り紙があった。この時はケンジントンに住んでいる。《赤毛組合》事件

1891年4月24日　この夜、ホームズはワトスン宅を訪問。裏庭のモーティマー街を隔てる塀を乗り越えてホームズは帰る。《最後の事件》

1894年3月30日　ロナルド・アデア卿殺害される。数日後、変装したホームズはケンジントンにあるワトスン医院を訪問。《空き家の冒険》事件

1894年4月のホームズの生還から数カ月後に起きた《ノーウッドの建築業者》事件では、ケンジントンの医院の権利を売ってベイ

地図D

地図Cの黒枠Dの拡大図

地図CとD　著者制作

地図C　《最後の事件》関連地図

a ベンティンク街とウェルベック街の交差点　b ヴィア街
c オックスフォード街125番地　d ペル・メル街

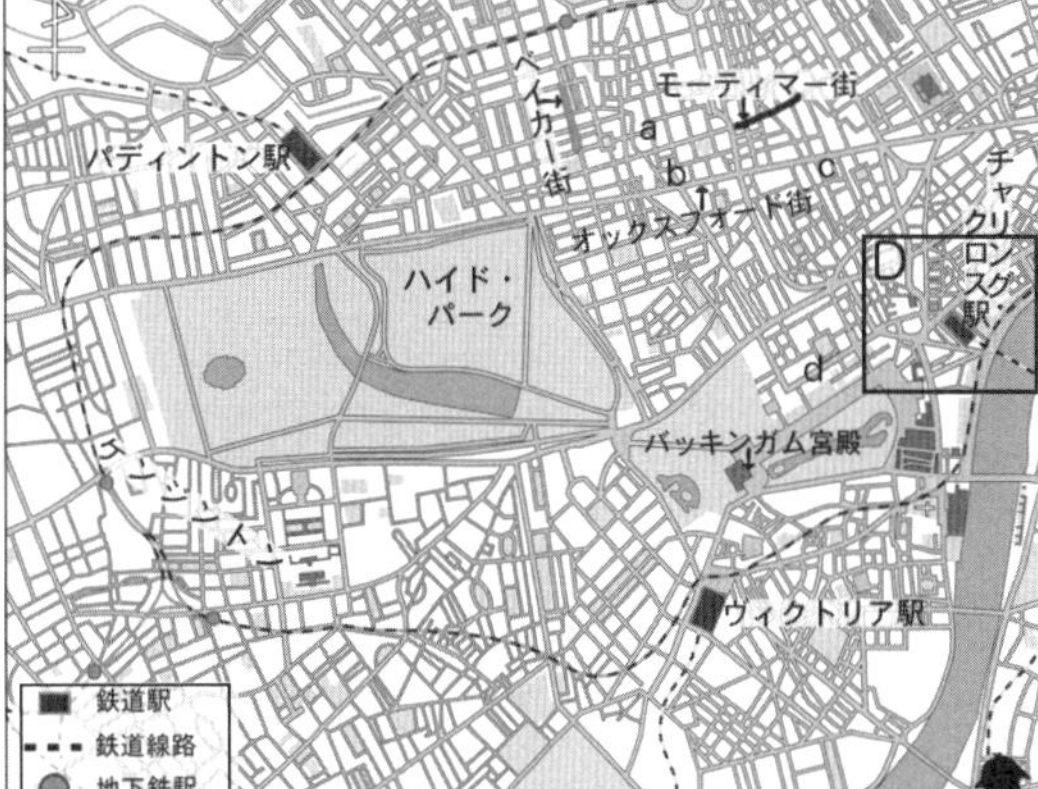

(参考地図は1897年版スタンフォード1/10000地図)

カー街に戻っている。

となります。

問題は《最後の事件》に出てくるモーティマー街で、地図C上では黒色の線をひいてありますが、ケンジントンからかなり遠い場所にあるのが判ります。勤務医なら住宅を短期間で引っ越しをすることも考えられます。しかしワトスンは自宅での開業医です。《最後の事件》以外は「ケンジントン」と広い地名を示す住所ですが、《最後の事件》はモーティマー街とワトスン医院の場所がはっきりと分かる住所が書かれています。このことから考えられるのは、《最後の事件》の「モーティマー街」は読者へのフェイク情報ではないかと考えられます。本来ならケンジントンにあるワトスン医院の裏にある街路名を書くべきですが、正しい住所を公開するとホームズファンが押し掛けてくる可能性があります。それで思いついた街路名を書いたらたまたまベイカー街近くの街路名と同じだった、というわけです。いわゆる「ワトスンの配慮」です。ワトスンは《赤毛組合》事件からホームズが生還してベイカー街に戻るまでの間はケンジントンにある自宅で開業していたと思います。
1891年4月24日の夜、このケンジントンにいるワトスンのもとを訪れたホームズはその日の衝撃的な出来事をワトスンに語ります。

1、犯罪者の背後にいて犯罪の計略をたて実行させる強力な組織の中心者「犯罪界のナポレオン」であるモリアーティ教授を追い詰め、配下を含めて教授自身も逮捕寸前である。

2、そのモリアーティ教授がベイカー街221Bに現れ、ホームズに手を引くようにと忠告、交渉は決裂してモリアーティ教授はホームズの破滅を予告して立ち去る。

3、ホームズは昼ごろ、ある用事でオックスフォード街に出かけたが途中のベンティック街とウェルベック街の交差点で、勢いよく走ってきた2頭立て荷馬車にひかれそうになる、次にヴィア街を歩いていると屋根からレンガが落ちてきた。そのあと辻馬車でペル・メル街の兄のところへ行って、1日そこにいた。

4、ワトスン宅に来る途中も棍棒を持ったチンピラに襲われ、こぶしを噛みつかれたがなぐり倒して警察に引き渡した。

このように、かなり危険な状況であったことが判ります。

今度はホームズが歩いた道順を地図Cで確認してみましょう。まず、ベイカー街を出たホームズはベンティック街を通ってウェルベック街との交差点（地図上a）で、荷馬車にひかれそうになります。そしてヴィア街（地図上b）では屋根からレンガが落ちてきたのです。説明ではこのあとすぐに辻馬車に乗っているので、「ある用事でオックスフォード街に出かけた」の「ある用事」が語られていません。この「ある用事」についてはD・ハマーはホームズの取引銀行であるキャピタル・アンド・カウンティーズ銀行のオックスフォード街支店に行ったのではないか、という説を自著に載せています（注3）。この支店の場所はオックスフォード街125番地（地図上c）で、ウォーダー街と交差するところに建っていました。ホームズはモリアーティ教授の忠告という脅しが、言葉だけのものではないということが判っており、今後のことを考えて旅費などを銀行で用意するために行ったのでしょう。たぶん、ベイカー街の下宿を出た時にはワトスンに説明した計画は立てていたと思います。

銀行での用事を終えたホームズは、この計画に必要な助けを得るために、兄マイクロフトのいるディオゲネス・クラブのあるペル・メル街（地図上d）へ馬車で向かったのです。

ホームズがワトスンに指示したロンドン脱出計画とは、「まず、必要な荷物を用意したら、今夜のうちに信用のおける使いに頼んで、名前をつけずにヴィクトリア駅へ運ばせておく。朝になったら（中略）辻馬車に飛び乗ったら、ラウザー・アーケードのストランド街側の入り口まで行く。（中略）料金をあらかじめ用意しておいて、馬車が止まるとすぐに飛び降り、アーケードを駆け抜け、九時十五分きっかりに反対側に出るようにするんだ。そこの歩道の脇に小さな四輪箱馬車が待っていて、赤い衿のどっしりとした黒外套を着た御者が乗っているはずだ。その馬車に乗れば、大陸へ行く急行列車に間に合うようにヴィクトリア駅に着く手はずになっている」というものです。

この指示の説明の前にロンドンの鉄道事情を少し説明しておきましょう。鉄道が初めて開通した英国では、すべての私鉄がそれぞれ別の地方からロンドンへと線路を延ばしたのですが、人口密集度の高いロンドン中心には線路を敷設できないので、当時の郊外だった場所にターミナル駅を作りました。つまりロンドンにはたくさんのターミナル駅があり、行き先によって出発駅が異なるのですが、行き先が同じでも出発駅が違う、ということもありました。

ワトスンの荷物が向かったヴィクトリア駅ですが、ここからはロンドン・チャタム・アンド・ドーヴァー鉄道がヨーロッパ大陸への路線を運行していました。つまりヴィクトリア駅に運ばせたということは、ワトスン宅を見張っていたモリアーティ配下に、ワトスンはヴィクトリア駅から出る列車でヨーロッパに行く、と教えたのと同じことです。あまりにも無防備な計画に思えます。たぶんこの知らせを受けたモリアーティ教授もこの荷物はダミーではと疑い、ヨーロッパに行くとしたら、大陸に向かう玄関口の役割を果たしていたチャリング・クロス駅から出発するサウス・イースタン鉄道に乗る可能性の方が高いと思ったはずです。

翌朝、ワトスンはホームズの指示通りにラウザー・アーケードに向かいました。ワトスン医院があったのはケンジントンです。ワトスンを乗せた馬車はヴィクトリア駅を通り越し、ラウザー・アーケードに向かいますが、跡をつけていたと思われるモリアーティ教授配下にはチャリング・クロス駅に向かっているように見えたでしょう。拡大地図Dに描いてある矢印線の方向に進んでいた馬車は、チャリング・クロス駅を通り越してラウザー・アーケード前で突然止まり、ワトスンを降ろします。このラウザー・アーケードはアーケードといっても道に屋根のある商店街ではなく、通路の両側に細長い売り場が並んでいる普通の建物です。『シャーロック・ホームズの見たロンドン』に掲載されている当時の建物は正面からみるとドアがある普通の店舗です。このラウザー・アーケードの特徴はストランド街から反対側のアデレード街に通り抜けができる構造になっていたことです。もちろん馬車が通り抜けられる構造ではないので、跡をつけていたモリアーティ教授配下もワトスンと同じように馬車からおりてラウザー・アーケードを追いかけたでしょう。ところが配下がアデレード街に出たときは、すでにワトスンは待ち構えていた四輪馬車に乗ったあとなので、ワトスンの姿を見失ってしまったのです。配下はモリアーティ教授に追跡の失敗を告げたはずですが、この時モリアーティ教授はチャリング・クロス駅にいたことでしょう。配下がアデレード街からラウザー・アーケードを戻って馬車に乗り込みチャリング・クロス駅に行こうとしても、ストランド街は交通量の激しいところなので、方向転換に手間取ったと思います。そしてモリアーティ教授にことの成り行きを話し、教授が次の行動に移るまでのわずかな時間が、「列車はすでに動きだしていた。振り返ってみると長身の男が猛然と人ごみをかきわけ、列車を止めさせようとでもするかのように、さかんに手を振っている。だが手遅れだ。列車はどんどんスピードをあげてみるみる駅を離れていった」というヴィクトリア駅でのシーンになったのです。本当に危機一髪の逃避行のはじまりです。

さて、ここまでがワトスンの目で見た「事実」です。少し視点を変えて見てみたいと思います。モリアーティ教授がベイカー街のホームズの居間に入ってきた時までのホームズと教授の戦いは「自分ではほとんど何もしない。計略を立てるだけだ。だが手下の数は多く、すばらしい統制がとれている。（中略）教授はじつに巧妙に防壁を張りめぐらせて保身を図っているものだから、ぼくがどんな手を打っても法廷であの男を有罪にできるだけの証拠はとても押えられそうにない。ワトスン、きみはぼくの力を知っているはずだよね。自分調べをはじめて三カ月後にぼくはとうとう、自分に勝るとも劣らない頭脳をもった敵にめぐりあったのだと、ため息をついたよ」そして「網を仕掛けようとするたびごとにことごとく見破られてしまった。手の届かないところに逃げられそうになったことも何度もある。だがぼくはそのたびに一歩先回りをした。ねえ、ワトスン、もしこの無言の戦いをくわしく記録することができたら、探偵対犯罪者の歴史でこれまでにない名勝負の物語になるだろうよ」と語っています。

モリアーティ教授の知能はホームズと互角のようですが、配下を動かす組織力はモリアーティ教授側に格段の力があります。ホームズは3日後の月曜日にしかけた網からモリアーティ教授が逃れることもあり得ると予想していたのでしょう。警察から逃げた教授がどこか遠く南アメリカなどに隠れてしまったら、ホームズにも捜すのが難しくなります。教授から全員の配下を遠ざけるのは無理でしょうが、警察が多くの配下を逮捕できるでしょう。それで考えたのが「逃げた振りをして教授自身に追跡させる」作戦です。3日後に教授が警察に捕まればそれで終了、もしホームズの仕掛けた網から逃げたとしたら、と覚悟を決めてワトスン宅に行きヨーロッパに同行して欲しいと頼んだのです。

《マスグレイヴ家の儀式書》事件の中でホームズは「ぼくはまず、執事の立場に自分をおき、彼の頭の程度を考慮して、同じ立場におかれたらどうするかを想像してみた。この場合、ブラントンがかなり頭の切れる男なので、かんたんだ。天文学者の言う個人誤差というものを考えあわせる必要がないからね」と言っていますが、この手法を今回も使ったのです。

ここで、ホームズとワトスンが連れ立ってヴィクトリア駅から出発しても、頭が格段によい教授はホームズの行動を怪しみ、自分で追跡をすることなどは考えないでしょう。まずホームズはワトスン宅の裏庭から出てモリアーティ教授配下の追跡から逃れます。そして教授は配下からワトスンがヴィクトリア駅に荷物を運んだことを知ります。この行動によってホームズは教授の手から逃れるためにワトスンを護衛にしてヨーロッパに逃げる、と教授に推理させたのです。先ほども書いたようにこの荷物はダミーである、ワトスンはチャリング・クロス駅から出発すると教授が考えることはホームズの頭の中では計算済みです。その結果、教授自身はチャリング・クロス駅で待ち受け、配下にワトスンの家を見張らせて跡をつけさせたのです。

チャリング・クロス駅で待ち受けていたモリアーティ教授はいつもの冷静さを失いヴィクトリア駅に駆けつけ、構内を走ってワトスンが乗った（たぶんホームズも乗っているであろう）列車を追いかけましたが、間に合わないと判るとすぐに臨時列車を用意させたのです。

ホームズの目論みは大成功です。もちろんワトスンにもホームズの真の計画は見えていません。教授にとってカンタベリーで降りたふたりを捜すのはひとり旅の男性を捜すより楽だったと思います。月曜日にホームズはモリアーティ教授が警察から逃げ切ったことを知ります。

ここからホームズはモリアーティ教授にも語った「きみを確実に破滅させることができるのなら、世の人々のために、ぼくは喜んでこの身の破滅を受け入れる」ための最終手段を決行することにしたのです。ホームズはワトスンを撒き餌のようにしてモリアーティ教授をおびき寄せましたが、最後は教授自身がホームズに襲いかかるようにしたのです。逃げているホームズが、追いかけて来た教授を倒しても正当防衛になります。もしホームズが敗れたとしても教授自身を逮捕させることができます。《空き家の冒険》事件では蝋人形をおとりにして敵をおびき寄せていますが、この《最後の事件》はホームズ自身を「おとり」にして（注4）教授をおびき寄せたのです。「ホームズの不可解な逃避行」とは、おびき寄せるハンターが自分を虎の餌にした、つまり虎の食卓の材料がホームズ、ということになります。

(注1)オックスフォード版『シャーロック・ホームズの思い出』の解説によると、《最後の事件》を読んだ「シティで働く若者達は、自分達のシルクハットに喪章をつけ」、ある読者はコナン・ドイルに「この人でなし!」という手紙を送りつけたそうです。このような英国中のホームズファンからの抗議の声があがったころ、コナン・ドイルはどこにいたかというと、悪性の結核である「奔馬性肺結核」を患い余命2~3カ月と診断された妻ルイーザの静養のために、スイスのダヴォスにいました。

(注2)シラとカリブディス:『ホームズ大百科事典』によると「古代ギリシャの神話に出てくる、海に棲むふたつの怪物」で意味は「一方の危険を避けても別の危険が待ち受けているという状態を指す」ワトスンは《入院患者》事件で引用しています。

(注3)ハマー説は**"A Deep Game: The Traveler's Companion to the London of Sherlock Holmes, 1st ed."**で述べられています。この本についての内容は柴﨑節子さんに教えて頂きました。ホームズは《プライアリ・スクール》事件の中で自分の取引銀行は「キャピタル・アンド・カウンティーズ銀行のオックスフォード街支店」だと言っています。

(注4)おとり説はベアリング=グールド版「最後の事件」の注16記載のウォルター・P・アームストロング「シャーロック・ホームズに関する真実」を参考にしました。

海水療法とレジャーとしての海水浴……踊る人形

《踊る人形》事件ではホームズが、ノーフォーク州在住の依頼人ヒルトン・キュービット氏に、住んでいる場所は「さぞかし閑静なところなんでしょうね。見かけない顔はすぐに話題になるんでしょう?」と質問をしています。これに対して「隣近所ではそうだと思います。ですが、あまり遠くないところに小さな海水浴場がいくつかありまして。農家が客を泊めています(注1)」と答えています。

日本では「潮浴(しおゆあみ)、潮湯治(しおとうじ)」という名称で医療のための海水浴が古くから行われていたなごりで、新潮文庫の延原訳では「小さな湯治場がいくつもありまして」になっていますが、これは私たちの思う温泉湯治場ではなく現在の海水浴場のことです。

この事件は7月末から8月にかけて起きているので、民宿をしている農家には長期滞在の行楽客がたくさんいたでしょうが、海辺でのレジャーはそれほど古くからはなかったようです。ゴシック小説のはしりとなった『オトラント城奇譚』の著者ホレイス・ウォルポールが１７９１年付の手紙の中で「人はイギリス人をアヒルかと思うだろう。いつもよちよち水辺をさして歩む」と書いていますが、この中の「水辺」とはスパー（温泉・鉱泉）のことです。スパーをリゾートとしていた上流社会に海辺の魅力を教えたのは「海水療法」を提唱した医者たちでした。中でも有名なのは１７５４年に海水が万病に効くと説いたリチャード・ラッセルです。ブライトン、ブラックプール、ウェイマス、スカーバラその他に海水浴場が開かれていきました（地図E）。

　１８５１年には夏季に大挙して海辺に押し寄せる風習はなかったようですが、その後「ほとんど強迫観念につかれたように海辺に殺到した。かれらはレミングのように海岸めざして旅行したのである」とウォルヴィンは『レジャーと社会』の中に書いています。18世紀に「アヒル」のように水辺に向かっていたのは貴族やジェントリーなどの有閑階層だけでした。しかし19世紀の後半になると鉄道の発達、休日の増加などで余暇を楽しめるようになった労働者階級も海辺の行楽を求めたので、皮肉たっぷりに「レミング」のようにと表現されています。しかし、個別に見ると、スカーバラやブラックプールの海辺の風景は１８９５年に刊行されたR・ジェフリーズ『オープン・エア』に、「ママは娘やおちびさんたちと水浴びをするために浜に下りて行く。（中略）（子供たちの）木製のスコップは大忙しだ。ときにはかれらはそのスコップで頭の叩きっこをする。ときには海水の入ったバケツを妹の上っぱりめがけてからにする」と書かれているように、海辺は図版１０５のような子供たちの泣き声や笑い声で溢れていたのです。

地図E　《踊る人形》事件の関連地図。著者作成。

　１９００年頃のヨーク市の労働者たちも「夏期休暇をとって、数日間、ヨーク市の町の外へ出て暮らす慣習がだんだんふえてきた。8月の銀行休日（バンク・ホリデー）中にはヨークの労働者連は、スカーバラにぞくぞくやっていく。こうした遠出のできないひとびとは、N・E鉄道で、もう少し安上がりの１日か半日の旅をする」とラウントリーは好意的に述べています。大西洋に面しているスカーバラと同緯度でアイリッシュ海に面しているブラックプールも古くから海水浴場として栄えていて、「鉄道が開通する以前、夏のブラックプールには、ゆとりのある人々が馬車で海水浴に来ていた。浜辺には未だ何の設備もなかった」そうです。しかし、その後ブラックプールは近くのプレストンやマンチェスターの労働者が行くようになり、庶民的で見栄や気取りのないリゾート地として発展して、子供連れの家族で賑わうようになりました。

図版105　海辺で木製のスコップとバケツで遊ぶ子供。『ロンドン・マガジン』1900年7月号掲載。

図版106　『パンチ』誌1866年掲載イラスト。

１８９１年の統計をみると、ブラックプールでは全戸数の34・6パーセントが下宿屋・民宿を営んでいました。この数字からキュービット氏の住んでいたノーフォーク州の農家が、海水浴客目当ての民宿を営んでいたのは当時では珍しいことではなかったのが判ります。図版１０６は１８６６年に描かれたものですが、19世紀末頃の家族連れもこんな感じだったのでしょう。後ろに見えるバンガロー風の建物はリゾート客が着替えをする「ベイシング・マシン」で、潮の満ち引きにあわせて砂浜を馬で移動させていました。

　このように楽しいレジャーですが、違う側面から見て、「(労働者階級の人々に)新しい出費が必需品の種類に入ってきた。(中略)人々は市街鉄道を見れば、時には乗りたいと思い、新聞をみれば、たまに読みたいと思う。他人が田園や海岸で休日を過ごすのを見れば、同じようにしたいと思う。これらの追加された費目が、すえおかれている賃金から支出されるので生活の苦闘が一層厳しくなり、絶対に必要な物への支出を切り詰めさせる」、そして「労働者階級の人々は60年前より高い水準を今日享受しているが、労働者階級の平均的生活水準を維持するための苦闘が今日ほど厳しかった事は、未だかつてないのである」と、休日を過ごす費用を捻出するために、労働者階級が苦闘していると書いている悲観論者もいます。

でも労働者階級の人たちの楽しそうな様子を見ると、家族のレジャー費を捻出するために苦闘する家族とみるより、英国の経済史家クラッパムの「物質的福祉の統計は、決して人間の幸福の尺度たり得ぬ」のほうがピッタリする言葉のように思えます。家族で1日でも海辺で遊んだ記憶があると、その前後の倹約など苦闘などとは思わなかったでしょう。

このように、家族が楽しむレジャーとなった海水浴も、当初は冷たい海水に体を沈め病気を癒すのが目的であり、また海水を服用することが推奨されていました。海水の服用については胃弱の人はミルクを混ぜ合わせること、などと細かに注意がされていますが、ブラックプールでは海水をガブ飲みする前に大量の酒を飲む習慣があったらしいのです。これは海水を飲む前の下準備なのか、酔わないと海水なんて飲めなかったのか、参考資料にも理由は書かれていませんでした。

（注1）原文は "In the immediate neighbourhood, yes. But we have several small watering-places not very far away. And the farmers take in lodgers."

ウェディング

……アビィ屋敷

《花婿の正体》事件の依頼人メアリ・サザーランド嬢は義父から、「女は家庭の中で楽しんでいればいいのだ」といつも言われるので、「それなら、女にはまず自分の家庭が必要なわけですけれども、わたしにはその家庭がまだないじゃないの」と母親に愚痴っていました。確かに自分の家庭がなければ食卓風景も寂しいものだと思います。《アビィ屋敷》事件の被害者サー・ユースタス・ブラックンストールの妻メアリはこの家庭をつくる、今で言う「婚活」をするためにオーストラリアからメイドと一緒に英国にきたようです。着いたのは6月、そしてサー・ユースタス・ブラックンストールと知り合ったのは7月なので、社交界の季節が終わる寸前に知り合ったことになります。この機会を逃せば翌年まで身分の釣り合う適齢期の男性と知り合うのが難しくなります。そのためか、どういう男性か見極める前に恋をしている、と思ってしまったのでしょう。結婚前は両目を開けて相手を見ること、ということわざに反して両目を閉じたままか、ヴェールでもかかったような状態の勘違い的恋愛の代償は大きかったようです。

　このような勘違い恋愛でも実ると結婚ですが、現在の日本では婚姻届用紙に当事者と証人ふたりの署名押印が必要です。

　では、現在のイギリスでの結婚を調べると、婚姻条件は「16歳未満は禁止、18歳未満は親の同意が必要、そして近親者、重婚が禁止（２０１３年7月に同性婚法が成立）」となっています。挙式できる場所は教会、登録官事務所、１９９４年からは厳粛さがあると認められたホテルなどです。そしてふたりの立会人が必要とされています。また、教会挙式婚における婚姻予告、民事婚では前もっての申し込みが必要です。基本的には１７５４年に施行されたハードウィック婚姻法（注1）が現在でも根底にあり、今も昔も、日本の結婚式と違って英国のウェディングは式を執り行うことで法的にも夫婦と認められるシステムです。

　ホームズが活躍していた19世紀終わり頃の結婚式には以下の4通りがありました。

1、結婚予告を公表　英国国教会

当事者が住んでいる教区の教会で3週続けて日曜日に教会の説教壇で発表してもらう。3回の予告のうち誰かがその場で反対の声をあげない限り有効。利点は無料であること。19世紀中頃のエチケット本には「結婚予告による結婚は最下層階級にだけ限られる」と書かれていたそうです。

2、結婚許可書　英国国教会

通常、数ポンド出せば地方の聖職者かロンドンの博士会（ドクターズ・コモンズ）から結婚許可書が貰え、当事者のどちらかが最低15日住んだことのある教会区で結婚式があげられた。この結婚式が一般的だったようです。

3、特別結婚許可書　英国国教会（special license）

いつでも、どこでも結婚することができる（と言っても野原などでは駄目）。これはカンタベリー大主教の裁量で与えられるものなので、特別な伝手がないと取得するのは不可能でした。金額は19世紀中頃で25ギニー（26ポンド5シリング、参考までにワトスンの年金は週にすると4ポンド6ペンス）です。上流社会ではこの特別結婚許可書がステータス・シンボルのひとつとなっていたようです。

4、一般結婚許可書　民事婚

登録事務所にいる登記官が発行する。この結婚許可書は、当事者がカトリック教徒、ユダヤ教などの非国教徒の場合が多い。これを貰えば登録事務所での結婚もできるし、当事者の宗派の教会でも結婚できる。

これらの4通りの結婚式はいずれもふたり以上の立会人が必要です。また、必ず登録簿に署名を

するので、ウェディングが終了すると法的に夫婦と認められます。《花婿の正体》事件でホズマー・エンジェルが結婚式の前に失踪した理由は、英国の婚姻のシステムにあったことがこれで判ります。神の前の誓いができなかったのではなく、法的に重婚の罪を犯すことになるからです。

それでは、ホームズ物語に出てくる結婚式を幾つか見ていきましょう。最初に《アビィ屋敷》事件のサー・ユースタス・ブラックンストール夫妻です。物語には書かれていないので推測になりますが、当時の上流社会の慣習と、女性の実家はオーストラリア、男性の自宅はロンドンから遠いので、当事者ふたりの教区教会でなくとも挙式ができる「特別結婚許可書」をとってロンドンの教会で挙式、そのあとホテルかロンドンの屋敷での結婚朝食会、新婚旅行、そのあとケント州にあるアビィ屋敷で結婚生活を始めたのでしょう。独身の女性が抱くイメージと違って、実際の結婚生活がはじまるとサー・ユースタス・ブラックンストール夫人でなくとも、驚くことや失望することが多いのは古今東西同じでしょう。

セント・ジョージ教会で結婚式を挙げた《独身

の貴族》事件のセント・サイモン卿とハティ・ドーランも上流社会の一員ですから「特別結婚許可書」をとっていたはずです。花婿の女性関係は正式なものではないので問題はありません。しかしアメリカで正式な結婚をしていた花嫁ハティ・ドーランは重婚の罪を犯したことになる可能性もありますが、新聞記事で夫の死亡を確認しているので罪に問われることはないでしょう。お気の毒なのは花婿のセント・サイモン卿です。結婚式を挙げて正式な夫婦となったので持参金は自分のもの、と思ったでしょうけど前夫が生きているのが判った時点で、セント・ジョージ教会での結婚式は無効扱いになってしまったのです。

この上流社会に属するふたつの結婚が「特別結婚許可書」を取ったというのは推測ですが、実際にホームズ物語の中で「特別結婚許可書」をとって結婚したという言及があるのは、《ぶな屋敷》事件で父親に監禁されていたアリス・ルーカッスルと船乗りのファウラーです。このふたりの階級からいって「結婚許可書」か「一般結婚許可書」でも良いのですが、なにせファウラーは船乗りですから所属している教区教会がどこか遠いところ、アリスは地元で結婚するとどんな妨害があるか判らないので、「いつでも、どこでも」結婚できる「特別結婚許可書」をとったのだと考えられます。この「特別結婚許可書」は金額も19世紀中頃で25ギニーと高いですが、なによりも許可書を出すカンタベリー大主教に依頼しないと取れません。お金があっても船乗りのファウラーには伝手はなかったでしょう。私はファウラーとアリスはこの事件に関わったホームズに事の次第を話して助言を求めたので「特別結婚許可書」を取得できたと思います。だから、ワトスンもふたりが「特別結婚許可書」を取って結婚したのを知ることができたのでしょう。

では、ワトスンとメアリ・モースタンの結婚ですが、ワトスンのロンドン大学出身という経歴（注2）から「一般結婚許可書」での結婚の可能性があると思います。ふたりは登録事務所に届けを出して結婚式の日まで待ちます。そして挙式当日は立会人としてホームズとセシル・フォレスター夫人が参列したことでしょう。ふたりの結婚にたいして「絶対におめでとうとは言えないね」と言っているホームズですが、結婚後もワトスンはベイカー街221Bの下宿に行っているし、メアリも夫がホームズと会うのを快く思っているようなので結婚式に参列したのは間違いないところです。この「一般結婚許可書」による民事婚ですが、《踊る人形》事件のヒルトン・キュービットとエルシー・パトリックも登記所で結婚をしています。

　ホームズ物語の中で極めて異例で乱暴な結婚式は《美しき自転車乗り》事件での結婚式（図版107）です。カシの大木の木陰で牧師の服装をしていた男、花婿、そしてさるぐつわをかまされた花嫁ヴァイオレット・スミス、この3人での挙式が終わったときにホームズとワトスンは駆けつけました。牧師と花婿のウッドリーはこれで正式な結婚がおこなわれた、と主張しています。

　果たしてそうでしょうか。まず、牧師が式を執り行うのでしたら結婚式の場所は当事者の属する教区の教会、礼拝堂です。もしウッドリーが「特別結婚許可書」を誤摩化して取っても、立会人がいませんし、当事者ふたりも登録簿にサインをしていないので法的に無効となります。「特別結婚許可書」があれば「どこでも」結婚できますが、この「どこでも」というのは当事者が住んだことのない地区の「教会、礼拝堂」のことです。野原での結婚式は現在の英国でも認められていません。これは若い女性だったら嘘の結婚式でも、結婚したという思い込みをさせることができる、という勘違い男の根拠のない自信から考えついたものでしょう。

図版107　シドニー・パジェット画『ストランド・マガジン』1904年1月号掲載。

（注1）ハードウィック婚姻法：施行は1754年。正式名称は「秘密婚をよりよく防止するための法律」制定を推進したのは重婚や誘拐婚の被害者、そして娘が認め難い男と「秘密婚」をすることを恐れている有産階級の親などです。

　主な内容は、婚姻は婚姻予告が公示された教会か礼拝堂で挙式される。もしくは結婚許可書により当事者の教区教会か礼拝堂で挙式される。上記以外の挙式は無効、この法律を破った聖職者は14年の流刑が処せられる。

　未成年（21歳未満）の婚姻は親または保護者の同意がなければ無効。

　挙式はふたり以上の立会人が必要。挙式直後に登録簿に記入される。この婚姻登録簿だけが合法。また登録簿を偽造したものは死刑。
　未成年の親の承諾のない恋愛結婚が禁じられた婚姻法ですが、抜け道はありました。それは婚姻法を拒絶したスコットランドのグレトナ・グリーンに行って結婚することです。『イギリス式結婚狂想曲』によると、このスコットランドへの「駆け落ち婚」は実際に人気があり、また18世紀後半から19世紀にかけての小説に登場します。

（注2）ワトスンのロンドン大学出身という経歴：オックスフォードやケンブリッジと違ってロンドン大学は英国国教徒でなくても学べる大学でした。カトリック教徒だったコナン・ドイルもロンドン大学の入学資格試験に受かっています。

ホテル、プライベート・ホテル、下宿屋

……赤い輪団

《赤い輪団》は当初《ブルームズベリーの下宿人》というタイトルでした。このブルームズベリーとは行政区のようにはっきりとした区分けをされた地区ではなく、大英博物館とロンドン大学周辺で、地図F上の黒色で囲った地域です。依頼人のウォレン夫人の家「大英博物館の北東の狭い小路、グレイト・オーム街」はブルームズベリーですが、この付近にはグレイト・オーム街はないので、地図のaの街路グレイト・オーモンド街が物語に出てくるグレイト・オーム街であろう、と言われています。ここに下宿をした「ブルームズベリーの謎の下宿人」がウォレン夫人から聞いた条件は「家具付きの寝室兼居間、そして3食付きで週50シリング」、1日にすると約7シリング1ペニーです。

　大都会であれば旅行者が多いのは当然ですが、ロンドンには社交界シーズンがあるので、地方から出てくる上流階級の人たちが長期間宿泊できる施設や、大学生向けの下宿、現在のように簡単に自炊ができないので独身者向けの下宿屋などがありました。もちろん、ホームズ物語にも次のようなたくさんのホテルや下宿が出てきます。

ホテル

ランガム・ホテル：モースタン大尉、ボヘミア国王。

セント・パンクラス・ホテル：メアリ・サザー

ランド嬢とホズマー・エンジェルの結婚朝食会が予定されていた。

コスモポリタン・ホテル：モーカー伯爵夫人

ノーサンバーランド・ホテル（注1）：ヘンリー卿。

ノーサンバーランド通りにあるホテル：フランシス・H・モールトン。

プライベート・ホテル

ストランド街にあるプライベート・ホテル：ワトスン。

ハリディ・プライベート・ホテル：ユーストン駅近く、スタンガスン。

メクスバラ・プライベート・ホテル：クレイヴン街、スティプルントン夫婦。

ベントリー・（プライベート）ホテル：ケンブリッジ大学のラグビーチームが泊まったホテル。

アパート（原文は lodges）

マイクロフトとメラスが住んでいた。

下宿屋（原文は boarding-house）

ドレッバーとスタンガスンが3週間、宿泊したシャルパンティエ夫人宅、支払いはひとり分として1日1ポンドという破格の金額を出している。

ラッセル・スクウェアの宿：ヒルトン・キュービットとエルシー・パトリックが宿泊。

下宿（原文は lodgings）

ホームズとワトスンが下宿している：ベイカー街221Bと（英国の有名な大学町の）図書館の近くに家具付きの下宿。

ウォレン夫人の家：週に50シリング、謎の下宿人が支払った金額は週に5ポンド。

メリロー夫人の家に下宿しているロンダー夫人。

下宿（原文は lodgings）ワーキングクラス用

「娘のサリーのほうは、ペカムのメイスフィールド・プレイスに下宿しています」と老婆が言いました（サリーの夫はユニオン汽船のボーイ）。

このなかでホテルの具体的な宿泊代金が書かれているのは、《独身の貴族》事件でモールトンが泊まっていたノーサンバーランド通りにあるホテルだけです。メモとして使われていた宿泊料の勘定書に書かれていた宿泊料の8シリングはかなりの高額です。また、朝食と昼食が各2シリング6ペンス、カクテルが1シリング、シェリー酒が8ペンスというのも、ハイクラスなホテルの証明となります。

地図F(著者制作)

《赤い輪団》事件のホテルと下宿屋の地図

黒太線枠内がおおよそのブルームズベリー

1 チャリング・クロス駅　2 ユーストン駅
3 セント・パンクラス駅　4 キングス・クロス駅

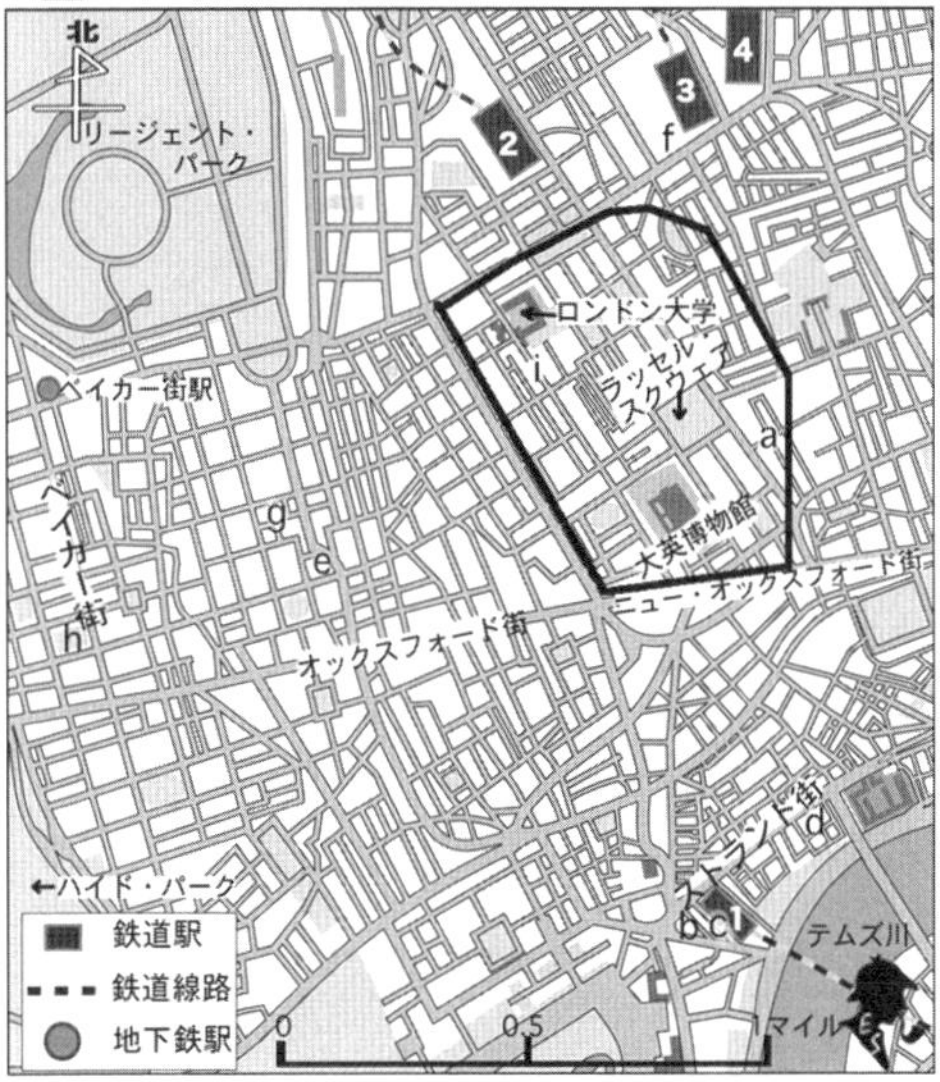

北
リージェント・パーク
ロンドン大学
ラッセル・スクウェア
ベイカー街駅
ベイカー街
大英博物館
ニュー・オックスフォード街
オックスフォード街
ストランド街
ハイド・パーク
テムズ川
マイル
鉄道駅
鉄道線路
地下鉄駅

(参考地図は1897年版スタンフォード1/10000地図)

1900年頃のノーサンバーランド通りにはグランド・ホテル（400ベッド）、ヴィクトリア・ホテル（500ベッド）、メトロポール・ホテル（550室）という3つの大きな高級ホテルがありました。この中のメトロポール・ホテル（地図内のb）にモールトンが泊まった可能性があるとされています。

『ベデカー・ロンドン旅行ガイド1900年版』によると、メトロポール・ホテルの室料等は「サービス込みの室料5シリング～、朝食3シリング6ペンス、ランチ3シリング6ペンス、ディナー5～6シリング」でした。ホームズとワトスンが好んで行っていたシンプソンズのディナーが2シリング6ペンスですから、このホテルが如何に高級なのかが判ります。これだけの高級ホテルに宿泊できたのですから、モールトンは行方不明の間に有望な鉱脈を発見できたのでしょう。

《青いガーネット》事件でモーカー伯爵夫人が泊まっていたコスモポリタン・ホテルはメトロポール・ホテル、リージェント街のコンチネンタル・ホテル、エンバンクメントにあるサボイ・ホテル（地図内d）などの高級ホテルがモデルとされています。

サボイ・ホテルの開業は1889年の10月で、値段は「サービス料込み室料（風呂含む）7シリング6ペンス〜、朝食2シリング〜、ランチ5シリング、ディナー7シリング6ペンス」と最高級のホテルのひとつです。2万ポンド以上と言われている宝石の「青いガーネット」を持った伯爵夫人が宿泊したホテルのモデルとして恥ずかしくない料金だと思います。

《四つの署名》事件でモースタン大尉が、《ボヘミアの醜聞》事件ではボヘミア国王が宿泊したランガム・ホテル（地図内e）の料金は、「サービス込みの宿泊代金は4シリング6ペンス〜、朝食3シリング、ランチ2シリング6ペンス〜3シリング6ペンス、ディナー5シリング、1泊食事付きだと15シリング」と、ここも高級ホテルのひとつでした。

宿泊ではないですが、《花婿の正体》事件でメアリ・サザーランド嬢とホズマー・エンジェルの結婚朝食会が予定されていたセント・パンクラス・ホテルは地図Fの「鉄道駅3」セント・パンクラス駅に隣接しているステーション・ホテルで、正式な名前はミッドランド・グランド・ホテル（地図内f）です。料金は「サービス込みの宿泊代は4シリング〜、朝食3シリング、ディナー5シリング、1泊食事付き12シリング」でした。サザーランド嬢が楽しみにしていた「結婚朝食会」は普通の朝食とは違うので、「朝食代3シリング＋アルファ（ウェディング・ケーキ代など）」の支払いを予定していたでしょう。

次にワトスンがロンドンで最初に泊まったプライベート・ホテルは、「紹介者や知人以外は泊めない」タイプです。プライベート・ホテルは規模的にはあまり大きくなく、宿泊料はアルバマール街にあるクレブス・プライベート・ホテル（地図内g）では居間付きで社交シーズン（5月〜7月）の料金は「1泊食事込み7シリング〜13シリング、それ以外の季節は4シリング〜6シリング」です。ベイカー街の近くにあったグランビル・プライベート・ホテル（地図h付近）は「食事込みで1日8シリング6ペンス〜、1週間払いだと2ポンド10シリング（50シリング）」です。

最後はいわゆる素人下宿、個人が自宅の部屋と食事を提供しているものですが、《緋色の研究》

事件で指輪を取りに来た老婆（実は若い男性の変装）が「サリーのほうは、ペカムのメイスフィールド・プレイスに下宿（lodgings）しています」と言っている下宿は他と少し違って、ワーキング・クラスの家族が暮らすアパートのようなもので、料理もできる設備があったようです。

ワーキング・クラス用以外の「下宿（lodgings）」と下宿屋（boarding-house）の違いは下宿の基本は週払い、下宿屋には1泊払いの料金設定もあるのでごく短期の滞在ができました。

《踊る人形》事件でラッセル・スクウェア（地図に記載あり）の宿（boarding house）でヒルトン・キュービットとエルシー・パトリックが親しくなった理由は、少人数の客が食事を食堂でとっていたことがきっかけです。また客と下宿の家族も一緒に食事をとるので、《緋色の研究》事件に登場する女癖の悪いドレッパーが、シャルパンティエ夫人の娘に目を付けたのも、食堂で食事をしたことが原因のひとつでしょう。

ブルームズベリーとシティの下宿屋は他の地区より料金が安いと書かれています。こういう情報を知っていたのかどうかは判りませんが、1900年10月28日の夜7時過ぎにロンドンに到着した夏目漱石はガワー街（地図内i）の76番地にあるミス・エヴァ・スタンリーが経営する宿を訪れました。

漱石は10月30日付の妻への手紙に「是は旅屋より遥かに安値なれども一日に部屋食料等にて六円を要し候到底留学費を丸で費ても足らぬ」と書いています。出口保夫氏の著書などには、この宿は現在の「ベッド&ブレックファスト」であろう、と書かれています。6円と言えば12シリングです。当時の下宿屋リストをみると、漱石が宿泊した同じガワー街の下宿屋の料金は1泊食事付きで6シリングほどです。もし、宿泊と朝食のみだったらさらに安くなるはずです。社交界シーズンも終わっているのに、何をどう契約して宿泊したら1日に12シリングもかかったのか悩むところです。

（注1）《バスカヴィル家の犬》事件でヘンリー卿の泊まったノーサンバーランド・ホテルについては諸説があります。理由としては1880年の郵便住所録によると、ノーサンバーランド街11&12番地（現在のパブ・シャーロック・ホームズがある場所、地図内c）にはノー

サンバーランド・ホテルという名前が載っています。しかし、同じ場所が１８９４年版の英国陸地測量部作成地図によるとパブと書かれているのです。准男爵であるヘンリー卿が泊まるにしては、ノーサンバーランド街11＆12番地にあったホテルは小さすぎるので、近くにある大きなホテルがヘンリー卿の宿泊したホテルの候補となっています。

ワトスンと夏目漱石の下宿探し

……レディ・フランシス・カーファックスの失踪

「限定相続」と「長子相続」制度（２５６頁参照）があるためにレディ・フランシス・カーファックスは不動産などの相続はできませんでしたが、由緒ある宝石類と何不自由なく暮らせる金銭的余裕はあったようです。ホームズはこの女性について「国から国、ホテルからホテルへ渡り歩く財産があるし」知らないうちに「怪しげな下宿屋や賄い宿に迷いこんで他のものを犯罪にかりたてる存在である」と言っています。下宿代を気にしないで生きていけるのは一見幸せそうですが、お金だけでは幸せを得ることはできない、という見本のような女性です。

さて、彼女とは違って下宿代を気にして生きていく代表として、ワトスンと夏目漱石の下宿探しを先の事件《赤い輪団》に続いて説明しましょう。

１９００年10月28日の午後7時頃、ロンドンの（おそらく）ヴィクトリア駅に降り立った漱石はおそらく馬車でガワー街（地図G内1）のミセス・エヴァ・スタンリーの経営する民宿のような宿に着きました。

この宿は漱石が渡英する直前に留学から戻っていた大塚保治（のちの東大教授）から紹介されていたものです。日割りにすると約10シリングの留学費なのに「一日に部屋食料にて六円許(ばかり)」もかかると手紙に書いていた漱石ですが、前述のようにガワー街での生活費が1日12シリング（当時のレートは約10円が1ポンド）は不思議なのです。これは遅い時間に着いたので高い部屋しか残っていなかった、そして日本人の癖なのでしょうか、風呂つきにしたので部屋代が高くなった可能性があると、最初は思いました。ちなみに普通のホテルでも風呂代は1日1シリング6ペンス、寝室で身体を拭くための「水とスポンジ」を用意してもらっても6ペンスもかかります。それでも1日に12シリングは高すぎます。それで、もしかしたらレートの換算を間違えたのか、それとも10円は1ポンドで換算したけど、ポンドとシリングを10進法（実際の1ポンドは20シリング）で計算しているのではと、数字に弱い私はこっそりと納得することにしました。

その漱石より20年ほど前になりますが、ワトスンは1880年7月27日アフガニスタンで負傷したために、かなり衰えた身体で英国に戻ってきています。ロンドンのプライベート・ホテルで、しばらくのあいだは手元にある金を散財しながら分不相応な生活を過ごしていましたが、ふところ具合が怪しくなったので、ホテルをひき払い下宿先を探そうと決心します。そこで出会ったのが旧知のスタンフォード青年です。ワトスンはスタンフォード青年に「下宿先を一生懸命に探している」と言っていますが、決心してから数時間の間にワトスンは何をしたのでしょう。このワトスンの「一生懸命」は、漱石の下宿探しの記述にヒントがあります。

漱石は最初のガワー街の宿から本格的な下宿に移るために、公使館にある在留日本人の名簿から留学生がいた住所を探し出しました。そのあと地図を頼りに名簿に載っていた住所に行ったのですが、住人が代替わりで下宿屋をしていない、空きがない、値段が高いというような、行く前に情報があれば無駄足をしないで済んだ経験をしたのです。その後は「我輩が以前下宿をさがす時 Daily Telegraph の下宿の広告欄を見た事がある。始めから終りまで読むのに三時間かかった事を記憶している」と、『倫敦消息』に書いているように新聞の広告を利用するようになりました。

ワトスンも下宿先を探そうと決心した日の朝刊を長時間見て、これはと思う下宿を見るために外出したのでしょう。そのワトスンが昼前にクライテリオン・バー（地図内ａ）の前にいた理由は、下見にいった場所がテムズ川とストランド街（地図内ｂ）の間あたりで下宿代が高すぎたのか、気に入った部屋が見つからず、他の下宿を見るためにクライテリオンで一服しようとしたのではないでしょうか。「新聞広告に掲載されている下宿の下見をする」ことは漱石も大変だったと書いているので、病み上がりのワトスンにとって、この数時間で「下宿先を一生懸命に探している」になるのだと思います。新聞広告の内容ですが『倫敦消息』に『宿料低廉、風呂付、食物上等』こんなのは普通なのだ。『ハイドパークに面し地下電気へ三分地下鉄道へ五分、貴女と交際の便利あり』なんと云うのがある」などと、書かれていました。この、たくさんある広告から漱石は「立派なる室を有する寡婦及その妹と共に同宿せんとするあまり派出やかならざる紳士を求む。御望の方は○○筆墨店へ御一報を乞う」に目を付け手紙を出したのですが、返事に下宿料が週に33円（おそらく3ギニー）と書いてあり断念しています。

地図G(著者制作)

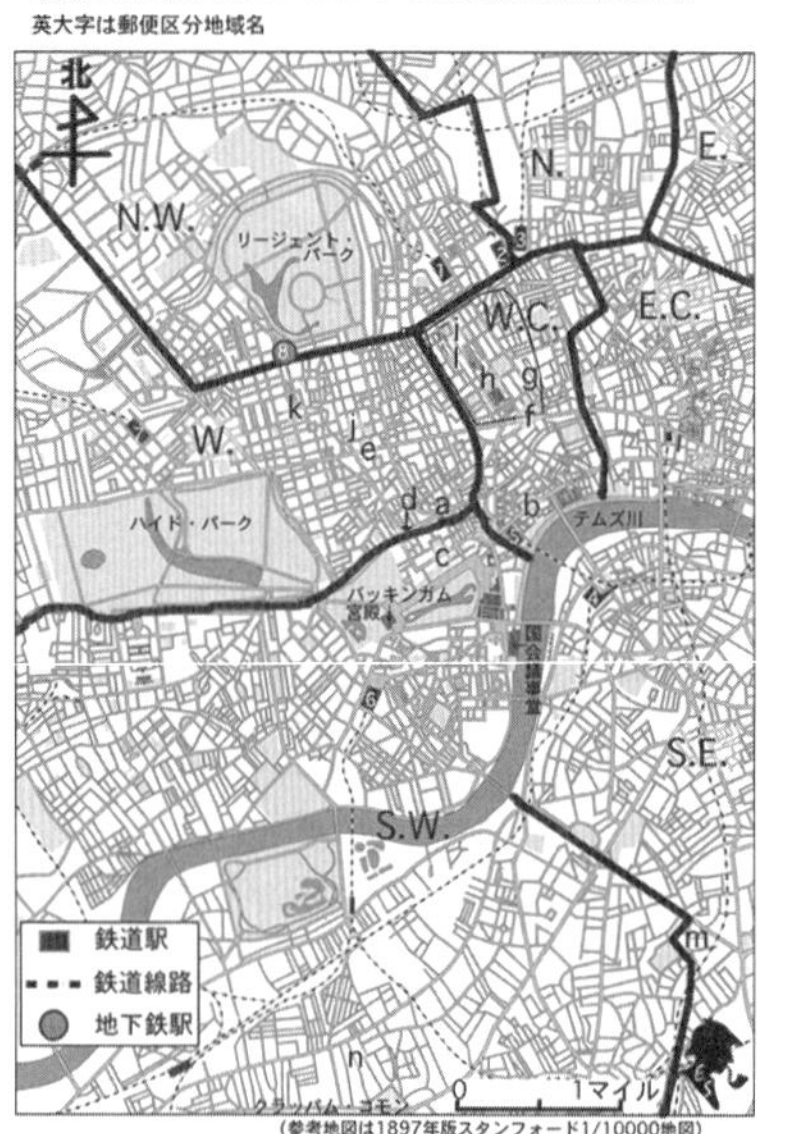

当時の下宿代ですが、『ディケンズのロンドン案内事典1888年版』によるとテムズ川とストランド街（地図内b）の間は週に（以下も同じ）30シリング～50シリング、ニュー・オックスフォード街（地図内f）両側はテムズ川とストランド街の間より2シリング～3シリング安かったそうです。そしてブルームズベリー（黒細線で囲った地区）と少し北の地域は伝統的な寝室兼居間が1ギニーから2ギニー半（21シリングから50シリング）と、かなり幅のある下宿代が載っていました。《赤い輪団》事件に登場するウォレン夫人の家は（地図内g）付近ですが、借りに来た謎の人物に「下宿代は週に50シリング」と言っています。これはかなり高すぎるな、と思っていましたが、『ディケンズのロンドン案内事典』の記述によるとそうでもないことがわかりました。この地区の下宿代に幅があるのはロンドン大学（地図内i）の学生たちが下宿するような安い部屋があったからでしょう。若い頃のホームズが下宿していたモンタギュー街（地図内h）もこの地区にありました。

次にロンドンの中心地に近いところに戻って、

マイクロフト・ホームズの住んでいたペル・メル街（地図内c）とピカデリー街（地図内d）の間は週になんと3ギニーから8ギニーまたは10ギニー（63シリング〜168シリングまたは210シリング）。この周辺は5月から7月の社交界シーズンと、それ以外の季節とではかなり下宿代が違うようです。

再び、中心から北に行ってオックスフォード街（地図内e）とウィグモア街（地図内j）の間は週に50シリングから60シリング、ウィグモア街の北は――ベイカー街（地図内k）も含めて――週に30シリングから40シリングと、マイクロフトの住んでいたペル・メル街に比べて格段に下宿代が安い地域だったことが判りました。

ホームズ物語にはかかせない暖炉のシーン関係ですが、この下宿代には石炭代は入っておらず、オプションとなっています。石炭の値段は週に6ペンスで、使い放題ではなく定量、下宿を決めるときは石炭入れの大きさにも注意が必要のようでした。

ワトスンはホームズとの共同生活がはじまり、ハドスン夫人が用意する食事、サービスに対して何も不満のない生活をおくることができ結婚するまでベイカー街で暮らしました。

ところが漱石はというとガワー街（地図内l）の宿から引っ越しをした西ハムステッドのプライオリー・ロード85番地（地図から外れたN地区）のミス・マイルド宅には、3食付きで週に2ポンド（注1）の約束で下宿をしたのですが、昼食がでないという約束違反、そして複雑で暗い家族関係が嫌になり、5、6週間ほどで今度はテムズ川の南のフロッドン街6番地のブレット宅（地図内m）に下宿替えをします。1901年2月25日の日記に「うちの下宿の飯は頗るまずい（中略）もっとも一週二十五シリング（注2）では贅沢もいえまい」と記しています。ブレット宅での下宿ですが、ブレット家が金銭的トラブルで引っ越しをすることになり、下宿人である漱石も家主について引っ越しをしています。

この引っ越しは漱石にとって突然のことで、とりあえずは家主に付き合って引っ越しはしたのですが、しばらくして漱石はブレット家全体への不満と、もっと教養のある下宿のおかみさんがいる所での生活を望み、新しい下宿を探すことにしました。そして、今度は新聞広告を見るのではなく、自分から「下宿求む」という広告を新聞に出したのです。

ワトスンは下宿探しを始めてから数時間で情報を入手して翌日には引っ越しをしていますが、もしスタンフォード青年に出会えなかったら、どれほど大変だったかを知るために漱石の4度目（ロンドンにおける最後）の下宿探しを詳しく見ていこうと思います。

まずは1901年の日記から下宿探しの箇所を抜き書きしたものと手紙、そして出口保夫著『ロンドンの夏目漱石』に載っている漱石が出したと思われる新聞広告を時系列に並べてみました。

（日記）6月28日

ブレット夫人に下宿替えをする旨を言渡す

（『ディケンズのロンドン案内事典 1888年版』にもこの通告は大事であると書かれています。ホテルは1泊単位ですが下宿は1週間単位の支払いです）

（日記）7月9日

Barker & Co.（Castle Court, Cornhill）に至り宿捜索の広告の頼む（Barker & Co. はシティにあるバーカー広告代理店）

（新聞広告）7月11日

『デイリー・テレグラフ』紙に掲載されていた漱石がだした思われる広告

"Board Residence, wanted, by a Japanese gentleman, in a strictly private English family, with literary taste. Quiet and convenient quarters in N, N.W. or S.W._Address, Z.V., care of Barker 2, Castle-court, Birhcin-lane E.C."

（下宿を求む。当方は日本人男性。文学趣味を持つイングリッシュの家庭で、交通に便利で静かな場所の北区、北西区又は南西区）

（日記）7月12日

応募の下宿の手紙来る無数

（日記）7月15日

終日下宿を尋ねてうろつく。北の方 Leighton Crescent より西の方 Brondesbury に至る昼飯を喰い損ない足を棒の様にして毫も気に入るところを見出さず。閉口。（Leighton Crescent はN地区で地図Gからは外れている。Brondesbury はNW地区で地図Gから外れている）

（日記）7月16日
Clapham Common の The Chase に至り Miss Leale に面会す。同人方に引越す事に決す（この下宿の場所は地図n、渡辺太良の紹介による）

（日記）7月17日
Miss Lealee に手紙を出す

（日記）7月18日
Miss Leale より返事あり

（日記）7月19日
Miss Leale へ電報

（日記）7月20日
午前 Miss Leale 方に引越す（注3）

（手紙）12月18日付、正岡子規宛の手紙
「この御婆さんが『ミルトン』や『シエクスピアー』を読んでいておまけに仏蘭西語をペラペラ弁ずるのだから一寸恐縮する」

春山行夫著『西洋広告文化史』によると、英国における貸間の最初の新聞広告は、１６９０年代に薬種商でロイヤル・ソサエティの会員でもあったジョン・ホーナーが刊行した新聞『コレクション』にのせた「余は学校、貸間の広告を出す事が有用であることを知った」という呼びかけに答えた、「曲がり角小路のイルカ（看板のこと）の隣にあるパッカー氏の貸間はきわめてよく、綺麗な庭があって騒音は聞こえない」だそうです。

19世紀になると発行部数が多い『デイリー・テレグラフ』紙（朝刊）は広告も多く、分類広告（案内広告）をたくさん集めていました。また、「1コマ1シリング（注4）」の案内広告にボックス（郵便受箱）というシステムを作り、広告に対して読者から新聞社に送ってきた手紙を留置しておくサービスを行っていました。

漱石は『デイリー・テレグラフ』紙に広告代理

店を通じて広告を申し込んでいますが、申し込んだ日はクレイグ先生の個人授業を受けてから広告代理店に行っているので、掲載日は申し込んだ日の翌々日になったようです。広告に書かれている"Address, Z.V"は『デイリー・テレグラフ』紙が考えたシステムのボックス（郵便受箱）番号のようで、ここへ送られてきた手紙を広告代理店が漱石まで送ったのが7月12日付日記の「応募の下宿の手紙来る無数」でしょう。この「無数」ですが大げさな表現ではなく、『タイムズ』紙や『デイリー・テレグラフ』紙の下宿探し広告欄に載せると、「小さな手提げカバンに一杯になる程の沢山の書信が、決まって得られた」と漱石とも交流のあった渡辺春渓は『漱石先生のロンドン生活』に書いています。

　この送られてきた手紙を各地区に分けて（漱石が希望していた地区は「北区、北西区、南西区」でロンドンの中心から離れている）自分の望む街路、希望価格の下宿代の家を選び実際に行って探し当てる作業が大変だったことは、7月15日の日記「昼飯を喰い損ない足を棒の様にして毫も気に入るところを見出せず」によく表れています。

　このあと漱石は、旧知の渡辺太良（渡辺銀行の創立者）の紹介でミス・リール宅に下宿することになりましたが、ワトスンの下宿を決めるきっかけを作っただけのスタンフォード青年と違って帰国してからも交際があり、ホームズとスタンフォード青年の両方を兼ねた存在だったようです。

（注1）『ディケンズのロンドン案内事典』によるとN地区（北区）の下宿代は10シリング～30シリングですから、2ポンドは高いと思います。
（注2）『ディケンズのロンドン案内事典』によるとブレット家があったSE地区（南東区）の下宿代は10シリングから30シリング。
（注3）ミス・リール宅の待遇は、3食（おそらくティー付き）で週35シリング、洗濯と冬の石炭代金は別料金。閑静で交通の便が良く、青蔦が黄色な煉瓦建の高い屋根裏まで一面におおいかぶさっていた建物。漱石の寝室兼居間の部屋は3階の裏面に面していたので往来の荷馬車などの音は聞こえなかった、そうです。
（注4）「1コマ1シリング」：漱石の渡英時期の値段は不明。

劇場と娯楽施設としてのパブ

……恐怖の谷

娯楽施設としてのパブ、パブから発生したミュージック・ホール、ホームズとワトスンが好んで行った劇場はホームズ物語の中でどのように登場しているでしょう。

夏目漱石は「英国現今の劇況」（1904年）の中で「倫敦には芝居と名の附くものが五十ばかりあつて、その外にミウジツク・ホールといつて歌舞音曲の様なものを演る（日本で云う寄席のやうなもの）處が、大小合はせて五百ばかりあります」、そしてこの劇場の人数については「ストランド街にあるカヱント・ガーデン座が三千五百人位入りますが、最下等のホワイトチャペルと云ふ處にある極安の芝居になると、四千人程は入ります。けれど平均して普通五六百人といふ處でせう。だからして五百人平均とすると、毎夜この興行物を見て暮す人は、二十七萬五千人になります」と書いています。

普通は楽しむための観劇ですが、楽しむのではなくアリバイ工作に使われたのが《隠居した画材屋》事件に出てくるヘイマーケット劇場です。ジョサイア・アンバリーは妻と出かけるためにと称してアッパー・サークルの席をふたつ用意し、自分は出かけたが、妻は駆け落ちをしたので行かなかったと言って、未使用のチケットをワトスンに見せたのです。この席が「B列31番」だったので、調べてみると両隣の30番、32番の両方とも誰も座った形跡がないことが判り、ジョサイア・アンバリーのアリバイ工作は崩れたのでした。

参考までに劇場の座席の違いを『英国現今の劇況』の説明と、『ディケンズのロンドン案内事典1888年版』掲載のヘイマーケット劇場のチケット代金を元に説明をします。チケット代金が一番高いのはプライベート・ボックスです。図版108ではaの席です。この一間を買い切って、幾人でも入る事ができます。値段は1ポンド1シリングから4ポンド4シリングで1階席が値段的に高い席です。ホームズは《バスカヴィル家の犬》事件が一段落した頃に、オペラ「ユグノー教徒」を見るためにボックス席を予約してワトスンを誘っています。次はストールという席です。図版１０８と図版１０９ではbの席を言います。aのプライベート・ボックス席は横から見るので見やすくはないが、ストール席は正面なのでとても見やすい席だと漱石は書いています。値段は10シリングです。

ストール席の後ろ側は、劇場によって名称が違うのですが、ヘイマーケット劇場の場合はバルコニー席（7シリング）、ドレス・サークル席（4シリングと5シリング）、アッパー・サークル席（2シリング6ペンス）と、ここまでが指定席です。図版１０８によると黒丸の中の白線がアッパー・サークル席の「B列31番」付近なので、図版１０９の同じ場所にも白丸枠と白線をつけてみました。図版１０９ではこのアッパー・サークルの上のcが「天井桟敷席（gallery）」で値段は１シリングという格安席です。しかし、指定席ではないので、図版１０８の座席表には載っていません。アンバリーが用意をしたアッパー・サークル席は指定席ではもっとも安い席です。どうせ使わないチケットなので安い席を用意したのでしょう。

《独身の貴族》事件に登場するフローラ・ミラーはアレグロ座のダンサーでした。ダンサーをしていた頃、セント・サイモン卿に見初められたのでしょう。お固い芝居ばかりをしているイメージの劇場も、ダンサーが登場する出し物をしていました。漱石の１９０１年3月7日の日記には「夜田中氏とDrury Lane Theatreに至る。Sleeping Beautyを見んためなり。これはPantomime（注1）にて去年のクリスマス頃より興行し頗る有名の者なり。その仕掛の大、装飾の美、舞台道具立の変幻窮まりなくして往来に遑なき役者の数多くして服装の美なる、実に筆紙に尽し難し。真に天上の有様、極楽の模様、もしくは描ける竜宮を十倍ばかり立派にしたるが如し。観音様の天井の仙女の画などを思い出すなり」と大絶賛をしています。また、妻の鏡子宛の手紙にも「昨夜もドルリー・レーンという倫敦の歌舞伎座のような処へ行ったが実に驚いた。尤もその狂言は真正の芝居ではない。パントマイムといって舞台の道具立や役者の衣装の立派なのを見せる主意であって、（中略）この道具立の美しき事と言ったら到底筆には尽せない。観音様の棟に彫りつけてある天人が五、六十人集まって絵にかいた竜宮の中で舞踏

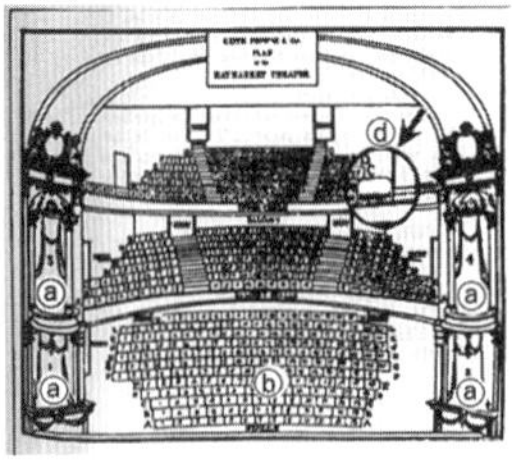

図版108　William S. Baring-Gould 著 "The Annotated Sherlock Holmes2 " 掲載。

をしていると、その後ろからまた五、六十人が舞台の下からセリ出してくる。急に舞台が暗くなるとその次の瞬間には悉皆（すっかり）道具が替わっている。（中略）女の頭や衣服も電気で以って赤い玉や何かが何十となくつく。それが一幕や二幕ではない」と華やかな様子をこと細かに伝えています。フローラ・ミラーも、その他大勢のひとりとしてこのような舞台に出ていたのでしょうか。

漱石も紹介していますが、劇場以外にも場内で飲食と喫煙ができ、そして観客もコーラスに参加できるミュージック・ホールに人気がでてきました。フローラ・ミラーが踊っていたアレグロ座もミュージック・ホールだった可能性があります。このミュージック・ホールは芝居のライセンスを持っていた「劇場」とは成り立ちが違うのが特徴です。

少し時代はさかのぼりますが、1843年に劇場法が改正され、「コベント・ガーデン」と「ドルリー・レーン」両勅許劇場だけに許されていた正劇（シェイクスピア劇など）の上演を小劇場にも許可する代わりに、行政当局は観客席での飲酒を禁じました。そもそも中産階級以上が楽しんでいた劇場は酒類を出していなかったので、それほどの影響はありませんでしたが、労働者階級が楽しんでいた娯楽施設（パブなど）には大きな影響を与えました。行政当局としては娯楽施設が酒類の販売を諦めて芝居の上演ライセンスを申請するように指導をしたのですが、法律が施行されてみると、「酒抜きの芝居上演」ではなく「酒と歌や踊り」を選んだ経営者がたくさんいました。すると、行政当局は「酒類の販売ライセンス」を認可しないという手段にでました。ここで経営者たちが考えたのが、今までの娯楽施設とは違う名称の「ミュージック・ホール」です。

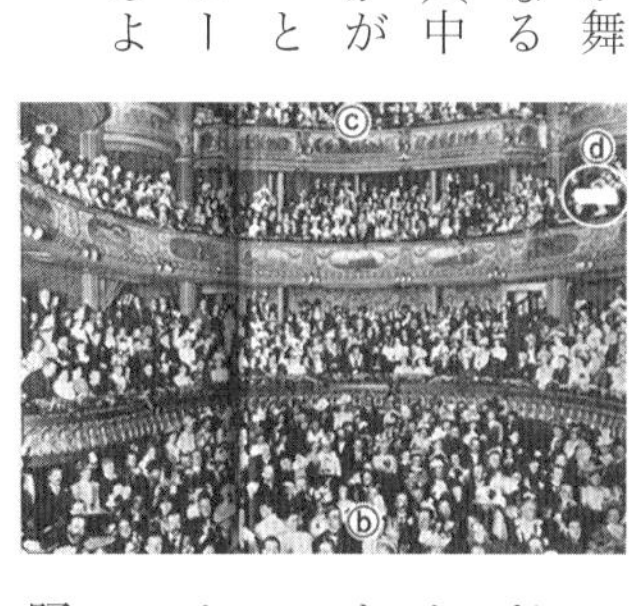
図版109　出口保夫・アンドリュー・ワット編著 研究社出版『漱石のロンドン風景』掲載。観客の服装が礼装ではないので、マチネのようです。

1852年、ランベスにあったパブ「カンタベリー・アームズ」において100人ほどの収容規模で行われていたコンサートを、「カンタベリー・ミュージック・ホール」と命名した別の建物で催したのが、大規模なミュージック・ホールの始まりとされています。

当時の広告には「カンタベリー・ミュージック・ホール　――コンサート毎晩開催。ドリンク、食事付き入場料、おひとり様6ペンス」とあります。「下層階級」向けの演奏会の入場料は84ペンスもしたので、ドリンク（もちろんアルコール飲料）と食事、そして歌と踊りが見られて6ペンスという格安値段のミュージック・ホールが、労働者階級に大ブームになったのは納得できます。

ロンドンで大人気のミュージック・ホールですが、リヴァプール・マンチェスターを中心とするイングランド北部工業地帯の諸都市でも、１８８０年代に「マンチェスター・シティ・ニュース」の記者が「世間ではミュージック・ホールを犯罪や不道徳の巣窟であるかのごとく考えているが、それは根も葉もない噂である」という調査結果を出すほど、人気のある娯楽施設でした。《株式仲買店員》事件でも、自称ハリー・ピナーはバーミンガムで雇ったホール・パイクロフトに「仕事をしたあと夜は2時間ばかり、ディズ・ミュージック・ホール（注2）に行って楽しまれては？」と言っています。

大規模なミュージック・ホールを作れない小さな町では、旧来通りパブが音楽演奏のライセンスを得て営業していました。１９０１年のヨーク市では３３８軒あるパブのうちライセンスを持っている12軒が付属演奏室（シンギング・ルーム）でコンサートを開いていました。『貧乏研究』の著者ラウントリーは１９０１年5月のある土曜日にパブを回った感想を、「パブの雰囲気は集まってくる客の好みにぴったりと合っている。部屋の明かりはたいがいの場合、眩いほど明るい。（中略）冬になれば、室内が頃合いの温度に温められている（中略）酒を飲まぬものはないが、ひどく酔っ払うようなものはいない。また、男の大部分は煙草を喫う。ときどき歌が注文され、合唱が行われると、歌えるものはみんな声をあげてこれに和する。歌はひどく感傷的なものか、俗っぽいものにきまっている。部屋の空気はきわめて明るく陽気で、つまらぬ遠慮などは薬にもしたくない。１日、工場や店に閉じ込められている人々にとって、いちばん嬉しいことである」と好意的な報告をしています。

また、ライセンスを持たないパブでも演奏会が盛んに行われている事実が紹介されていますが、どのように当局に対応しているのかというと、「この種のミュージシャンは確かに報酬をもらっているが、警察から尋ねられると、いい合わしたように、こう答える。『音楽の演奏に対しては何も報酬を受けとっていません。自分たちはウェイター（またはウェイトレス）として勤めているので、歌をうたうのは、お客に対するほんのお座興にすぎないのです』これはみんなが共謀していることなので反証をあげることは難しい」ということだそうです。

さて《恐怖の谷》事件では、マナーハウスに住んでいるジェントルマン階級のダグラスは、教養の高い近隣の人たちからは冷たい目で見られていたようです。しかし村人たちには人気があり、「喫煙自由の音楽会や、そのほかの集まりに顔を出しては、せがまれると絶対にいやと言わずに、音量豊かなテノールで素晴らしい歌を披露」していました。

この「喫煙自由の音楽会（スモーキング・コンサート）」ですが、パブに付属している演奏室で催された音楽会だったかも知れません。ダグラスが住んでいたバールストンはヨーク市よりもかなり小さな村なので、プロのミュージシャンが常駐することはないでしょうから、歌の上手いダグラスに人気が集まったのは不思議ではありません。

（注1）無言劇と訳される"Pantomime"（パントマイム）は、英国ではクリスマスのころに上演される特殊な芸能を示します。漱石によると、桃太郎のようなおとぎ話に滑稽を混ぜ合わせ、時事的な出来事を加えたストーリーだとか。芝居として見ると下らないが、仕掛けや大道具が立派で美麗である。何色にもライトアップされる噴水、馬が登場して駆け回り、ダンサーが天人のように飛び回る壮大な舞台だそうです。人気があると何カ月もの間のロングランも珍しくなかった、と書かれていました。

（注2）ディズ・ミュージック・ホール（Day's Music Hall）：オックスフォード版『シャーロック・ホームズの思い出』によると「元々はホワイト・スワンという名のパブで、その後クリスタル・パレスと名前が変わった。建物はバーミンガム市の中心地にほど近いハースト街にあった。さらにジェイムズ・デイが建物の所有者となったのにしたがって、ディズ・コンサート・ホールと名前が変わった」と書かれています。

馬車

……マザリンの宝石

久しぶりに古巣のベイカー街221Bを訪れたワトスンは、ホームズの頼みを聞いてスコットランド・ヤード（ロンドン警視庁）まで辻馬車を使って出かけました。大きな街路であるベイカー街で辻馬車を見つけるのは簡単だと思いますが、もし見つからなくても近くのドーセット街にキャブ・ランク（現在でいうとタクシー乗り場）があるので、すぐに乗り込むことができたはずです。

ロンドンの街を走っている辻馬車、現代風にいうとタクシー馬車には2種類あり、ひとつは二輪馬車のハンサム（図版110）、もうひとつは四輪馬車のクラレンス（図版111）です。二輪馬車のハンサムには別名はありませんが、クラレンスは日常的にはフォア・ホィーラと言われていて、ハンサム馬車とは違い、ゴロゴロと走るのがうるさいのでグロウラー（うなる人・物、またはがみがみという意味）というあだ名もあったそうです。それとキャブ・ランクに行かなくても当時の男性が持っていた笛を1回吹けば四輪辻馬車が、そして2回吹けば二輪辻馬車が来るシステムでした。

政治家で文筆家でもあったベンジャミン・ディズレーリが、ハンサム型二輪辻馬車のことを「ロンドンのゴンドラ」と言っているように、走る音

図版110 『ウィンザー・マガジン』1896年8月号。

がうるさく、スピードもでない四輪型辻馬車と違って、乗り心地がすこぶる快適だったようです。長谷川如是閑は『倫敦！ 倫敦？』の中で「『倫敦のゴンドラ』とヂスレリーがいったそうだが、如何にもハンソムは風韻のある車だ。馬は素敵に大きいのに、軽い二輪の車が附いて、その屋根の背ろに御者が乗っているから、轅の重みは全く平均されて、馬は何の重みも感じないで、頗る身軽に奔々と走る。客の乗っているところは真棒の真上なので前後の馬と御者とが強烈にシーソーをやっているにかかわらず動揺は少なく、前面は下の方に扉があるのみ故、行く行く往来の観察ができる」

またハンサム型辻馬車の御者については、「馬を御する事の縦横自在なるは自分の手足を動かすようなもので、混雑の間を、はしこい子供が潜りぬけるように走らせる所や、危ない四つ辻の真ん中で、狂い初めた馬を、皺くちゃ面を滅茶滅茶にして笑いながら制している所などは、倫敦名物たるに背かない」

そして四輪型辻馬車については「誠に興味索然たるものだ。陰気くさい一頭立ての箱馬車で、元

気のない御者が元気のない馬の尻をたたいて、元気のない客を乗せて行く。（中略）屋根の上に田神的荷物をウンと載せて、ポテポテと往来を行く様は馬車中の鈍物たるを脱れない」と身も蓋もない書き方をしています。

ホームズ物語にハンサム型辻馬車や四輪辻馬車が登場したときは、この説明を頭に浮かべて読むと場面の状況が具体的にイメージできると思います。また、図版111の四輪型辻馬車を見ると判るように、御者が前に座って馬を御してスピードも遅いことから乗客が走っている途中に姿を消すことができるようです。《緋色の研究》事件ではソーヤ、そして《花婿の正体》事件ではホズマー・エンジェルが馬車から消えています。また、ホームズは《緋色の研究》事件で「馬車のうしろにしがみつくのは、探偵たるものには必須の技術だ」と言って、実践していますが、かなり目立つ行動のように思えます。

このタクシー馬車は1898年末では、ハンサム馬車7899台、四輪型馬車3648台の計11547台がロンドンを走っていました。現在では自動車は自家用、営業車とも登録制でナンバーを付けていますが、馬車は営業用だけがスコットランド・ヤードから認可を受けて馬車の後部にナンバーをつけていました（図版112）。《バスカヴィル家の犬》事件では、このナンバーを電報で「馬車登録事務所」に知らせ、簡単に御者を割り出していますが、ジェファソン・ホープという御者の名前だけしか判らなかった《緋色の研究》事件では、少年たちに辻馬車屋の聞き込みをさせています。

図版111　『ウィンザー・マガジン』1896年8月号。

二輪辻馬車　荷馬車　四輪辻馬車

図版112　『100年前のロンドン』（マール社刊）掲載写真の部分拡大図。辻馬車の後部にはナンバーがついていますが、荷馬車にはありません。

この他に公共用の乗り物として乗合馬車3648台、乗合馬車鉄道（トラムカー）1295台の計4943台が運行していました。もちろん、多くの自家用馬車、荷馬車などもロンドン中を走っていたので、馬の落とし物、馬糞が道を汚していました。これについても長谷川如是閑は観察していて「往来掃除のいろいろ」の項目には「夜深けてシチーの辺を通ると、往来は夕立の跡のように湿れて歩道と車道の境をどうどうと水が流れている。これは倫敦の往来の最も大規模な清潔法なのだ。往来の端に立っている撒水の鉄管口に太いホースを継いで、東京で水道鉄管掃除をやる際に抜き出すほどの水量を惜しげもなく往来に注ぎかける」、日中は「蒸気で動く厖大な撒水車が轟々と動いて、馬糞や、塵芥を押し流している。その後からブラッシの附いた馬車で、綺麗に掃いて行く」その他に人海戦術としては青い服を着た道路掃除人（ストリートスウイーパー）が柄つきブラシで掃除をしていて、オーダーリー・ボーイと呼ばれている少年が往来の真ん中を塵取と手箒で馬糞を拾う危険な作業をしていました。

　これらの営業用の馬ですが、辻馬車の馬は予備を含めて2万頭がロンドンにいました。この他の乗合馬車、自家用馬車の馬の正式な頭数は判りませんが、夥しい頭数だったのは間違いありません。馬が働いてない時には、個人の厩（うまや）以外は、ミューズ（Mews）で休んだり、ブラシをかけ餌をもらうなどの世話を受けていました。ミューズとは「厩、厩へ通じる路地」の意味を持っています。

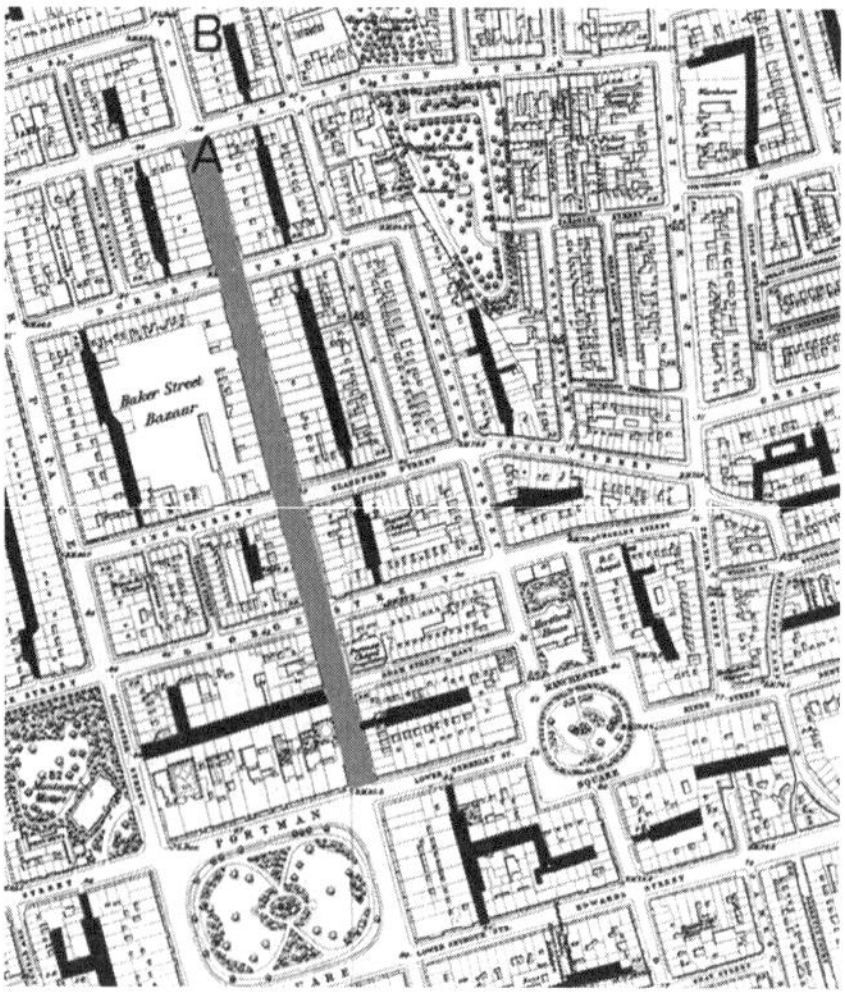

地図H　1870年版『英国陸地測量部作成地図』の部分拡大図。当時のベイカー街（グレーに塗ったAの道路）近くのミューズを黒塗りにしています。

　地図Hの黒色に塗ったところがミューズです。ロンドン中にこのような馬の世話をするミューズがありました。このミューズは袋小路のような場所が多いのですが（図版113）、《赤毛組合》事件で「ロンドンについて正確な知識を持つのが、ぼくの趣味のひとつなのさ」と言っているように、《空き家の冒険》事件では人目をさけてベイカー街に行くために「ホームズは裏道を知り抜いている。わたしがまったく知らないような馬屋（ミューズ）のあいだの編み目のような路地を、自信たっぷりの足どりでさっさと通り抜けて行った」とワトスンは書いています。

　ホームズ物語に出てくる個人の馬車事情についてはどうでしょう。最高級の馬車は《ボヘミアの醜聞》事件でボヘミア国王が乗ってベイカー街に来た二頭立て馬車です。ホームズは「小型の上等な四輪馬車（ブルーム）に、立派な馬が二頭。一頭百五十ギニーはするな。ワトスン、この事件には、たとえほかに何もなくても、金だけはあるぞ」と言っています。ワトスンと比較するのは気の毒ですが、ワトスンの年金は年にして約210ポンドなので、立派な馬の二頭分に足りないことになります。この時のボヘミア王は「お忍び」で来ているので、乗ってきた高級馬車は英王室や英国政府、そしてボヘミア国のものではないでしょう。リムジンのような、とびきり高級なハイヤー馬車だった可能性があります。19世紀後半になると、シーズン（社交季節）にロンドンに来るお金持ちや貴族は、自分の領地から馬を持ってこないで、「ジョバー」と呼ばれる貸馬屋で馬を借りるようになりました。このレンタル代は1880年代において年間約85ポンドだったそうです。レンタル料金は高いですが、馬が故障をしたり、病気になり死んでしまうという心配をする必要がありません。

《ボヘミアの醜聞》事件に登場するアイリーン・アドラーのブライオニー荘には裏手に馬車小屋があり、使用人にジョンという御者がいました。今で言うと「お抱え運転手付きマイカー」を所有しているので、かなり裕福な生活をしているのが判ります。ホームズがお金で決着を、と進言した時にボヘミア王が「アドラーは売らない」と言っている背景がアドラー宅の家の様子で納得できます。

　この他に自家用馬車を持っている依頼人には《入院患者》事件のトレヴェリアン医師がいます。本人には資金はなく、投資目的に開業を手助けしたブレッシントンによって往診用のブルーム型四輪馬車が用意されています。依頼人ではありませんが《高名な依頼人》事件ではベイカー街221Bまで往診にきた外科医のサー・レズリー・オークショット医師も四輪馬車（ブルーム）に乗っていました。

　同じ開業医のワトスンですが、《株式仲買店員》事件によるとワトスンは結婚後かかりつけの患者ごとパディントン駅近くで開業していた医院を買い取っています。ワトスンの前の医師は、自分が病気になったために患者の数が少なくなり、1200ポンドもあった医院の収入が買い取ったときは300ポンドに減少していました。《入院患者》事件でトレヴェリアン医師が自分の経歴を言うときに「専門医として成功するためにはキャヴェンディッシュ・スクウェアあたりにある十本ほどの通りのどこかで開業」する必要があり、そのためには「家賃や設備の費用」、「数年間の生活費」そして「ある程度りっぱな馬車」や馬を用意しなければいけない、と語っています。

図版113　現在のシャーロック・ミューズ。地図HのBのミューズは19世紀の地図によると「ヨーク・ミューズ・サウス」ですが、長沼弘毅の『シャーロック・ホームズの大学』によると1967年頃に「シャーロック・ミューズ」に変更されたそうです。撮影若林はるみ氏。

ワトスンは妻となったメアリ・モースタンと知り合った《四つの署名》事件当時、「弱い足ともっと弱い銀行口座を持った陸軍軍医」（注1）にすぎない、と自嘲しています。そしてメアリ・モースタンも住み込みの家庭教師で生計をたてていました。裕福ではないふたりが結婚をして医院を買い取れたのは、医師街ではないこと、訳あり物件であったこと、そしておそらくメアリ・モースタンがそれまで受けとっていた真珠を売って、開業資金の一部にしたこと（注2）が大きな理由でしょう。

購入と維持費にかかる自家用馬車を持てないワトスン医院の経営状態を知っているホームズだから、《背中の曲がった男》事件でワトスンの靴をみて「このところ仕事はかなり忙しいようだね」と言い、ワトスンが不思議がると「ぼくは君の癖を良く知っているから、強みがあるのさ。きみは往診のとき、近ければ歩くし、遠ければハンサム辻馬車を雇う。きみの靴は、履いてはいるらしいが泥で汚れてないから、近ごろは馬車を使うほど忙しいにちがいないと思ってね」という推理ができたのです。

（注1）「弱い足ともっと弱い銀行口座を持った陸軍軍医」：本文訳は光文社文庫の日暮訳を使っていますが、この訳は判りやすくするために笹野史隆訳を使っています。原文は"What was I, an army surgeon with a weak leg and a weaker banking account"です。

（注2）真珠を売って開業資金の一部にしたこと：原作には書かれていませんが、ふたりの経済状態からみると「高価な真珠」を開業資金に役立てたという可能性は大だと思います。

ガヴァネス（女家庭教師）

………ソア橋の難問

「芸が身を助くるほどの不幸せ」と言うことわざがありますが、ヴィクトリア時代の女家庭教師（ガヴァネス）はこのことわざ通りの存在でした。簡単に言えば「花嫁修業で習得した教養を生計の資を得るために住み込みで活用」せざるを得なかったミドル・クラスの女性たちです（注1）。

川本静子著『ガヴァネス』によると、１８４８

年に発表された『虚栄の市』、『ジェーン・エア』およびガヴァネス互恵協会」というエッセイに「イギリスでは、生まれ、振る舞い、教養の点で私たちと対等であるものの、財産の点で私たちに劣る人たちのことである。生まれも育ちも、言葉のあらゆる意味において、レディである人を例にとろう。彼女の父親が失職したとしよう。すると、このご婦人は、私たちが子供の教育者として考えている最高の理想像にぴったりというわけだ」と、判りやすい定義が紹介されています。そして同エッセイには「このように同胞の不幸によって供給される仕組みになっている雇用労働者は、他に類がない」と問題点を指摘しています。

ヴィクトリア時代のこの階級の女性たちは、結婚前は父親に、結婚したら夫に全面的に依存する社会的存在なので、職業婦人としてのスキルを得ようにも、女性が働けるような職種はなく、唯一あったのが他人の家であっても「家庭」で母親の代わりに子供を教育する仕事であるガヴァネスだけでした（注2）。

使用人とも客とも違う、まして家族ではない家庭で子供たちの教育をするガヴァネスは、ヴィクトリア時代の小説の主人公として人気がありました。

C・ブロンテ著『ジェーン・エア』では、主人公のジェーン・エアは早くに両親を亡くし、可愛がってくれた親代わりの伯父が亡くなると、伯父の妻に養育されますが、10歳の時にローウッド慈善学院に入れられます。そこで最初は生徒として、そのあとは教師として8年間を過ごしました。18歳で教師を辞めて、ガヴァネスとしてロチェスター氏の屋敷に就職したのです。やがてジェーン・エアと雇い主のロチェスター氏は愛し合うようになり、結婚をすることになったのですが、結婚式当日にロチェスター氏には妻がいることが判り……というのが物語前半のストーリーです。

ロチェスター氏は既婚者であることが露見したときに、正式な結婚はできないが愛しているので気持ちを受け止めて欲しいと懇願しました。今回の《ソア橋の難問》事件でも、ホームズの依頼人である金鉱王ギブスン氏は、自分の娘のガヴァネスと「できるものなら結婚したい。でもわたしにはどうにもならない」ので、金銭的な援助をしたいと言う言葉で自分の思いを打ち明けています。

ロチェスター氏も、ギブスン氏もはっきり言ってしまえば、自分の愛人になれ、と弱い立場の女性を脅かしているとしか思えない行動です。打ち明けられてからのふたりのガヴァネスの行動が違うのは雇い主への「愛情」があったのかどうか、だと思いますが、ここではテーマが違うので詳細な説明は控えることにします。

《ソア橋の難問》事件はトリックがあるので有名な事件ですが、このトリックも広いと言っても、ひとつ屋根の下で住む若い女性に関心を持った雇い主のエゴイズムが作り上げたものと言えます。若いガヴァネスに関心を持ち過ぎる雇い主も困ったものですが、思春期になり女性に興味を持つようになった教え子や教え子の兄弟からのセクハラも当時は少なくなかったようです。

　このように子供の教師とはいえ「魅力ある女性」が家庭内に入って一緒に住むことが危険であると認識されていたことは、『虚栄の市』で女学校長がガヴァネス候補としてふたりの候補者を具体的に説明している、依頼人のハドルストン・ファドルストン卿の妻宛への手紙で判ります。この手紙にはふたりの詳しい資格の他に「(ミス・タフィンは) 十八歳という若さで、大変美しい容姿の人ですので、ハドルストン・ファドルストン卿の御家庭にはいささか不向きかもしれないと思っております。他方、ミス・レティシア・ホーキーのほうは、容姿の点では恵まれておりません。歳は二十九で、顔には天然痘の痕がたくさん残っています。足には(後略)」(中島賢二訳)と相手側に伝えているのです。求人側とくに女主人にとってはガヴァネスの容姿は要注意であったはずなのに、ギブスン家では若くて美しいミス・ダンバーを雇っています。これはギブソン氏が横暴な性格で、ギブスン夫人に決定権はなかったということでしょう。

　さて、ホームズ物語にはミス・ダンバーを含めて6人のガヴァネスが登場しています。名前、事件名そして家族状況は以下のとおりです。

メアリ・モースタン《四つの署名》事件
　父親行方不明、母親死亡。
ヴァイオレット・ハンター《ぶな屋敷》事件
　下宿でひとり暮らし、家族については不明。
ヴァイオレット・スミス《美しき自転車乗り》

事件
父親死亡、母親と貧しい暮らし。

ミス・バーネット《ウィステリア荘》事件
夫を殺されたうえに、財産を取り上げられ、復讐を誓っている。

スーザン・ドブニー《レディ・フランシス・カーファックスの失踪》事件
引退している。

グレイス・ダンバー《ソア橋の難問》
養わなければいけない家族が複数いる。

この6人の内訳は「事件の依頼人4人、容疑者ひとり、被害者の仲間がひとり」です。依頼人のひとりのスーザン・ドブニーはすでに引退していますし、ミス・バーネットは一度結婚したことのある女性なのでそれほど若いとは言えないので、残りの3人について紹介します。

「愛嬌のある可愛らしい表情に、大きな青い瞳が気高さとやさしさをたたえ」そして「品のよさと感受性の豊かさをきれいに映し出した顔」のメアリ・モースタンは21歳の時からセシル・フォレスター夫人宅にガヴァネスとして住み込み、現在では27歳です。雇い主をセシル・フォレスター夫人と言っているのでセシル・フォレスター夫人は未亡人かもしれません。未亡人だから安心して愛嬌のある可愛らしいガヴァネスを雇い入れたのでしょうか。

ふたりのヴァイオレットですが、どちらも雇い主側から積極的に近づいてきています。「千鳥の卵のようなそばかすのある顔は、生き生きと才気に輝き」態度もきびきびしているヴァイオレット・ハンターは、実の娘の財産を奪うため娘の身代わりを探していた父親に雇われ、そして「背がすらりと高く凛とした気品のある若い美女」のヴァイオレット・スミスは遺産を狙う悪漢に雇われているので、ふたりの場合は本人の容姿が良くても悪くても関係のない事件でした。

「容姿端麗なガヴァネスは家庭内の不和の原因」になるという前提で推薦状が書かれた『虚栄の市』が発表されて55年後、そして《ソア橋の難問》事件の数年後、さらにホームズが引退した年でもある1903年12月の『パンチ』誌に図版114の「ガヴァネスの候補者たち」というカリカチュア（諷刺画）が載りました。キャプションには、

図版114 「ガヴァネスの候補者たち」『パンチ』誌1903年12月16日号掲載。

「求む。容姿端麗ならざるガヴァネス。経験豊富にして有能なる人。当方、十六歳をかしらに娘三人。音楽、フランス語、ドイツ語ができること。父親在宅が多く、成人した息子あり。よって才気煥発な会話、魅惑的な身のこなし均整のとれた体形、固くお断り」（川本静子訳）

と、誰もが思っているけど、口に出しては言えない本音が書かれていたのでした。

ガヴァネスは使用人ではないので、客がいなければ家族と一緒に食卓の席に座ることもできましたが、客がいる時には教え子と子供室で食事をすることになっていた家庭が多いようです。このように、不安定な立場のガヴァネスについてはまだまだ興味深い事柄がたくさんあります。

（注1）父親の経済状態などにより最初から家庭教師になるために学ぶ女性たちもいました。また、人口の7割近くをしめる労働者階級の女性はメイドなどの使用人、店員、工場などで働いています。今回のテーマとなる女性は働くことが不名誉とされている階級の女性たちです。

（注2）1880年代になるとこの階級の女性にも他の職種が登場しましたが、女性が本格的に職場で活躍するようになるのは第1次世界大戦の最中からです。

プレスベリー教授の「個人的な悩み」
……………這う男

「都合がよければすぐ来てくれ——都合が悪くても来てくれS・H」と言わば「上から目線」の電報を受けとったワトスンが急いでベイカー街に行くと、ホームズに「プレスベリー教授の飼っているウルフハウンド（狼狩りに使われた大型犬）、忠犬ロイは、なぜ教授に噛みつこうとするのか？」と問いかけられました。ホームズが話題にした教授は61歳、ケンフォード大学の生理学者で、自分の助手ベネットと娘が婚約、教授自身も同僚の娘と相思相愛の仲となり婚約間近という、幸せモード真っ最中です。ところが、婚約後の教授の行動に異変が起きたので、助手のベネットがホームズに相談を持ちかけ、ホームズはワトスンを電報で呼び出したのです。

といっても、《這う男》事件はこれまでホームズが関わってきた事件とはまったく違う「個人的な悩み」が原因です。この「個人的な悩み」を持った理由は若い女性を熱烈に愛し、相手からも愛してもらっても、若い頃のような「男心の発動」が無理なことにプレスベリー教授自身気がついたことからでしょう。現在ならED治療クリニックなどがありますが、当時は高齢者の性に関することを相談するところはなかったのでしょうから、教授は怪しげな科学者が作った「若返りの秘薬」を使用して、副作用による行動で愛犬に噛まれ瀕死の状態となってしまったのです。

教授の行動の原因をホームズは"untimely love affair"、邦訳では「狂い咲きの恋」「老いらくの恋」「時ならぬ恋」「歳不相応の恋」「年齢をかえりみない恋」といった表現を使っていますが、還暦を過ぎても女性を愛し、共寝をしたいという思いは男性の感情として当然なものだと思います。しかし、恋愛感情を忌み、完璧な観察と推理の機械であるホームズにとっては判りえない感情だったようです。

ヴィクトリア時代の男性がこの問題をどう解決していたのか気になります。しかしあまりにも個人的すぎる悩みなのか、邦訳されているヴィクトリアン関係の本では見つけることができませんでした。もしかしたら、問題にすらなっていなかった可能性もあります（注1）。

それで、我が国では、こういう場合はどのように対処していたかを、池波正太郎のエッセイ集『食卓の情景』のエピソードで紹介します。

1940年頃、株屋に勤めていた池波少年は歌舞伎をより面白く鑑賞するために、長唄を習っていました。この長唄の師匠のところに稽古に来ていた三井老人は、小さな家に猫が2匹と、まるで娘か孫のような若い細君と暮らしていたそうです（注2）。ある日、池波少年が三井老人宅に遊びに行くと、酒と軍鶏の鍋が池波少年に出されました。そして、「じいさんはその時、芋酒なるものをしきりにすすっていた。なんでも、山の芋を切って熱湯にひたし、引きあげて摺つぶし、これへ酒をいれて練ってから、燗をして出す。『こいつをやらないと、若い女房の相手ができないのでね』と、三井じいさんが眼を細めて言う」と思い出が書かれています。

この「芋酒」が江戸時代にもあったことから、後年、この思い出を鬼平犯科帳シリーズ「兇賊」の中で居酒屋［芋酒　加賀や］の人気メニューとして登場させ、芋酒を飲んだ［わたり中間］（注3）に「いや、もう加賀やの芋酒をやったら一晩のうちに五人や六人の夜鷹（注4）を乗りこなすなざあ、わけもねえ」と少々効き目が良すぎるのでは、と思うくらいのことを言わせています。

佐藤隆介編『池波正太郎　鬼平料理帳』に、「とろろは、古来『精がつく』食べ物として珍重され、『山薬』とも呼ばれてきたそうな」とあります。17世紀に中国から移入されたという「長芋」（注5）も「山薬」と言われるそうですが、ここは学名が"Dioscorea japonica"の「山の芋」がイメージに合います。『鬼平料理帳』には続いて「『和漢食物本草』という古書に［とろろ汁折々少し食すれば、脾腎のくすり気虚を補ふ］とある。芋酒がもてはやされた所以である」と書かれています。「気虚」とは身体のなかのエネルギーが不足している状態です。《這う男》事件のプレスベリー教授は加齢による「気虚」だったと思われるので、教授には『鬼平料理帳』の「芋酒のつくりかたは池波正太郎が書いてある通りで、早い話が『酒でときのばしたとろろ』である。一度実地に試してみれば『一晩に五人や六人……』乗りこなせるかどうか、ご納得いただけよう」がお勧めポイントに思われます。

地図I　1870年版　英国陸地測量部作成地図（2500分の1）の部分拡大図。

さて、「芋酒」が効く、効かないは個人差もあるでしょうが、問題は「芋酒」の効用の知識の入手方法です。当時のベイカー街には大きなバザール（注6）がありました（地図I参照）。『ディケンズのロンドン案内事典』によると、ここのバザールで扱う品物は「中国、日本」の物産品だったそうです（注7）。プレスベリー教授はプラハなぞに行かないで、ベイカー街バザールで相談をすれば、副作用のない「神秘的な東洋医学」である「芋酒」の処方箋の入手ができ、犬に噛まれることもなく三井老人のように若い細君の相手をすることができたのでは、と思います。

1880年にアフガニスタンから帰還したワトスンは「巨大な汚水溜め」のようなロンドンに吸

い寄せられてきましたが、ホームズもワトスンより少し早い時期に仕事となる事件を求めてロンドンに住み始めています。

1903年9月に発生した《這う男》事件の頃にはワトスンはすっかり「巨大な汚水溜め」の生活に慣れているようですが、ホームズはプレスベリー教授の男性としての「最後のあがき」に対して、ロンドンという大都市だけではなく、人間世界が「はきだめ」のように感じて引退の決意が早まったのかも知れません。ホームズは《這う男》事件のすぐあとにサセックス丘陵地に引退して、思索と養蜂の生活を送るようになりました。

（注1）『19世紀のロンドンはどんな匂いがしたのだろう』の「セックス」の項目には1860年代半ばに刊行された本の中でW・アクトン博士が「女性の大部分は（彼女たちにとって幸いなことに）、どんな性的感情にもそれほど悩まされることはなかった。……だから神経質な青年諸君や非力な青年諸君も、自分に要求されている義務をあまり大げさに考えて、結婚を躊躇したりする必要はないのだ」と独身男性を安堵させています。ただ、この項目には結婚しても床入りができずに妻から離婚されてしまった例は載っていますが、プレスベリー教授のような悩みを解決する方法は載っていませんでした。また、結婚生活の経験のあるワトスンと、経験のないホームズではこの事件への感想は違ったでしょう。W・アクトンの著作の詳しい内容については中公文庫『もう一つのヴィクトリア時代　性と享楽の英国裏面史』第1章「我が祖先たちの知恵」に載っています。

（注2）池波正太郎の人気シリーズ『剣客商売』では、主人公の秋山小兵衛と妻おはるは40歳以上年が離れている設定になっています。

（注3）［わたり中間］：「中間（ちゅうげん）」とは江戸時代、武士に仕えて雑務に従った者で一応脇差しはさしています。「わたり中間」とは現在でいうと必要な時だけ雇われる派遣社員のような中間のこと。

（注4）夜鷹（よたか）：江戸時代、ゴザを持って売春をする最下級の娼婦。

（注5）長芋：学名は"Dioscorea batatas"、英語名は"Chinese yam"

（注6）バザール：ロバート・ダウニー・ジュニア主演の「シャーロック・ホームズ」でベイカー街221Bから出たアイリーン・アドラーをホームズが追いかけるシーンがありますが、その時テント張りの店がある広場を通ります。この広場はこのバザールをモデルにしたと思いますが、実際のバザールがどのような場所だったのかは現時点では判りません。

（注7）『ディケンズのロンドン案内事典1888年版』によると"Baker-street Bazaar, Baker-street, Oxford-street. Specially noticeable for carriages, and Chinese and Japanese goods. NEAREST Railway Station, Baker-street; Omnibus Routes, Baker-street, Edgware-road, Marylebone-road, and Oxford-street; Cab Rank, Dorset-street."

遺産と相続

………三人のガリデブ

珍しい苗字が幸いして（結果は禍いとなりましたが）500万ドルもの遺産が入ってくるという夢を見ることができたのは、《三人のガリデブ》事件に登場するネイサン・ガリデブ氏です。ホームズ物語には遺産・相続がからんだ話がこの他にも登場しますが、《三人のガリデブ》事件以外でアメリカ人の遺産話の恩恵を受けることができたのは、《赤毛組合》事件の依頼人であるジェイベズ・ウィルソン氏です。このふたつの事件の共通点は、遺産を残したのがどちらもアメリカ人なので、本当に遺言書があるのかどうかを調べることができないことです。

英国人の遺言書はというと、ロンドンにあるサマーセット・ハウス（注1）に行き、1シリングを支払えば誰の遺言書でも閲覧することができました。

19世紀のイギリス（恐らく現在も）では配偶者・子供への法定遺留分というものがなく、ほとんどの人が遺言書で相続の割り振りをしますが、個人の遺言書より法的効力を持つものに「限定相続（Entail）」という制度がありました。これは「現在の持ち主でも地所などを売却、抵当に入れることを不可能にして、土地などからあがる収入だけを使える」ものです。

1066年にイングランドを征服したノルマン人の王は自分を助ける軍隊を経済的に支えるだけの土地を持った家臣団を必要としました。それで、土地を分割しない「長子相続（Primogeniture）」を推奨しましたが、時代がすすむと「限定相続と長子相続」は対となって家の勢力を守るための手段となり、家の誇りともなったのです。

19世紀の小説の中でも限定相続が思わぬ波紋を呼び起こす材料になっています。19世紀初頭の作家ジェーン・オースティンの『高慢と偏見』では、娘は5人いるが息子はいないベネット夫人がいます。夫人は自分の夫が死んだら相続人である夫の従兄弟に住んでいる家を追い出されても文句も言えないことについて、「あなたの財産がご自分の子供の手に渡らない、相続権が限定されるなんて、そんなひどいことが世の中にあるのでしょうか。もしわたしだったら、とうの昔に、きっとなんとかしておきましたよ」（富田彬訳）と嘆いています。

娘たちが法律的な説明を何度してもベネット夫人は理解できずに、「自分だったらなんとかしておいた（注2）」と繰り返します。しかし、なんとかならないのが「限定相続」です。

ホームズ物語に出てくる登場人物でこの「限定相続」が理解できず、現所有者が「やめることができる」と思い犯行に及んだのが、《プライアリ・スクール》事件のジェイムズ・ワイルダー（図版115）です。彼はホールダネス公爵の最初の子供ですが、残念なことに婚外子です。そのために父公爵の爵位と莫大な財産（約25万エーカーの所領、ランカシャーとウェールズの鉱山など）は正式な妻の子供であるソルタイア卿に引き継がれます。もし、ソルタイア卿が自分の息子を持つ前に亡くなっても、婚外子であるジェイムズ・ワイルダーに爵位及び財産は移らず、公爵の兄弟、兄弟がいなければ従兄弟の男系の子孫が受け継ぐことになります。ジェイムズ・ワイルダーは父親の公爵に何とかしてもらおうと脅迫を計画しましたが、「限定相続」を理解できずに、危険な行動を取ること自体が貴族の資格がないように思えます。

図版115　左が子供のジェイムズ・ワイルダー、右は父のホールダネス公爵《プライアリ・スクール》事件、シドニー・パジェット画『ストランド・マガジン』1904年２月号掲載。

このような男系での「限定相続」が設定されていると《レディ・フランシス・カーファックスの失踪》事件の被害者レディ・フランシス・フランシスのように、たとえ直系の最後のひとりでも女性では「限られた財産」だけとなります。

これらのふたつの例は祖先から受け継いだ爵位と財産の相続です。では、現所有者が自由になる場合がないのかというと、《バスカヴィル家の犬》事件のようなケースです。チャールズ卿が、100万ポンドの財産のうち26万ポンドを個人、慈善団体に贈る遺言書を書いています。これは准男爵そしてバスカヴィル家の邸宅、所領は先祖から引き継いでいますが、金銭はチャールズ卿自身が投機によって作り上げたものだからです。この残りの74万ポンドについては、カナダから戻ってきた相続人のヘンリー卿は、「お金は爵位や不動産と一緒にしておくべきだという気はします。亡くなった伯父の考えでもありますし、（爵位・不動産の）所有者にあの地所を維持できるだけのお金がなくしては、バスカヴィル家の再興もなにもないでしょう?」。そして「屋敷と土地とお金、この三つは切り離しては考えられません」ときっぱりと言いきっています。

ヘンリー卿について、風雨にうたれたたくましさを漂わせているが「落ち着いたまなざしや堂々とした態度はいかにも紳士らしいものがあった」とワトスンは書いています。外見だけではなく、長年続いた「バスカヴィル家」を誇りに思っている気持ちが、財産への考え方にも表れているようです。

では、貴族（地主階級）に嫁いだ女性が未亡人になった時はどうなるでしょう。結婚するまえに「寡婦給与（Jointure）」を決めることになります。これは持参金などに応じて、弁護士立ち会いのもとで正式な書類にすることになっていました。《ショスコム荘》事件では現在の持ち主であるレディ・ビアトリス・フォルダーは、夫が亡くなったあとは「一代限りの権利」でショスコム荘に住んでいるので、彼女が亡くなるとショスコム荘は亡き夫の兄弟に戻されることになっています。これは結婚前に婚姻不動産処分に関する取り決めをしていた結果です。

貴族や地主階級ではない財産家の女性はどのようにしていたのかというと、《まだらの紐》事件のロイロット博士の妻は全財産を夫に譲りましたが、「ふたりの子供が結婚したときにはひとり250ポンドずつ貰える」権利が遺言書に記されていました。また原作には書かれていませんが、投資物件の評価額が下がっているのに売却できないのは、利息しか手をつけられないことになっていたのでしょう。

同じような例として《花婿の正体》事件の依頼人メアリ・サザーランドは伯父の遺産の額面2500ポンド利回り4分5厘のニュージーランド公債を受けとっていますが、利息だけしか自由にできないことになっていました。これは相続人にとって良い面もありました。それは、1882年に法律が改正されるまで、英国では女性は結婚する時に自分の財産は夫名義になり、自分の財産を持つことができなかったからです。法律が改正されてもすべての男性に思いやりがあり、妻が持ってきた財産に手をつけない、とは言いきれません。女性自身も愛情を示すために、《黄色い顔》事件のエフィーのように7パーセントも利息のついている4500ポンドの投資物件を夫名義にしてしまう可能性があります。

一時の恋愛感情に振りまわされると、必要になった時に、自分のお金だったのにエフィーは夫に対して受けとるための「お願い」が必要になりました。女性に財産を遺そうとした人は、たとえ結婚をしても夫となった男性に自由にさせないように、利息しか受けとることができない相続などの工夫をしていたのです。

このように未来の夫の横暴を抑える仕組みはありましたが、親という保護者が危険人物になった事件がありました。《まだらの紐》事件では継父が娘の結婚を阻止するために殺害を計画実行、《花婿の正体》では実母が黙認して継父が結婚詐欺のようなことを企む。《ぶな屋敷》事件では実父と継母が娘の財産を狙って譲与のサインを強いています。ホームズが言うように家々の屋根をそっとはがして覗いてみても、親が子供の財産を狙うような驚くべき事件以上のことはそれほどなかったと思います。

（注1）原作ではホームズは「ドクターズ・コモンズに行った」と言っていますが、ここにあった遺言状は1867年にサマーセット・ハウスに移されているので、《まだらの紐》事件当時の遺言状は「サマーセット・ハウス」にありました。

（注2）ベネット氏は5人の娘の行く末を考えていました。しかしそのためにはベネット夫人に息子を産んでもらうのが最善の策だったのです。次善の策の、相続人である男性から娘に求婚してもらう、これは実行されましたが、肝心の娘がプロポーズを断ってしまいました。

カップル（夫婦、婚約者、恋人）

……………隠居した画材屋

英国では我が国とは違って近世・近代を通じて単婚核家族が基本の家庭構成なので、高齢者と夫婦そして子供の3世代家族が日常的に食卓を囲むことは稀なことでした。《花婿の正体》事件の依頼人であるメアリ・サザーランド嬢は継父の「女は家庭の中で楽しんでいればいいのだ」と言って来客は一切断り、自分の外出も嫌がるのに対して「それなら、まず自分の家庭が必要なわけですけれども、わたしにはその家庭がまだないじゃないの」と母親に言っています。メアリ・サザーランド嬢は継父と実母の企みで自分の家庭での食卓風景を作り上げることはできませんでした。しかし、《隠居した画材屋》事件のアンバリー夫妻のように結婚ができても楽しい食卓風景を作り上げ、維持するのは難しいカップルがいるのは今も昔も同じです。《黄色い顔》事件で依頼人のマンロウ氏が「(デリケートな問題である)家庭内のことをひとに話すのは、気が進まないものです」と言っているように歴史の表面に出てくることは少ないです。しかし諮問探偵であるシャーロック・ホームズは「人の知らないことを知るのが仕事」なので、自然とワトスンが書いた事件にはデリケートな家庭の秘密が載っています。ここではスティーヴン・カーン著『愛の文化史――ヴィクトリア朝から現代へ』の目次立ての幾つかを参考にして「ホームズ物語に登場するカップル」を見ていこうと思います。

待つ

男女ともに「今でなければ二度とない」と思われる「ただひとり」の愛する人を待っている状態です。同世代の異性と適度なコミュニケーションを経験していないために、最初に目に入った相手を「ただひとり」と思い込んでしまうのでしょうか。《恐喝王ミルヴァートン》事件の依頼人エヴァ・ブラックウェルは田舎の貧乏郷士に書いた手紙で、《第二のしみ》事件の依頼人の妻ヒルダ・トリローニーは結婚前に書いた「恋を夢見る少女が軽はずみに書いた、他愛のない手紙」によって脅迫されることになります。ヒルダ・トリローニーは「他愛のない」手紙と言っていますが、受けとった男性は心が舞い上がるほど嬉しかったことでしょう。

　女性だけではなくヴィクトリア時代の男性も「ただひとり」を待っていて、恋愛に慣れていません。手紙を送った女性は相手の男性の心をかき乱したことなど忘れ、他の人との結婚を決めます。しかし、男性の方は熱烈なラブレターを寄越した相手が裏切ったとなると、情熱的な愛が毒を含んだ憎しみに変わり、受けとっていた手紙を復讐に使うことを思いついたのだと思います。現代風に言えば「男の恋愛は別名で保存、女の恋愛は上書き保存」がヴィクトリア時代の男女にも当てはまる事件のようです。

会う

ドイツの哲学者ハイデガーは「人々は、実は、ある一点で出会うのではなくて、むしろ、お互いに空間をきれいに片付けて、お互いの場所をあけるのである」と述べているそうです。

空間をきれいに片付けずに出会った結果、《プライアリ・スクール》事件に登場するホールダネス公爵は、ソルタイア卿の母である妻と別居するという家庭内の問題を抱えるだけではなく、大事な跡取り息子のソルタイア卿を庶出の息子が誘拐、そして教師殺人事件まで引き起こす誘因を作ってしまいました。

また《独身の貴族》事件で結婚式を挙げたセント・サイモン卿とハティ・ドーランの場合は、セント・サイモン卿は結婚前のお遊びの相手であるフローラ・ミラーを、心のなかですっぱり消してハティとの結婚を望んでいたので、フローラ・ミラーが結婚式当日に現われても「心の空間」を残したままフローラ・ミラーを追い出すことができました。でも新婦のハティは秘密に結婚した夫が亡くなっていても愛していたので「心の空間」はありませんでした。それで、セント・サイモン卿との結婚式が終わったあとでも夫の生存が判ると、披露宴の最中に失踪したのです。

欲望

ヴィクトリア時代には女性が肉体的欲望を持つことは考えられないとされていました。《這う男》事件の「注」で紹介しているW・アクトン博士は「女性の感覚は、女性の側の固有の欲求から起こるものではない」として、欲望を持った女性は「ニンフォマニア(女子色情症)、狂気の一種」とまで言っています。

《ソア橋の難問》事件で家庭教師のミス・ダンバーは雇い主のギブスン夫人のことを「(夫のギブス

ン氏に対して）あまりにも生々しい肉体的な愛情をおもちだったものだから、ご自分の夫がこのわたしに感じているのが心の、さらに形而上のつながりだということを理解しにくくていらしたのでしょう」と自分の存在が夫婦の仲を壊したことなど関係ないように語っています。なにせ、ホームズは《這う男》事件で、初老の男性が肉体の機能を取り戻そうと苦労していたことについても批判的な感想を持っているので、ギブスン夫人の気持ちなど判らなかったと思います。ホームズはギブスン氏とミス・ダンバーの将来は明るいと思っているようですが、現代の読者には非常に後味の悪い事件に思われます。

打ち明ける（本人及び第三者による）

《黄色の顔》事件ではマンロウ氏の妻エフィーは結婚をしていたこと、そして先夫が病死したまでは打ち明けることができましたが、先夫がアフリカ系米国人、そして夫の血を色濃く受け継いでいる娘がいることを話すことはできずに、マンロウ氏と再婚しました。エフィーは黒い肌の娘がいる、というだけで打ち明けられなかったのではないと思います。当時は「テレゴニー」、つまり妊娠・出産すると母体に子供の父親の性質（遺伝子）が移る、と一部の人には信じられていたのです。エフィーは再婚であることは最初から打ち明けているし、先夫とは正式な結婚ですから、問題は娘の肌の色と「テレゴニー」だけです。これを問題にしなかったマンロウ氏のあたたかな心で母子は新しい幸せな生活をおくれることになり（図版116）、読者も一安心です。ただ、各国の読者の反応が違うことを考慮してか、初出の『ストランド・マガジン』（及び英国版）ではアフリカ系の娘がいることを打ち明けられたマンロウ氏の考える時間は「2分」"a long two minutes"です。しかし、米国版ではこれが「10分」"a long ten minutes"となっています。

　では、未婚で子供を産んだ後に結婚するとどうなるのでしょう。ディケンズの『荒涼館』の登場人物に、婚約者との間に子供ができたけれど結婚前に婚約者が死亡（実際は違いますが）、そのあと秘密裏に出産、この秘密の子の存在を隠して准男爵と結婚したデッドロック夫人がいます。子供を産んで20年近く経ってから、デッドロック夫人は秘密の子供のことを夫に知られ、夫は致命的な卒中をおこしてしまいました。そして、脅迫者を殺害したという嫌疑をかけられた夫人は、冬のある日に野たれ死にとも言っていい死に方をしたのです。《恐喝王ミルヴァートン》事件でミルヴァートンを殺害した女性はミルヴァートンに「おまえは手紙を夫に送りつけた。（中略）あの人のやさしい心はそれでこなごなになって、そのまま息絶えてしまった」と言っています。夫が息絶えるほど驚くような事とは、デッドロック夫人のように結婚前の秘密の子供の存在が手紙に書かれていた可能性があります。ただ、デッドロック夫人の最期ですが、死んだ場所を思うと本人は満足だった気もします。

図版116　エフィーの子供を抱き上げるマンロウ氏《黄色い顔》。シドニー・パジェット画『ストランド・マガジン』1893年12月号掲載。

嫉妬

シェイクスピアは『オセロ』のなかで嫉妬の思いは「ケシでも、マンドラゴラでも、世界中のすべての眠り薬」（臼田昭訳）でも鎮まらない、と言っています。

嫉妬から妻のメアリと妻の愛人を殺害したのが《ボール箱》事件のジム・ブラウナーです。この夫婦の仲を引き裂いた「オセロ」の登場人物イアーゴー的存在はメアリの実姉であるセアラ・クッシングですが、イアーゴーの奸計と違ってセアラの奸計によって実際にメアリに愛人ができてしまいました。

同じく妻と愛人であったかどうかは不明ですが、チェス仲間のレイ・アーネスト博士を殺害したのは《隠居した画材屋》事件の依頼人ジョサイア・アンバリーです。こちらのほうは嫉妬というより「病的な妄想」と言った方がいいようです。

結婚式

結婚式のイメージは招待客の名簿、招待状、花、ウェディング・ケーキ、花嫁衣装そして出席者から祝福を受ける新郎新婦、と明るく華やかです。しかし、《花婿の正体》事件では式場に向かう途中で馬車から消えた花婿。《ボヘミアの醜聞》事件ではホームズと大きな力を持ったボヘミア国王からふたりで逃げるために、結婚式を挙げたアイリーン・アドラーとゴドフリー・ノートン。最悪なのは《美しき自転車乗り》事件の中で莫大な遺産相続人であるヴァイオレット・スミス嬢を自分のものにするために挙げられた野原での強制結婚式です。このように結婚式のイメージにある「祝福」とはかけ離れたものがホームズ物語に描かれています。

セックス

　ホームズ物語には具体的な描写はありませんが、《高名な依頼人》事件でグルーナー男爵は、もてあそんだ元愛人たちのことをスナップ写真入りで、蛾や蝶のコレクションのように細々としたすべてを手帳に記録をしていると、元愛人のひとりは語っています。恐らく、この手帳にはセックスがらみのことも書かれていたと思います。たくさんの女性と関係のあったグルーナー男爵ですが、子供はいないようです。おそらく避妊具を使っていたのでしょう。英国には18世紀の頃から羊の腸などで作られたコンドームはありましたが、１８３９年にチャールズ・グッドイヤーが最初にゴムを加硫処理し、5年後にこの発明で特許を習得、その後生産過程に工夫をこらすなどをして１８６０年代には１個10ペンスしたものが半ペンスへと値下がりをしたそうです（注１）。

　使用例はあまりにもプライベートな分野なので具体的な話は見つかりませんでしたが、それらしき逸話を見つけました。それは子沢山の文豪ディケンズについてです。ディケンズは子供がたくさんいましたが、１８５０年ころ8番目を妊娠中の時にディケンズの畏友であるジェフリィ卿が、機嫌をそこねるのを承知で、これで最後にしたほうが良い、そして「こう実が多くなると親木が弱ってしまう」と忠告しています。これは禁欲を説いたのではなく、恐らく避妊具を使うことを勧めたのだと思います。ディケンズは妻のキャサリンとは相性が悪く１８５８年に別居をしていますが、ジェフリィ卿の忠告のあとも妻はふたりの子供を産み、2回流産をしているので、ジェフリィ卿の忠告を実行はしなかったようです。ディケンズは子沢山の理由を、妻のキャサリンのせいだけのように説明をした手紙を書いているし、別居したときは愛人がいたので子供の存在が夫婦の絆にならないこともあるようです。

結婚生活

お伽話は王子様とお姫様が結婚をして、めでたしめでたしで終わることが多いです。しかし現実では結婚をしてから「生活」が始まるのです。《花婿の正体》事件にはホームズが解決したけれど物語としては語られていない事件の「食事の後に妻に入れ歯を放り出す」ダンダス氏。《ブラック・ピーター》事件の被害者のピーター船長は酒を飲むと真夜中に妻と娘を鞭で追い回し、《名馬シルヴァー・ブレイズ》事件の被害者である調教師のストレイカーは二重生活をしていました。《唇の捩じれた男》事件には本当の職種を妻にも言えない、ネヴィル・セントクレアとアヘン窟に入り浸るアイザ・ホイットニー。《アビィ屋敷》事件には酒を飲んで妻に暴力をふるう被害者のサー・ユースタス・ブラックンストールがいます。

結婚前には妻たちの誰もが結婚生活にこのような苦労が待っているとは思わなかったでしょう。

愛の終わり

「たとえ薔薇色の唇と頬は、時の手の半円の大鎌に狩りとられても、愛は時の道化になりはてはしない。愛はつかのまに過ぎる時間や週とともに変わるものではない」（注2）とシェイクスピアは言っています。しかし、《ソア橋の難問》に登場するギブスン夫人は熱帯的である「外見的な魅力が色あせてしまうと（中略）夫をつなぎとめておけなくなって」夫のギブスン氏は「力強くきっぱりとしていながらはかなげな顔」の若い家庭教師に心を奪われてしまいました。

愛が終わった理由は判りませんが、《悪魔の足》事件に登場するレオン・スターンデール博士には何年も前に家を出た妻がいます。しかし「英国のけしからん法律があって離婚はできなかった」と言っているように、男性の訴えで簡単に離婚が成立していたようなヴィクトリア時代ですが、実際の数字（表R）をみると離婚ができるハードルは高かったようです。

表R　イングランド・ウェールズの離婚件数と結婚件数

（注 3）離婚件数：戸籍本署は 1906 年以前の離婚（正確には「離婚及び無効命令」）件数の年次数値を提供していないので、★印の数値は５年間の平均値で小数点以下は省略しています。

（注 4）結婚件数：『イギリス歴史統計』に載っている結婚件数の数値は 1000 人単位です。

年	離婚件数(注3)	年	結婚件数(注4)
1876-80	277★	1876	202,000
1881-85	355★	1881	197,000
1886-90	353★	1886	196,000
1891-95	371★	1891	227,000
1896-1900	490★	1896	246,000
19001-05	563★	1901	259,000
1910	581《悪魔の足》事件発表	1910	275,000
1920	3,090	1920	380,000
1980	148,301	1980	370,000

すべてのカップルの分類はできませんでしたが、ホームズ物語に登場するカップルの諸相をみると月並みな小説の内容などはつまらなく感じます。

（注１）避妊具の歴史はピーター・ゲイ著『シュニッツラーの世紀』を参照しました。
（注２）シェイクスピアのソネット１１６（平井正穂訳）。

労働者階級の教育
……ヴェールの下宿人

《ヴェールの下宿人》事件に出てくる「アッバス・パルバの悲劇」とは、飼育していたライオンに襲われた猛獣使いのロンダーが死亡、妻のユージニアが顔に大怪我をした事件です（図版１１７）。《ヴェールの下宿人》事件が発生したのは１８９６年なので、７年前に起きた「アッバス・パルバの悲劇」は１８８９年頃になります。悲劇が起きた時のユージニア・ロンダーは恐らく25歳～30歳くらいで1860年～1865年頃に生まれたことでしょう。

労働者階級に初等教育を受けさせる法案の「教育法」が成立したのは1870年なので、ユージニアが公立の学校で初等教育を受けた可能性もありますが、「わたしはおがくずの上で育った哀れなサーカスの娘で、十歳になる前から輪抜けの芸をさせられました」と言っていることや、当時の状況から公立の学校には通ってはいませんでした。でも、ユージニアは「(ホームズさんの)ご活躍ぶりをつぶさに見てまいりましたから。読書は、わたしに残されたたったひとつの楽しみです。本の世界のことで、わたしが見落とすものはほとんどありません」と語っています。

ディケンズが1854年に発表した『ハード・タイムズ』に登場するサーカス育ちの「女子20番」ことシシー・ジュープは、学校の経営者であるグラッドグラインド氏に預けられる前に読み書きは習っていたようで、「馬の定義」(注1)は答えられませんでしたが、父親に妖精や魔神の出てくるお伽噺を読んで聞かせる習慣がありました。シシーは生まれてすぐに母親が亡くなったので、道化師だった父親と共にサーカスの仲間と一緒に行動していたのですが、算数や科学の勉強はしてなくても、父親に教えて貰ったのか、巡業地にあった図版118のような「おばさん学校」(注2)などで簡単な読み書きを習ったのでしょう。ユージニア・ロンダーもあるいは巡業先にあった「おばさん学校」や、周りの大人に読み書きを習っていたのかもしれません。彼女たちのように正規の勉強をしてなくても、小説が読めて理解できるのは不思議ではありません。

こうした「おばさん学校」やグラッドグラインド氏が経営していたような初等教育を教える学校が各地にたくさんあり、『読み書き能力の効用』の記述を読むと、1870年に「教育法」が成立する前後でリテラシー(母国語のテキストを読み、一定度の文章を書ける能力の割合)の大幅な変化はないようです。

資格を持った教師に系統だった勉強を習わなくても、本人に学びたいという気持ちがあればいろいろな方法で勉強は可能です。

たとえば、農業労働者出身のジョセフ・アーチ

図版117　当時の猛獣サーカスの様子『ストランド・マガジン』1897年8月号掲載。

（1826年生まれ）は6歳から9歳まで学校に行きましたが、9歳から「鳥おどし」の仕事を始めたので母親に勉強を習い、若い労働者になったときに「本を買って、一生懸命勉強して、自らを教育した」そうです。

鉱山労働者の指導者であったロバート・スミリー（1857年生まれ）は両親が早くに死んだために祖母に引き取られ、教育としては短期間幼児学校で「アルファベット以上のものは殆ど習わず」そして9歳の時に使い走りの少年として働き、11歳になると綿工場で半日働きながら6カ月間学校で勉強しただけです。

ウィル・ソーン（1857年生まれ）は父親を亡くしたので6歳から働きだしています。それも1日12時間労働で仕事の内容は「ロープとより糸の紡糸機のための薄板を回す」ことです。ソーンの家族は母親とソーンの弟と妹の5人家族で、しばしば救貧制度（現在でいうと生活保護）に頼っていましたが、いつも家族は飢えていたそうです。それでも「小遣いにできる僅かばかりの金で買った本やパンフレット」で学び、「ガス労働組合」の設立者になりました。ホームズとワトスンが生まれ、パブリック・スクールで勉強していた1850年代と60年代の労働者階級の子供たちの共通の経験は貧乏と長時間労働だったのです。

図版118 「おばさん学校」が描かれているウィリアム・ブロムリー画「教室」英国の世紀4『民衆の文化誌』掲載。

エンゲルスの『イギリスにおける労働者階級の状態』を読むまでもなく、1833年に成立した「工場法」正確にいうと「連合王国の工場の児童および青少年の労働を規制する法律」の条項を見るだけで、現在なら児童虐待と言いたくなる内容であることが判ります。第8条は「13歳未満の児童の労働を1日9時間、1週48時間に制限」です。第7条は「木綿工場を除く工場において9歳未満の児童の雇用を禁止」です。児童労働が法律でも禁止されず1日9時間も工場で働かされ、法律上は働いた上に勉強もすることを強制されていたのが19世紀中頃の英国です（注3）。

この「工場法」が成立した後も、児童に対する義務教育は国教会を中心とする宗教派と特定の宗派に偏らない教育を求める世俗派の争いが続いたあと決まった妥協の産物が、1870年の「教育法」（注4）でした。また最低雇用年齢の引き上げも時間がかかりました。１８７６年の法律で10歳、１８９３年では11歳、そして１９００年になって例外条文付きですが14歳に引き上げられました。

　このように幼い頃から働きながら勉強をして21世紀にまで名前が残っている労働者の数は全体からみたら極々少数ですが、なんらかの教育をうけて読書を楽しみにできた労働者階級の人たちがいたのは間違いありません。

　１８９３年に発表された《海軍条約文書》事件でホームズはロンドンに向う列車の中で、

「こんなふうに高架線に乗って街並を見おろしながらロンドンに入っていくのも、じつに愉快なもんだね」

　とむさ苦しい眺めを見ながらワトスンに言ったあと、

「あのスレート屋根がつらなる上に、ぽつんぽつんとそびえている大きな建物を見たまえ。まるで鉛色の海に浮かぶレンガの城のようじゃないか」

　と理由を言いました。するとワトスンは

「公立の小学校だよ」と答えています。

　それに対してホームズは、

「いや、きみ、まさに灯台だよ！　未来を照らす明かりだ！　ひとつひとつが何百という光り輝く小さな種子を包み込んだ莢だ。あの莢がはじけて、より賢明で、よりすばらしい未来の英国が生まれ出づるってわけさ」と言っています。

　ホームズたちの乗っていた列車が高架線を走っていたため見晴らしが良いので学校だと判ったのではありません。新式の教室を暖める「暖房塔」が教会の尖塔や工場の煙突だけしかなかった地域にもそびえたつようになったので、ホームズやワトスンにもはっきりと学校であることが判ったのです。ホームズの目にはレンガの暖房塔が希望の灯台のように見えたのでしょう。

　ワトスンの言っている公立小学校が教育法によって作られた労働者階級の子供のための「基礎学校（ボードスクール）」です。１８９１年の教育法によって授業料は無料化され、初等教育は義務化されましたが、どんなに勉強しても実用的な勉強（注５）しか教えない基礎学校からパブリック・スクールそしてオックスフォードやケンブリッジなどへの道は閉ざされていました。

　エリートコースが勉強するのは改革以前と同じ

「古典（ラテン語とギリシア語）」が中心です。これは学校において有用な教育を受けさせることはしない、いかなる専門的な知識も身につけてないのがジェントルマン教育という考えからのようです。

それでも、1870年以降の教育法の成立により児童たちのいる場所は工場ではなく教室となり、勉学の進んだ子供たちのための夜間の補習学校の整備がされ、上級基礎学校もできるようになりました。

ただ、いつの時代も勉強が嫌いな子供がいて、早く働かせたい親がいます。ヨーク市の公立学校での出来事として「朝、ひとりの子供が妙にそわそわして気をもんでいた。先生が、どうしたのかと聞いていたところ、その子供は逆に、『先生、今、なん時？』と聞いた。『10時半だよ、だが、それがどうしたんかね？』『え、10時半、それじゃ先生、もういってもいい？　お母さんが、今朝10時半になったら、ちょうど14歳（注6）になるから、そうしたら学校はやめてもいいといったんです』」という視学官から聞いた実話をラウントリーは書いています。このように、週に数シリングを稼がせるために学校を辞めさせる親もいました。

しかし、このような目先の収入ではなく『ハード・タイムズ』に登場する銀行家のバウンダビーの母親ペグラー夫人のように、「両親は倅が立派に書いたり計算したりできるようになるためでしたら、自分たちの生活を少しばかり切りつめるのも決して苦労などとは思わなかったのです」と思う親たちはできるだけ子供たちに教育をさせ、かなうことならば大学へ、という教育の平等の権利の主張がされだし、慈善ではなく社会的権利として教育が求められだしたのです。

（注1）馬の定義：ディケンズの『ハード・タイムズ』に登場する優等生のビッツァーは「四足獣。草食性。四十本の歯、つまり二十四本の臼歯と四本の犬歯、それに十二本の門歯。春に毛が抜け、沼の多い地方では蹄も抜け落ちます。蹄は堅いけれど蹄鉄を打つ必要があります。年齢は門歯表面の溝の具合で判ります」（山村元彦／竹村義和／田中孝信共訳）と答えています。

（注2）おばさん学校："Dame School"「何も教えない」「教育的価値のない」という悪評が一般的です。しかし、親の生活、労働条件に柔軟に対応していて（現在でいうと学童保育的な存在）、学校での高度な勉強は無理でも読み書きを習うチャンスとしては身近な存在

だったようです。掲載した「教室」の絵をみると、悪いことをした子供は三角帽を被らされ、台の上に立たされているのが判ります。

（注3）法律上は働いた上に勉強もすることを強制されていた：『イギリスにおける労働者階級の状態』の「諸結果」によると、「大多数の子供は、1週間をつうじて工場と家庭で働いているので、学校に通うことはできない。だから、昼間働いている子供たちの行くことになっている夜学校には、ほとんどまったく通う者はいないか、いてもその者の役にたってない。また昼間12時間もこき使われてきた若い労働者に、そのうえまだ夜の8時から10時まで学校に行かせようとするのは、実際あまりにも要求がひどすぎるであろう」と書いてあります。

（注4）妥協の産物の1870年の「教育法」：「基礎学校（ボードスクール）」は地元で選ばれた学校委員会が教育のための地方税を徴収し、学校を建て、教師を配置し、適当と考えられるならば13歳未満の就学を強制しうる、という条項がありました。また、無償教育は実現していません。教会系と世俗派が40年以上も揉めた理由はどの宗派の宗教教育をするかでした。クリスチャンではない私には違いが判りませんでした。

　ですが公立の基礎学校でも超宗派的な立場で宗教教育はおこなわれていました。1901年のヨーク市の学校では「毎朝、全校生徒が集まって賛美歌を歌って、簡単なお祈りをする。次にクラスごとに聖書の講話を30分聞く」が日課だったそうです。

（注5）基礎学校の必修科目は「読み方、書き方、算数、図画（男子性徒）、裁縫（女子生徒）。クラス全体としての選択科目は「声楽、暗唱、国語、地理、初等科学、歴史、女子　生徒には家計」。上級生徒には個人としての選択科目「初等科学、家庭科学、フランス語、調練、料理（女子生徒）、手工」があり、知能の低い児童には低いレベルの教育が、そして成績優勝な生徒には科学及び芸術方面の授業が行われていたそうです。

（注6）14歳：1900年以降は12歳以上になれば14歳以下でも労働試験を受け、労働許可書を得ることで働くことができました。ヨーク市全体で毎年卒業生の10パーセントの生徒が労働許可書を得ての卒業だそうです。労働試験は標準第6の学科を基準とされていました（貧しくて頭の良い子が早く働きだしたのでしょうか）。

　基礎学校の最高学科は「標準第7」で、「読み方、書き方及び作文、算数（少数、百分比等を含む）、文法、地理（アジア大陸）、歴史（ヴィクトリア朝史）、暗唱（標準詩150行）、楽譜による独唱、図画（男子生徒）、裁縫（女子生徒）、フランス語（通俗的なものの名称、一般的な節句、会話、平易な文法、翻訳）、調練、家庭経済、初等科学」で、ヨーク市のふたつのボードスクールの卒業生の46パーセントが「標準第7」に達していたそうです。

家事使用人 ……………ショスコム荘

当時のミドル・クラス（中産階級）以上の階級にはなくてはならない「家事使用人（Domestic servant）」がテーマです。《ショスコム荘》事件にもレディ・ビアトリスの変化に気がつく執事のスティーヴンス、なにか胡散臭いお付きメイドのキャリー・エヴァンズが登場します。

１８４５年に発表されたベンジャミン・ディズレーリの小説『シビル――二つの国民』の題名（注１）「二つの国民」とは富める者と貧しき者を指しています。『貧乏研究』で家庭を「家事使用人を雇っているのか、いないのか」で区別できるとした分類が「二つの国民」にほぼ該当しています。この調査以降、ヴィクトリア時代の社会階級はラウントリーによる区分法が一般的に用いられるようになりました。

図版119　「女性の職業別人数」1906年8月号の『ストランド・マガジン』に掲載。　イラストの「女性の大きさ」は職業別比率を表しています。

このようにディズレーリやラウントリーは社会をふたつの階級に分けていますが、数字的にいうと20世紀初頭において人口の7割強をしめる「ワーキング・クラス（労働者階級）」から3割弱の「ミドル・クラス」以上の家庭に「家事使用人」として約１６４万人の女性が働きに出ていました（注２）。

図版１１９と表Ｓは１９０６年８月号の『ストランド・マガジン』に掲載されていた「女性の職業別人数」のイラストと、このイラストのキャプションによる職業と人数を表にしたものです。

これに、いちばん近い国勢調査（１９０１年）の女性の人口と比較すると、女性の11パーセント近くが従事している当時の英国では最大の職業グループであることが判ります。

また、現在の私たちは「お手伝いさん、家政婦」といえば家事の代行をするサービス業という認識をもちますが、ラウントリーが社会的区分とした「家事使用人の有無」は単なる指標ではなく、当時の英国における独特な社会的意味合いがありました。

たとえば、１８８８年に発表されたバーネットの『小公女』の主人公のセーラ・クルーは、ロン

表S　女性の職業別人数

図版119のキャプションに記されている職業名と総数を元にして作成しています。

職業	人数
家事使用人(ガヴァネスを含む)	1,641,154人
縫子	903,646人
紡績女工	867,259人
ショップガール	325,000人
洗濯女	226,690人
掃除婦	126,696人
教師(学校で教えている)	201,716人
看護婦	79,048人
下宿屋	58,475人
小売業	54,188人
ミュージシャン	26,098人
女優	6,798人
著述業	1,327人
計	4,518,095人

ドンにあるミンチン寄宿学校に在籍していた時に、父親が破産して優雅に暮らしていた特待生から屋根裏部屋に暮らす雑用メイド(兼教師)になってしまいました。この時にワーキング・クラス出身の下働きメイドの少女ベッキィと苦楽を共にします。セーラはのちに父親の財産を預かっていた父の親友と巡り会うことができて、昔以上のお嬢様の生活に戻りますが、仲良くしていたベッキィはミンチン寄宿学校の下働きから、セーラの「お付き（attendant）」になっています。現在の感覚で言うと、大金持ちになったセーラはベッキィを使用人ではなく、どこかの学校に行かせて新しい道を進ませることを考えても良いのですが、物語の中では使用人としては別格の地位と言える女主人の「お付き」になったベッキィは、幸福を得たメイドとして描かれています。この作品は英米で舞台化されるほど人気があったということは、当時の読者はセーラもベッキィも幸福になって良かったね、という感想を持ったのでしょう。

　お嬢様だった頃のセーラはベッキィに、自分達ふたりの境遇の違いは「偶然の出来事」の結果だと説明をしています。でも父親が亡くなって雑用メイドになった時に、今まで勉強してきた知識を忘れ、ベッキィのようなワーキング・クラス特有のコックニー訛の喋り方をするメイドになってしまうことを怖れています。つまり、セーラはベッキィと仲良くはしますが、ベッキィの属する階級を拒絶しているのです。生まれの違いという「偶然の出来事」によって作り上げられた世界では、上の階級は落ちることを怖れ、下の階級から上へは自由に行くことはできないのです。作者のバーネットがふたりの少女のそれぞれの幸せを用意しているのは、当時の社会制度としては当然のことでした。

このように現在ではなかなか判りづらい「身分の差」が「雇用者」と「家事使用人」にあり、家事使用人がいなければ家政（料理、掃除、洗濯等）の切り盛りをできないということ以外に、ミドル・クラスとして社会的ステータスとプライドを保つためにはどうしても必要だったのです。

細かな例をあげると、ドアノブや表札などのプレートは真鍮製だったので毎日磨かなければいけません。これを奥様が自ら磨く姿を隣近所に見られたとしたら、ご近所は噂でもちきりになるでしょう。では、家事使用人どころか妻もいない開業医はどうするかというと、23歳のコナン・ドイルはポーツマスのサウスシーに家を借りて診療所を開いた時、玄関に「ドクター・コナン・ドイル外科医」の表札をかかげましたが、誰にも見られないように夜遅く表札を磨いたり、玄関前の掃除をしたそうです（注3）。

このように外仕事は夜中にこっそりできますが、患者が来た時に誰がドアを開けるのかが問題になります。それで、コナン・ドイルは弟のイネスをエディンバラから呼び寄せる目的のひとつとして母宛の手紙の中で「何よりもドアを開ける役目をしてもらえます――患者を診察室に招き入れるとき、医者が自分でドアを開けると、患者の目には威厳に欠けて見えてしまいます（注4）」と書いているのですが、この「威厳」を保つということも開業医だけではなく、ミドル・クラスにはとても重要なことでした。この頃のコナン・ドイルの診療所には家事使用人はいませんが、生まれや仕事から言ってミドル・クラスです。家事使用人を持つ階級といってもミドル・クラスの最下層とワーキング・クラスの違いは薄い紙のような差だったので、家事使用人を雇えないコナン・ドイルは弟に給仕の役割をしてもらう必要があったのです。

また、ホームズ物語でも家事使用人がいるべき階級の家庭で使用人がいないと、《レディ・フランシス・カーファックスの失踪》事件で老婆の死亡証明書を書いた医師が「使用人がいないのがあの階級の夫妻にしては珍しいと思った」と不思議がることになります。また《隠居した画材屋》事件では依頼人のアンバリー宅について「通いの女性がひとり、日中働いて夕方六時に帰っていくだけで、夫婦ふたりだけで暮らしていたんだがね」と言うワトスンの報告でアンバリーがかなりの吝嗇家であることが判るのです。

ヴィクトリア時代における家事使用人は雇用者の収入によって人数が増えていきますが、ひとりしか雇えない家庭では、「メイド・オブ・オールワーク」、「ジェネラル・サーヴァント」、「ジェネラル・メイド」と言われていたすべての仕事をする雑役メイドを雇っていました。

メイドの5分の3近くがこの「メイド・オブ・オールワーク」で、大きなお屋敷で専門化された家事使用人とは違い、おもに都市部の小さな家で早朝から深夜まで働かされていました。メイド・オブ・オールワークを雇うにしても相応の賃金を払えない場合は、経験の浅い若い女の子を雇うことになります。たとえば、《赤毛組合》事件の依頼人、質屋のジェイベズ・ウィルスンは「かんたんな台所仕事や掃除をしてくれる、十四になる女の子がおります」と言っています。最低雇用年齢は１８７６年の法律で10歳、１８９３年では11歳となっているので、14歳の女の子がメイドとして働くのは法律的に何も問題ありませんが、《赤毛組合》事件でも書いているように、メイドとしてのスキルを期待するのは無理です。

また《赤い輪団》事件の依頼人で下宿屋をしているウォレン夫人は、「(日中は) 女の子 (girl) をひとりつかっているほかは、あの家にはわたしとあの人だけになるんです」と言っていますが、この「女の子」がどのくらい働かさられるかというと、夏目漱石の『倫敦消息』を例にとると、下宿屋のメイド、ベッジパードンは「朝から晩まで晩から朝まで働き続けに働いてそれから四階のアッチック(注5)へ登って寝る。翌日日が出ると四階から天降ってまた働き始める」ほどの長時間労働でした。一般家庭のメイドたちも毎日16時間以上の長時間労働が普通だったようです。

１８６０年7月18日、メイド・オブ・オールワークだったハンナ・カルウィックの午前中の仕事は、「キッチンの火を起す。暖炉の掃除。部屋を掃き、塵を払う。ブーツを磨く。階上の朝食を持っていく。ベッドメイクし、汚水を片付ける。

朝食の片付けと洗い物。ナイフを磨く。昼食の支度をし、テーブルクロス」をかけることでした。この中の「汚水」とは寝室にある便器の中の掃除のことです。また、暖炉の掃除と簡単に書いてありますが、燃えさしの灰をかき出し、鉄の部分は黒鉛でピカピカに磨く必要がありました。もちろん石炭を階下から運ぶのもメイドの仕事です。別の日には「戸口の上がり段と敷石を跪いて掃除をする。正面玄関にある靴の泥落としを黒鉛で磨く。通りに面した敷石道も、四つんばいになって掃除。屋敷の周りの敷石をごしごしこする」と書かれていました。ハンナはもちろん料理も作りますが、18日の仕事の内容と掃除の合間に「タルトを作り、2羽のアヒルの羽毛をむしり、はらわたを抜いて焼く」鳥料理を作っています。メイドといえば図版１２０のようなキャップとエプロン姿でお屋敷の中を静かに動く姿をイメージしますが、実際は毎日ハンナの日記のようにただひたすら両手と身体を使って働いていたのです。

《ボヘミアの醜聞》事件当時、ワトスンの家には泥で汚れた靴の掃除が下手なメイドがいたようで、「メイドのメアリー・ジェーンのことだが、どうにも使いものにならない子でね。家内が暇を出すと申し渡したくらいだ」と言っています。メイドについて調べる前はワトスン夫妻に同情していましたが、今では住み込みとはいえ年平均15ポンドくらいの賃金で長時間働かされていたメイドが気の毒に思えます。

　大多数であるメイド・オブ・オールワークはひとりで長時間労働をしていますが、大きなお屋敷では部署に分かれて家事使用人がたくさん雇われていました。

　女性の家事使用人には食料だけではなく日用品やリネン庫を管理する家政婦（housekeeper）、そして家政婦の元で掃除などを担当するハウス・メイドがいます。また、料理人（注6）には助手的存在のキッチン・メイド、そして洗い物担当のスカラリー・メイドがいました。他には奥様や令嬢の世話をするレディース・メイド（小間使い）、子供の世話をするナース（乳母）、子守り、そして立場は家事使用人ではないですが、１８７１年の国勢調査からは家事使用人に分類されているガヴァネス（女家庭教師）がいました。またメイドたちの他に、裕福な家庭には室内で働く男性使用人もいました。屋敷の円滑な運営をする執事（butler）、その下で働くフットマン（footman）、主人の身の回りの世話をする従僕（valet）などです。

このようにたくさんの家事使用人がいる大きな家庭では、長時間労働の他に上級の家事使用人からの虐め問題があり、若いメイドたちはひとりで働くメイド・オブ・オールワークとは違った悩みを持っていたようです。これらのメイドたちを取り仕切る家政婦は大きな家庭で働くイメージが強いですが、ホームズ物語では《恐怖の谷》事件に登場するアレン夫人以外は家政婦だけ、もしくは自分以外にはひとりくらいのメイドを使って世帯の切り盛りをしていたのが以下の8事件から判ります。

図版120　『ハロッズのカタログ1895年版』掲載。

《四つの署名》事件　家政婦部屋にいるバーストンばあや　住み込みメイドはいない。
《まだらの紐》事件　ロイロット博士宅にいる少しぼけている家政婦。住み込みメイドはいない。
《バスカヴィル家の犬》事件　家政婦は執事の妻であるバリモア夫人。住み込みの洗い場メイドがひとりいる。
《ノーウッドの建築業者》事件　中年の家政婦のレキシントン夫人。
《金縁の鼻眼鏡》事件　年とった家政婦のマーカー夫人　メイドがひとりいる。
《第二のしみ》事件　エドアルド・ルーカス宅には中年の家政婦プリングル夫人がいたが、住み込みメイドはいない。
《悪魔の足》事件　料理人であり家政婦でもある年とったポーター夫人、メイドとして若い女の子がひとり。
《ライオンのたてがみ》事件　引退しているホームズの家に年よりの家政婦がいた。メイドはいない。

メイドは「メアリ」「ジェイン」などと名前を呼び捨てにされ、キャップとエプロンは必ず着用でしたが、家政婦は結婚してなくても「ミセス」をつけて呼ばれ、メイドのようにキャップは付けない特別待遇の立場です。とは言ってもロイロット博士宅にいる少しぼけた家政婦には年金を支払えないので、ロイロット宅で生活をさせていたのかもしれません。一言に家政婦と言ってもそれぞれの家庭の事情があるようです。

また、家政婦はレディース・メイド（小間使い）やハウス・メイドの中から出世した人たちが多く、メイドたちと同じワーキング・クラス出身です。しかし、財政的困難におちいったミドル・クラスの娘や未亡人でガヴァネスになれなかった人たちはレディース・サーヴァントと言われる家事使用人になっていました。

ホームズ物語の中でも《美しき自転車乗り》事件で依頼人のヴァイオレット・スミスは勤務先の内情について「カラザーズさんは、奥さまを亡くされて、家事いっさいを家政婦（lady housekeeper）のディクスン夫人に任せておられます。かなり年配の、たいへん立派な女性です」と説明しています。男世帯で女の子がいるカラザーズ氏は家の切り盛りをする家政婦として、ワーキング・クラス出身ではなく、ミドル・クラス出身のディクスン夫人を雇ったようです。ディクスン夫人がミドル・クラス出身の家政婦、つまりレディ・ハウスキーパーであることが判るので、ヴァイオレット・スミスも「たいへん立派な女性」と思ったのでしょう。おそらく身の上話を聞かなくても当時の人たちは身のこなし、話し方で相手の階級が判ったのだと思います。

もうひとり、レディース・サーヴァントとまでは言いませんが、叔父の家で家政婦のような働きをしていた《緑柱石の宝冠》事件に登場する24歳のメアリ・ホールダーがいます。父親が亡くなってから叔父に引き取られているので、メアリには自分の財産はないのでしょう。ホールダー氏は姪を頼りにしているし、息子のアーサーも結婚を望んでいます。ただ、メアリからみると自分の財産はなく家政婦のような立場で、結婚相手としては考えられない従兄弟のアーサーと暮らすのはつまらなかったと思います。つい、口がうまくて女癖の悪い男に騙されてしまった、気の毒と言えば気の毒な女性です。

家政婦として最後に登場するのはホームズです。《四つの署名》事件でオーロラ号を追跡する前の夕食として「カキに、雷鳥がひとつがい、ちょっと逸品の白ワイン」を用意して「ワトスン、君は、ぼくが家政婦として一流だとは、知らなかっただろうね」（注7）と自慢しています。この「家政婦」発言は実際に料理をしたのではなく、食卓の上のご馳走を上手くマネージメントできたことが自慢だったのだと思います。

（注1）『シビル――二つの国民』の題名：「シビル」とはヒロインの名前。

（注2）約164万人の女性が働きに出ていました：1851年の調査では約75万人、1891年は約138万人、1931年でも約133万人です。

（注3）表札を磨いたり、玄関の前を掃除：コナン・ドイルの自叙伝的小説『スターク・マンローからの手紙』参照

（注4）コナン・ドイルから母宛の手紙：1882年6月、弟イネスは10歳。

（注5）アッチック：屋根裏部屋（Attic）のこと

（注6）料理人：大きなお屋敷に男性のプロの料理人いることもありましたが、ほとんどの家庭ではキッチン・メイド出身の女性のコックでした。『英国メイドマーガレットの回想』の著者マーガレット・パウエルもキッチン・メイドからコックになりました。

（注7）「ぼくが家政婦として一流だとは、知らなかっただろうね」オックスフォード版全集『四つのサイン』（小林司／東山あかね訳）

あとがき

本著は２００９年６月から２０１２年９月にかけて「ホームズの世界」サイトでの連載したものを元にしていますが、連載中に水野雅士さんから励ましの言葉を頂いたことで、60事件すべてを書き上げることができました。有り難うございます。また高田寛さん、若林はるみさん、平山雄一さん、柴﨑節子さん、森田陽子さん、熊谷彰さん、新関彩子さん、遠藤尚彦さん、渡邊利枝子さん、猪飼美紀さん他たくさんの方からのご教示を頂き感謝しております。部屋中に溢れ出した資料の中で、テーマが変わるたびに七転八倒で悩む姿を見せてしまった夫には、ただ一言、「完成しました！」

そして本著を出すにあたっては石毛力哉さんに大変お世話になりました。心からお礼を申し上げます。

シャーロッキアンの仲間のなかでは、彼岸の世界に旅立つことを「ライヘンバッハの滝の向こうに行かれた」と言います。私がライヘンバッハの滝の向こうに行った時に、小林司さん、松下了平さん、そして両親にこの「シャーロック・ホームズと見る　ヴィクトリア朝英国の食卓と生活」の刊行を報告できるのが楽しみです。

そして日暮雅通さんには「新訳シャーロック・ホームズ全集」の題名及び引用文の使用を御許可を頂いた上に新装版の帯には過分なお言葉を有難うございます。

２０２３年11月吉日　　関矢悦子

刊行年代順主要参考文献

アーサー・コナン・ドイル『シャーロック・ホームズ全集』（小林司／東山あかね訳、高田寛注・解説、河出書房新社、一九九七―二〇〇二）※本文では「オックスフォード版全集」と表記
アーサー・コナン・ドイル『詳注版シャーロック・ホームズ全集』（小池滋監訳、ベアリング・グールド注・解説、ちくま文庫、一九八二―一九八三）※「ベアリング＝グールド版全集」
ジャック・トレイシー『シャーロック・ホームズ大百科事典』（日暮雅通訳、河出書房新社、二〇〇二）※『ホームズ大百科事典』
フランシス・ホジソン・バーネット『小公女』（吉田勝江訳、岩波少年文庫、一九五四）
Isabella Beeton “Mrs. Beeton's Book of Household Management” ※『ビートン夫人の家政読本』
Isabella Beeton “Mrs. Beeton's Every-day Cookery Cook Book New Edition”（1909）※『新ビートン夫人の料理術』
Charles Elme Francatelli “A Plain Cookery Book for the Working Classes” ※『労働者階級のための簡単料理術』
Alexis Soyer “Soyers Shilling Cookery Book for the People” ※『ソワイエの１シリング料理術』
Ltd Cassell “Cassell's Dictionary of Cookery” ※『カッセルの料理辞典１８８０年版』
ベンジャミン・シーボーム・ラウントリー『貧乏研究』（長沼弘毅訳、千城、一九七五）
Charles Dickens “Dickens's Dictionary of London, 1888” ※『ディケンズのロンドン案内事典１８８８年版』
Harrods 1895 Catalogue “Victorian Shopping” ※『ハロッズの１８９５年版カタログ』
Lieut -Col Newnham-Davis “Dinners and Diners: Where and How to Dine in London” ※『ディナー&ダイナー』
Karl Baedeker “Baedeker's London and It's Environs 1900: A Handbook for Travellers” ※『ベデカー・ロンドン旅行ガイド１９００年版』
1911 Encyclopaedia Britannica ※『１９１１年版ブリタニカ』
J.Burnett “Plenty and Want” Routledge, 1989.4

シャーロット・ブロンテ『ジェーン・エア』（大久保康雄訳、新潮文庫、一九五三）
キャプテン・クック『太平洋航海記』（荒正人訳、河出書房、一九五五）
アンドレ・モロワ『英国史（上・下）』（水野成夫／小林正訳、新潮文庫、一九五八）
トニ・マイエール『イギリス人の生活』（大塚幸男訳、白水社、一九六〇）
夏目漱石『漱石全集』（岩波書店）
荒井政治『近代イギリス社会経済史』（未来社、一九六八）
三好信浩『イギリス公教育の歴史的構造』（亜紀書房、一九六八）
フリードリヒ・エンゲルス『イギリスにおける労働者階級の状態』（浜林正夫訳、大月書店、一九七一）
ミッチェル・リーズ『ロンドン庶民生活史』（松村赳訳、みすず書房、一九七一）
エドガー・W・スミス編『シャーロック・ホウムズ読本――ガス灯に浮かぶ横顔』（鈴木幸夫訳、研究社、一九七三）
石毛直道編『世界の食事文化』（ドメス出版、一九七三）
フローレンス・ナイチンゲール『ナイチンゲール著作集』（湯槇ます監修、現代社、一九七四―七七）
G・レンシャル／G・ヘテニーズ／W・フィーズビー『インシュリン物語』（二宮陸男訳、岩波書店、一九七四）
リチャード・ホガート『読み書き能力の効用』（香内三郎訳、晶文社、一九七四）
福田作太郎『西洋見聞集　英国探索』（岩波書店、一九七四）
角山榮『生活の世界歴史10　産業革命と民衆』（河出書房新社、一九七五）
佐藤雅子『季節のうた』（文化出版局、一九七六）
B・サイモン『イギリス教育史Ⅰ・Ⅱ』（成田克矢訳、亜紀書房、一九七七―八〇）
エイドリアン・ベイリー『世界の料理　イギリス料理』（江上トミ監修、タイムライフインターナショナル、一九七八）
タキトゥス『ゲルマーニア』（泉井久之助訳、岩波文庫、一九七九）
中山治一編『世界の歴史13　帝国主義の時代』（中公文庫、一九七九）
モニカ・ディケンズ『なんとかしなくちゃ』（高橋芽香子訳、晶文社、一九七九）
角山栄『茶の世界史――緑茶の文化と紅茶の社会』（中公新書、一九八〇）
小野二郎『紅茶を受皿で――イギリス民衆芸術覚書』（晶文社、一九八一）
ファニー・クラドック『シャーロック・ホームズ家の料理読本』（成田篤彦訳、朝日文庫、二〇一二）
R・J・クーツ／L・E・スネルグローヴ『全訳世界の歴史教科書シリーズ1　イギリス（全5巻）』（今井宏／松本宣郎訳、帝国書院、一九八一）

J・ボズウェル『サミュエル・ジョンソン伝』(仲野好之訳、みすず書房、一九八一―八三)
春山行夫『西洋広告文化史――広告の歴史を作った人々』(講談社、一九八一)
レイ・タナヒル『食物と歴史』(小野村正敏訳、評論社、一九八一)
角山榮/川北稔編『路地裏の大英帝国――イギリス都市生活史』(平凡社、一九八二)
アーノルド・ベネット『自分の時代』(渡部昇一訳、三笠書房、一九八二)
W・J・リーダー『英国生活物語』(小林司/山田博久訳、晶文社、一九八三)
小野二郎『ベーコン・エッグの背景』(晶文社、一九八三)
村岡健次『ヴィクトリア時代の政治と社会』(ミネルヴァ書房、一九八三)
トレバー・レゲット『紳士道と武士道――日英比較文化論』(大蔵雄之助訳、サイマル出版会、一九八三)
角野喜六『漱石のロンドン』(荒竹出版社、一九八三)
出口保夫『英国紅茶の話』(東京書籍、一九八三)
鯖田豊之『水道の文化――西欧と日本』(新潮選書、一九八三)
玉村豊男『ロンドン旅の雑学ノート』(新潮文庫、一九八三)
小菅桂子『にっぽん洋食物語』(新潮社、一九八三)
小林章夫『コーヒー・ハウス――都市の生活史、18世紀ロンドン』(駸々堂、一九八四)
ジョオン・サースク『消費社会の誕生――近世イギリスの新企業』(三好洋子訳、東京大学出版会、一九八四)
ケネス・ハドソン『質屋の世界――イギリス社会史の一側面』(北川信也訳、リブロポート、一九八五)
出口保夫/アンドリュー・ワット編著『漱石のロンドン風景』(研究社出版、一九八五)
村岡健次/川北稔編著『イギリス近代史――宗教改革から現代まで』(ミネルヴァ書房、一九八五)
川北稔『「非労働時間」の生活史――英国風ライフ・スタイルの誕生』(リブロート、一九八七)
長島伸一『世紀末までの大英帝国――近代イギリス社会生活史素描』(法政大学出版局、一九八七)
ピーター・ブッシェル『倫敦千夜一夜』(成田成寿/玉井東助訳、原書房、一九八七)
豊川裕之『「食生活指針」の比較検討――栄養素から献立へ』(農文協、一九八七)
L・C・B・シーマン『ヴィクトリア朝時代のロンドン』(社本時子/三ツ星堅三訳、創元社、一九八七)
サミュエル・ピープス『サミュエル・ピープスの日記』(臼田昭他訳、国文社、一九八七―二〇〇三)
W・シヴェルブシュ『楽園・味覚・理性――嗜好品の歴史』(福本義憲訳、法政大学出版局、一九八八)
原剛『19世紀末英国における労働者階級の生活状態』(勁草書房、一九八八)

松村昌家編『ヴィクトリア朝小説のヒロインたち』（創元社、一九八八）
A・ブリッグズ『ヴィクトリア朝の人びと』（村岡健次／河村貞枝訳、ミネルヴァ書房、一九八八）
シドニー・W・ミンツ『甘さと権力――砂糖が語る近代史』（川北稔／和田光弘訳、平凡社、一九八八）
道重一朗『イギリス流通史研究――近代的商業経営の展開と国内市場の形成』（日本経済評論社、一九八九）
森枝卓士『カレーライスと日本人』（講談社現代新書、一九八九）
森岡洋『アルコール依存症を知る』（アスク・ヒューマン・ケア、一九八九）
S・メネル『食卓の歴史』（北代美和子訳、中央公論社、一九八九）
宮永孝『文久二年のヨーロッパ報告』（新潮選書、一九八九）
荒井政治『レジャーの社会経済史――イギリスの経験』（東洋経済新報社、一九八九）
クレア・ヒューズ／北條文緒／川本静子編『遙かなる道のり――イギリスの女たち 1830―1910』（国書刊行会、一九八九）
井野瀬久美恵『大英帝国はミュージック・ホールから』（朝日新聞社、一九九〇）
西尾弘二『砂糖屋さんが書いた砂糖の本』（三水社、一九九〇）
春山行夫『春山行夫の博物誌――ビールの文化史』（平凡社、一九九〇）
平岡敏夫編『漱石日記』（岩波文庫、一九九〇）
R・B・シュウォーツ『18世紀ロンドンの日常生活』（玉井東助／江藤秀一訳、一九九〇）
P・コリンズ『ディケンズと教育』（藤村公輝訳、山口書店、一九九〇）
春山行夫『春山行夫の博物誌　紅茶の文化史』（平凡社、一九九一）
二宮陸男『糖尿病とつきあう』（新星出版社、一九九一）
ケロウ・チュニズニー『ヴィクトリア朝の下層社会』（植松靖夫／中坪千夏子訳、高科書店、一九九一）
出口保夫『ロンドンの夏目漱石』（河出書房新社、一九九一）
小池滋監修『世界の歴史と文化イギリス』（新潮社、一九九二）
小池滋『世界の都市の物語6　ロンドン』（文藝春秋、一九九二）
小池滋『英国流立身出世と教育』（岩波新書、一九九二）
臼井隆一郎『コーヒーが廻り世界史が廻る――近代市民社会の黒い血液』（中公新書、一九九二）
ヘンリー・メイヒュー『ヴィクトリア時代 ロンドン路地裏の生活誌　上下』（ジョン・キャニング編、植松靖夫訳、原書房、一九九二）
ジョン・ダイソン『コロンブス・苦難の航海』（柴田和雄訳、リブリオ出版、一九九三）

森譲『パブの看板――イン・サインに英国史を読む』（河出書房新社、一九九三）
高橋裕子・高橋達史『ヴィクトリア朝万華鏡』（新潮社、一九九三）
松村昌家編『「パンチ誌」素描集』（岩波文庫、一九九四）
川本静子『ガヴァネス（女家庭教師）――ヴィクトリア時代の「余った女」たち』（中公新書、一九九四）
ジョージ・オーウェル『1杯の美味しい紅茶』（小野寺健訳、朔北社、一九九五）
丹野冨雄『南の島のカレーライス　スリランカ食文化誌』（南船北馬舎、一九九五）
アン・ブロンテ『アグネス・グレイ』（鮎澤乗光訳、みすず書房、一九九五）
高島進『社会福祉の研究　慈善事業・救貧法から現代まで』（ミネルヴァ書房、一九九五）
B・R・ミッチェル『イギリス歴史統計』（犬井正監訳、原書房、一九九五）
松村昌家／長島伸一／川本静子／村岡健次編『英国文化の世紀　1～5』（研究社出版、一九九六）
川北稔『砂糖の世界史』（岩波ジュニア新書、一九九六）
成瀬治／山田欣吾／木村靖二『世界歴史大系　ドイツ史2』（山川出版社、一九九六）
ダニエル・プール『19世紀のロンドンはどんな匂いがしたのだろう』（片岡信訳、青土社、一九九七）
坂井妙子『ウエディング・ドレスはなぜ白いのか』（勁草書房、一九九七）
アテナイオス『食卓の賢人たち1』（柳沼重綱訳、京都大学学術出版会、一九九七）
アントニー・グリン『イギリス人――その生活と国民性』（正木恒夫訳、研究社出版、一九九七）
スティーブ・カーン『愛の文化史――ヴィクトリア朝から現代へ　上下』（斎藤九一／青木健訳、法政大学出版局、一九九八）
中田修『南極のスコット』（清水書院、一九九八）
南直人『ヨーロッパの舌はどう変わったか――19世紀食卓革命』（講談社選書、一九九八）
ジェニファー・デイヴィーズ『英国ヴィクトリア朝のキッチン』（白井義昭訳、彩流社、一九九八）
小林章夫『図説ロンドン都市物語――パブとコーヒー・ハウス』（河出書房新社、一九九八）
ソフィー&マイケル・D・コウコウ『チョコレートの歴史』（樋口幸子訳、河出書房新社、一九九九）
二宮陸男『医学史探訪』（日経BP社、一九九九）
クリスティン・ヒューズ『十九世紀イギリスの日常生活』（植松靖夫訳、松柏社、一九九九）
チャールズ・ディケンズ『ハード・タイムズ』（山村元彦／竹村義和／田中孝信共訳、英宝社、二〇〇〇）
前坊洋『明治西洋料理起源』（岩波書店、二〇〇〇）

新井潤美『階級にとりつかれた人びと』（中公新書、二〇〇一）
西村淳『面白南極料理人』（春風社、二〇〇一）
水野雅士『シャーロッキアンへの道』（青弓社、二〇〇一）
スー・シェパード『保存食品物語』（赤根洋子訳、文春文庫、二〇〇一）
岩田託子『イギリス式結婚狂想曲』（中公新書、二〇〇二）
三谷康之『イギリス紅茶事典――文学にみる食文化』（日外アソシエーツ、二〇〇二）
辰巳芳子『味覚日乗』（ちくま文庫、二〇〇二）
アテナイオス『食卓の賢人たち4』（柳沼重剛訳、京都大学学術出版会、二〇〇二）
村岡健次『近代イギリスの社会と文化』（ミネルヴァ書房、二〇〇二）
ジョン・セイモア『図説イギリス手作りの生活誌――伝統ある道具と暮らし』（小泉和子監訳、東洋書林、二〇〇二）
マーク・ペンダーグラスト『コーヒーの歴史』（樋口幸子訳、河出書房新社、二〇〇二）
武田勝彦『漱石　倫敦の宿』（近代文芸社、二〇〇二）
松本紘宇『サムライ使節団欧羅巴を食す』（現代書館、二〇〇三）
森薫／村上リコ『エマ　ヴィクトリアンガイド』（エンターブレイン、二〇〇三）
ピーター・ゲイ『シュニッツラーの世紀』（田中祐介訳、岩波書店、二〇〇四）
パメラ・ホーン『ヴィクトリアン・サーヴァント――階下の世界』（子安雅博訳、英宝社、二〇〇五）
アネット・ホープ『ロンドン食の歴史物語』（野中邦子訳、白水社、二〇〇六）
ロイ・アドキンズ『トラファルガル海戦物語　上下』（山本史郎訳、原書房、二〇〇五）
小林章夫『召使いたちの大英帝国』（洋泉社、二〇〇五）
出口保夫『漱石と不愉快なロンドン』（柏書房、二〇〇六）
ジュリア・カールスン・ローゼンブラット／フレドリック・H・ソネンシュミット『シャーロック・ホームズとお食事を
――ベイカー街クックブック』（粕谷宏紀／野呂有子訳、東京堂出版、二〇〇六）
川北稔『世界の食文化　17イギリス』（農文協、二〇〇六）
赤木有為子『イギリスの食卓に夢中』（講談社、二〇〇七）
川本静子『ガヴァネス』（みすず書房、二〇〇七）
松崎芳郎編著『茶の世界史』（八坂書房、二〇〇七）
河内一郎『漱石　ジャムを舐める』（新潮文庫、二〇〇八）

マイケル・パターソン『図説ディケンズのロンドン案内』（山本史郎監訳、原書房、二〇一〇）
ヴィクター・H・メア／アーリン・ホー『お茶の歴史』（忠平美幸訳、河出書房新社、二〇一〇）
久我真樹『英国メイドの世界』（講談社、二〇一〇）
村上リコ『図説英国メイドの日常』（河出書房新社、二〇一一）
新井潤美『執事とメイドの裏表――イギリス文化における使用人のイメージ』（白水社、二〇一一）
マーガレット・パウエル『英国メイド　マーガレットの回想』（村上リコ訳、河出書房新社、二〇一一）
D・スタシャワー／J・レレンバーグ／C・フォーリー編『コナン・ドイル書簡集』（日暮雅通訳、東洋書林、二〇一二）

渡辺春渓筆「漱石先生のロンドン生活」（『漱石文学全集（別巻）月報』所収、集英社、一九七四）
宗意和代「セーラの一考察」（『法政大学大学院紀要』所収、二〇一〇）
宗意和代「翻訳の正体」（『法政大学大学院紀要』所収、二〇一一）

【著者】　関矢悦子（せきや・えつこ）
日本シャーロック・ホームズ・クラブ会員。

シャーロック・ホームズと見る ヴィクトリア朝英国の食卓と生活

2023年12月8日　第1刷

著者…………関矢悦子

装幀…………藤田美咲

発行者…………成瀬雅人
発行所…………株式会社原書房

〒160-0022 東京都新宿区新宿 1-25-13
電話・代表 03（3354）0685
http://www.harashobo.co.jp
振替・00150-6-151594

印刷…………新灯印刷株式会社
製本…………東京美術紙工協業組合

ISBN978-4-562-07376-4, Printed in Japan

本書は2014年刊行『シャーロック・ホームズと見る
ヴィクトリア朝英国の食卓と生活』の新装版です。